孔范今 著

人文言说

作家出版社

目 录

重新读解孔子的智慧

——兼及二十世纪的文化批判问题

    本文所以选择孔子的智慧作为重新读解的对象，第一是因为孔子及其思想在二十世纪的特殊遭际，第二更是因为其在传统文化史中至高无上的地位和作用，第三则是因为它所内涵的丰富的未来意义。有此三点，就使这一命题的提出，具有了无可替代的历史感和当代性，并且获取了超越对象本体的意义。

    在中国传统文化史上，一个明显的事实是，孔子因其思想的创建而被日渐偶像化，成为世代尊崇的"至圣先师"。但孔子的偶像化过程，其特点在于，在其符号化的过程中并未产生名与实的自然剥离，而是名实俱增，互动发展。随着历史的发展，孔子所创立的儒学思想不仅成了历代帝王的治国之术，而且与生存在不同社会层面上的人们的社会性心理需求均有所契合，由此而凝聚成了中华民族独特的文化心理结构。这一重孝慈、尚仁义、力行中庸的民族文化心理的形成，就构成了中国历史运行发展的内在文化支架，并由此决定了中国历史发展的独特景观，即被统治者与统治者双方的冲突，更多的只是发生在生存利益或权力政治的对抗上，而文化心理的冲突则极为少见。如有，也只是发生在知识者或权力者内部，不会酿成改天换地的巨变。重大的颠覆性历史行为，始终都未改动内在的文化支架，对抗双方的活动均未超越这一共同的文化心理的价值规约。中国历史要进入近代化、现代化进程，最首要也是最艰难的，就是必须颠覆这一内在的文化支架，摧毁历史长期相沿、循环发展的稳态运行模式，由此才能启动新的历史机运。而这，也就是二十世纪所独有的历史内涵：文化批判。它构成了二十世纪启蒙话语的主要内质，并成为代代启蒙人物悲剧性抗争的神圣之旗。而要批判传统文化，其矛头所向必然地首先指向孔子。因为，没有谁比他更有资格做这个代表，他不仅是传统文化中至高无上的象征，而且他的名下之实确也紧紧地关联着，或者更准确地说是难以分解地反映着整个中华民族的心理文化及其价值取向。要论证以上的道理并没有什么困难，如果传统文化就此批倒，孔子也就此一蹶不振，真的被新文化运动只手打倒，那么历史也就不费疑猜，简单得多了。可是，事实并未如其所料；传统文化既未成为远去的"历史"，孔子也不断地还是被人们再三"捧起"。虽然新文化运动其时或其后的当局政要们常搞的"祭孔"活动不当与此相提并论，但代代学人对孔子思想所做出的文化科学角度的肯定性论析，也是终未因历史主潮的冲击而声息全无的。尤其引人深思的是，时至世纪之交的今天，人们不能不正视一种新的现实的出现，即在现今的社会话语中，过去那种时常处于历史精英话语中心位置的"批孔"论，已悄然让位于已成为世界性新人文思潮话语的"崇孔"说。面对这种历史的旋转，固然难免使人生出"三十年河东，三十年河西"之慨，但更为重要的，却还是应以"跨世纪"的超越性的科学眼光，重新审视历史的对象，并进而总结百年的得失。

这里首先涉及的问题是，孔子是在怎样的文化背景上创辟儒家学说的。孔子自云"述而不作，信而好古"①，但诚如冯友兰先生所说，"孔子虽如此说，他自己实在是'以述为作'"。他和他所开创的儒家学派"讲'古之人'，是接着'古之人'讲的。不是照着'古之人'讲的"②。所以，不必泥于字面的意思，误以为孔子的思想不过是守旧式的总结和坚持。孔子的夫子自道，不过是在表明所倡有据，为自己指向伦理性实践的学说提供一个"已然性"的实践基础而已。其

---

① 《论语·述而》。
② 冯友兰：《新原道》。

实，孔子虽然追慕三代，尤其以周代为楷模，即所谓"周监乎二代，郁郁乎文哉！吾从周"[①]，但至于三代到底是怎么一个样子，包括最近的周代在内，孔子虽笃信好学，不耻下问，怕也是知之未能尽详。文献资料的不足，毕竟限制着他的视野。这有孔子的感慨为证："夏礼吾能言之，杞不足征也；殷礼吾能言之，宋不足征也。文献不足故也。足，则吾能征之矣。"[②] 很难想象，对于一种知之未详的对象，孔子作为一位开创一大学派的大师会一味泥古，裹足不前。即使是对于知之较多的周代和对周代文化作出重要贡献的周公，孔子也未必就愿意或者就能够依样画葫芦地进行文化复制。充其量，也只不过是他理想化了的境界和人格化的代表罢了。我们并不想否认孔子在对社会政治经济变革上所表现出来的保守态度，但作为一种文化变革的范式，即打着崇古的旗号进行新的文化建构，从文化的角度或者从对历史变革的更宽泛的理解来看，对其内蕴的深刻的革新意义，却不能不予以正确认识。这种范式的文化变革，在中外都不罕见。要科学地认识这一问题，我们必须从对将文化变革与政治历史混同一体以及对历史丰富内容的简单化理解中解脱出来。就从对历史的态度和作用来说，看到社会转型期所出现的文化失范即所谓"礼崩乐坏"现象，企图从人文精神方面补历史之弊，调整人们的社会性生存，即如现在人们寻找失落的人文精神一样，这怎能被视为拉历史的倒车？

事实上为孔子所推崇的三代，包括为之倾心的周代在内，实际的情况并非像他所美化的那样。我们不妨从三代文化的发生说起。旧传大禹治水，"天赐洪范九畴，彝伦攸叙"[③]，不过是在文化发生意义上的一种假托。大禹治水只是一种传说，而所谓"洪范九畴"也并非天赐。我们不必管箕子的说法如何杜撰，也不必管《洪范》是否为后人伪托，有一点是应该为我们所肯定的，那就是其中所讲的"洪范

---

① 《论语·八佾》。
② 《论语·八佾》。
③ 《尚书·洪范》。

九畴"，确实反映了三代之初乃至贯穿三代的文化认识。这种观念及其所构成的朦胧而初级的系统，重点在于理顺人与"天"的关系，而且看出了二者之间实际存在的互动关系。与西方文化不同，中国文化不是把人与自然对立起来，而是从一开始，就把有生命的人纳入于生息不已的宇宙系统之中，追求和谐发展的系统性效果。但这种"天人合一"的观念也有其偏失之处，易为神鬼观念留下立足甚至盛行的空间。且看《国语》中的一段记载："昭王问于观射父曰：《周书》所谓重、黎实使天地不通者，何也？若无然，民将能登天乎？对曰：非此之谓也。古者民神不杂，民之精爽不携贰者，而又能齐肃衷正，其知能上下比义，其圣能光远宣朗，其明能光照之，其聪能听彻之，如是则明神降之，在男曰觋，在女曰巫。是使制神之处、位、次主，而为之牲、器、时服。……于是乎有天、地、神、民、类物之官，谓之五官，各司其序，不相乱也。民是以能有忠信，神是以能有明德，民神异业，敬而不渎。故神降之嘉生；民以物享，祸灾不至，求用不匮。及少皞之衰也，九黎乱德，民神杂糅，不可方物。夫人作享，家为巫史，无有要质。民匮于祭祀而不知其福。烝享无度，民神同位。民渎齐盟，无有严威。神狎民则，不蠲其为。嘉生不降，无物以享。祸灾荐臻，莫尽其气。颛顼受之，乃命南正重司天以属神，命火正黎司地以属民。使复旧常，无相侵渎。是谓绝天地通。"①我们所以不惮其烦地长篇引征，目的是为了保持观射父对历史治乱更替过程的另一种叙述的完整性。须知，他是在讲历史，而不是讲神话！一段人间社会的历史变动，竟成了人神关系的变异过程，那时神鬼观念的影响之大由此可见。到了周代，情况好了一些。"殷人尊神，率民以事神。……周人尊礼尚施，事鬼敬神而远之"②，所言比较接近于事实。到春秋时这种情况则更见昭著，然而，"接近"并非全部。"春秋时代的智者对于天虽然取着不信的态度，但天的统治如周王仍拥有天子的虚位一

---

① 《国语·楚语下》。
② 《礼记·表记》。

样，依然在惯性中维持着的。……就如声称'天道远，人道迩'的子产也时而要高谈其鬼神（参看昭七年《左传》）。"① 其实何止子产，就连墨子也"太息痛恨于人之不信鬼神，以致天下大乱，故竭力于'明鬼'"②。孔子的弟子们在向老师提问时，不是也常要问及神鬼之事吗？"子不语怪、力、乱、神"③"夫子之言性与天道，不可得而闻也"④，真正能做到"六合之外""存而不论"⑤，对三代文化观念进行了革命性改造的当推孔子。能在"天人合一"的混沌文化背景中，独对"人道"做出震古烁今的创辟，从而真正建构了古老中华文化的核心秩序，并铸造了传统人文精神之魂，就此一点，孔子的创造精神及其作为历史文化人物的形象特征，就该是不言自明的了。

三代文化自然是有其不可忽视的价值，并且由此开始提供了中国传统文化系统特征的基本规范，可是，作为这种文化的创造者和承载者的人，作为一种"类"的复杂存在，他们为取得无违于"天意"的更佳生存效果，总不能长期停留在对于天人合一关系的这种朦胧而初级的认识上。事实上自商周以来，特别是春秋一季，如何理顺人际关系，倡明"人道"，已愈来愈显得紧要。至孔子之时，时人所谓"天下之无道也久矣"，就是针对人际关系的混乱而发的感慨。于是，自春秋时起诸家蜂起，把"天道"推为前提而重点探讨"人道"精微，就成了不同学派共同的价值期待。由于具体的出发点和思维路向的不同，诸说并立，而且日渐形成了"三墨八儒，朱紫交竞；九流七略，异说相腾"⑥的热闹景观。出巨人的时代，不会只有巨人的声音；而只有在众说纷呈之际，也才可能有巨人出现。孔子作为儒家学说的创始人，他所建构的学说作为关于"人道"的本体论研究，既有其独到

---

① 郭沫若：《先秦天道观之发展》。
② 冯友兰：《中国哲学史》上册。
③ 《论语·述而》。
④ 《论语·公冶长》。
⑤ 《庄子·齐物论》。
⑥ 《北史·周武帝纪》。

而深刻的创造，又表现出巨大的包容性。就以天道鬼神而言，他可以存而不论，或径以"人道"做出解释，但不轻言否定，而对于三代文化关于"天道"的合理内涵，即天人之间富有生力的互动关系，和"天""命"之不可违，还是积极肯定并作新的发挥的。"子曰：加我数年，五十以学《易》，可以无大过矣。"[1] 由孔子对《易》的态度，可知其大概。郭沫若说"他把三代思想的人格神之观念改造一下，使泛神的宇宙观复活了""可以于孔子得到一个泛神论者"[2]。这种论断虽不免因己之所好致生牵强附会之嫌，但若说孔子摄取了三代文化中天命观的精髓还是符合实际的。孔子曾多次谈到天、命，在不同语境中也有不尽相同的含义，诸如："天何言哉？四时行焉，百物生焉，天何言哉？"[3] "获罪于天，无所祷也。"[4] "唯天为大，唯尧则之。"[5] "道之将行也与？命也。道之将废也与？命也。"[6] "不知命，无以为君子。"[7] "五十而知天命。"[8] ……但揆情度理，其荦荦大端还是在于对个人人力之外宇宙和人生之中主宰性动态力量的体认，它既是自然的，又是人格化的，神秘而超自然的；既是可以悟解、认识的，可以"则之"的，又是最终不可逾越的。排除虚妄迷信的鬼神观念，将三代天命观进行了更新改造，这样，孔子就为自己的人学建构找到了一个逻辑前提，也为之奠定了一个天人合一的东方式哲学基础。当然，它并不是孔子人学中的重要构成因素，它只是作为一个前提，一个基础，规约着孔子人学中的丰富内涵。将孔子学说以"人学"名之，实在是至为切要，但孔子的人学又与西方近世流行的排他的个性主义或生命哲学不同，它所重视的是人际关系及其所必然要求的个体

---

① 《论语·述而》。

② 郭沫若：《中国文化之传统精神》。

③ 《论语·阳货》。

④ 《论语·八佾》。

⑤ 《论语·泰伯》。

⑥ 《论语·宪问》。

⑦ 《论语·尧曰》。

⑧ 《论语·为政》。

人格修养的研究，重在讲求社会性的做人之道和关系协调。孔子人学在其建构过程中，作为其重要构成因素的仁、礼、德、中庸等，均可在周代以来的思想材料中找到起点，而且又以其好学敏求，从周代人中也定然获取了许多启发。这种以睿智机敏的扬弃和继承，完成文化观念的重大转型和开拓、重建的大手笔文章，确非他人所能比。至于其学说的深刻性、丰富性，以及巨大的历史笼罩力，则更非他人所能比。所以，在其生前他的主张虽未见行于世，但在之后其影响却渐深渐远，愈来愈被人们尊崇和信仰。数百年后，素以直书见称的司马迁曾议论说："天下君王至于贤人众矣，当时则荣，没则已焉。孔子布衣，传十余世，学者宗之。自天子王侯，中国言六艺者折中于孔子，可谓至圣矣！"[①] 这当不是溢美之词。可是，怕是司马迁也没有料到，由孔子所创立的儒家学说，竟不但成了一个民族得以凝聚的文化之根，而且影响远播，乃至超出了文化原生区域的族界、国界，形成了东方儒学文化圈。他更不会想到，在他的视野之外，还有个完全陌生的西方世界，而两千余年后生活在那里的睿智者们，也会在新人文主义的潮流中呼吁到东方去寻找孔子的智慧。

当代论者在谈到孔子的地位和作用时，常概言之为继往开来的大师，殊不知文化史中无论哪一阶段的代表人物，又有谁不具备这种作用呢？就孔子在中国文化史上的地位和作用而言，不论是作为传统文化发展轴心部位的儒家后学，抑或是虽在丰富和发展传统文化中起过重要作用，但终究还是处于文化非轴心区的诸流派的代表人物，都不能与之比肩。在文化发展模式上，与以否定性超越为其特征的西方文化相比，中国传统文化的发展有与其不同的鲜明特点。以儒家文化为核心的中国传统文化的发展，孔子之后每一阶段代表人物的价值期待，都不是否定性的超越，而是对原初经典文本的意义阐释。因此，孔子为传统文化所提供的不仅仅是一种源头的阶段性价值，而更是一种所谓"垂宪万世"的原则性文本。儒家后学们不断探幽发微，穷思

---

① 《史记·孔子世家》。

精研，所做的一切努力，都没有违背它基本的精神规范。从孟子到董仲舒到朱熹，他们虽然都不遗余力地做了各自不同的发挥，为儒学的发展加进了新的内容，但他们谁也没有对原初的经典文本发出过驳难，相反地，倒是都以为自己真正理解了其中的真谛。在中国古代学术史上，不论是坚守"我注六经"者，还是流于"六经注我"者，"六经"为立极之本，则是不容怀疑的。所以，从这个意义上说，孔子在中国文化史上，实在是一位为后世立极的人物，他的学说的出现，以至于影响到了中国传统文化发展的独特模式。至于对此如何评价，那是另外的事，但对于这种独特发展模式以及孔子思想的这种独特地位，却是不得不予重视的，而且对其中深在的原因，也不能只作政治的、社会的简单化理解。在本世纪的启蒙主义话语中，始终贯穿着一个几近根深蒂固的结论性认识，那就是孔子为历代统治者提供了御人之术，历代统治者也就随时拿他做"敲门砖"并用其思想来做"治人"的工具。而因统治者对他只是利用，所以也就可以根据需要不断加以改造，往其脸上涂几道新的油彩，使之成为时髦的"圣之时者"。我们不能说这种说法全无道理，但却有许多问题不得其解：难道一部儒学发展史乃至中国传统文化发展史就这样简单？难道历代统治者真有那么大的力量，能够完全控制中华民族文化的发展？难道孔子思想约束的只是被"治"者，而对"治人"者却情有独钟，任其随心所欲？……这样的反诘可以提出很多。我们的意思只是要说明，若不解除这层遮蔽，是难以理解对象的意义内涵并作出科学评价的。而从传统文化的历史发展中全面把握孔子思想的特殊地位和作用，又是多么地重要。孔子思想之所以能够被历代尊奉，发生如此重要的作用，其最根本的原因，还是来之于其本身的意义和价值。

　　研究孔子的思想并正确估评其智慧，郭沫若说"专靠《论语》，我们不会知道孔子"[1]，所以，除最直接的材料，即最可足征信者

---

① 郭沫若：《中国文化之传统精神》。

《论语》之外，其他有关典籍中的一些材料亦应在参考范围之内。虽然我们所能见到的材料是简单而零散的，而且主要是关于孔子及其弟子言论的记述，但在这些言论中，我们却分明可以感受到孔子思想的深广涵纳和巨大的启发意义。把这些零散的言论按内容整合起来，我们可以发现一个由多方面互相启动连接的结构系统。在该系统中，处于核心位置的则是"仁"。什么是"仁"？历代学人见仁见智地作过各种强调，但孔子已经讲得很清楚，"仁者人也"，所谓"仁"，说白了也就是从根本上讲做人的道理。孔子自己对"仁"也曾作过多种解释，都是针对不同的对象和条件有感而发的，但作为其基本原则即要义者，则是对人际之间亲和关系的强调，即所谓"仁者人也，亲亲为大"①。孔子讲做人的道理，是讲如何处理好个体与群体的关系，是放在关系中讲的。"仁者，人道交偶之极则"②，这种理解还是对的。因此，"爱人"③"泛爱众"④，应该是"仁"的最基本的含义。在孔子其时，重民的思想早已萌生，但"民"与"君"是两个对立的范畴，是属于社会政治方面的概念。而孔子则将这两个对立的概念先都还原到最基本的统一范畴中来，使其都作为"人"的存在来认识问题，以"人"来作为讨论问题的起点，这是很了不起的贡献。在孔子的理解里，"人"是作为一种不同于他物的"类"的概念出现的。虽然在其思想建构中出现时所被取用的只是社会性的属性，但依然是一种泛指，并不专用之于哪一个阶级或阶层。"文革"中有人专"考"其与"民"的区别，特别要导引出"'民'是奴隶阶级，'人'是奴隶主阶级"⑤的结论，实是大谬不然的。在孔子那里，"人"与"民"是有区别，但却不是阶级的区别，二者不是对立的同级概念，而是包容与被包容的种与属的概念关系。在《论语》中很少有"人"与"民"

---

① 《礼记·中庸》。

② 康有为：《论语注》。

③ 《论语·颜渊》。

④ 《论语·学而》。

⑤ 赵纪彬：《论语新探》。

对言的情况，即使有，如"节用而爱人，使民以时"①等，也是前者为泛指，后者为确指。把"人"看作社会构成的基元，看作处理人际关系的起点，这一起点的确立，不仅使其学说必然蕴含了对个体生命存在的平等意识，而且也获得了对于人类的永远的意义。孔子说："天之所生，地之所养，无人为大。"②在当时的社会环境和文化背景中，这确是振聋发聩的一声，其意义决不会只为一个时代所占有。"四海之内皆兄弟也"③的亲和平等的意识，和推己及人，"己所不欲勿施于人"④"己欲立而立人，己欲达而达人"⑤的人际关怀，构成了孔子"仁"学的基本内容和思想底蕴。虽然孔子承认并尊重人际关系中等级存在的现实性，并把这种尊重视为"仁"的一种实践方式，但在强调这些等级的时候，仍然灌注进了互相尊重、体恤的意识，这也便成了儒学中"王道""仁政"的根基。正是因为这一思想基质的存在，作为以儒学为核心的传统文化对"大同世界"的理想期待，才能得到合理的解释。"大道之行也，天下为公，选贤与能，讲信修睦。故人不独亲其亲，不独子其子，使老有所终，壮有所用，幼有所长，矜寡孤独废疾者皆有所养。"⑥从这个理想所包含的内容看，由孔子创立的儒家虽然强调尊重并维护现实的等级关系，但这并非其最终的理想所在，其最高原则应该是亲睦讲信、天下为公。这个理想之境的阐发，应该说是直接源于孔子的"仁"学。尤为值得称道的是，在孔子的亲和思想中，不仅没有族界，而且也没有国界，凡天下有人之处均应如此，这和后世狭隘的民族主义、狭隘的国家主义没有共同之处。

与空泛的"博爱"说教不同，孔子的"仁"学具有很强的现世精神和实践价值。孔子认为，"仁"并不是一个高不可及的境界。"仁远

① 《论语·学而》。
② 《礼记·祭义》。
③ 《论语·颜渊》。
④ 《论语·颜渊》。
⑤ 《论语·雍也》。
⑥ 《礼记·礼运》。

乎哉？我欲仁，斯仁至矣。"① "为仁由己"②，只要自己努力去做，人人都可达到"仁"的境界。孔子虽曾游说各国诸侯，但由其学说所要施与的对象，再参之以其"有教无类"的教育主张和首开民间办学之风的行为来看，说他是"中国第一个使学术民众化的"③ 人是不为过的。所以，我们说人人都可"为仁"，这个"人人"，孔子的所指是社会中所有的人。孔子一向推重"君子"而鄙薄"小人"，有所谓"君子而不仁者有矣夫，未有小人而仁者也"④ 之说，这似乎与"人人"的推断有些矛盾，其实非也。君子与小人是"性相近也，习相远也"⑤，君子能仁而小人不能仁的原因，是"君子求诸己，小人求诸人"⑥，君子能从自身做起而小人却凡事都从别人身上找借口，不是说小人天生就不具备达到"仁"的条件。孔子把每个"人"都当作实现"仁"的社会单元，把达到"仁"的最根本的因素都归结到每个人的个性主体，这比三代大大前进了一步。"那时候，国家是神权之表现，行政者是神之代表者。一切的伦理思想也是他律的"⑦，到孔子这里，由他律变为自律了。在确定实践性的自律性体的基础，孔子为人们指示了两条可操作性很强的至于"仁"的逻辑路向。其一"君子务本，本立而道生。孝弟也者，其为仁之本与！"⑧ 在诸多社会关系中孔子选择了血亲这一在人类生存发展史中最基本、最恒久的关系作为行为的出发点，以"孝弟"为"仁"之根本，是至为明智而不可更易的。在人的各种关系中，只有血亲关系是兼具自然性与社会性两重意义的，作为社会关系它们有历时性的不同内涵，而作为自然关系则

---

① 《论语·述而》。
② 《论语·颜渊》。
③ 冯友兰：《中国哲学史》上册。
④ 《论语·宪问》。
⑤ 《论语·阳货》。
⑥ 《论语·卫灵公》。
⑦ 郭沫若：《中国文化之传统精神》。
⑧ 《论语·学而》。

是恒常的。正是利用这种关系的双重性，孔子先把复杂易变的社会关系收缩、简化、归结到最基本的恒常的自然关系上来，然后再以此为根基辐射到层层扩大的社会关系中去，使之也获得一种易于接受的恒久的意义。这中间所经过的由社会到自然、再由自然到社会的两次微妙的转化，使孔子的学说获得了超越历史时空的悠远的价值。试想，什么人，什么时代，不具备这种最基本的关系呢？并且，由于这种转化，本来深奥的道理也就不再费解，否则我们根本不能理解，在中国，为什么那一代代没有文化的劳动者，特别是农民，会如此虔诚地信奉孔老夫子的道德说教。我们说的第一种路向就是从"孝弟"这一根本点上开始的。"孝乎惟孝，友于兄弟，施于有政。"① 道理很简单，老我老才能及于人之老，在家孝弟，在外才能忠、敬上级，把这种品德推广到国家政事上去。其二，是"克己复礼"②，由"仁"入"圣"。在孔子的"仁"学思想里，"仁"的境界不是一个静止的层面，由"克己复礼"的自我修养，到"爱人"到"安民"到"博施济众"③，表现为一种由"仁"入"圣"的深化过程。"圣"的境界虽非人人都能达到，但人人都不应该停止努力。以上两种路向其实是二而为一的，能加强修养才能做到"孝弟"，而由"仁"入"圣"的进化过程也表现为由"孝弟"到"博施济众"的扩大过程，精神层面的深化和社会实践层面的延展是不可分离、相辅相成的。

孔子倡导"仁"的思想，针对的是人的社会性联系，因此，"仁"与"礼"的结合也就是必然的了。礼，主要是人的各种行为规范，是使纵横交错的复杂人际关系得以秩序化、道德化的基本原则和具体遵循。孔子崇尚周礼，表示"吾从周"，但孔子所从者只是周礼的基本原则和思路，并非原封不动地机械套用。孔子对周礼的重大发展，是更加明确和强化了其内在精神品格——"仁"。"人而不仁，如礼

---

① 《论语·为政》。
② 《论语·颜渊》。
③ 《论语·雍也》。

何?"① 经孔子的改造和提倡,"仁"和"礼"实际上成了一而二、二而一的东西了。在人际交往和社会管理中,由于社会的组织机构是一个复杂的制约系统,所以无论其中的什么人,要做到行仁而不逾矩、守礼而不违仁,那就需要随时注意对"度"的把握。孔子思想的完整性和有机性就在于,它在推出"仁"和"礼"两个范畴并使它们结合起来时,同时提出了它们的方法论基础——"中庸"。在儒学乃至整个中国传统文化中,"中庸"是一种深富意味的极有价值的创造。它把社会和整个宇宙都理解为既互相制约又和谐发展的动态结构,人们只有居中制衡,积极而恰当地进行调控,才能取得预期的效果。孔子强调"允执其中"②"叩其两端"③,内含的就是这个道理。孔子本人在思考和处理一些问题时,就坚持了这一思想方法。比如对"学"和"思"的关系,提出了"学而不思则罔,思而不学则殆"④;又如对"质"与"文"的关系,提出了"质胜文则野,文胜质则史",这些观点都是深刻而辩证的。孔子痛感于人们对这一道理的失察而导致了"道"的不行,说:"道之不行也,我知之矣:知者过之,愚者不及也。道之不明也,我知之矣:贤者过之,不肖者不及也。"⑤"过"与"不及"均会贻害于"道"的倡明和推行。"中庸"重视的是结构调控所产生的效应,所以提倡"和"而反对"同",特别强调"君子和而不同"⑥,把它视为君子与小人的区别。在孔子的思想体系中,由于中庸的特殊作用而被孔子异常看重,不仅把它用作方法,而且把它本身也视为至高的美德,而纳入"德"的本体论之内,盛赞"中庸之为德也,其至矣乎"⑦,还把体现这种精神的"忠恕",视为"吾道一以

---

① 《论语·八佾》。

② 《论语·尧曰》。

③ 《论语·子罕》。

④ 《论语·为政》。

⑤ 《礼记·中庸》。

⑥ 《论语·子路》。

⑦ 《论语·雍也》。

贯之"①的基本内容。颜回所以深得其心，也是因为"回之为人也，择乎中庸，得一善，则拳拳服膺而弗失之矣"②。长期以来，流行的看法是把"中庸"视之为调和矛盾、不思进取的消极思想，这是很大的误解。对于抹杀矛盾双方的差异和对立的"乡愿"，儒家一向是深恶痛绝的。"中庸"在承认矛盾和解决矛盾方面极为积极和灵活，其中关于"权"的认识不能为识者所不识。在孔子及其后学看来，"权"是对于"度"的实事求是的灵活把握，面对矛盾既要做到"毋意，毋必，毋固，毋我"③，不要主观主义，又要结合具体的情况灵活地加以权衡和调节。比如，"男女授受不亲，礼也；嫂溺，援之以手者，权也"④。他们认为，"执中无权，犹执一也"⑤，如果不懂"权"，实际上就等于只控制了对立双方中的一个方面。所以，孔子把它看得很高，说"可与共学，未可与适道；可与适道，未可与立；可与立，未可与权"⑥。他自己也力行这一原则，如对管仲的看法，管仲不属于儒家学派，可谓道不同，但孔子一方面批评他的器量狭小、不知礼，一方面却又高度评价他对于天下、民众的大功劳，以"仁"相许，足见其思想的丰富生动而不呆板，只不过这一点未为其后学们所充分认识罢了。

认真地检视、揣度孔子的思想，发现它是一个由多重系统组成的非常有机的整体结构。从总体上而言，它是一个大的系统，前面已经作了论析。而从其局部来说，也都自成系统，互相关联，追求一种系统性的结构效果。如人格的修养，强调"志于道，据于德，依于仁，游于艺"⑦；如人的品德，强调"恭、宽、信、敏、惠"⑧；又如作为

---

① 《论语·里仁》。
② 《礼记·中庸》。
③ 《论语·子罕》。
④ 《孟子·离娄》。
⑤ 《孟子·尽心》。
⑥ 《论语·子罕》。
⑦ 《论语·述而》。
⑧ 《论语·阳货》。

其教育内容的"六艺"等，在一篇短文中是难以——尽言的。另外一个值得注意的特点是，孔子的学说是注重实践、主张积极入世的，似乎应该是形而下的东西多；可是真正进入他的思想之后，却又发现，其价值指向又是非个人功利的，其丰富的智慧通通指向了形而上。"君子谋道不谋食""君子忧道不忧贫"[①] "朝闻道，夕死可矣"[②] "君子不器"[③] "人能弘道，非道弘人"[④] ……这些意思，都是很值得玩味的。

文章写到这里，似乎用得上一句套话了：孔子思想毕竟是历史的产物，所以一定有历史的局限。这话原是没有错的，不过需要的是更具体、科学的分析。此外，还需要补充上一个意思，那就是，任何历史都又没有远去，它们还呈现为一种新的现实，尤其是心理的现实。它们活着，也有活着的根据。因此，对于历史，特别是历史文化对象的研究，需进行更审慎而实事求是的分析。不可否认，孔子思想的创构距今已有两千余年，而且历经漫长的阐释过程，既不断有所发展，又必然有误读误导，加进了不少有悖于孔学初衷的内容，其在历史发展中既起过积极作用，又起过消极作用。我们在这里所要强调指出的，则是侧重于作为宝贵的文化遗产，孔子思想中包蕴着极为丰富的智慧，它不仅属于过去，也属于现在和将来；不仅属于中华民族，也属于全人类。孔子在其思想中所表现出来的对于人类生存的悠远的人文关怀，在今天世界性的人文主义的文化建构中，又显现出了无与伦比的意义。在十分古老的文化中却包含着十分深刻、丰富的未来意义，这大概是本世纪的文化批判中人们所始料未及的。

时至二十世纪之末，在文化问题上似乎又进入了一个重新读解传统文化的新阶段，而伴之而来的，则是对本世纪文化批判的反思。就如孔子，当我们重新发现他丰富智慧的现代价值时，思考的另一面必

---

① 《论语·为政》。

② 《论语·里仁》。

③ 《论语·为政》。

④ 《论语·卫灵公》。

然就是对以孔子为重点批判对象的本世纪文化批判的否定性反思，这就触及了对其如何进行历史评价的问题。目前，人们好像还没有走出一种悖论：要肯定启蒙主义的文化批判，就得否定以孔子思想为代表的传统文化；而要肯定孔子思想的历史价值和现代价值，就得否定以新文化运动为代表的文化批判。其实，这两种思路的对立在本世纪初就已出现并延续了近一个世纪，只是近来更加凸显，话语中心也发生了转移罢了。我以为，现在是应该对本世纪的文化批判认真地进行全面总结的时候了，但不能轻言否定。如前所述，中国历史要进入近现代化过程，不颠覆横亘于其间的文化障碍是无法实现的。启蒙主义的文化批判是一种历史活动，作为一段历史的重要构成内容和发展环节，自有其无可替代的作用，这要历史地来看。而且，作为一种推动历史的策略，对传统文化尤其是孔子采取了极端化的攻击态度，也是不得不然的。但是，当我们现在对本世纪的历史作完整的研究时，亦不当把当时这种极端态度视作论断是非的标准，笼统地用之于现在的文化研究。也不应因此而一概地否定在这一历史过程中所出现的对立性意见的历史合理性，事实上，它们往往是在从文化的角度对历史的发展进行着补偿。此前，我曾在《历史价值范畴里的符号选择——鲁迅批孔新识》一文中提出过对不同价值范畴进行辨析研究的观点，主张区别历史的、文化的、审美的等不同行为范畴的价值内涵和意义，从而对不同范畴中的行为作既相关又不同的价值判断。我想，用这种理解来看问题，可能会对解决上述问题有所补益。从上述二难处境的现实性学术情势来看，那种非此即彼的论断方式里面仍潜伏着一个危机，即思维方法的形而上学。本世纪的进步所带来的负面效应之一，就是思维方法的片面性，若不在思维方法上同时实现超越，那么，不仅对文化批判的总结会出现简单化的肯定或否定；而且对传统文化的重新读解，也只能是再回到古人的认识上去，成为无益有害的文化复古，那就与我们的目的背道而驰了。

（原载《文史哲》1995 年第 2 期）

一个通往文学新世纪不可逾越的话题

　　大约为八十年代的作家所始料未及，我们的文学在经历了一个时期轰轰烈烈的繁荣之后，竟不期然地走到了如此令人堪忧的境地。如果我们不再沿用多年来承袭不变的判断方式，用成绩即主流的套语自抚自慰（这种源之于机械的历史进化论的观念，既可以正确反映历史，给人以信心，又可以毫不费力地脱离历史现实，使人丧失观察历史的敏锐力，从而导致盲目的廉价的乐观主义），面对近几年的文坛现状，就不能不像一些有识之士那样，由忧愤而发出由衷的浩叹。只要我们还没有泯灭文学的良知，就随时随处可以感受到，我们的文学在金钱和情欲的蚀坏下，已经发展到令人不能容忍的地步。尽管我们并不否认某些正直的文学家所做出的种种贡献，但铺天盖地而来的出版物所呈现出来的，却大多是趣味平庸之作，有的简直就是精神的垃圾，它们已经损伤到了人类的健康和尊严。堂而皇之地展示个人丑恶的私欲，无滋无味没完没了地咀嚼于人于己都无意义的身边琐事，倘若这些也可以成为一代的文学时尚，那岂不是前有负于古人，后有愧于来者？

　　现在，历史已步入两个世纪之交。遥想本世纪初，二十世纪的文学先驱们曾对本世纪的文学发展寄予了何等殷切的厚望，我们总不能给开创并发展了新文学的本世纪画上这样一个黯淡的句号；展望二十一世纪，对于文学来讲也当是一个更为辉煌的世纪，我们也总不能为人人企盼的文学新世纪提供这样一个不争气的起点。值得庆幸的是，时下已有不少人不同程度地意识到这一既显见又深在的危机，企图从文化和文学的角度做出同一指向的努力，意欲挽狂澜于既倒，使人们生存发展不可稍离须臾的人文精神再放光华。只是惜乎学者们讨论人文精神时常常陷入缺乏现实感的玄谈，而有些作家在做精神坚持的不无悲怆的努力时，则又似乎不可避免地走向了认识的偏执和极端。无论如何，我们不能否认和抹杀这种种努力的现实警示作用，但又不能不遗憾地指出，它们在现实的可效法性方面又是多么地缺乏理论上的说服力和实践上个体存在之外的范本价值。编辑出版界固然也在做着种种努力，或由作家们结盟倡议，或由编辑们苦心策划，近年来抛出的话题和亮出的旗号可谓多矣，可是多数带有浓重的商业策划色彩，虽不断花样翻新，但如积木重排，真正的新意和富有实质性的拓展并没有多少。我们同样也不想轻易地否定这些努力，在集结作家和局部表现对象的开拓上，它们确也或多或少地发挥了一些作用，但是，实践检验的结果与倡导者宣言的大相径庭，却又不能不引起人们的深思。

面对文坛的此情此景，在如何补偏救弊和开拓发展的问题上，人们或许会见仁见智，有不同的见解和主张，但在我则以为，当务之急和关键之举却应该是在最根本的问题上进行反思，找回并发扬光大文学的现实主义精神，重培文学的生命之根。

现实主义是一个早已被人们熟悉甚至难免被认为陈旧过时的一个字眼，因为一说到它，就必然会联想到朴素现实主义、批判现实主义、革命现实主义等分属于过去不同时代的文学模式。长期以来，理论和创作实践上都过分地强调了某种文学精神与阶段性文学模式的一致性，二者之间黏附关系的高度强化，必然导致下述两种状况的出现：一是扬弃某种文学模式时污水婴儿一起泼，从而伤害了文学的血脉之根；一是因片面地理解文学精神而固守某种属于已逝时代的文学范式，从而遏抑了文学的生力和发展。岂不知文学精神和文学范式之间既有内在的互为制约的关系，又有彼此不可取代的区别，不能将其混为一谈。当然，某种文学精神，就如现实主义文学精神，也会因不同历史阶段具体历史形态的不同而呈现出不同的精神内涵和风貌，比方有所谓批判现实主义精神、革命现实主义精神等，但这些，都是文学的现实主义精神的具体呈现，并不足以说明，随着历史的发展，某一阶段所特有的现实主义精神内涵和风貌的改变，文学的现实主义精神也即荡然无存。过去，我们讳言这种似乎抽象的历史继承，讵知这样做的结果却是否定了精神发展深层本质的一致性。中外文学发展的历史都表明，某一种具体形态的现实主义文学范式，既可以让文学的现实主义精神得到新的发挥和拓展，同时又会成为它展示和发展的桎梏。十九世纪崛起于欧洲并一度雄踞文坛的批判现实主义，曾把文学的批判力量推向极致，并使一代大师均以能够胜过历史家的记述而引为自豪。其间，文学对现实的"历史"性洞察和对"真实"与"本质"的崇尚，可谓前无古人，文学的现实主义精神在这方面得到了高度的发挥。可是，当批判现实主义作家，尤其如巴尔扎克这等杰出的代表，深深迷恋于这种"历史"的"书记"的角色自认，并执着于对恶的不无夸张的细节描绘和态度鲜明的鞭挞时，现实人生中历史内涵的更为丰富的复杂性却被相对地简化了。这种状况到托尔斯泰才有了明显的改变。过去，我们对批判现实主义的一贯指责，是它在鞭笞社会黑暗时不能为读者开辟出一条正确的通达理想之路，这不仅未免苛求于古人，而且对文学表现内容的多样性来说，也未免作过于划一的苛求了。其实，从文学的本体性要求来看，巴尔扎克式批判现实主义的真正缺憾，应如以上所言。

每一个时代都会有不同于其他时代的特定历史内容和精神特征，它们必定对各种文学精神有所选择，并会于作家自觉不自觉之间与之形成一种约定、一种规范。于是，一种文学精神一定会具体地呈现为不同的阶段性形态和范式。不仅如此，在文学精神和创作方法之间也存在着同样的道理。一种文学精神的具体实现，常常是集中地表现为相关的文学创作方法，如现实主义、浪漫主义、现代主义等。这些方法都表现为一定的原则，它们都会因其对象世界的选择、把握世界的方式和语言营造的不同，因对生活的感受和艺术理解的不同，而形成一种特定的取向、特定的框架。这已是常识性的不争之论。我们要说的是，长期以来，在我们过分地强调文学精神与具体的阶段性形态的不可分性时，对文学精神与创作方法之间的关系，也作了同样的强调，而且以此作为上一个问题具体展开。这样做的结果，正面的作用是强化了某种文学精神的主要实践性导向和规范，而负面的作用则是忽略和抑制了文学精神在创作方法方面的超边界性，并从而影响到文学更富生气的创造。一个成功的作家或艺术家，他之所以能独步文坛甚至独领风骚，是因为，他既能在对某一创作原则的理解和表现方面有其独到之处，又能在创造性地运用这一原则时敢于超越边界，作出新的开拓。对那些成功的作家、艺术家，是很难用一个某某方法的标签就能作出正确阐释的。

进行以上两层意思的辨析或曰两种角度的对象剥离，意在明确本文所着力强调的文学的现实主义精神，不同于现实主义的创作方法，也不同于历史上某一种具体的文学形态，而是一种文学与人类生存之间永久性的关系和承诺。信守这种关系和承诺，文学就有了生命之根。在不同的时代，它因不同雨露的滋润而蔚成各呈异彩的文学景观；而唯其有了这一恒久的生命之根，无论哪一时代的优秀之作都会成为常青之树，经久不凋。文学艺术的创造，无论什么时候，它都既是一种文学艺术家个体生命的存在方式，也是人类生命存在的共同需要；它既是个人的诉说，也是与外部世界的对话。就是这样一个恒久的关系，决定了文学的现实主义精神恒久的基本要求。只要人类还存在，只要天不老地不荒，它就不应被轻蔑，不应该被拒绝。不同时代文学的发展，变的只是因社会群体生存内容和方式的改变而必然反映在文学艺术创作上的具体理解、具体内容和具体方法。文学要想还成其为文学，要想在人们的社会性生存中还能成为有价值、有生命力的存在，它就应该信守承诺，并通过无尽头的创造将它实现在具体的创作实践中。当然，文学艺术的活力来自于创造，我们所强调的文学现实主义精神也必须在不断更新实践中才能得到真正的表现，僵死的教条主义和呆板的临摹仿制，不仅是艺术创新的天敌，同时也是扼杀文学现实主义精神的囹圄。但是，我们不能因此而否定文学艺术创新活动必须遵循的基本原则，无原则的创新是无生命力的，这也该是人所共知的道理。否则，所谓的创新只能是徒劳，至多只能在一时收到哗众取宠之效。如果再受动于金钱与情欲的支配，那所"创"出来的就非但没有价值，还要贻害四方，因为它们只能要么是沉滓的泛起，要么是新造的垃圾。

对于文学的现实主义精神，以往的论者往往是结合具体的创作方法和阶段性文学形态谈论得较多，而时下需要着重强调的，则应是其最基本的原则。自然，就其基本原则来讲，也可以从不同的角度做出不同的归纳，在我则以为，最为切要者莫过于以下三端：第一，对于完善人类生存的特殊责任感。这一条是为作为人类生存内容或生存方式之一的文学，在人类生存的社会性意义存在中定位。文学，无论从创造的角度还是从接受的角度来看，它都既是个人的又是社会的。作为一种人的生命存在的特殊需要和智力与情感的特殊表现方式，文学既是独特的更富有个性创造特色的生命现象，也是在社会中存在并发生作用的。文学的创造，应该是有"我"，也有"他"，不能将文学从人类的社会性存在中剥离出来。诚然，文学的作用明显有别于其他政治的、经济的、军事的、科学的等诸种社会性行为，但即使说到娱乐和审美陶冶方面，它也同样表现在人们的社会性群体关联之中，而不纯然是自娱的工具。正因为文学艺术所起到的是一种特殊的作用，才使其在完善人类生存方面更具有了无可替代的地位。这种文学艺术的"天"赋之权，表现为对人类生存问题的深切关注、对危害人类生存的丑行恶德的批判、向善的引导和提供健康的审美娱悦。它既不能被剥夺，也不应自我放弃，否则，即为失职。第二，对于人类的宽厚的爱心。这一条是为文学与人类生存之间的特殊关联与沟通方式定位的。文学与人们之间的对话，固然也要靠语言，固然有着极为丰富的传达内涵（这一点是任何理性的表述和知识的传达都无法比拟的），但是，"艺术活动建立在人们能够受别人感情的感染这一基础上"[①]，这就使之与同样需要语言的思想传达不同，成了一种特殊的关联与沟通方式。因此，文学家作为艺术活动中的情感输出者，作为与人类之间特殊沟通的情感信息源，他们本身必须具有崇高的情操和健康的感情，对于艰难生存的人类，必须有宽厚的爱心。从这一点来说，文学既是有"私"也是无私的。所谓有"私"，是指文学家的感受和感情的个性化内涵与方式，不是无边的私欲。所谓无私，是指对于人类的力戒偏见与浅薄的真诚和挚爱。总之，只有作家懂得了"爱人"，他及其作品才能被人爱。第三，对于人类生存现实的独特关注与表现。这一条是为文学表现的对象和表现的基本原则定位的。从反映与被反映的终极意义上来说，无论怎样，文学作品都是生活的反映，但这一条的立论，却并不满足于这样一种宽泛的理解。它所强调的是，在表现对象和表现原则上对人类生存现状的充分关注和重视。当一个作家将眼睛从人们社会性即群体性生存的基本现实移开，而仅满足于主观臆造或对生活碎片的无意义铺陈，抑或仅陶醉于个人私欲的无节制的展示时，这条原则就已经不复存在了。坚持这条原则的文学，尽管可以进行充分的想象和虚构，不必拘于一格，但是人类生存现实的客观真实性，其中既包括其深在的意义内蕴又包括其现象层面的细节生成，都是不应被违背的。我们说"独特的关注与表现"，不仅是为了区别文学和其他如政治、思想、文化等对现实的关注与表现形式的不同，更重要的还是意在强调文学在关注和表现现实方面，不同于把它仅作远背景解释的文学理解的特殊要求与规范。

从以上理解可以见出，我们所称之为现实主义的文学精神，显然并不仅是对现实主义文学的独家规范和要求。只要是有生命力的文学，不管是什么主义，都不会在最根本处背离它。当然，毋庸讳言，

[①]　托尔斯泰：《艺术论》。

这种文学的现实主义精神，尤其是将第三条与前两项结合起来作强化理解，它最集中、最突出的却还是表现在现实主义的文学创作之中。因此，在张扬一种人类精神、表现思想情感的冲决力量时，诚然是浪漫主义文学要胜过一筹；然而在真实而集中地再现人类生存的矛盾、痛苦和向往的深刻性和丰富性方面，现实主义文学却是更要独得风骚的。由此便不难理解，为什么在数千年的中外历史中，现实主义文学在发挥这一作用方面会一直得到人们的钟爱。特别是当人类生存的现实性问题成为一种郁结而要求文学给以真实而真诚的表现时，它更会以一种特定的精神形态和审美形式，形成为一段历史的骄傲。

但是，如同表现为人类生存其他内容的历史发展的曲折一样，文学的历史发展也要付出一定的代价。人类生存的发展，不同的历史时期有不同的特定内容，与此相关，作为精神活动和审美创造的文学，不同时期的人们对它的理解和要求也不会停滞不变。但在变中，有得也会有失，有时甚至会走一段弯路，不得不回过头来重新认识、重新调整。这在中外文学史上都有许多实证。按照文本逻辑的运演，当我们把思路拉回到文章开头所描述的文坛现状，认真思考现实主义文学精神的严重迷失时，我们就有必要对导致这种状况产生的历史的和现实的原因，作出冷静的分析。从历史发展的阶段性来看，时下的文坛与上一世纪末、本世纪初的新文学倡导构成呼应的首尾。对于古代文学来说，近百年来新文学的发展过程，便是一个相对完整的历史阶段。如果我们对二十世纪即近百年来文学的现实主义精神和现实主义文学的发展作一简要的总结，那么对于认识问题将不无好处。

众所周知，贯穿于二十世纪中国文学并被认定为与历史的需要最为契合的主潮性文学形态就是现实主义文学。文学的现实主义精神和现实主义的文学形式，被视为二者不可分割的一体化存在，同时得到尊崇，以至于其影响力与统摄力在长时期内几乎可以笼罩文坛，使其他形式的文学诸如浪漫主义、现代主义等都难以得到持续的充分的发展。如果单纯地仅做文学形式发展的比较，就不难发现，在旋转流动的文坛情势中，文学形式的变异和否定性发展更多地表现在现代主义甚至是浪漫主义上。要追究其中的是非功过，这原本不是一桩文学自身的公案。倘若有谁企图摆脱这段诱人而又恼人的历史，单从文学发展的内部去寻求答案，那只能表现为一厢情愿的天真。我们只有用力去捉住在背后拨转这一切的历史的巨手，问题才会豁然而解。与以往相比，从上个世纪中叶开始，中国人的历史危机感和救亡图治的使命意识达到了前所未有的程度。过去，四周皆诸小"蛮夷"环伺，虽时有侵扰，但无损于老大帝国的中心优越感。即使江山半壁沦丧，或一时臣服于异族统治，至少文化上的至高地位也没有被真正动摇过。然而这时不同了，西方列强依仗"船坚炮利"强行打开中国封闭的国门之后，其倚势亡我之心连同其政治、经济、文化全面优势的展现，深刻震动了整个中华民族。国门的打开，也拓宽了国人的历史视野。传统的那种只将政治（主要是政权变易及军事行为）看作历史主要内容而相对忽略经济、科技和文化的观念受到强烈冲击，科技和实业、政治制度（在政治中突出了制度的内容，这也是前所未有的）、文化被相继凸现出来，都成了历史性观照的内容。梁启超所总结的国人认识的三阶段，即"从器物上感觉不足"到"从制度上感觉不足"又到"从文化上感觉不足"[①]，它既是人们认识的深化过程，又何尝不是中国历史近代化过程中三项内容的相继凸现？尤其是文化，曾被认为是历史能否进展的深层症结所在，使之从传统的化民治国的手段一改而为阶段性历史的目的。历史的这种特征，势在必然地导致人们在主动承受历史责任时对"现世"或"现实"的精神高张，和对历史价值认识范畴的无限延展，使泛历史意识成了不仅近代而且几乎含纳整个二十世纪的精神特征。它始终支配着历史活动的中心话语，并力图覆盖所有的文化和审美领域。在这种历史的背景和规约中，一方面必然选择现实主义，把它作为承载现世性历史要求的最佳文学形式；同时

---

① 梁启超：《五十年中国进化概论》。

也必然赋予它"工具性"特征，要求它成为历史巨手操作中的或一工具。这样，文学的现实主义精神被作了现世和浅近的理解，并与阶段性现实主义的文学形式毫无空隙地粘贴在一起。这就势必造成对文学现实主义精神某些深在要求的忽略或拒斥，从而对那些应该被文学充分重视的、超越阶段性历史话语赋予文学的认识和形式规范的深层人类生存内容，缺乏必要的开掘和表现。文学的形式和精神理解一起，很容易随着阶段性历史话语的极端化强调而走向教条和僵化。反之，当历史超越了某一阶段而进入新的时期，文学变更的要求也被历史推拥而出时，又会常常在突破既成文学形式和理解时，同样表现为对文学现实主义精神的冷落或忽视。

中国历史近现代化过程中几项基本内容的结构特征，也深刻地制约和影响着对现实主义文学的理解和发展。上文所及梁启超谈到的三种认识的进展，实际上涉及了中国近现代过程无法逾越的三项历史内容。这三项内容虽然在历史的深层要求和近现代化的全面实现上是统一的，但在历史运作的实际过程里却呈现为悖论状态，并由此而影响到人们的思维和行为。① 其中，最为明显的莫过于启蒙与救亡之间的悖论性存在了。尤其是当历史由近代而入现代之后，二者的悖论性对立与必然转换更成了历史的现实性难题和知识者内心痛苦的纠葛。中国近代史颇为可贵的一点是几经探索为现代革命提供了两个必备的起点，即文化启蒙和民族救亡，然而两者一经设置便成了一种两难性存在。要文化启蒙就必须反传统文化，而要救亡又必须高扬民族精神，何况在现代时期救亡的内容又不止于民族解放，还增添了或者说更深刻地表现为阶级之间关于政权、制度的暴力斗争。这两者，在变革对象和文化价值取向上都是很不相同的。关于启蒙与救亡之间同为悖论性关系，已多为学人所感知，而对作为中国近现代第三项历史内容的经济即实业的发展与启蒙和救亡之间的悖论性关系，则没有给予

---

① 参见拙作《20世纪中国文学研究中的两个问题》，《文学世界》1995年第2期。

相应的关注。殊不知，从真正改变人们的生存条件和全面实现现代化来说，经济的发展是最为重要的基础，如果仅有文化革命和政治革命而无经济革命的话，那一切都会归之于虚空。可是，在近现代提供的历史情景中，它又无法实现。历史发展的现实性展开，很难顾及逻辑论证的全面性，它只能在条件的不断实现中曲折前行。而对人们的思维和行为施加影响的，也不是事后才能得出的逻辑结论，只能是历史的现实进程。我们要说的是，正是前述各项历史内容的现实性悖论设置，使人们对于现实主义文学的理解因依附于某一单项的历史需要，而在表现和批判对象上表现为不同的单向指涉，并使之成为对抗性的分流发展，如启蒙现实主义、政治现实主义等。经济变革的内容，因只是到了八十年代才成为历史的主潮，在前此的历史时期内还不可能对文学的主潮构成大的影响。再说，经济的变革也不可能以其经济学的内容直接进入文学，它必须被作为人生内容观照，并在被作家以超越经济利益的体认充分酿制之后，才能反映在文学之中。不然，反而会使一些人迷失文学的现实主义精神，就如时下的文坛那样。与启蒙现实主义、政治现实主义相抗衡并企图超越它们的，是可以称之为生存现实主义的文学理解和实践。只不过它出现稍晚，是在前两者的对立与转换所作的另一种努力。

在二十世纪中国文学的发展中，政治现实主义是一种存活时间最长、发展最为充分并最后被推向极端的文学形态。早在本世纪初，大举向中心文坛位置进军、被鲁迅称之为"谴责小说"的众多小说作品，实际上即构成了本世纪现实主义文学发展的第一阶段。晚清社会政治的极度黑暗和腐败，使"群乃知政府不足与图治，顿有揸击之意矣。其在小说，则揭发伏藏，显其弊恶，而于时政，严加纠弹，或更扩充，并及风俗"①。与当时社会的基本历史趋向一致，这些作品表现出了强烈的批判现实的倾向。而其攻击批判的主要对象，则是其时的政治制度，所以我们有理由把它归入政治现实主义的基本范畴。这

---

① 鲁迅：《中国小说史略》。

种特色，在梁启超等社会革命家所写的诸多"政治小说"中尤为明显。与后来的政治现实主义相比，这时的"政治"所指涉的对象主要还是制度而非阶级的政治，而且仅仅限于笼统的批判和否定而已。到了二十年代初期，因启蒙现实主义崛起并领风头之先，政治现实主义相对沉寂。待到"革命文学"倡导之后，政治现实主义重新主宰文坛，并以阶级政治为全新的内涵构成了它的第二个阶段。从三十年代初期开始趋于成熟，到四十年代初在理论上形成系统的规约，一直到六十年代初期，在长达三十余年的时间内它一直紧跟历史的主流意识形态而成为文学的主流。从六十年代初期开始，已经日渐枯僵的文学又被极"左"思潮一步步推向极端，并终于使其彻底地全面背离了文学的现实主义精神。这就是政治现实主义的第三个阶段，也是它的末期。政治现实主义曾把文学的工具性特征发挥到极致，但又必然地把它导入了末途。启蒙现实主义突出的是文化启蒙的主题，其批判的锋芒所向在于已胶着在国民心理深层的传统文化意识，解决的是愚昧国民的文化觉悟，即"国民性"问题。虽然中国近代的文化启蒙实际上萌发于世纪初梁启超的时代，他及其同代人关于自由主义思潮的提倡和对于开启"民智"的重视，对文学创作也产生了一定影响，但没有在根本性质上表现为一代文学的表征。真正的启蒙现实主义，勃起于这之后的文化批判运动，构成了二十年代中前期的特殊文学景观。启蒙主义文学由于单方面对文化作用的强调，不久便使其在沉重的现实面前困惑莫解，而不得不或放弃或坚持，都得向有更丰富内涵的社会现实靠拢。由于文化启蒙主义者也把启蒙视为手段，诚如鲁迅所说，他从来都是把写小说看作用来改良社会的工具①，所以在关于历史目的的深层意识中与"救亡"并无根本上的不同，视点的转移似乎是顺理成章之事；但因为通达目的的途径不同，批判对象和文化价值取向的近乎背道而驰，而致使作家们在转变过程中不得不经历长时间痛苦

---

① 鲁迅：《我怎么做起小说来》。

的心灵蜕变。有的作家如老舍等，在他们将文化批判与社会批判结合起来时，并没有转向政治现实主义，所以还终于使文化启蒙的余脉未断，然而其内涵已远较以前扩大，与后文将要说到的生存现实主义已经比较接近或相似了。启蒙主义文学的真正大规模复苏并成为富有冲击力的文学主潮，那是到了新时期初期即八十年代的中前期。企图把被遗落的历史任务重新在五四启蒙主义的底座上作出补偿性努力，曾使深富历史感的这一代作家深感神圣与自豪，个性和人道主义的张扬也成了文学的当然旗帜。但是为时不久，由于西方现代社会现实和现代文化的强烈诱引，由于我国的社会现实在历史活动重点转移后富有实绩的大幅度改观，启蒙主义文学便被新潮文学、先锋文学冲击得几近风流尽失了。所谓生存现实主义，是我姑妄名之的一种称谓，实则是指既不臣服于政治对文学的工具性要求，又不完全心仪文化启蒙现实主义的那种以表现人类某种生存状态为旨归的文学创作。三十年代沈从文一类作家的作品，似乎即可归于这一类。沈从文作品中表现了一种人性被理想主义地实现后的生存状态，并据这种理想主义人性生存的要求，对腐朽的传统文化和恶浊的现代都市文明实施双重拒斥。四十年代的钱钟书、张爱玲等人综合吸纳了现代主义的许多哲学与文学的营养，但要说他们的创作还表现出了某种现实主义文学内涵和面目的话，也便是一种生存现实主义。张爱玲表现的是被文化和欲望支配和制约下的那种畸变了的生存状态，而钱钟书表达的则是人生如出入围城的悖论性主题。新中国成立后这种文学几近绝迹，到了八十年代后期才又一度辉煌，而且成为彪炳于文坛的主流性文学形态。人们习惯于把它称为"新写实主义"，其实，其所谓"新"，也就新在它从政治的、文化启蒙的两种现代传统现实主义的功利性束缚中突围出来、对内蕴极为丰厚的人类生存状况作了文学的观照和表现罢了，因此称之为生存现实主义亦无不妥。然而不幸的是，当其风头正健之时，它却失去操持，竟竞相追求起什么"无意义"和什么"情感的零度介入"来。岂不知当其将生活表现为一堆无意义的琐碎堆积时，它作为文学的意义也就丧失殆尽了。

不可否认，现实主义文学曾经作为社会斗争的重要一翼，在中国历史的近现代化过程中发挥了重大作用；也不可否认，在长期艰巨而残酷的斗争生活的真切体验中，一代代作家创作出迄今仍感人至深的成功作品，即使在审美创造上也堪称独步。而这正是现实主义文学与历史的更为密切的亲缘关系被充分认可和高度发挥的结果。但是，从上面的简要回顾和剖析来看，对其理解的片面性和窄狭的约束也是显而易见的。当被作为工具高高举起，并用单项历史选择把它紧紧约束起来的时候，它背离文学现实主义精神的必然性也就随即显现出来。政治现实主义要求把社会的、阶级的群体原则作为文学的旗帜，为现实主义文学所推重的人们的个性就会面临被消融的命运；启蒙现实主义倒是强调人的个性主义存在的历史合理性，但又被制约在文化的认识之中，难以对人的生存现实作更全面、本真的表现；生存现实主义也因其对现实功利性目的的拒绝，而过分地疏远了历史的现实要求。而问题的严重性在于，对于新时期的文坛来说，由历史长期形成的对于现实主义文学片面的狭隘的理解和规范，尤其是在其间形成的形而上学的思维方法和简单机械的判断方式，都将一股脑儿地成为历史设置的起点。在简单的逆反心理支配下，文学的超越必然伴生着种种误解甚至会从一个片面走向另一个片面。

目前，支配着作家创作的一些貌似"新潮"的观点，实际上就裹挟着诸多误解。这些误解，主要表现在以下几个方面。第一，关于文学和历史的关系。文学作为一种对生活的审美观照，不能等同于历史，也不能被简单地用作社会斗争的工具，但当我们的文学在对与历史关系的简单化理解实行突围时，却不能将自己放逐于历史的责任和历史的现实规约之外。所谓历史无非是人类生存发展的过程性展现，它不仅属于历史学家，同时也属于文学家，只不过彼此观察的角度、内容和认识及表现的方式不同罢了。很明显，文学中的历史与历史学中的历史不是一回事，即使如巴尔扎克，也是这样解释他的创作的："法国社会将要作历史家，我只能当它的书记。编制恶习和德行的清单、搜集情欲的主要事实、刻画性格、选择社会上主要事件、结合几个性质相同的性格的特点糅成典型人物，这样我也许可以写出许多历史家忘记了写的那部历史，就是说风俗史。"[1] 与此相关的问题是富有现实主义文学精神的作品，要赢得历史内涵，要对社会尽责，就不能拒绝"意义"。其实，作家们无须担心，不要以为只要有了理性的参与，只要有了表现历史的责任，就会削弱或取消文学的独立品格，而成为历史学的附庸。托尔斯泰在讲到他创作《战争与和平》时说："我开始写一部关于过去历史的书。在描写的时候，我发现，这段历史的真相不仅是没有人知道，而且人们所知道的和所记载的完全与史实相反。"[2] 这段话不是很有启发吗？虽然这些话已经属于另一个时代，但其中包含的精神却是永不过时的。

第二，关于文学与理想。长期虚伪的英雄主义、理想主义的文学制作导致了当今文坛对于英雄主义、理想主义的逆反心态。当然，形成无理想力量的文学状态的原因，表现为多方面因素的复杂作用，但无论如何，文学都不能成为毁灭人类生存希望的一种东西。尽管现代人感受着诸多迷惘和痛苦，文学也应该给以真切的表现，然而这却不能成为摒弃理想的合理依据。虚假理想的幻灭，正是社会的进步，生存发展的真正希望由此而生。决不能把仅停滞于幻灭感、虚无感的表现，视之为文学先锋性的感应。第三，文学与人物个性。在这个问题上出现过三种偏向：一种是相对于过去以社会性抹平个性的倾向，将人物个性作超越社会规范的对立性强调；一种是相对于过去对人物塑造典型性的片面理解，而否定典型性在文学创造中仍然存在的必要性；还有一种是对人物个性内涵的理解和表现中，过分地热衷并无节制地展示非理性的、生物性的内容。至于这三种倾向的偏颇或谬

---

[1]　巴尔扎克：《〈人间喜剧〉前言》，《外国文学参考资料》（上）。
[2]　托尔斯泰：《〈战争与和平〉跋》（草稿片断），《文艺理论译丛》1957年第
　　1期。

误，当我们将它作了以上归纳提出时，便不言自明了。第四，文学和情感。文学创作不能没有情感投入，文学作品不能没有感情传达，这是任何时候都不会过时的理论。所谓"感情的零度介入"，只要创作的是文学，这种说法就只能是天方夜谭。作家可以尽力不以自己的好恶去影响表现的客观性，但不要说作家，就是作为一个普通的人参与生活，也决做不到使感情始终处于"零度状态"。对此无须多说。更严重的问题是作家在创作中所表现出来的情感不真诚和精神的贵族化问题。情感的不真诚表现在既不尊重别人也不自重的调侃和故作"现代"的矫情表达上。精神的贵族化表现在缺乏平等和平民意识、缺乏宽厚而质朴的人类间的同情和友爱，和创作中居高临下的主体性投入上。在这里，我不能不又想起那位曾为人类创造出巨大文学财富死后连墓碑也不要的老托尔斯泰。在毕其一生的创作生涯中，他在以批判的笔触描绘美丑杂陈的生活时，总是把自己作为反省对象投入他要思索和表现的世界。身为贵族的他，在面对人生苦难和表达深挚之爱时，反而没有了什么贵族气。难道身为现代的文学家，却可以反其道而行？第五，关于新与旧。文学需要创新，这是自古已然的道理，谁也没有异议。但值得注意的是，由于思维方法的形而上学，新时期以来，将"新"与"旧"截然对立起来，并且不经认真消化地盲目逐"新"，这种现象在不少作家身上还是表现得相当明显的。

二十世纪中国现实主义文学的发展，除自觉不自觉地承继了传统文学精神外，更突出的还是受了西方文学的影响。在新时期以前，由于历史任务对文学的明确规约，使之对现代主义文学的借鉴难以成为主流性行为，并难以以原型移植的引进方式长期存活。到了新时期的中期以后，由于文化和文学得到相对自由的发展，现代主义的引进不仅成为可能，而且还势头夺人，影响和牵动着整个文坛。在此种情势下，我们的文学在实现着新的开拓的同时，也在未加细审深思的引进中产生着误解，而且正好借叛离传统现实主义文学的逆反性心理，得以存在甚至是发展。我们并不否定西方现代主义文学对于文学的诸多新的拓展，成功的现代主义作品也并没有斩断现实主义文学精神之根。例如《尤利西斯》，是典型的现代主义作品，但却有一些"很有才智的读者赞扬乔伊斯这个作品的现实主义。不是说，他们把写作方法作为现实主义的来赞扬（有些语言是矫揉造作的），但他们觉得有一种现实主义的内容"①。但是，第一，现代主义乃至后来的后现代主义，是在西方特定的社会历史基础和文化基础上孳生发展起来的，能否与我们的现实状况和文化基础协调一致？第二，不可否认，西方现代主义是反叛传统文学的产物，尽管它并未完全丢弃文学的现实主义精神，但毕竟表现出削弱现实的客观性的倾向。"否认历史，否认发展"，和表现"变态心理"②等，这能否作为文学的方向？即便是表现为西方文学发展中的阶段性合理性，是否不同区域的文学不管情况如何都必须追上并经历相同的过程？第三，文学发展的"世界化"应如何实现，能否一切均以西方文学为圭臬？等等，对这些问题，无论在理论上还是在创作实践上都还没有科学地解决，随之而生的负面作用也就在所难免了。

　　文章结束前，似乎还要重新强调，我们倡导发扬光大文学的现实主义精神，并不意味着对某种旧有现实主义形式的重新肯定，也不意味着对文学形式多元性存在和发展的否定和排斥，而恰恰相反，倡导的目的正是为了实现有效的超越和文学更有生力的发展繁荣。其中深意，定能为识者所察。

（原载《时代文学》1995 年第 6 期，

《新华文摘》1996 年第 3 期摘转）

---

① 贝·布莱希特：《论现实主义和现代主义》，《现代主义文学研究》（下）。
② 盖·卢卡契：《现代主义的意识形态》，《现代主义文学研究》（上）。

二十世纪九十年代现实主义文学的两次冲刺

一

无论当前文坛如何地令人眼花缭乱，但有两个年代却会以极为醒目的字眼记载在二十世纪九十年代的文学大事记中，那就是 1996 年和 1999 年。因为在这两年里，现实主义又以异军突起之势，分别从不同的方向对文坛实施了力量相当密集的冲击。

二十世纪八十年代中期以后，中国的历史变革围绕经济建设这一中心全面深化，各种矛盾也都越来越多地暴露和激化起来，其波及之广，几乎没有人不被它搅动起来；而其波及之深，则是所有的人无一不被触动了对命运的思考，并激发出前所未有的复杂心理感受。但是，我们的文学离它太远了。可以这样说，在我们的文学里，并没有表现出甚至哪怕是复制出这一现实世界真实而完整的图像，作为一种对象化结果的文学，与这一段历史现实在深度与广度上都不能形成对应的关系。正是这一令人瞠乎其然的巨大逆差，在一些并未忘情于现实的作家那里成了一种警示，且由此而获得了自信。他们开始寻找和调整自己与现实对话的关系与姿态，于是就有了 1996 年现实主义潮涌的前奏。1995 年上半年，李肇正的中篇小说《女工》、何申的中篇小说《信访办主任》等已带有明显新现实主义特征的作品问世，使与现实主义久违了的读者耳目一新，并开始引起创作界与批评界的关注。凭着敏感，一些批评家迅即开始了对现实主义的基本精神及其当代性特征的探讨。这一年的下半年,《时代文学》发起了关于"现实主义重构"的讨论,连续数期刊发了多篇讨论文章,算是批评界对这一前奏最具规模的一次回应和对其发展的预期。

1996年现实主义冲击波的出现,批评界在应对上显得有点措手不及。因为从整体上和发展的基本倾向上来看,从八十年代中期起,理论界和批评界对现实主义采取了弃置不用的态度,大家都忙于以西方为借鉴的最具当代性特征的基本理论与批评理论的建构,关于现实主义的议论已于无形中中止或者说被搁置起来。如果说现实主义创作在没有真正走出传统现实主义理解更没有形成新的特征性生态时,便被挤出了文坛,那么,在对现实主义理论的研究方面,则也是在还没有对近一个世纪以来的现实主义历史作出科学而深透的研究和总结,便匆忙弃之而去,上路追赶新的浪头去了。所以,在对1996年的现实主义进行评估时,作为主导性的意见,就不能不是旧的现实主义观念与新的现实主义生态之间的错位性对话与批评了。批评家们纷纷指责这种新现实主义文学缺乏明晰的是非立场和尖锐的批判力度,其结果大概使那些作家都会因此而动摇了坚持下去的信心。

当然主要还是缘自创作主体自身的局限性,这种"分享艰难"式的现实主义有如潮起潮落,随着1996年日历的翻过,也就明显地显得后劲不足,难以为继了。但此时,现实主义已成为人们翘首以望的文学期待,所以时隔两三年,即到了1999年,它终以对现实批判的强化奔突而出,又构成了一次新的潮涌或者说冲击波。这一次主要以长篇小说为主,以王跃文的《国画》、张平的《十面埋伏》、周梅森的《中国制造》、李佩甫的《羊的门》等作品为代表,也是相当密集地推向了社会。这些作品虽然程度不同、追求也同中有异,但无疑都有明晰的是非立场,和对现实弊端痛下针砭的批判强度,按传统现实主义的理解,似乎是无可指责的了。但人们却又觉得,它们在文学性上似乎有所欠缺,有的甚至走得更远。

1996年与1999年两次现实主义的潮动,实则是两种不同取向的现实主义生态类型的试验与冲刺，不管它们的成败得失如何，它们在当代现实主义生成上的多样性努力和多元化发展上的昭示作用，都应该是被充分注意的。

二

从历史渊源和各自发展的历史线路的承接上来看，1996年"分享艰难"式的现实主义，主要是承接了新写实主义的文学基础，并与俄国托尔斯泰式的现实主义无意中形成呼应；而1999年的批判现实主义（有的论者为与历史上的批判现实主义区别开来，将它称为"现实批判主义"，其实两种称谓没有实质上的区别，所以作家王跃文仍径直称作"批判现实主义"），则是力图越过新写实主义，径直与中外传统中的批判现实主义对接。

阅读1996年新现实主义的作品，一个突出的感觉便是它们对在中国盛行了几十年的那种革命现实主义的超越欲望。因为它们关注和表现的虽然无一不是中国当今改革的现实，但一般都没有把揭露、批判已成为人们话题中心的政治、经济腐败作为用笔的重点。在这些作品中，社会政治、经济的巨大变革特别是与之俱生的种种矛盾与问题，当然也是从根本上影响和掣动着小说中众多人物命运变化的主要原因，但为作品所侧重于表现的，却是生活在社会最基层的种种小人物在当今近乎凡庸而又无法回避的两难性的艰难生存处境和受抑而又无奈的人性生存状态。那些具有掣动作用的中上层社会的人物和事件，那些具有弥散性影响的中上层社会在政治、经济方面的腐败，统统被作了背景式处理或隐形处理。作品中所出现的被针砭的人物，都是一些同样具有基层性，即能与故事中人物处于直接矛盾关系中的角色。如《大厂》里那个市委秘书长外甥的哥们儿、"滚刀肉"赵明，《九月还乡》里那个曾做过县委书记秘书的贾乡长的宝贝舅爷冯经理，《分享艰难》里的那个乡镇企业家洪塔山，就都是些这样的人物。他们或倚权势或靠钱财，要蛮使横，贪财好色，都是一些十足的流氓、恶棍。但作家们塑造这些人物时，所着力予以凸现的也不是他们在政治、经济上如何的严重腐败，而是聚焦于他们的人性之恶。说实话，这些小角色与那些现在已被发现和大量未被发现的中上层腐败分子根本无法相比，但在人性之恶方面，却是一路的货色，只不过多些社会基层所特有的流氓气和恶棍相而已。但是，作为当今社会实际存在的由上下交织而成的腐败网络的基层而言，这些家伙却对众多生活于基层的人们直接构成了物质性生存和人性生存的严重威胁。所以，这些小说大多都是把他们作为影响和干扰人们生存和心灵安宁的恶势力的具象化存在，叙述于故事之中的。值得指出的是，这些作品的主要命意还并不在于对此类人物的鞭挞和批判，他们也只是作为改革时期的恶性孳生物，作为可被作品中直接或间接受其损害的群众直接指认的对象，而被置于否定性位置上的。实际上让一些基层干部和广大群众经常处于生存艰难和心灵痛苦之中的更根本的原因，却是一些时时处处可以感受到但又无法作具体指认的一种社会状况和氛围。它不是哪几个人的事，也不是哪一个地域的事，而是私欲与妄为和道德与原则之间界限模糊、互相渗透甚至可以进行交换的看似无序实则又有序的一种历史状态。对此，作家们没有把精力用在对这一状况背后黑幕的揭示上，也没有像传统的批判现实主义特别是革命现实主义那样，一定要先找出一个明晰的"意义"和确立一个是非分明的立场，然后再据此在文学表现上强化对所否定一方的揭露与批判。他们是把笔墨放在了对社会基层人物命运的关注上，力图原汁原味地展现出他们在这一特定社会状态中所有的艰难与无奈，以期达到题旨的非单一性与生活之本真性真实的统一。

　　1996年的新现实主义与此前的新写实主义确有相近之处，但它们在实质意义上的区别也是显而易见的。第一，新写实主义固然写的也是社会底层人物的凡庸人生与烦恼，但它在对这一切进行描写时，先行消解了它们的意义性特征，使之成为人生均不可避免的普遍性存在。而 1996 年新现实主义却是紧紧抓住了在当代改革现实中发生于社会基层人物身上的两难的生存困境和颇具悲剧意味的心理冲突，在看似原汁原味的写实中极为真实地凸现了为这一历史时期所独具的社会底层人们的生态特征。

这些作品主要描绘了两类人物的生存境遇，而其中普遍用墨最多的又是那些厂长、镇书记、村长一类的基层干部。他们虽然是干部，但却位卑言轻，根本无力改变其所面临的左右掣肘的艰难局面。然而职责所在，为了群众的公共利益，又不得不违心地做出一些连自己都为之汗颜的有损天良和人格的事。应该说吕建国（《大厂》）、兆田（《九月还乡》）、孔太平（《分享艰难》）这些人都还是一些有一定头脑、有一定胆识、也有一定办法的人，而且也算勤政敬业，在基层干部中也可称得上出类拔萃，但就是无法堂堂正正地做人做事，他们自己非常清楚地知道这种人所不齿的行为有多么卑下，但身在局中，又别无选择。当然，从道德的自我完善上来讲，他们也不是不可以愤然而起，或坚决斗争，或挂冠而去，但若如此，结果又会如何呢？这些作品在这里共同揭示了一个时下颇有悲剧意味的现实问题和文学的新发现，即在改革的艰难时世中，一些两肩担着群众基本生存利益但又没有决定他们命运权力的基层干部，常常在以自渎人格的方式来维护或者说换取公众的利益。你说他是道德的堕落，还是精神的崇高？我看还是一种令人倍感苦涩的悲剧人生和至少是一种利他的难以指责的选择。

另一类人物是生活于最底层的工人、农民，即普通的百姓。他们的命运无一不在改革的艰难现实中受到触动，改革的两难处境又常常使他们首当其冲地成为历史需要付出代价的承当者。生计的艰难，内心的困惑和痛苦，都一起落在他们头上，使之不得不经受着灵、肉双重的生存熬煎。商品大潮的鼓荡，自然也会刺激起一些人的发财欲望，试图让自己也成为这一历史时机的受惠者。但是，既无钱又无势的他们，大多又要为此付出惨痛的代价，甚至造成终生都难抚平的心灵创伤。《分享艰难》里孔太平的表妹田毛毛，一心想攀上洪塔山的关系圆了发财梦，为将自己家的土地并改为洪氏公司的鱼塘而不惜与老父闹翻，结果却是被洪塔山奸污，白受了一场侮辱。九月和孙艳去城市里打工，也只能是靠卖淫得了一点积蓄回村。更足以表明这些作品特点的，也还不是上述情况的惨痛，而是这些无助的人们，在现实的两难选择中内心所受的伤害以及不得不主动去承受的痛苦。漂亮姑娘九月才从卖淫的苦海中被救拔而出，满以为靠这一点耻辱钱可以换回一个新的生活起点了，然而实际上等待她的，却是比在城市里卖淫更使她感觉委屈和耻辱的境遇。面对着兆田村长无奈的恳求和讷讷自责，为着顾全全村人的利益，九月不得不答应去和冯经理睡觉。李佩甫《学习微笑》里的那位命运多舛的女工，即便不是为着公众利益，但为着一家人的生计，在被厂里选定做三陪女后，也不得不强忍心中百般酸苦去学习微笑，读后真是令人为之心颤。

第二，这些作品所描述的不再是一些零散的、偶然的生活事件和庸常的细节堆积，而是已经被着意呈现为一种由复杂矛盾交织而成的结构性现实。上下左右互相关联、互相掣肘，但又不是平等制约的关系网络，是每一个人在这一特定历史阶段都无法逃得掉的社会性或者毋宁说是生存性制约。在往昔的时候，除了主管局和上级党委、政府等领导部门的领导性干预之外，其他系统或地方的责任部门一般不会对吕建国、兆田村长和孔太平等人的工作有什么干扰和制约，但现在不同了，方方面面都可能成为让你寸步难行的阻碍。对私人或集团本位利益的不正当维护甚至攫取，在许多个人或部门那里已成为一种处理问题时心照不宣的原则，改变着过去在上下左右之间对责、权、利的认识内涵和行使方式。在这种情况下，许多原本不应该成为问题的问题都变得无比复杂，令人一筹莫展。因此，只得借用非正常的手段并通过非正常的渠道去解决问题。吕建国要取得主管局对工厂的支持，自己去找局长反而不行，没办法只得请与局长有私情传闻的党委书记贺玉梅出马；要请公安局放出嫖娼的客户（这要求本身也是不正当的），得要通过厂纪委书记齐志远与公安局陈局长的私人关系，请他到酒楼吃饭。类似的情况不光在基层干部们身上有，普通百姓则更是求告无门，连与那些基层干部们对抗不正常制约的能力也没有。当然，与1999年出现的批判现实主义相比，这类作品揭示这一切的重点尚不在揭露与批判方面，而是在于对这一不正常现实的客观性展示，为其所表现的人们在当今现实生存中的集体无奈提供一个合理的环境和氛围。而为其所实际达到的表现效果，也就不单单是一个"愤怒"所能包容得了的。

第三，这些作品在内蕴的情感与人生态度的倡导方面，与新写实主义有明显的不同。它们惯常在悖论性的关系中演绎人物的行为和心理，并且以平等对话的姿态作设身处地式的叙述和描绘，而不是把它一切当作人生的常态作无动于衷的表现。面对种种由悖论性现实而制造出的人们生存的畸变状态，作家们以人道主义的人生态度和对在历史特定阶段人们无法不对其付出代价的认识与无奈，作了给予理解和极富同情心的艺术处理。这些作品打破了传统批判现实主义尤其是革命现实主义文学在道德价值判断上的简单化倾向，大胆地将对这一特定现实中的道德评价问题设置于一个超越既成性规约的基础之上。单独地看，作品中所表现的许多人物的行为是不道德的，不论是吕建国的为嫖娼的客户说情，兆田村长自责的"拉皮条"的行为，孔太平的以不正当手段为犯罪分子的开脱，还是九月同意去陪冯经理睡觉的举动，没有哪一个符合传统道德的律条。可是当这些行为一旦表现出无私的动机，即表现为一种利他的或至少并非完全为自己的不得已选择时，其中悲剧性意味的崇高也就油然而生了。对此，除了悲凉的感喟和给予深深的同情与理解之外，谁还又能说什么呢？体味这些作品的命意，它们并不想强化固有的社会紧张，也不想制造读者与现实的紧张对抗关系，相反，倒是认为生存于不幸中的人们，或者说挣扎于两难处境中的人们，彼此之间应有更多一些的同情和理解，应该多一些"分享艰难"的人生觉悟。既然大家客观上都在承担着历史变革转型期的艰难，特别是社会基层的小人物们，还不得不承担着作为历史负面效应的诸多痛苦，那为什么不变得更自觉一点，以"分享艰难"的态度来共渡生存难关呢？

不少人批评这种现实主义未能充分反映生活的本质性真实与对社会不良行为和风气的批判力度。应该承认，在现实生活中，许多工厂、乡镇一级的干部确实比小说中所写的那些人物要专横、腐败得多，他们鱼肉乡里，称霸一方，已经发生了严重的质变。但这只是社会现实的一个方面，谁也不好说所有的基层干部都这样，更不能说他们都已经丧失了人性，完全没有了在两难性现实中的生存痛苦。现实生活本身是丰富而复杂的，文学对现实的观察和反映也会有不同的视角和关注点，1996年的新现实主义呈现为明显的人文关怀与生存关怀的特征，实际上是一种人文性的现实主义或者也可以叫作生存现实主义，不能用对传统批判现实主义或革命现实主义的理解对其作比照式批评。当时出现的那些作品确有让人遗憾之处，但主要并不在此，而是在于它们对所反映内容的悲剧性内蕴开掘不够，而且彼此之间存在着大量互相重复的现象，创作的后劲也明显地不足。

三

1999年大量涌现的批判现实主义的小说，似乎是从另一个极端上对1996年现实主义的矫正。它们以对社会阴暗面的充分暴露为职责，故事的叙述也由社会底层转向了社会的中上层，重点揭示中上层（当然也涉及了基层）不同方面的人物是如何上下联手、以权谋私、制造腐败的。而且作者既是一个故事的叙述者，同时又是一个代表正义与道德的居高临下、洞明一切的旁观者。他们以其对官场、商场和情场相关存在的触目惊心的腐败现实的揭露，和对正义与邪恶冲突的紧张演绎，为读者提供了一种认识现实和发泄愤懑的文本渠道，因而又可以转化为一种阅读快感。暴露的充分性和文学的通俗性倾向，使之固然可以上接巴尔扎克式的批判现实主义传统，但更为明显的却是与上世纪初的谴责小说甚至是某些鸳蝴派小说的相类之处。当然，这些作品之间也有极明显的差异，比如有的作品就与上述倾向表现出深在的不同，不当一概论之。

王跃文的《国画》是比较典型的揭露官场黑幕的作品。先此一年出版的小说集《官场春秋》，就已经充分显露了他的这种创作追求。他对批判现实主义是一种自觉的选择。他说："我原本是一个理想主义者，可现实逐渐逼我明白，理想主义是最容易滑向颓废主义的。理想似乎永远是在彼岸，而此岸充斥着虚伪、不公、欺骗、暴虐、痛苦等等。颓废自然不是好事，但颓废到底还是理想干瘪之后遗下的皮囊。可现在很多人虽不至于颓废，却选择了麻木，就只有批判。这些年中国文坛制造'主义'的成就似乎超过了文学本身的成就。林林总总的'主义'来也匆匆，去也匆匆，你还没有来得及弄清某某'主义'是怎么回事，它已是明日黄花了。风过双肩，了无痕迹，我倒觉得，目前我们最需要的是批判现实主义。"① 在创作的取材方向上，他虽然声言"不承认自己写的是什么官场题材小说"，但在主张"人"永远是创作的"唯一的题材"时，却又打了一个分明在指示其取材方向的比方："如果把小说比作化学试验，那么人就是试验品，把他们放进官场、商场、学界、战场或者情场等等不同的试剂里，就会有不同的反应。作家们将这种反应艺术地记录下来，就是小说。"② 在描写作者所极为熟悉的官场人物及其生活时，《国画》以丰富而真实的细节描写赢得了人们对它的信任。不同等阶和从事不同工作的人物，各自都按照自己的角色认定行动和思考，作者的用笔从容不迫，丝丝入扣。如果不是一位在中上层机关从事过长期工作的人，那是很难写到如此真切的地步的。

《国画》重点揭露的是官场人物两面性及其以权谋私的黑暗内幕，以朱怀镜为结构主线，围绕他的遭遇与命运的变迁，小说写到了上至

---

① 王跃文：《拒绝游戏（代后记）》，《国画》，人民文学出版社 1999 年版。

② 王跃文：《拒绝游戏（代后记）》，《国画》，人民文学出版社 1999 年版。

市长，下至副市长、秘书长、副秘书长、厅长、处长、秘书，乃至县委书记、派出所所长等纵横交错关系中的各种人物。皮市长等上层人物，看起来道貌岸然，附庸风雅，可实际上却凭借着手中的权力，操纵着官场升迁、商场沉浮和情场中的悲欢，是一个个十足的贪官和流氓。而那些处于中下等等阶上的人们，也都是一群忙于攀附钻营，既互相排拒又互相利用的势利之徒。小说中几乎没有什么可作正面道德肯定的好人，就连世外之人圆真大师，也是一个心系利禄的市侩。酒店副总梅玉琴倒是一位尚未尽失纯真的不幸的女人，但她的悲剧又何尝不是来自她本人对世俗性荣耀的贪恋？小说也写到了几位为作者所肯定的人物，一个是隐居于闹市的高人卜未之老先生，一个是行为怪僻的画家李明溪，还有一个是敢于直言又屡屡不能得志的记者曾俚。这三位都不能见容于由权与利编织而成的生活圈子，自己也都以与这个圈子不相容而作为守护人格的必然选择。但他们最后还是命定地将这种艰难的守护演绎成了对于人生常态的异化。这自然是一种悲剧，但须知在读者的阅读中，又无疑增加了几分奇趣。另外，小说不断重复着的对性行为、性感觉的近乎直观的描写，显然也增强了阅读中的感官刺激，实际上也成了吸引和刺激大众阅读的作料。

　　张平的《十面埋伏》，同样是一部具有明显大众文化特点的小说，但在创作方式和作品侧重表现的内容上，与《国画》又有较大不同。王跃文写的都是为自己熟悉的身边生活，而张平所写的，却是他并不熟悉的生活。而他又特别看重文学创作对生活真实的根本性依赖和作品的类似纪实性文学的特点，所以"每写一部作品，都必须进行大量的采访和调查"。在他看来，能否把作品写得像"大家正生活在其中的日子"，"这跟作家的想象力没有任何关系，再有想象力，也不可能把你没见过，没听过，一点儿不懂不知道不熟悉不了解的东西写得栩栩如生"[1]。从对文学观应作的全面而准确的表述来看，他的这种说

---

① 张平：《遭遇十面埋伏（代后记）》，《十面埋伏》，作家出版社1999年版。

明难免有片面性和绝对化之嫌，然而事实上这正是他的文学观，是他基于自己对作家责任与文学"直面现实，直面社会"的强调，对文学所作的一种诠释。他坦言："这除了跟自己的人生经历有关外，更多的大概是因为自己所写的其实是一种大众化的社会小说、政治小说。"①因此，他对表现带有政治内涵的腐败大案始终具有浓厚的兴趣。《十面埋伏》所讲述的就是一桩涉及狱内狱外社会各阶层的大案。权力与金钱的交易，黑白两道的内勾外联，如织就的一张黑网，使正义的力量反而如遇"十面埋伏"，身陷重重包围之中。这部小说对"大众化"品格的呈现，并没有借助穿插于故事内外的猎奇之笔和性描写的刺激，而是集中精力将头绪繁多的故事如何叙述得跌宕起伏，一波三折。作者将为人们所关注的社会腐败问题与文学大众化阅读中所期待的故事情节发展的传奇性结合起来，以此为创作大众化的社会小说、政治小说的基本方式，应该说还是颇具成效的。但平心而论，这部小说比起《国画》来，作者在文学修养及文字表达能力方面，似乎要稍逊一筹。

相对来说，《中国制造》的作者周梅森和《羊的门》的作者李佩甫，并不像前两位作者那样，具有那么自觉而明显的大众化追求。他们都是新时期文学中的名家，在经营现实主义创作方面也都有了一定的根基，而且也不想在大众文化浪潮中放弃精英性的内核和追求。从这两部小说中，我们分明可以感觉到他们据此以力避流行性故事内容与理解的努力。比如《中国制造》就没有把批判性揭露的重点放在对种种经济腐败的罗列与堆积上，而《羊的门》也没有仅仅停留在对社会现实问题的表面性阐释和单纯的现实责任的追究上。但两位作家比以往更为强烈的对文学表现与社会现实客观真实性的契合的追求，和对社会大众与其作品共鸣的期待，却也是显而易见的，而且都相应地增强了社会批判的力度。

---

① 张平：《遭遇十面埋伏（代后记）》，《十面埋伏》，作家出版社1999年版。

《中国制造》对现实中严重的经济腐败问题也进行了揭露和批判，比如对烈山县以县委书记耿子敬为首的贪污集团的描写就颇具典型意义。然而在小说中这不是被主要表现的对象，因为在小说所提供的认知范围里，这还不是最难于解决的问题，像烈山县的那种问题，只要被揭发出来，总还可以解决。而被小说重点插叙的一些问题却倒真的成了问题，人们往往比较关注干部的贪污受贿等腐败问题，并对此表示极大的义愤，而对另外一些也极其严重而且更难于解决的问题反而注意不够，所以小说企图从更深广处对读者进行警示。比方说平阳轧钢厂的问题，连续十二亿的投资几乎全部付诸东流，而厂长何卓孝和主管市长文春明却又都是相当敬业的干部，而且事实上也主要不是他们的责任。真正的原因是当初上级领导决策的失误，现在又投鼠忌器，无法从根上追究。再比方作为新任市委书记工作障碍的前任书记姜超林，不仅清廉，而且工作上也相当有作为，那么这又算作什么问题？这部小说的过人之处，是它超越了一般意义上对现实的批判，把改革中的现实置放于历史的动态发展之中，揭示由体制和观念滋生出来而又被改革现实激化了的种种既旧又新的矛盾，显现"中国制造"的基本矛盾和特征。所以这部作品好就好在不仅是批判的，而且是思考的。只是由于过于偏重于故事的曲折讲述，未能将人性生存的更丰富的内容，在历史内容的深刻处给予更多一些的融入，从而必然影响到对更丰厚文学性的创获。

《羊的门》比《中国制造》更多地触及了经济和干部任用即吏治方面的腐败问题，以及徇私枉法的种种不正之风。但它的特点是在对地理人文的历史传统的开掘及对其当代生存方式的探索上对上述问题由因及果、又由果及因地加以表现，而且比较成功地解决了传统国民性与当代改革现实的复杂关系问题。被评论者称为"东方教父"的呼天成，是小说中最有意味、也最富创造性的一个形象。他既是一个中原传统文化和农业文明最自觉的承继者，即使在村子十分富足起来以后，也还是长期居住于桑园深处的平房里睡百草结成的草床，不愿切断生命与使之得以滋润存活的"母土"的血脉联系；同时，又是一个并不拘泥于传统，不搞神鬼迷信，而且又拒斥新观念、新事物的人。在他身上，新政治、新观念、新道德，与传统的观念、智慧和心理达到了水乳交融般的结合，使之成为一个永远随机变化而又永远不变的存在。他专横但又深通谋略，时常又颇重人情，重实际却又不急功近利，种下的"庄稼"未必当年就收。老省委副书记"文革"中遇难，是他冒着风险将他藏在果园里的房子里救了他一命，以至于若干年后成了他最可靠也最有力的支持者。他善待每一个下放的知青，在他们最困难时他都一一给予了最具关键意义的帮助，后来他们成了省里干部，金融、新闻等部门的头头，全都心甘情愿地听命于他的每一个吩咐。他说，别人经营的是商场，他经营的则是"人场"。经过多年的经营，他果然织就了一张大网，他就像一只沉睡的大蜘蛛，稳踞于中心，只要有必要，随时都可以发挥这张网的作用。因此，在或明或暗的官场角力中，他总能稳操胜券，甚至能于死局中反败为胜。这个人物塑造的成功，对于人们了解当前我国以民间性形态存在然而又严重影响着改革现实的某种力量，了解其政治、文化等的独特结构性内涵及其生存方式，应该是具有重要启发意义的。与此同时，小说在字里行间经常涉及众多人物的"国民性"问题。在这"绵羊地"生长着的人们，作为历史痼疾的"奴性"必然在骨子里成为他们在改革现实中的一种挥之不去的精神与心理的背负，影响着他们的直立与前行。呼伯几十年在人们心中成为一尊无可撼易的偶像，其实正是凭借着这一国民性土壤而成功的。当前，改革的刺激也会使一些人走向另一极端，那就是极为膨胀的权力欲望，而这，则又成了互相倾轧、腐败犯罪的直接祸因。将近一个世纪以来新文学所一向关注的问题引入极富当代现实意义的文学作品中，使作品无疑具有了更为深刻的历史文化内涵和准确把握现实的重要意义。《羊的门》企图把这长期划定在雅文学圈子中的文学命意，与为大众阅读所需要的曲折而传奇的故事和摇人心旌的言情穿插结合起来，这也是一种有效的尝试。但作者在对作为故事背景的地理、人文的介绍，《易筋经》之文字与图画的嵌入，以及故事情节的某些处理等方面，在整体处理上还不够圆通与成熟，这自然也是无可讳言的。

<h1 style="text-align:center">四</h1>

我以为，在批评界作为必要的反应，对这两种现实主义的努力进行评论的时候，有一个问题已经十分突出地摆到他们面前了，那就是对所持理论的反思与研究。

不客气地说，迄今我们对于现实主义的理解，仍未脱出过去那种革命现实主义理论的基本规范。如前所言，当我们的批评界（自然也包括理论界）把现实主义当作政治与历史的附庸弃置而去时，对现实主义的研究也便基本上中止了。可是，事过十年之后，当批评界不得不面对新的现实主义文学实践的冲击，而不能不对它表示一个态度时，其所持理论的陈旧与偏误便不由自主地显露出来了。

比如一接触 1996 年的新现实主义，头脑中立即就会冒出关于现实主义文学的种种戒律，什么"本质"与"深度"呀，什么特殊的界限与范围呀，什么批判的力度呀，等等，统统成了衡量这一新文学对象的价值尺度。殊不知，文学创作最首要的一条，那就是精神创造的自由与自然。而这种精神创造的自由与自然，又恰恰是文学突破成规、不断发展的必要前提。十九世纪前期，维克多·雨果就很反感古典主义的种种规约，而且正是靠着对自由的强调，突破了它的教条式约束的。他说，"我们整天听到有人谈起各种文学作品时就说要有这种气派、那种程度，这个界线、那个范围"，但实际的情况却是，"在精神作品中，唯一真正的区别就是'好的'和'坏的'之间的区别。思想是一片肥沃的处女地，上面的庄稼可以自由地生长，几乎可以说是听其自然，用不着分门别类，排列整齐"，而且"不应该以为这种自由要导致混乱"①。当然，雨果是在为浪漫主义文学进行辩护，所要实现的是对古典主义的超越。可是道理是一样的，即使在现实主义文学自身的生存与发展里，也应该有选择和创造的充分自由。事实上在苏联的"社会主义的现实主义"到中国的"革命现实主义"这一理论系统出现之前，被这一理论系统名之为"批判现实主义"的时期，这种批判现实主义就是多元存在的，既有巴尔扎克式的批判现实主义，也有托尔斯泰式的批判现实主义。甚至，还可以有上两个世纪之交出现的已经动摇了以往现实主义"意义"信念的哈代式的现实主义，而它，则已经一脚在现实主义门里，一脚在现实主义门外了。

现在回过头去看看，像托尔斯泰式的现实主义是一直被摒弃在我们这一理论系统之外的。尽管谁也没有忽视托尔斯泰作为一个大作家的存在（在苏联早期出现的"无产阶级文化派"和中国的"文化大革命"中是例外），但对他的接受是有条件的，就是对作为其现实主义根本特征的精神内核的剥离与扬弃。早在 1911 年，列宁就已明确指出："在 25 年以前，尽管托尔斯泰主义具有反动的和空想的特点，但是托尔斯泰学说的批判成分有时实际上还能给某些居民阶层带来好处。然而在最近 10 年中，就不可能有这种事情了，因为从上世纪 80 年代到世纪末，历史的发展已经前进了不少。……在我们今天这样的时候，任何想把托尔斯泰的学说理想化，想袒护或冲淡他的'不抵抗主义'、他的向'精神'的呼吁、他的'向道德的自我修养'的号召、他的关于'良心'和'博爱'的教义、他的禁欲主义和寂静主义的说教等等的企图，都会造成最直接和最严重的危害。"② 由此便不难理解托尔斯泰式的现实主义在社会主义现实主义和革命现实主义理论建构中的命运了。在我国近一个世纪的文学发展中，大概只有在两个时

---

① 《〈短曲与民谣集〉序》，《古典文学理论译丛》第 2 辑，人民文学出版社 1961 年版。

② 《列·尼·托尔斯泰和他的时代》，《列宁全集》第 17 卷，人民出版社 1985 年版，第 36 页。

期它曾经被我们短暂地惠顾过。一个是在五四启蒙现实主义文学兴起时，鲁迅等人主动接受过它的影响，因为那时无产阶级革命尚处于初萌时期，革命的意识形态还没有形成；另一个是在八十年代中前期，当时勃兴的以人道主义为主潮的文学在客观上消解了与它的距离，因为凭借着各种理论上的拨乱反正和对"人性"问题的解冻，这时的文学认识已逸出了政治化意识形态的规限。

如果我们不再单从政治历史层面上理解文学和托尔斯泰，而是从人类生存、人类精神与文学的关系上重新加以认识，你就会发现，托尔斯泰式的现实主义该是一笔多么宝贵的财富。与特别强调社会批判意义的作家不同，托尔斯泰是从人类情感传达这一基点来理解文学艺术的，他指出："艺术活动是以下面这一事实为基础的：一个用听觉或视觉接受别人所表达的感情的人，能够体验到那个表达自己感情的人所体验过的同样的感情。"[1] 在他看来，"艺术和理性活动——这种活动要求事先受过训练并且有一定的、系统性的知识（所以我们不可能教一个不懂几何的人学习三角）——之间的区别就在于：艺术能在任何人身上产生作用，不管他的文明的程度和受教育的程度如何，而且图画、声音和形象能感染每一个人，不管他处在某种进化的阶段上"。[2] 所以他特别强调说："艺术的目的与社会的目的是不能以同一单位计量的（如数学家所说的那样）。艺术家的目的不在于无可争辩地解决问题，而在于通过无数的永不穷竭的一切生活现象使人热爱生活。如果有人告诉我，我可以写一部长篇小说，用它来毫无问题地断定一种我认为是正确的对一切社会问题的看法，那么，这样的小说我还用不了两小时的劳动。但如果告诉我，现在的孩子们二十年后还要读我所写的东西，他们还要为它哭，为它笑，而且热爱生活，那么，我就要为这样的小说献出我整个一生和全部力量。"[3] 在托尔斯泰式的

①　托尔斯泰：《艺术论》，人民文学出版社 1958 年版，第 46 页。

②　托尔斯泰：《艺术论》，人民文学出版社 1958 年版，第 103 页。

③　托尔斯泰：《致彼·德·波波雷金》，载《文艺理论译丛》第 1 辑，人民文学出版社 1957 年版。

现实主义里，创作主体从来都不是一个"社会正义"和"历史原则"的代表者，也不是一个凌驾于故事人物之上的全知叙述者或裁判者。作家采取的是与那些幸与不幸的人们平等对话的姿态，是同样作为一个痛苦的承受者与思考者的介入，来感受、理解和表现他们的。所以在托尔斯泰的小说里，我们经常可以找到一个与作家对应的形象，如《战争与和平》中的彼尔、《安娜·卡列尼娜》中的列文和《复活》中的聂赫留朵夫，实际上就构成了一个生活在作品世界中的不断思考与求索着的对应性形象系列，并由此可以感受到作家思考与自我完成的过程。如果说巴尔扎克重点表现的是人性的异化，那么托尔斯泰所侧重的则是异化的痛苦与救赎，是人类性的博爱和道德的自我完善。的确，在托尔斯泰式的现实主义里，人们很难感受到社会批判的力度，也很难找得到对政治历史意义的本质性深度，但是，它却同样赢得了文学巅峰的盛誉，甚至还更多地获得了人类性和文学性的丰厚内涵。假若我们今天能够重新找回并充分认识到这类现实主义文学的合理性与重要性，那对 1996 年新现实主义的认识和评价，无论是说长还是道短，我想就可能是另外一种情况。

我们并没有看轻巴尔扎克式的现实主义的意思。恰恰相反，倒是认为正是这一种现实主义，把在资本主义前期阶段金钱异化为人间上帝后人性异化的情形揭露得淋漓尽致，从而把这一种现实主义文学推向了巅峰。我们在这里想要指出的只是，从社会主义的现实主义到革命现实主义，更多予以借鉴的无疑是这种现实主义，但在其借鉴与革命性发展中，却是出现了明显的误解与偏离。众所周知，巴尔扎克十分看重作家对于历史的责任和"对一些原则的绝对忠诚"，而且强调"寻出隐藏在广大的人物、热情和故事里面的意义"的重要性①，但就是在这里，社会主义的现实主义理论对它进行了"发展"。不妨引述两段其最为权威的表述，一段出自《苏联作家协会章程》："社会主

———————————

① 巴尔扎克：《〈人间喜剧〉前言》，载《文艺理论译丛》第 2 辑，人民文学出版社 1957 年版。

义的现实主义，作为苏联文学与苏联文学批评的基本方法，要求艺术家从现实的革命发展中真实地、历史具体地去描写现实。同时艺术描写的真实性和历史具体性必须与用社会主义精神从思想上改造和教育劳动人民的任务结合起来。"[1] 另一段出自苏联大百科全书对"现实主义"的社会基础所作的诠释："现实主义的社会基础，从根本上说，是人民生活，是社会的革命力量争取新的、先进的事物获胜而进行的斗争。"[2] 很显然，如果拿这种解释与巴尔扎克的认识相比照，会发现在相关性的两个问题上进行了矫正或者在今天看来是发生了偏离。

一个是对历史的责任和文学与历史的关系问题。如果细审一下巴尔扎克自己的解释，可知二者的差异是如何之大。巴尔扎克说要当"历史的书记"，原话是这样讲的："法国社会将要作历史家，我只能当它的书记，编制恶习和德行的清单、搜集情欲的主要事实、刻画性格、选择社会上主要事件、结合几个性质相同的性格的特点糅成典型人物，这样我也许可以写出许多历史家忘记了写的那部历史，就是说风俗史。"同时他还指出："作家的法则，作家所以成为作家，作家（我不怕这样说）能与政治家分庭抗礼，或者比政治家还要杰出的法则，就是由于他对人类事务的某种抉择，由于他对一些原则的绝对忠诚。"[3] 如果没有理解错的话，我以为他说要做的其实不仅是历史之主导行为和政治的书记，而且目的是从与历史相关的另外一个角度，力图写出的"许多历史家忘记了写的那部历史"。他甚至把能与政治家分庭抗礼、坚持对"人类事务"的"某种抉择"的原则的绝对忠诚，视为作家之所以为作家的基本条件。应该说这一些才是他的本意。另一个问题是对其所提倡的"意义"内涵的置换。巴尔扎克主张必须探

---

[1] 见《苏联文学艺术问题》，人民文学出版社 1959 年版，第 26 页。

[2] 见《现实主义》，《文艺理论译丛》第 2 辑，人民文学出版社 1957 年版，第 89 页。

[3] 巴尔扎克：《〈人间喜剧〉前言》，载《文艺理论译丛》第 2 辑，人民文学出版社 1957 年版。

寻所描写内容的"意义"，指的是所写内容的动因和自然法则，"看看各个社会在什么地方离开了永恒的法则，离开了真，离开了美"①；而社会主义的现实主义则将它置换成了由与历史主导行为相一致的思想与精神。作为由"社会主义的现实主义"到"革命现实主义"这一理论系统的文学历史资源，当我们对它——巴尔扎克式的现实主义——作了一番正本清源的辨析后，至少不应再笼统地把现实主义作为政治历史的附庸或工具来理解和对待，既不要把它当作政治的工具来拒斥，也不要把它当作政治的工具来实施文学式的对抗，因为它毕竟是文学的，有着它独特的关注点和独特的"意义"领域。1999年的批判现实主义如果说有什么失误，其实就是不少作品在这方面没有认识得十分清楚。

不必讳言，不论是巴尔扎克式的现实主义还是托尔斯泰式的现实主义，都已经成了远去的历史。但现实主义没有过时，它们对于我们如何在开放、创新和多元的状态中促进中国当代现实主义的发展，还有着重要的启发意义。

时至今日，虽然时隔不久，但不仅1996年的那种新现实主义的潮涌早已波平浪静，就是1999年批判现实主义的新冲击，势头也已大大弱化。面对此情此景，文学创作和理论批评这两张皮应该努力贴在一起，以一种契合的共谋关系，来探求和实现现实主义的新发展了。我想，这样的提倡与努力，大约不会错。

（原题《九十年代现实主义文学的两次冲刺》，

原载《时代文学》2000年第4期）

---

① 巴尔扎克：《〈人间喜剧〉前言》，载《文艺理论译丛》第2辑，人民文学出版社1957年版。

历史现代转型中的文学潮涌

——二十世纪中国文学回望

  站在二十世纪的终点回望这一个世纪以来中国文学的发展，一种凛然的历史感和难抑的激动会不期而生。不管人们对这一段文学历史的评价存有多少分歧，但有一点却毋庸置疑，那就是它与中国历史的巨变紧密纠结，为历史也为自身的现代转型作出了艰难然而也卓有成效的努力。在这个世纪里，文学已不再仅仅是历史河床中的波澜，在一些特定的时期，它还直接成了历史中心行为制导者用来开凿历史河床的工具。前所未有的沉重与激情，前所未有的深度与张力，使文学之潮波涌浪叠，回环奔突，形成了一道道迥异于前的文学景观。它既留给了我们丰富的财富，也留给了我们许多的思考。

  二十世纪无疑是个"革命"的世纪，而二十世纪中国文学也无疑是以其"革命性"为特色。纵览百年，从梁启超高倡"诗界革命""文界革命""小说界革命"，到陈独秀、胡适等人声势更为凌厉的"文学革命"鼓吹，到八十年代中前期再次标举五四文学精神的人道主义文学潮涌，这三次文学界革命的大澜，既凸显了文学发展的基本动势，也提供了多元性文学时空拓展的基本动能。"革命性"显然包括否定性和探索性两种内涵，即便是那些在文学革命退潮与分流发展时期出现的各种文学现象，相对于古典文学来说，在生存状态上也无一不是革故鼎新的结果。

  文学观不同于文化观，但文学作为文化的一部分，二者在内在价值观念和心理结构取向上则是密不可分的。因此，作为历史转型重要构成因素的文化变革，势在必然地成了二十世纪中国文学革命性变化的直接前提，而事实上三次"文学革命"主张的提出和大潮的酿成，也都正是在文化启蒙主义运动勃兴之时，这几乎成了百年来明显可见的一个规律。早在十九世纪与二十世纪之交，戊戌变法的失败为启蒙主义初潮和梁氏的"三界"革命提供了契机。梁启超在日本期间如饥似渴地读习西方文化，"脑质"为之变易，有幸走出了康有为式今文经学的笼罩，率先觉悟到苟欲救亡，必须拔本塞源，"变数千年之学说，改四百兆之脑质"，并据此发出了"新民为今日中国第一急务"的召唤。为通达"新民"的目的，他首选的方式和工具便是文学，尤其是小说。基于对小说魅力之所在即读者借此可以超越个体生命体验有限性的本体论阐释，及对小说功能的无限夸大，梁启超在把小说推向各种文体的中心位置的同时，也把文学的变革推进了历史变革的中心，从而启动了中国文学现代转型的艰难历程。加之现代造纸、印刷工业和传媒形式的初步形成，于二十世纪初的十余年间出现了小说译作和创作的热潮。李宝嘉的《官场现形记》、吴沃尧的《二十年目睹之怪现状》、刘鹗的《老残游记》和曾朴的《孽海花》等一批"谴责小说"便于此时适时而出。

当然，最足以引为二十世纪骄傲的还是发生于五四新文化运动中的"文学革命"运动。新文化运动以对中国文化元典精神的彻底否定强化了中西文化的价值对立，并以"重新估定一切"的决绝的批判精神向封建专制主义文化发起了猛烈攻击。"文学革命"是这场文化批判运动发展的必然结果，也是它的重要组成部分。与梁氏的"三界"革命相比，这次"文学革命"虽然没有直接把文学尤其是小说抬到那么高的位置，但从语言革命到思想革命却对文学进行了全面的颠覆与建构，其影响之深远自不待言。以"人的文学"为标志的一代五四新文学，不仅自觉遵循着启蒙主义改良社会人生的基本规约，以新的形与质显现了文学与历史要求的深度结合，而且以实践的方式矫正着文化批判中的认识偏执，在艺术的领域中努力实现着对中外艺术精神与艺术经验的综合性创造。其间，不但有鲁迅这一思想、文化和文学巨人的崛起，而且也有叶绍钧、冰心、朱自清和郭沫若、郁达夫等灿若星辰的一批文学大家脱颖而出。鲁迅的小说、杂文以其内容的深刻和艺术的精湛，堪称世纪的绝唱、不朽的经典；其他作家、诗人也无不以其创作的新异而引人注目，并由此而开始了光耀世纪文坛的文学生涯。就如周作人这样的人，在当时也尽显风采，只可惜后来走上了人格自毁的道路。而且也正是在这个时期，白话诗、白话"美文"和独创的话剧剧本开始出现，真正开启了所有文体的现代转型与创造。在八十年代中前期以文化启蒙为内涵的文学潮涌中，并没有"文学革命"口号的提出，但其对五四文化价值观念的重新确认和赓续五四文学传统的渴望，又分明地表示着在历史新时期文学界所做的革命性努力，看作一次"文学革命"亦无不可，只是与五四时期相比，增加了更多一些的社会政治批判和历史反思的内容。如果说五四文学革命时期更多侧重于对国人悲剧性文化生存的关注，那么在新时期中前期，则主要表现为对造成政治性悲剧的文化原因的历史追寻了，政治力量与传统专制主义文化的深层结盟，在这里成了文学关注的焦点。王蒙、邓友梅、陆文夫等一大批在五十年代崭露头角的作家此时又重现了青春，而张贤亮、张承志、刘心武、张洁等新作家也蓬勃而出，以浓墨重彩一起谱写了新时期文学历史的第一页。

然而，文化启蒙只是中国历史现代转型中的一个环节，它虽然重要，但不可能取代历史在政治、经济等方面所必须进行的变革。因此，当历史转换了它的基本选择时，就必然要导致文学主导话语的置换。其中最典型亦即在长时间内决定了二十世纪文学史架构的，则莫过于由"文学革命"到"革命文学"的转变了。由于历史变革由文化启蒙到政治革命的转换，文学的历史功利追求也必然地由文化而转向政治，使文学的政治工具性得到了极大甚至是极端的强化。这固然不可避免地会对文学独立品格的实现带来影响，乃至严重影响到作家"个人性"主体因素的发挥，但它却也有效地规约或保证了文学对新生历史内容和历史主导精神的关注，且使文学在审美表现方面获得了颇富阳刚之气的新型创造。左翼文学巨匠茅盾以其对转型期基本历史结构的触摸而使其作品率先触及现代史诗的创造问题，丁玲、萧红、吴组缃、艾芜等则又无不以其颇具个性化的风格为左翼文学的丰富性增添了色彩。延安时期，以赵树理为代表的作家、诗人，在将政治性历史内涵与民族和民间的艺术形式乃至艺术趣味的结合与创造上，可以说达到了很高的水平。

中华人民共和国的建立，将革命文学的发展推进到一个新阶段。新中国成立前那种由政治区域隔离和文学价值观念的差异所造成的作家队伍与文学发展的分立状态，此时已归于一统；而国家意志、阶级政治和个人追求的统一，也成了文学艺术工作者新的精神总和和力求遵循的准则。作为革命事业的一个重要部分并倾力为其服务的文学，这时开始以历史主人公的叙事态度，由过去那种专注于现实性社会政治批判转向对革命历史传统的开掘与对新的中心性历史行为的跟踪了。在当代中国的十七年中，表现革命历史传统和工农业社会主义改造与建设，成了文学的两大母题。也正是在这种表现中，革命文学在延安文学的基础上，将革命现实主义这种前所未有的新型文学发展到一种完备的形态。现实与理想的结合，历史走势与精神制导的一致，都在阶级对抗、新旧对立的基本模式中得到了近乎得心应手的实现。作家们固然首先看重的是对在历史基本撞击中所闪耀出的精神光芒的颂扬，而同时又在许多"中间"状态的生活内容中尽可能地搜寻更富文学意味的表现，梁斌、柳青、欧阳山、杨沫等人都曾经创作了不止激动过一代人的长篇巨构，可以视为这类创作的代表。当然，由于对"现实"与"理想"的认识受到政治走势的规约和影响，这类创作难以避免地表现出共同的时代局限，而且愈来愈呈现为对生活和文学的双重背离。值得指出的是，还有另一种声音、另一种创作，它们在同一政治笼罩中却更多地强调和突显了表现"人性"复杂性和针砭时弊之于文学的重要，它们对文学与生活的双重质疑，事实上是对文学与生活现状的双重规谏。虽然它们都遭受到了不公正的待遇，但却时隐时现，不绝如缕，客观上形成了十七年文学发展中的一种内在制约和张力。遗憾的是，这种制约并不能从根本上解决艺术创造与政治规约之间的矛盾，在那个时代，不仅以政治取代艺术的倾向经常出现，而且有时甚至发展到以政治运动和残酷斗争的形式解决艺术分歧问题，教训不可谓不深。

人们在谈论文学价值的置换时，多是叹惋于置换后的非文学性效应，殊不知每次置换的发生都是在作为被置换者的单向度追求因其极端而走入末途之时。比如五四文学即启蒙文学，人们通常是把它作为对从"文学革命"提出到"革命文学"出现这一时期文学的统一性称谓，但事实上进入二十年代不久文化启蒙的空想性即悲剧性就已被先驱者们感受到，缘之于启蒙效果的质疑与困惑很快就成了对原初统一理解的解构力，表现在文学上的"统一性"亦不复存在。应该说，是文化启蒙把"文学革命"推进了历史的旋涡，使文学的现代转型获取了巨大推动力，而文化启蒙的落潮，则使文学向主体心灵的深化与多元发展获得了可能。比如鲁迅，如果仅有《呐喊》而无《彷徨》，那他的价值或许得另当别论，因为在《彷徨》中，他已从原先那种对被启蒙者文化生存悲剧单向性的写实性关注与警示，变为主客体之间的双向交流与对主体心灵世界矛盾和痛苦的正面开掘，使启蒙中的"个性主义"提倡，在创作中真正落实为作家"自我"的表现。更为重要的是，正是在文化启蒙价值观念被相对解构中，"问题"式的文学表现的统一状态才得以衍生为多元分流的渐趋繁盛的局面，不仅以"新月派"为代表的其他文学派别能够同时领骚于文坛，而且现代主义也才得以以"原型移植"的方式在文坛标新立异、独树一帜，虽然它们这种方式并不能长期为继。

假如说由"文学革命"到"革命文学"的转化是在多元中强化了政治的一元为文坛主导选择的话，那么，发生于二十世纪八十年代中期的启蒙性文学主潮的消解与转化，则是在历史由政治为中心向经济建设为中心转移的背景中所发生的不同于历史的文学转移的新形式了。文学价值观念和艺术追求的持续的相对自由的多元选择与变异，始终是自八十年代中期以来迄未有改的文坛盛景。对文化与政治两种工具性规约的超越，文学真正实现了在相对独立意义上的自我审思与发展。崭新的开放性的文学视野与借鉴，痛定思痛后对人生与历史的重新理解与发现，使文学有效地解构了先前那些对各种创作姿态、创作方法的"意义"指涉和界限厘定，得以在更宽松、更自主，但也更急迫的氛围中进行各种实验和探索。各种超越了既有阅读经验的崭新的文学生成状态，一方面在挑战中改变着受众对文学的理解，一方面也在既多元分生又融通发展中竞新求异。传统启蒙的或政治的现实主义，此时已为生存现实主义所取代，意义的模糊性或多元性，生命体验的个人性与日常性，成了区别于传统写实的"新写实主义"的基本特征。而文学对历史与人生的新理解，即在文学视野中对历史中人性与生命内容的新发现，和对传统"意义"之外偶然性因素的感性把握，则使所谓"新历史主义"的写作在超越"新写实主义"的基础上，向新的史诗的架构逼近。而同时令人欣慰的是，我们的文学在此时也并没有放弃关心民瘼和鞭挞丑恶的社会良知与责任，1996年以"三驾马车"为代表的新现实主义的冲击，和近两年批判性现实主义创作的崛起，就是很好的证明。当然，在文学走向自主和多元时，种种误解也必然发生，比如近几年围绕"边缘化""个人化"所发的某些议论和据此所进行的一些创作，就很需要认真地进行一番辨析研究，而这，则是留给二十一世纪的话题了。但新时期的文学却无疑是幸运的。在这一历史的也是文学的新时期，王安忆、余华、苏童、陈忠实、张炜、史铁生、张平等众多作家的才华得以充分展现，他们在对文学之于历史、人生的理解上已多有突破，相信他们中的一些作品会长期流传。

其实，就是在历史制约着文学作出主导性选择并作一元化强调时，文学生存的本身也是一种复杂的结构状态。就如在左翼文学乃至延安文学占主导地位时，其他的一些在倾向上相近或相异的作家也同时活跃于文坛。习惯上称之为民主主义作家的巴金、老舍、曹禺就均为在二十世纪横跨新旧两个时代、屈指可数的文学大家，他们的一些作品以独到而深厚的历史文化内涵、人生况味和艺术造诣，实际上已成为世纪的丰碑。而作为自由主义诗人、作家的徐志摩、闻一多、沈从文、钱钟书等，实际上也都是文坛上的重镇。见之于历史的实际状况，远比我们的叙述还要复杂得多。历史突出的单向度努力与实际存在的结构性制约，二者之间的制动与调适，构成了文学运动发展的实际历史图式。而极端性强调与制衡力量之间所形成的张力，又无疑开拓了文学多元发展的空间。就以文学的雅、俗而论，尽管对抗了近一个世纪，但各自的强化性发展和互渗性影响，却不能不说是公认的事实。历史上诸多的事实已是存在，需要调整的是我们的认识。

现在，新世纪朝暾崭露，历史的新行程已经起步。有了二十世纪长达百年的历史基础，我相信，只要我们对它进行认真的总结与反思，已到的二十一世纪也必将成为文学发展的新世纪。

（原载 2000 年 12 月 31 日《人民日报》，
发表时略作删节）

对视，并不是取其反

  价值重建之于二十一世纪中国文学的重要性自不待言，而价值重建则须对九十年代文学乃至二十世纪文学取反思的态度也是不言而喻的事。然而，如我们所期待的价值建构，应该是在对由相关知识参与并互相制约而成的既有知识系统进行全面拆解的基础上，所作的综合性思辨的结果，而不应是对二十世纪那种两极反弹式价值建构模式的延续。

  任何一种文学价值观念的形成和确立，都脱离不开与之相契合的历史观、哲学观、人生观等诸多观念的支持与制约。看似一种本体论的表述，实则均非所谓"纯文学"的自言自语。就以文学和历史的关系而论，就是文学在思考自己的价值时所无法回避的一种基本关系。回头看二十世纪中国文学，其主导性价值观的确立，就是既得之于此又失之于此。所谓得之于此，是指因对历史变革的责任承当而一改文学与历史中心性行为的张力关系，并在对历史性崇高的真切体验中改写了旧日的文学；而所谓失之于此，指的则是因与历史中心性行为的价值同构，而从或启蒙或救亡的不同方向上对文学自身特性的削弱或失落。相对于自上一世纪初以来主导性文学价值重建的基本方式而言，九十年代文学在价值重构上已不再是不同历史功能选择上的置换，而是表现为对启蒙与救亡的双重拒绝。这固然是文学企图自主的一种努力，但细审之则不难发现，为其所标榜的所谓"边缘化写作"与"私人化写作"，在对"历史"的基本理解上与此前的历史观念并无二致，依然是把它界定在历史中心性行为及其价值指向上，只不过采取了疏离的态度而已。在价值选择上，虽已有别于既往对不同历史行为的寻找，但在文学与历史的关系上也依然没有走出两极反弹的模式。既然如此，如果我们在今天的价值重构时再取其反，那就只有重回到既有的"历史"之中了。

所以，关键的问题是在价值重建时对历史观作一体调整。在我看来，第一，"历史"应该是一个结构性而且更富包容性的概念，人类的一切生存活动都在其包容之中。文学作为生命存在和价值呈现的一种方式，自然也不可能立于历史之外，而其介入方式和责任承当也会因"历史"的包容性和结构性另有所属。第二，文学视野中的历史观应该有别于政治家乃至史学家的历史观。以往的失误，在于将二者混为一谈，使文学在追逐历史中心性行为的进步上失落了自己。殊不知文学在人的生命乃至历史的健全发展上实则另有担承，为其尤为关注的应是人性生存的现实状态，在历史中所起的也应是对那些哪怕是历史中心性进步行为的撑拒与张力作用。所以，优秀的文学常常与历史中心性行为事实上存在着对视乃至质疑的关系，比如巴尔扎克时代的资本主义显然还处在进步阶段，而为他所关注的却是由此而形成的人性的严重异化。二十世纪中国文学的"现代性"呈现，也往往是表现在对"历史"之"现代性"的质疑上。明乎此，文学的独立性足以自保，又何须非要声言什么"边缘"，以至导致文学的另一种误解呢？

（原载《文学评论》2001年第4期）

绝对化思维无助于文学史的科学建构

吴炫《一个非文学性命题——"二十世纪中国文学"观局限分析》（以下简称"吴文"）一文，对一个世纪以来文学及文学研究所存在问题的针砭，尤其是对那种忽略文学"个体化"生成特点，仅在政治或文化层面上作趋同式意义研究的习见模式所作的批评，都具有一定的启发意义。但就其立论的基本认识及由其所表现出来的思维方式而言，我却以为大有可商榷之处。

先是吴文对"二十世纪中国文学"所作的判断，就已使我颇为不解。"二十世纪中国文学"作为一种断代性专门史的概念，明明已标示出"文学"这一研究对象的类别特征，而且与某些以政治区划为文学断代的史著不同，是依据对象自身历史发展过程的相对完整性来进行时空界定的，怎么就成了"一个非文学性命题"呢？其实，就"二十世纪中国文学"这一文学史概念来说，它只是对概念外延的一种限定，至于怎么理解，却是包容了见仁见智的诸多可能性。即使作为"观"来说，就我所知，在使用这一概念中虽不能说言人人殊但却也是理解不一，甚至是彼此抵牾的。从吴文用作批评对象的征引来看，主要是出自黄子平、陈平原、钱理群的《20世纪中国文学三人谈》一书，究其实它只能算是一家之言，岂能以对其内涵的一种理解，用作对这一概念的否定呢？

不过相对而言，吴文的问题更为突出的还是表现在它对所提出问题的理论阐释之中。吴文认为，在"二十世纪中国文学"观中隐含着一个"重大局限"，那就是"用'现代性、共同性和技术性'体现的对文学的把握、描述，主要是从文化、思潮、技术和材料等角度对文学的观照，而难以触及文学'穿越'这些要求、建立独特的'个体化世界'所达到的程度"。而对这一"重大局限"的发现，则是得之于作者用一种"本体性否定"的理论进行检验的结果，因为其所谓难以触及的东西，就正是"文学对文化"的被其称为"本体性否定"的特性。据此，吴文断言："'二十世纪中国文学'观虽然突破了政治对文学的束缚，但并没有突破文化对文学的束缚。"细审全文，我们就会发现，吴文这种用以自证又用以证人的理论，是其在一系列问题上进行否定性判断的认识基础，但同时也不难发现，它在对文学与文化关系的理解上已明显地走入绝对化一途。

吴文以为，"文学在性质上与文化是一种'本体性否定'关系"，具体说来就是"文学在材料上源于文化，但在性质上与文化不同而分立"。众所周知，按照科学性思维的要求，当我们表述两个概念之间的关系时，首先必须在理解上明确界定两个概念在使用中各自的内涵及外延，并且应该明确对所论关系的角度进行设定。譬如在"文化"与"文学"之间，事实上就存在着整体与部分、一般与特殊等不同的关系角度，而且在不同的关系设定中，概念的指涉也有所不同。在其整体与部分的关系中，"文化"是一个包括"文学"在内的总体概念，没有任何理由将"文学"排除于"文化"的范围之外，即便把"文化"缩小在"精神文明"的范围内，"文学"也是其中极为重要和极为活跃的一部分。如果从这个角度说文学与文化在性质上不同而分立，显然是不妥当的。倘若是从一般与特殊的关系立论，那么"文化"就只是一个由许多特殊的具体中抽绎出的"共性"，是存在于诸种互不相同的"个体"中的"一般"；而每一个"个体"的生成与存在，也决不可能将这一"共性"的内容全部挤出。吴文笼统地将文学与文化在性质上判然两分先就不对，即使仅就后者而言其理解也是经不住推敲的。吴文说："文学的生存状态受文化的制约。""但文学的存在状态（即文学实现文学性的程度），则体现为对文化制约的摆脱，以及对文化性生活材料的个体性穿越。"就是说，文化对于文学来说只是一种生存的制约和必须穿越的生活材料，文学要想获得文学性，就必须对其摆脱和实现穿越。这种表述显然与实际不符。第一，历史积淀而成的文化传统、现实的文化环境，尤其是与作家产生亲和力或由其直接参与推波助澜的文化思潮，对作家固然是一种制约，但同时也是一种塑造。文化决不仅是外在于作家生命的东西，他们感受、认识世界的角度，特定敏感区域的形成，以及运思和酝酿的取向与方式，无不与其规定性有关。因此从另一角度说，文化对于作家不仅是一种"生活材料"，更是一种文化精神和生命内涵。第二，文学创作的"个体化"过程，所要求的只是对从内容到形式全面的个体悟解和创造，不能将它简单地理解为断裂式的摆脱或穿越。实际上文化的内涵不但表现在创作的"起点"上，而且也必然表现在它的过程和结果中。因为文化的发展也只能在个体性的理解与生成中才能实现，同时也因为文学无论怎样"个体化"、怎样"文学性"，但它毕竟既不能因"文学性"离文化而去，也不能因"个体化"而凭空产生。

与对文化与文学关系的否定性认识相关，对文学的文化研究在吴文中自然也在被否定之列。不可否认，以非文学性的目的对文学做文化研究的现象确实存在，而且直到今天也还是一种最具影响力的学术倾向，那就是由文化启蒙主义立场出发对文学进行观照的基本态度与方式。看起来它也在、甚至以更高扬的激情在维护着文学的独立性，但那是相对于政治干预而言的，为其实质性坚持的说到底还是启蒙主义与政治两种不同历史立场的对抗。对此，从文学性研究的要求进行批评，应该说是很有现实针对性和意义的。但是吴文在这里又出现了两个问题，第一，中国在二十世起如潮起潮落般出现的"文学革命"倡导和文学的实际转型、变革，事实上都与启蒙主义的历史运动密切相关，以鲁迅为代表的新文学即便在"文学性"的生成与内涵上也不能与它毫不相干。因此以"文学性"为由将其排除在本体性研究之外，那是于理于实都不相宜的。第二，对文学的文化研究实际上包括着功利主义和非功利主义的诸多差异，更不应笼统地进行否定。比如王国维，他就特别反对对待文学的功利主义态度，但他也以现代哲学、美学观念对《红楼梦》重新进行阐释，对他所做的努力，你能否定吗？可以这样说，同是以文学研究为目的，文化研究一方面可以成为文学研究的一种独特方式，一方面从普遍性的意义上说，又为所有文学研究所必需。试想，若非如此，那文学研究还有什么可以说得清的东西？其实，即如吴文，它在用作例证时对鲁迅、钱钟书、孙犁、茹志鹃等人作品的分析，固然是"文学性"的，但又何尝不是"文化研究"呢？

吴文之所以对文学与文化的关系作如此论断，目的显然是为了保证其所提供的一种逻辑推论的合理性。这种推论则是：既然文学与文化在性质上不同而分立，而"'现代性'首先是对文化而言的"，那么"文学与文化的现代性也是两回事"，所谓"现代性"只是对文学的一种文化制约。再推下去，那就是它所认为的"以'现代性'为首要内涵的'二十世纪中国文学'"的"非文学性"了。平心而论，吴文的愿望还是好的，因为现实中以对"现代性"的认识而束缚了文学研究的现象确实是比较严重的，在此问题上我与吴文作者亦有同感。但遗憾的是，吴文与现代流行的"现代性"理解实际上存在着"共识"认同的态度，因此认为要实现"文学性"研究的突围，就只有想办法将文学从与"现代性"的关联中摘离出来。殊不知，这并不是一条科学的通途，要解决问题最关键的首先还是从根本上解决对"现代性"的认识问题。在我看来，所谓"现代性"应该是一个包容更宽泛的概念，作为对历史转型的综合性要求，它在对象指涉上无疑包括着经济、政治、文化、艺术乃至心态与民俗等方方面面。单就文化而言，当然也包括激进主义、新传统主义甚至是由"现代"确认的崇古倾向等不同的理解、态度和介入方式。不仅新文化运动先驱者们的文化观念属于"现代性"的归属对象，从"国粹派"到"学衡派"也当之无愧地应纳入它的范围之内。例如以章太炎为代表的"国粹派"，从二十世纪初开始，就对传统文化进行了"国学"与"君学"的分解，并在文化开放的视野中提出了对中西方文化进行个性特征比较研究的思路，只是惜乎长期以来它一直为占主导地位的中西古今的价值比较方式所排拒和遮蔽罢了。中国文化的"现代性"努力，实际上表现于一种多维度构成的动态的结构之中，正是不同力量之间既互相制约又互动互补的不断调适，才有效地保证了"现代性"在其实现过程中的自我矫正与补偿，并保证了其多元性内容的共时生成和整体上的中国特色。

既然文化的"现代性"既非单一取向的"整体"，又非只是功利主义的一脉，那也就没有必要在谈论文学的"文学性"时对它采取排拒的态度了。事实上二十世纪中国文学中的"现代性"内涵是毋庸讳言的。文学创造的艺术魅力可以超越时空虽为不争之论，但文学创造的时代性特色也是不容否认的事实。吴文认为《红楼梦》中的贾宝玉既不是"传统"所能说明的，也不是当时的"现代"所能说明的，固然不错，可这只是问题的一个方面，完整起来还应有另一面的表述：他既是传统（明中期以来的个性解放思潮和世情小说的发展）的，又是"现代"（曹雪芹时代）的。曹雪芹所创造的"个体化世界"不论怎样与众不同，但总不能将它抛出曹雪芹时代之外。再如钱钟书的《围城》，且不说它的艺术成就是否已达到如吴文所赞誉的高度（至少在我就觉得恰恰在其"个体化"创造里，创作主体对人物悲剧性生存所采取的超然物外的名士态度，就与小说所要表现的生存悖论的普遍性这一题旨不太和谐），仅就方鸿渐而论，谁又能怀疑他是一个现代人呢？其实说白了，所谓文学的"现代性"不过就是一个包容更为宽泛的"时代性"问题，它与文学的"个体化世界"并不是一种矛盾关系的设置。因为在这种理解里，文学的"现代性"同时又是对文学个体化生成的无限多元性的指涉与概括。比如鲁迅，缘于对传统文化症结所在的独到理解，他比任何人都更为清醒地认识到了被启蒙者身上

"被食"与"食人"两种角色难以分解的严重现实，在小说中深刻表现了国人既是传统文化的承载者又是传统文化的生成者、既是悲剧命运的承当者又是悲剧命运的制造者这一主题性理解。但你只能说他是不同于或超越了同时代人的，而不能说是置身于"现代"之外的。另外，《百合花》一类的作品亦然，你可以说《百合花》超越了五十年代"共同性"的政治观念的制约，但不能把它理解为普遍性人性观照的无根之花。

由于吴文对流行"现代性"认识取认同态度，所以对文学的"现代性"又因对"历史进步论"的否定而否定。诚如吴文所说，简单化的"历史进步论"确实不足为据，但是却不能因此而否定历史是一个发展的过程这一事实，也不能因此而否定中国文化与文学现代转型的必要性与必然性。历史的发展也应该是一个多维性的动态结构，其中既有解构性、制导性的力量存在，又一定有对这一力量的质疑性因素发生。文化乃至文学的发生与发展，一方面可以表现为前者的组成部分，一方面又可以表现为后者与其抗衡。就文学而言，它所担承的本来就不是对既成现实合理性进行形象阐释或对某一主导观念进行形象演绎的任务，而是对"历史表述"之外的更为丰富的内容的发现，和由人性生存角度对历史所作的质疑性补偿。比如鲁迅在《在酒楼上》和《伤逝》等作品中对启蒙者悲剧的敏锐感受与深刻自省，对娜拉走后悲剧命运必然性的揭示；沈从文在其创造的"湘西世界"里对传统愚昧文化与现代文明的双重抗拒，就都属于此类。但这恰恰是文学"现代性"的独特内涵，不能因其独特而排除在"现代性"之外。当吴文排除了历史发展的内容之后，文学史势必就只剩下他所说的"以经典为龙头"的"不同的空间结构"了。我们不反对文学史建构的多样性，但如果像吴文所倡导的那样，它将会是什么状况？与通常人们所理解的对经典作品的鉴赏和比较研究又有何区别？

本来，吴文的初衷是要反对一种绝对化的思维，但当吴文作者自己又偏向了另一极端时，在思维方式上所走的仍然是过去的老路。其结果不仅是将文学与"现代性"强行分离，而且最后还违背常识地把文体变革与文学"本体"也强行撕裂，甚至推导出了二十世纪并没有出现真正的文学革命的结论。我不认为这对文学史的科学建构会有什么真正的好处。

（原载《中国社会科学》2001 年第 4 期）

跨越了一个世纪的启示

——重读石评梅

    在上个世纪二十年代中国文坛上，钟情才女石评梅如一颗璀璨的小星悄然而升，又倏然而逝。在这个世界上她只生活了二十六年，而在痛苦的人生求索和自我搏斗中迸闪出生命光华的时间，更是只有其最后短短的五六年。在中国历史波涌浪叠的长河中，这不过是浪起浪落间短短的一瞬，然而，那却是一个非凡的年代，一个由不得你不对生命意义和历史命运重新进行审视和抉择的特殊时期。或许，对于一向具有孤僻的素志和特异的理想的石评梅来说，恰恰是遭逢到一个难得的历史机缘。就在这短短的几年间，她不仅以自己特立独行的方式演绎了与革命家高君宇之间令人闻之动容的爱情故事，创辟了一个具有浓重古典意味的现代爱情神话；而且，也在自己的生命之树上迅然绽放出了簇簇特异的文学之花，在诗、文、小说等诸方面都给后人留下了虽并不怎么显达于时但却与众不同的成果。

    可是石评梅毕竟一不是革命家，二不是文学大家，随着斗转星移，人世沧桑的变化，她似乎在随着那段历史的流逝而远去，在人们心目中只剩下一个美丽的模糊的身影。

    新时期以来，她的家乡人和学界的一部分有识之士开始多方收集其作品及相关资料，经过钩沉编校，其作品大多于二十世纪八十年代中前期又付梓面世。但令人遗憾的是，除了一般的社会阅读外，石评梅迄今没有真正进入文学及文学史研究者的价值视域，即使有人在类似著作中讲到她，也没有超脱出既有观念的制约。

随着文学与文学史研究领域发生的深刻变化，如果我们不再囿于既有传统认识的成见，在对文学史对象的重新审视和文学的价值重建中认真读一下石评梅，我相信，我们由此所获得的，必然是诸多发人深省的宝贵启示。

一

人类要想捕捉住并总结出过往的历史，总是充满了艰难而最终又不得不留下遗憾的。因为，一则是现实性历史对象的繁富、驳杂及其难以尽数的无限性，使后世的治史者不得不有所选择，只能是择其要而取之；二则是任何一种原生性的历史活体一旦逝去，都不可能作事实性的再生或重演，人们对所谓"历史"的记忆和总结，实际上不过是在主体认识范畴里所从事的一种精神活动而已，而这样做的结果，又必然是对历史对象自身血肉的不断销蚀与淘洗。当然，历史科学的发展也自有其补救之计，那就是一边对历史对象进行剪裁和淘洗，一边又十分认真地着意于某些历史对象的去蔽和挖掘，哪怕是特别以历史研究的"当代性"和"主观性"相标榜的人，也不会忽略这后一方面的工作。富有成效的历史研究，离不开认识，也离不开感受，因此，当一种湮没已久但却具有独特标示意义的历史对象以其原生面貌被钩沉而出或重被发现时，它带给认识者的激动和喜悦将是不言而喻的。

对石评梅的重读，我所产生的首先便是这样一种激动和喜悦。我发现，今天来评价石评梅，对作为一个作家的她，如何评价其创作的意义固然是题中应有之义，但更为重要的，还是她以生命与文学互为表里的痛苦求索过程，为我们认识一个时代所提供的非凡的意义。在那个历史和文学都面临重新选择的特殊时代里，表现选择中的困惑乃至生命痛苦的并不乏人在，但能够像石评梅这样既主动追寻历史发展的大势，又在文学中自触伤痛，将现实与理想、情与理之间近乎不可调和的冲突尽数表现于生命的自我搏斗之中的人却并不多见。或者可以说，就其生命"自剖"式表现的大胆、细密和诚实而言，她实属罕见的一例。从她所留给我们的一系列作品和相关文本中，我们能够真切感受到一种难见于史册的心灵的真实，一种在血肉丰盈中的生命律动。而这，对于丰润我们对历史的干枯的把握和矫正我们对历史的简单化理解，该是多么重要。

　　按照一般的认识，石评梅不过是在过去艰难岁月中创造了一个革命的浪漫传奇爱情故事的女主角，作为一个作家，也不过是在时代洪流中实现了向革命性文学的必然转变而已。这是在我们简单化的文学史认识中必然出现的结果。在数十年一贯制的文学史写作中，二十年代中国文学的转型常常是比较粗疏的一笔，实际上十分复杂的内容和不乏逡巡彷徨的过程只剩下了文化启蒙与政治革命这两种历史行为在文学功利选择中的置换或纠葛而已。不错，就决定中国历史的命运而言，在那个年代所发生的历史选择的转换确然是该时期最深刻的历史内容，不可能不对文学的发展构成深巨的影响。然而，人们却常常忽略了，在启蒙运动落潮和历史的选择迅即转换为社会政治革命时，知识界尤其是以感性思维活动为特征的文学界，对"人生是什么"的人生观思考，也作为历史的一个构成环节而浮出地表。二十年代初在文化、思想界所发生的"科玄论战"，应该就是一个佐证。在文学界，诚如茅盾的总结所言，自有其表现的普遍性与独特性："这一时期，两种不同的对于'人生'问题的态度，是颇显著的。这时期以前——五四初期的追求'人生观'的热烈的气氛，一方面从感情的到理智的，从抽象的到具体的，于是向一定的'药方'在潜行深入，另一方面则从感情的到感觉的，从抽象的到物质的，于是苦闷彷徨与要求刺激成了循环。然而前者在文学上并没有积极的表现，只成了冷观的虚弱的写实主义的倾向；后者却热狂而风魔了大多数的青年。到'五卅'的前夜为止，苦闷彷徨的空气支配了整个文坛，即使外形上有冷观苦笑与要求享乐和麻醉的分别，但内心是同一的苦闷彷徨。走向十字街头的当时的文坛只在十字街头徘徊。"[1] 茅盾的意思自然是叹惋于文学对于表现社会性生活内容的滞后，而如果换个角度看，就像瞿秋白在《饿乡纪程》中所指出的，这时期"青年思想，渐渐的转移，趋重于哲学方面，人生观方面"，其实这种变化也未必是坏事，尤其是对于文学。在当时几乎是同时发生的历史转折、人生观转折和文学转折的关系中，人生观的转折，特别是由其导入的带有浓重哲学意蕴的人生意义乃至生命意义的思考和探讨，无疑为历史选择与文学选择之间提供了一个最可靠的中介，否则，两者之间是无法进行贴合的，更不用说使两者的结合成为一种有机的文学生命体的创造与表现。虽然，思考的结果未必是历史行为在文学中的意义确立，正如二十年代中前期"人生"派作家在文学价值确认上所必然发生的分化那样，但这都是正常的。

十分难得的是，石评梅始终抓住了"生命"这一人生与文学应共同关注的焦点。在其思想观念和文学创作的变化里，一直凸现着她对生命意义的求索与理解。石评梅原本就是一个多愁善感、易于忧郁的女孩，五四启蒙运动落潮期的困惑与迷茫，使她特别敏感地承受起了这份孤苦和悲哀。如其他同时代的许多青年知识者一样，她被这一空前的思想启蒙唤醒，但这一思想的启蒙却并不能为之安排下一个安放自由生命的理想环境，环顾四周，依然是无尽的黑暗。因此她伤感地写道："生命之花同时灿烂芬芳的时候，命运之神呵：/ 在未来的光辉里 / 闪烁着懊恼的残影 / 笼罩着人间的悲哀！"(《别后》)可她毕竟是接受过新思潮孕育的青年，被纳入人生观的崇高的使命意识又使其不至于安居于"梅窠"里自苦，企图到社会人间去寻找生命的新意义，又是她精神世界的另一面："'使命'！ / 令我离了旧巢 / 把人间的余痕都留在梦内 / 将振荡着银铃 / 曼声低歌 / 走向人间！"(《迷茫的残梦——谢晶清》)在石评梅文学道路的前期即 1925 年前，她所发出的这种声

---

① 《〈中国新文学大系·小说一集〉导言》，见吴福辉编《二十世纪中国小说理论资料》第 3 卷，北京大学出版社 1997 年版，第 313 页。

音未免有着过多的虚幻；1925 年后感受到的社会人生的内容更多也更实际了，而所给予她的更多的又是更为深在的幻灭之感。现实的种种残酷和每一次希望的破灭，都给她以巨大的震撼，逼迫她作出生命的坚忍的选择。她明白了，在其求索的历程中，"有惟一指导我，呼唤我的朋友，是谁呢？便是我认识了的生命"（《涛语·最后的一幕》）。她明确地一再表示："我已不是先前那样呜咽哀号，颓丧沉沦，我如今是沉默深刻，容忍含蓄人间一切的哀痛，努力去寻找真实生命的战士。"（《寄海滨故人》）"颠沛搏斗中我是生命的战士，是极勇敢、极郑重、极严肃的向未来的城垒进攻的战士。我是不断地有新境遇，不断地有新生命的；我是为了真实而斗争，不是追逐幻象而疲奔的。"（《缄情寄向黄泉》）在《给庐隐》这篇文章中，她还说出了以下一段就是现在读来也令人十分动情的话：

> 朋友！以后我不再因自己的失意而诅咒世界的得意，因为我自己未曾得到而怒恨人间未曾有了；如今漠漠干枯的寒林，安知不是将来如云如盖的绿荫呢！人生是时时在追求挣扎中，虽明知是幻象虚影，然终于不能不前去追求，明知是深涧悬崖，然终于不能不勉强扎挣；你我是这样，许多众生也是这样，然而谁也不能逃此网罗以自救拔。大概也是因此罢！才有许多伟大反抗的志士英雄，在辗转颠沛中，演出些惊人心魂的悲剧。在一套陈旧的历史上，滴着鲜明的血痕和泪迹。朋友！追求扎挣着向前去罢！我们生命之痕用我们的血泪画写在历史之一页上，我们弱小的灵魂，所滴沥下的血泪何尝不能惊人心魂，这惊人心魂的血泪之痕又何尝不能得到人类伟大的同情。

由此，我们就不难理解，为什么自 1925 年起她的创作会发生那么大的变化。正是生命与历史的崇高缔结，才使她的创作由浅吟低唱个人的感伤而转向了对社会斗争内容的惨烈与悲壮的表现。就诗歌而言，构成与前期最明显对比的就是那首撼人心魂的《断头台畔》。这首诗一改前期那种自由体的舒缓或一咏三叹，采用了顿挫的累积式的整齐长句排列的形式，表达了一种压抑的深蓄于心的生命的愤怒，和一种极富张力的情感状态。应该说，这是反动派血腥绞杀李大钊等人的罪恶发生后，在文学创作中较早作出的反映。

在表达这种强烈的情绪的同时，同胞们的国难家仇，使石评梅还时常表达出要做行动着的历史主体的愿望。她在日记中曾经这样写道："我还是希望比较的有作为一点，不仅是文艺家，并且是社会革命家呢？"[①] 事实上她也确实打算南下，并因未能成行而抱憾。她把这种愿望都表现在文学创作中，使之成为阳刚的主体性特征。1928 年济南"五三惨案"发生后，她在《我告诉你母亲》这首诗里写道：

> 我告诉你母亲！/你哪忍看中华凋零到如此模样/这碧水青山呵任狂奴到处徜徉/晨光熹微中强扶起颓败的病身；/母亲你让我去吧战鼓正在催行/你莫过分悲痛这晚景荒凉凄清/我有四万万同胞他们都还年轻有一日国富兵强誓把敌人擒杀！/沸我热血燃我火把重兴我中华！

石评梅在其创作的后期，主要采用了散文与小说两种文体，以更适合于记叙、抒情的结合，并写出了散文《涛语》《偶然草》和小说《白云庵》《红鬃马》《匹马嘶风录》等颇具特色的篇什，这与她对生命意义追求的变化有着至为密切的关系。

随着历史选择的转换，在石评梅人生观念和文学创作发生变化的过程中，她与高君宇堪称千古绝唱的革命爱情悲剧，对她产生了至关重要的影响。而当我们今天重新翻检一切与之相关的文本，并沉思默

---

① 转引自袁君珊《我所认识的石评梅》，见《石评梅作品集（戏剧·游记·书信）》，书目文献出版社 1985 年版。

想它所形成的文学效应时，我则蓦然想到，由其所标示的这一特定人生内容，实际上既表征着一个特定时代的特征性人生内涵，同时也必然构成为对文学创作的人性魅力的导引。

在长期形成的文学史观念中，人们对新文学第一个十年中期文坛上大量出现的以恋爱为内容的创作，大都是采取了不以为然的态度。这缘之于茅盾当年对这种创作倾向所作的批评。批评的理由是"那时候最多的恋爱小说不是写婚姻不自由，便是写没有办法解决的多角恋爱""大多数创作家对于农村和城市劳动者的生活很疏远，对于全般的社会现象不注意，他们最感兴味的还是恋爱，而且个人主义的享乐的倾向也很显然。"① 批评的理由还有一条，就是艺术表现的"观念化"和缺少"水磨"的功夫，但因这一条与表现其他内容的作品所共有，在这里可置于不论。单说第一条，从茅盾的角度看自然有他的道理，试想，一个正着力于鼓动文学表现社会性人生的批评家，那些更多是属于青年知识者的情爱问题，怎么能入他的法眼呢？可是，茅公的批评却未免有点脱离彼时时代生活的实际。在二十年代初期，从封建网罗中奔突而出的青年知识者，首先希望实现的便是生命的自由和人性生存的理想形式，说白了也就是自主爱情的获得和事业上抱负的实现。五四启蒙运动所培养出来的一代新的历史主体，势在必然地会把事业与爱情视为生命的基本形式。至于新与旧、情与理、既成与追求等种种现实性纠葛，又会使之备尝失望与希望永远如影随形、分拆不开的痛苦。这些没有理由不成为这一特定时期文学表现的内容和主题。其实，就是嗣后，即到了二十年代的中后期，以工农为代表的新的历史力量已进入舞台中心，并演出着有声有色的历史壮剧时，知识者们也没有忘记对这种生命状态的渴望和努力。尽管现实斗争的残酷和其理想之间会发生冲突，由启蒙所得的生命觉悟和新的历史行为之间也并不协调，但是，知识者们仍然没有放弃对这一人生理想的执

---

① 《〈中国新文学大系·小说一集〉导言》，见吴福辉编《二十世纪中国小说理论资料》第3卷，北京大学出版社1997年版，第310页。

守，这应当就是在革命文学早期，以"革命 + 恋爱"为基本内容的革命浪漫蒂克风潮一度弥漫文坛的原因。有意味的是，就连茅公，在大革命失败后的苦闷中也写作了具有类似内容的小说《蚀》，只不过与那些风行文坛的公式化作品不同，它以对一群青年知识者在迷茫中生命状态的真实再现而赢得了文学上的成功。

　　石评梅与高君宇的爱情故事，并没有一般爱情故事中那种花前月下、私订终身的浪漫。高君宇是一位兼有新的生命觉悟和历史觉悟的知识者和革命家，就是对自己倾心已久的石评梅，他也磊磊落落地作出这样的表述："我是有两个世界的：一个世界一切都是属于你的，我是连灵魂都永禁的俘虏；在另一个世界里，我不是属于你，更不属于我自己，我只是历史使命的走卒。"① 在爱情和革命上同时作出如此无私的选择，看似互相抵牾，实则使我们感到的却是一种属于那一代人的崇高境界的互印互证。面对评梅的疑虑，他深情地表示："你还有什么不放心，我是飞入你手心的雪花，在你面前我没有自己。你所愿，我愿赴汤蹈火以寻求，你所不愿，我愿赴汤蹈火以避免。"（《涛语·殉尸》）由此又足见这个铮铮硬汉的柔情万缕。石评梅虽然敬重也爱戴高君宇，但对其求爱的表示却一直是迟疑不决，充满矛盾和痛苦的。经历过情感伤害的她，自视为"情场逃囚"，经历多少痛苦才得以超拔，对情感的发展极为谨慎。她说："心上插着利剑，剑头一面是情，一面是理，一直任它深刺在心底，鲜血流到身边时，我们辗转哀泣在血泊中而不能逃逸。"（《婧君》）直到高君宇抱病而死，石评梅于无限遗恨和哀痛中才锁定这份感情，并使之升华为至纯至真、超越生死的爱情的精灵。高、石之间刻骨铭心的生死恋，事实上是1925年后石评梅生命的最重要的精神情感支柱，是她"生命的盾牌"，也是她"灵魂的主宰"（《缄情寄向黄泉》）。这当然要反映到她的创作当中，不仅使其创作出了一批时而昂扬激越时而哀婉悱恻的诗文，而且

---

① 转引自石评梅《梦回寂寂残灯后》，见《石评梅作品集（散文）》，书目文献出版社 1983 年版。

作为一种内在的生命力，改变了她此后的所有创作。

在石评梅的创作中，我们发现始终存在着一个由隐到显、由朦胧到具体的"英雄儿女"情结。在早期诗作中就有过这样的诗句："在虚幻的生内／原可留点余痕啊？／美人的艳迹／英雄的伟业／都在淡淡的湖色中映着！"（《烟水余影——西湖》）她还有《宝剑赠与英雄》一首，表达的更是作者对于英雄主义精神的向往。

在其后期的叙事性作品中，英雄儿女的侠骨柔情常常是其结撰故事的基本骨架。其中以小说《白云庵》和《红鬃马》最为典型。《白云庵》中的隐者"刘伯伯"，当初曾是一个风流潇洒的美少年，西湖边留下他不少的马蹄芳踪、帽影鞭痕，后因与少女梅林的爱情悲剧而投身革命，十余年湖海飘零，最后仍孑然一身。梅林是一位勇武柔美、霜雪凛然的女郎，激发他做出了许多轰轰烈烈的事业，而最终又以对这份情感的坚守而孤寂地退居山林。《红鬃马》的故事更曲折跌宕一些，基调更昂扬，而悲剧意味则更重。革命军将领郝梦雄英武潇洒，是一位为国为民辗转征战的英雄，后因不满于现代军阀的倒行逆施而遇害。英雄多情，他一生所钟爱的美丽妻子冯小珊和伴他征战的坐骑红鬃马，都是他生命和事业的一部分。在他牺牲后，妻子和红鬃马也移居山林，在那里伴着他静默的英魂。故事写得让人读来荡气回肠，唏嘘不已，具有很强的文学感染力。由它们，我们可以了解到在这新旧交替、弃旧图新的"过渡时代"，中国审美文化传统中深在的"英雄儿女"的原型意识，如何地嬗变为一代新的青年知识者特别是新的知识女性的新英雄儿女情结，又如何地在现实人生和文学创作中演绎成故事的。其实，在那时，它们既是想象的，也是真实的。

在石评梅的变化过程中，还有一种现象颇令人回味和思索。就是她思想情绪的发展变化，并不是一条线索的单向拓进，而是经常有两种相反的观念和情绪交替出现或激烈冲突。由于其个人的性格、气质、人生遭际和时代现实交互作用的结果，石评梅始终并没有完全放弃属于她的"另一世界"。她说："在这万象变幻的世界，在这表演一切的人间，我听见哭声笑声琴声，看着老的少的俊的丑的，都感到了疲倦。因之我在众人兴高采烈，沉迷醺醉，花香月圆的时候，常愿悄悄地退出这妃色幕帷的人间，回到我那凄枯冷寂的另一世界。""我自己常怨恨我愚傻——或是聪明，将世界的现在和未来都分析成只有秋风枯叶，只有荒冢白骨；虽然是花开红紫，叶浮翠绿，人当红颜，景当美丽的时候。我是愈想超脱，愈自沉溺，愈要撒手，愈自系恋的人，我的烦恼便绞锁在这不能解脱的矛盾中。"（《涛语·最后的一幕》）对于从戊戌变法一直到辛亥革命、北伐战争等一幕幕历史壮剧，石评梅都是给予肯定的，而且愈来愈昂扬甚至热烈地予以鼓呼，乃至认为若解救生命只有"革命"一途。但她同时却又滋生着挥之不去的疑虑和恐怖："看起来中国目前似乎都是太积极了，'希望'故意把人都变成了猛兽，随时随地都可以使烈火燃烧起来！鲜血喷洒起来！尸体堆积起来！枪炮烟火中，一切幸福和安宁都被恶魔的旗帜卷去了，这几乎退化到原始的世界，我时时都在恐怖着！暴动残杀，疯狂般的领袖，都是令我们歌爱的英雄吧！只是他们的旗帜永远那么鲜明正大，而他们的功绩却永远是这样暗淡悲惨呢！不知为什么？"她想："假如后人的幸福欢乐真能建筑在现今牺牲者的枯骨血迹之上，那也是一件值得赞颂的事；不过恐怕这也终于是个幻影，只是在人们心中低低唤你前进的一个声音。"（《冰场上》）这是她所得出的一个虽使其痛苦但又终未致其于消极的基本认识。虽然，她由此已叩开了哲学的门扉，她明确地把自己的理解表述为："我愿建我的希望在灰烬之上，然而我的希望依然要变成灰烬。灰烬是时时刻刻的寓在建设里面，但建设也时时刻刻化作灰烬。"（《灰烬》）在这里，生命意识与哲学意识已浑然为一，在相当深刻的层面上获得了升华。石评梅的这种既肯定又质疑的精神求索状态，为我们了解那个时代提供了一份重要的思想资源，不仅有助于我们把握那个时代知识者的思想发展脉络，而且有助于感受其为我们所始料未及的复杂与深刻。

二

石评梅与庐隐、陆晶清志趣相投，交往较多；在文学理解和创作趋势上也比较接近，应该属于共同的一类，尽管她们之间实际的差异也很明显。庐隐和石评梅、陆晶清都是或应该算作是文学研究会系列的人，但她们在创作上所表现出来的极为鲜明的"个人性"倾向，却和文研会的主导性倾向不同，与之相比，她们，尤其是庐隐和石评梅，实际上是个"另类"。和庐隐相较，石评梅不如庐隐在文坛上的名气大，也不如她的文学成就高，可是在"个人性"表现这点上，她却是有过之而无不及的。可以这样说，石评梅为我们认识二十年代的文坛状况，提供了另一类型的文本。

在二十年代的中前期，文学团体和刊物大量涌现，大群的青年作家也纷纷登场，文坛上出现了极为热闹的景象。茅盾曾把这比作"尼罗河的大泛滥"，认为它"使得新文学史上第一个'十年'的后半期顿然有声有色"①。可是茅公并没有对与此俱来的文坛的分化作出分析，作为"人生"派主导倾向的代表人物，他也不可能在当时就对这种种相异的发展作出更客观、准确的评价。当时的实际情况是，启蒙运动的低潮，固然给人们造成了苦闷和困惑，但却给文学的相对独立的发展带来了可能。在此之前，即如茅公所说："民国六七年的时候，好像还没有纯然文艺性质的社团。那时的《新青年》杂志自然是鼓吹'新文学'的大本营，然而从全体上看来，《新青年》到底是一个文化批判的刊物，而《新青年》的主要人物也大多数是文化批判者，或以文化批判者的立场发表他们对于文学的议论。他们的文学理论的出发点是'新旧思想的冲突'，他们是站在反封建的自觉上去攻击封建制度的形象的作物——旧文艺。"② 这种状况一直延续到二十年代初文研

---

① 《〈中国新文学大系·小说一集〉导言》，见吴福辉编《二十世纪中国小说理论资料》第3卷，北京大学出版社1997年版，第309页。

② 《〈中国新文学大系·小说一集〉导言》，见吴福辉编《二十世纪中国小说理论资料》第3卷，北京大学出版社1997年版，第303页。

会、创造社等大大小小的社团蜂拥出现时才告结束。启蒙思潮的低落和弱化，松解了笼罩在文学头上的非文学性的历史功利主义的禁锢，使文学在失去了一种坚定的历史信念时，却得到了一份自我想象发展的自由。而这时，文学取向的统一性已不再是文坛的整体性需求，各自循着自己对文学的理解而发展自己，倒是在崭露着文学发展的新希望。好在启蒙运动已经培养出一批具有强烈个性自觉的新青年，在他们作为一代新的文学主体出现时，适足适应了文学相对独立发展的要求。所以这几年的文坛上，先是文研会和创造社以"为人生"还是"为艺术"而构成壁垒，紧接着其他大小社团也各自忙活着自己的主张。而同一社团或类型中人也出现了彼此间的不同。比如，同样是写乡土文学，许杰、王鲁彦、蹇先艾等着力表现的是古老乡土中的落后与苦难，仍还能与先前的启蒙主旨相呼应，而废名就不同了，他此时已经在"桃园"的世界中与所谓历史的进步拉开了距离。

文学研究会这时的情况其实也很复杂，但由于其在主导性的倡导方面依然是"和那时候一般的文化批判的态度相应和"①，并且在以茅公为代表的一些人身上，已经表现出贴近并服从于新的历史选择的明显倾向，所以这一主导性的评价倾向事实上始终占据支配地位，并影响到嗣后长时间内的文学史评价。本来，就文学发展的多样性和表现人生的丰富性而言，无论是侧重于表现"社会性"内容还是"个人性"内容，也无论是侧重于表现历史进步及其对人生的意义，还是重在表现想象中的人文理想之境，都应该是被允许的，而且是不可或缺的。因为衡量某一种文学的价值，毕竟它们都不是最基本的尺度。可是由于长期以来流行的主导性认识，在"个人性"与"社会性"或曰"社会整体性"、客观性"再现"与主体性"表现"的关系问题上，以未免失之于简单化的思维作了对峙性的理解和阐释，以至于必然形成文学评价中的遮蔽和偏颇。废名因追求与历史进步保持距离的理想人

① 《〈中国新文学大系·小说一集〉导言》，见吴福辉编《二十世纪中国小说理论资料》第3卷，北京大学出版社1997年版，第304页。

文境界在评价上大打折扣，而庐隐尽管追趋历史的进步行为，但却又以其浓重的"个人性"也被有所保留。至于石评梅，在文学上的成就就更不予提及了。研究者们偶有涉及，也不过主要是《断头台畔》《红鬃马》《匹马嘶风录》之类。

庐隐、石评梅是从不讳言自己的文学见解的。在文学是"为人生"还是"为艺术"两种观念对抗中，作为文研会成员的庐隐公然表示了与文研会同人不同的态度。她说："我个人的意见对于两者亦正无偏向。创作者当时的感情的冲动，异常神秘，此时即就其本色描写出来，因感情的节调，而成一种和谐的美，这种作品，虽说是艺术的艺术，但其价值是万不容否认的了。"她认为创作中"惟一不可或缺的就是个性——艺术的结晶，便是主观——个性的情感"[①]。石评梅服膺于厨川白村的文学理论，她的表述则更为深切。她说："艺术的天才，是将纯真无杂的生命之火红焰焰地燃烧着自己，就照本来面目投给世间。把横在生命的跃进的路上的魔障相冲突的火花，捉住它呈献于自己所爱的面前，将真的自己赤裸地、忠诚地、整个地表现出。"（《再读〈兰生弟的日记〉》）在实际的创作中，她们大胆地践行了自己的观点，以勇敢地表现生命真实的"个人性"为其基本取向。苏雪林在《关于庐隐的回忆》一文中说："在庐隐的作品中尤其是《象牙戒指》，我们可以看出她矛盾的性格……庐隐的苦闷，现代有几个人不曾感受到？经验过？但别人讳莫如深，唯恐人知，庐隐却很坦白地自如地暴露，又能从世俗非笑中毅然决然找寻她苦闷的出路。这是她的天真可爱和过人处。"殊不知石评梅在表现个性的生命经历，尤其其中几乎无处不在的现实与理想、希望与幻灭、情与智、生与死的痛彻心扉的冲突方面，却是有过于庐隐的。庐隐除了自己的经验，还要借用所熟悉的人的生命经历结撰小说，例如《象牙戒指》，实际上就是采用了石评梅与高君宇的爱情故事，而石评梅则主要是个人的心灵和

---

① 庐隐：《创作的我见》，载《小说月报》12卷7号，1921年7月。

生命的自传。她们二人为达到亲历性、自传性的表现效果，都很看重日记和书信体的运用，但石评梅更重视非虚构性真实，在文体的采用上也与庐隐有别，庐隐以小说为主，石评梅虽也写小说，但更多的却是散文，而且她的小说也常因亲历与虚构之间界限的模糊，而与其散文并没有多少明显的区别。

值得注意的是，石评梅既很看重亲历性的生命真实，又很重视对回忆、梦想和幻觉的表现，因为在她看来，生命本来就是一半生活在现实里，一半生活在幻想中，生命感受的真实性实则就来自于这两个世界的永不休止的冲撞和恼人的纠缠中。为了更有利于这种表现，石评梅的散文常常采用自语或对话的"私语式"的文体形式，将自己几乎所有的心理真实都极其直率大胆地和盘托出，凄婉幽微，却无遮无拦。不妨举两个例子。一个是在《给庐隐》中的一段：

> 廿余年来在人间受尽了畸零，忍痛含泪挣扎着，虽弄得遍体鳞伤，鲜血淋淋，仍紧嚼着牙齿作勉强的微笑！我希望在颠沛流离中求一星星同情和安慰以鼓舞我在这人世间战斗的勇气；然而得到的只是些冷讽热笑，每次都跌落在人心的冷森阴险中而饮泣！此后我禁受不住这无情的箭镞，才想逃避远离冷酷的世界和人类，因之我脱离了学校生活，踏入了世界的黑洞后，我往昔天真烂漫的童心，都改换成冷枯孤傲的性情。一年一年送去可爱的青春，一步一步陷落在满是荆棘的深洞，嘲笑讪讽包围了我，同情安慰远离着我，我才诅咒世界，厌恶人类，怨我的希望欺骗了自己。

另一段是取之于《我只合独葬荒丘》：

> 雪下得更紧了，一片一片落到我的襟肩，一直融化到我心里，我愿雪把我深深地掩埋，深深地掩埋在这若干生命归

宿的坟里。寒风吹着，雪花飞着，我像一座石膏人形一样矗立在荒郊孤冢之前，我昂首向苍白的天宇默祷；这时候我真觉空无所有，亦无所恋，生命的灵焰已渐渐地模糊，忘了母亲，忘了一切爱我怜我同情我的朋友们。

正是我心神宁静的如死去一样的时候，芦塘里忽然飞出一对白鸽，落到一棵松树上；我用哀怜的声音告诉它，告诉它不要轻易泄露了我这悲哀，给我的母亲，和一切爱我怜我同情我的朋友们。

尤其是题为《涛语》的一组文章，几乎尽数都是关乎与高君宇情感经历和生命经历的悼念文字，与其说是写给别人看，不如说是说给自己听，是沥血的生命诉说，也是锻造新的生命意义的心灵的淬火。她曾对朋友说："我一直写《涛语》的缘故，便是堑壁深垒的建造我们的坟，令一切的人们知道我已是这样一个活尸般毫无希望的人。"[1]石评梅的散文，如果单理解为消极绝望，那是不准确的。李健吾读出了她作品中的真味："所有她的诗文几乎多半是她奋斗以后失了望的哀词，在那里她的始元的精神超过了我们今日所谓的颓废文学，无病而吟的作家与前代消极的愁吟的女子。她的情感几乎高尚到神圣的程度，即使她自己不吟不写，以她一生的无名的不幸而论，已经够我们的诗人兴感讽咏的了。"[2]

在石评梅这种鲜明"个人性"的表现里，实际上极真切地蕴含着当时的"时代女性"对那一特定时代的最直接的感受，这些作品应该是时代的生命投影。也很重视"个人性"的郁达夫，在总结新文学第一个十年的散文创作时，为这种写作方式作过辩护。他说："现代的

---

[1] 转引自袁君珊《我所认识的石评梅》，见《石评梅作品集（戏剧·游记·书信）》，书目文献出版社 1985 年版。

[2] 《悼念梅先生》，见《石评梅作品集（戏剧·游记·书信）》，书目文献出版社1985 年版。

散文之最大特征，是每一个作家的每一篇散文里所表现的个性，比从前的任何散文都来得强。""在尤重个性的散文里，所写的文字更是与作者的个人经验不能离开；我们难道因为若写身边杂事，不免要受人骂，反而故意去写些完全为我们所不知道，不经验过的谎话倒算真实么？这我想无论是如何客观的写实论家，也不会如此立论的。"① 如果拿郁达夫的这番话来解释石评梅的散文创作，那也是一样的合适。郁达夫是个大家，我们不好拿石评梅与他比高下，事实上艺术成就的差距也是明显的，但有一点却可以一比，那就是在表现内容和表现方式上的区别。大致地说，郁达夫也常在文字里流露感伤和无所凭借的生命零余感，但他对行动的着墨还比较多，石评梅则更为内敛，文字中表现的大多都是心理情绪的内容。在"私语式"方式的采用上，也是石评梅有别于郁达夫的地方。所以，石评梅的散文将以其突出的个别性，在二十年代文坛上永占一个位置。

石评梅创作的"个人性"特点，在她的小说里表现得也很突出。在她小说的故事和情绪结构里，叙述者常常带有明显的属于作者的"个人性"，她既是他人故事的倾听者或见证者，又是这一故事的实际叙述者。她经常是一个有过痛苦生命经历的女性青年，与故事交相呼应的则是她时而感奋时而忧伤的人生喟叹，和对她个人情绪的直接抒写。这种主客互映的处理方式，收到了很好的艺术效果。小说的故事一般虽有一定的传奇性，但讲述得都比较简单，可是由于主客互映所形成的情绪张力，却将它烘托为意蕴相对饱满的有感染力的娓娓叙说。比如《白云庵》，本来主要讲的是"刘伯伯"的故事，可是叙述者告诉大家的却是其自抒伤情的一段文字：

有一天父亲去了村里看我的叔祖母，我独自到松林里的

石桌上读书，那时我望着将要归去的夕阳，有意留恋；我觉

① 《〈中国新文学大系·散文二集〉导言》，《郁达夫全集》第6卷，浙江文艺出版社1992年版，第197页。

一个人对于她的青春和愿望也是和残阳一样，她将悄悄地逝
去了不再回来，而遗留在人们心头的创痕，只是这日暮时刹
那间渺茫的微感，想到这里我用自来水笔写了两行字在书上：

　　黄昏带去了我的愿望走进坟茔，

　　只剩下萋萋茅草是我青春之魂。

　　叙事者的这种自诉，恰恰与下面刘伯伯讲的故事在情绪上交相互
映。《红鬃马》采取的也是这种方式，只不过更曲折跌宕的故事与叙
事者自诉互映的效果更佳而已。庐隐认为石评梅作品的"缺点是在字
句方面，有时失之堆砌。长篇小说的布局，有时失于松懈"[1]。说字
句有些堆砌，倒是有几分属实，至于小说的结构，那就似乎有不同理
解之间的隔膜了。因为这种主客互映的叙事方式恰恰是石评梅的追求
和特点，否则，受到损伤的将是它们中氤氲的氛围和生命的诗意。在
石评梅的小说中，《匹马嘶风录》是个特例。它是创作主体在故事中
作主角式虚构的一个尝试。凭借想象，她把自己塑造成一个对革命抱
负的践行者，小说描写的就是"她"的几经辗转，终于到达前线进行
战地救护的故事。然而就是这篇小说，我们也处处都能感受到只有石
评梅才具有的那种心路历程和那份生命的真实。而且，即使在这样的
作品里，也时时可感她与高君宇关系的内在铺陈，有些细节和人物语
言甚至是对现实材料的直接运用。

　　石评梅和庐隐都有自己明确的文学主张，而且见解相近，都崇
尚悲剧。可是在对悲剧的解释上，如果说庐隐和流行的观念还相差不
多，那么石评梅就更多一些关于悲剧起因的哲理性认识了。也还是因
为受了厨川白村的影响，她坚持人生与生存境遇的"缺陷"说。她
说："我常想只有缺陷才能构成理想中圆满的希望，只有缺陷才能感
到人生旅途中追求的兴味。"她称赞《兰生弟的日记》写得好，就是

---

[1]　《石评梅略传》，见《石评梅作品集（戏剧·游记·书信）》，书目文献出版社
1985年版。

因为在这部作品中，"兰生弟或者正因为能爱琴子而不能去爱，不能爱薰南姊而必须去爱的缘故，才能有勇气表示这四五年浸在恋爱史中的一颗沉潜迂回的心，才能有这本燃烧着生命火焰的日记告白给我们……或许是因为罗兰生的缺陷成全了他。"所以，她毫不掩饰地主张："我愿大文学家大艺术家的成就，是源于他生命中有深的缺陷。惨痛苦恼中，描写着过去，又追求着未来的。"（《再读〈兰生弟的日记〉》）

石评梅躬行自己的这种主张，不仅如前所述，在她的所有创作中都表现着生命的深深的创痛，弥漫着一种源之于生命内部的浓浓的悲剧氛围，而且，她还创作出一些饶有意味的反思性作品，而反思的对象都直接指向为社会公认的历史进步行为。比如小说《弃妇》，写的就是一个女子被弃后无奈自杀的故事。走出了家门的表哥追求自由爱情另有所爱，异常坚决地与妻子离婚，而且达到目的同时也是为着"解放了她"。可是结果呢，客观上却将她推到了绝境，作品写道："表哥呢，他杀了一个人却鸿飞渺渺地不知哪里去了。""表哥去了，或者还有回来的一天，表嫂呢，她永远不能归来了！"还有石评梅生前写成的最后一篇小说《林楠的日记》，表现的是一个遭到另有所爱的丈夫冷遇的妻子所承受的生命的种种痛苦。两篇作品揭橥的都是婚姻解放亦即人的解放所必然带出的悖论性难题：一部分人解放了，而另一部分人呢？或者说既有婚姻中的男的一方自由了，而女的一方呢？另外，在《流浪的歌者》等作品中对革命事业中的腐败、丑恶也进行了大胆揭示，并深刻表现了这种"缺陷"给生命造成的悲剧。这种反诘历史的文学行为，无疑是一种更深在的历史自觉，也无疑是文学对于生命的一种更为自觉的责任担承。就是现在看，也是值得我们深长思之的。

（原载《文艺研究》2002年"石评梅研究专刊"）

论中国文学的现代转型与文学史重构

一

所谓中国文学的"现代转型",这一概念在本文中提出和使用的基本命意,既是对与古代文学相区别的现代文学发生发展的最基本的整体性历史特征的概括和指称,同时也是将其作为一种新的研究视角和新的学术视域,或不妨说是作为文学史重构的一种核心概念即基本范畴来理解和使用的。

一如社会发展史和其他各类专门史的写作,文学史的写作也因治史者所处时空的差异及其各自观念的不同而互有不同。历史资料的局限及对新历史材料的发现,固然会极大地影响到史学文本的建构及更变,但相对而言,治史者的史学观念尤其是其价值预设,其影响则更为显著,因为它起着规约文本内在价值结构及其导向的决定性作用。这在中国新文学发展史的不断建构与重构中表现得尤为明显。

众所周知,将其视为一种相对独立的文学史观照对象,治史者对中国新文学发展史的内涵和外延作出明晰的确认,并做出较为完整的史学建构,始之于共和国建立之初。半个世纪以来,世事沧桑,治史的语境也几经转换,其间新文学即现、当代文学史的研究也随之发展,各种著本则越出越多,几不可胜数。如果对这五十余年的新文学史写作做个考察,人们会发现,作为主导性的观念,实际上存在着两种相异而又相近的认知系统。一种是表现为政治革命立场并以阶级斗争理论和阶级分析方法为特征的观念建构，其代表性文本当为王瑶的《中国新文学史稿》。这部上册出版于 1951 年 9 月、下册出版于 1953 年 8 月的皇皇巨编，对于中国新文学史这一学科的独立建制无疑具有筚路蓝缕的开创之功，其对后学的规约与影响已不下半个世纪。可也正是这部新文学史相对完整的开篇之作，由其开始，就把新文学的特性及历史发展纳入了新民主主义革命的历史与观念范畴之中，从而对非常复杂的对象构成作了简单化的处理。当然，早在四十年代之初，毛泽东的《新民主主义论》甫一发表，周扬在为鲁迅艺术文学院讲授"中国文艺运动史"课编写的《新文学运动史讲义提纲》中，就对如何认识新文学作出了基本规范，指出"新文学运动正式形成，是在五四以后"，而且"是在意识形态上反映民族斗争、社会斗争的"。何况此后郭沫若在第一次文代会上的总结报告，尤其是教育部组织拟定的《〈中国新文学史〉教学大纲（初稿）》，都又对这一观念作了强调。所以，王瑶近乎机械地拿《新民主主义论》对新文学的性质阐释及历史分期做了对应式的处理，也是时势使然，既非个人之功，亦非个人之过。而且据实而论，这部《史稿》并未能在对作家作品的具体分析中将这一政治原则贯彻到底，比较而言，倒是稍后出版的丁易的《中国现代文学史略》和张毕来的《新文学史纲》等史著在向政治化倾向方面走得更远。这种新文学史观的局限性，质言之就是其立足于"政治标准第一"的泛政治化、泛意识形态化倾向。这种倾向对新文学研究所造成的误读误导，以及嗣后该倾向日渐严重的发展，已为学界所共知，无须具论。

另一种是文化启蒙主义的认知系统。它是作为政治性文学史观念的对立物也就是反拨性的价值重设，而于八十年代中期倡兴于学坛，并成为新时期主导性文学史观。其基本特点是将新文学的发展史设定在启蒙（文化）与救亡（政治）之间不能回避却难以相能的对峙变奏的历史框架内，以启蒙文化价值观对文学史现象进行重评的。其代表性著本为 1987 年出版，由钱理群、吴福辉、温儒敏等四人合著的《中国现代文学三十年》。该书在《绪论》中明确宣示:"作为'改造民族灵魂'的文学,其所具有的思想启蒙性质是现代文学的一个带有根本性的特征。"这与乃师当年的持论已大不相同,显然是在两个不同历史维度间进行了价值置换。应该说,相对于政治化的文学史观来说,文化启蒙主义的文学史观距对新文学及其历史发展的把握更接近了一步,因为中国新文学的发生发展,在历史运动的螺旋里毕竟与文化启蒙运动有着原生性的亲缘关系,历次"文学革命"旗帜的高张,无不与之密切相关;而且以人之尊严与个性主义倡导为文化内涵和价值指归的创作,也毕竟与文学之于人类生存的实质性关联更为贴近。但应指出的是,所谓"启蒙",是具有特指性的历史对象,在二十世纪的中国,主要是指梁启超时期的"新民"鼓吹和陈独秀在其后以更凌厉之势发动的新文化运动。八十年代中前期思想文化界所出现的人道主义潮涌,亦当属于这一历史范畴。这是一种将历史问题聚焦于思想文化的症结,通过对西方民主、科学和理性精神的借鉴,对封建性传统文化和民族文化心理习惯进行批判的价值重建运动,并不能等同于一般的思想文化教育和道德熏陶。而启蒙主义文学史观一方面以"启蒙"为视点论定是非,未免生出另一种偏颇;而另一方面,则是泛启蒙化倾向的发生,将凡是具有较明显之生命文化内涵及人性感召倾向的创作,统统纳入"启蒙"的范围。

也许人们很难相信,上述两种对立性的认知系统或曰两种文学史观,事实上却存在着深在的一致性,甚至是在从不同的方面,共同维护和强化着一种认知和评价的模式。在中国历史现代转型的过程中,文化启蒙和政治革命虽属两种不同的历史行为,解决历史问题的聚焦点、价值建构和行为方式也各不相同,但在民族自救、弃旧图新的深在历史性目的上却是一致的,只不过是历史转型变革之诸种诉求在悖论性结构里对不同行为方式和手段的选择变换而已。文化启蒙运动固然十分看重文学变革的意义,其实政治革命也是很重视文学的改造及其作用的。它们在对文学的内涵与形式上的要求尽管迥然有别,可都是把文学设定在服务其历史选择的工具层面上加以理解的，这一点当无异议。既如此，那就应该看到，无论是从政治革命还是文化启蒙的哪一个历史维度上建构起的文学史观，实质上都必然是历史变革价值范畴中的话语言说。而且，无论取的是哪一种立场，持论人又必定是以当事人的角色认定去主动选择并担承其历史责任的。直到现在，还有人提倡新文学史研究对应于现实社会的直接真切的意义，实则就是这一思路的延续。其对社会历史变革的参与意识与舍我其谁的责任承当，固然可敬可佩，但作为一种文学史观，它却只能规限住治史者的对象视野并使其评价失当。更为令人忧虑不安的是，两种指向迥异的文学史观居然在思维认识模式和文学史建构模式上有着惊人的相似。长期以来由文学教育和文学研究的训练所形成的思维与心理倾向，已成为近乎超验性的习惯性模式。二元对立式的思维模式，从所选择的历史行为的向度上寻绎文学的同构性意义，对所崇敬人物的膜拜心态和对众多作家之序列整合的求同性倾向，以及历史叙述中重论轻史、重思想轻艺术的文本状态，即其基本特征。大约有近二十年的光景了，人们渴望重写文学史并付之于实践，在对许多文学史对象的重新评价和对对象世界的拓展上，确有令人耳目一新之感，但在文学史建构的基本模式和格局上却罕有更多的突破。本文所以提倡以文学的"现代转型"作为文学史考察的对象和文学史重构的新视点，其目的即在于超越上述两种认知系统，改变过去那种主要依据对某一单向度历史选择确立价值立场、核定文学意义的研究方式，并使文学史的价值建构从文学与历史进步行为意义同构的简单化倾向中解脱出来。

无疑，这是一种学理性的学术性立场。其实，所谓"学理"或"学术"的，无非言其走出了历史当事人的立场和与之同在的排异性的价值局限，并非是什么超历史的研究。倒是这种挣脱了或此或彼"在场"的褊狭认识羁绊的新观念，才有可能解蔽去障，在一个原本属于对象世界的阔大时空中，把握住对象之复杂构成及历史发展的完整性。同时，"现代转型"研究重视的是历史发展的过程和各种力量参与的方式及作用，不再特别偏重于对某一种文学范式的研究和价值偏护。因此，治史者不仅会对与对象对话的姿态进行调整，而且在对待古与今的关系上也会克服过去那种壁垒式、价值逆反式的考察方式，从而使文学史重构真正走出"古今/中外"的观念框架。很久以来，人们对各种学术性的治史方式已经不太在意甚至是否弃了，这其实是一件很值得反思的事。

在中国新文学史的重构中，任何有价值的个性化的努力都应给以应有的尊重。人们完全可以从不同的时空切割、不同的对象限定和不同的价值侧重上进行各不相同的文学史建构，这是不言而喻的。然而有一点也是大家都知晓的，那就是无论你如何与众不同，都面临着一个自我超越的问题。《中国现代文学三十年》于1998年重新出版的修订本，其最根本的变化就是在核心观念上将"启蒙性"置换为"现代性"，在文学史的基本格局和评价系统上都作了相应的调整，因此颇受好评。上一世纪八十年代后期以来，新文学史的重构表现出多样发展的态势，这是十分可喜的现象。本文所论"现代转型"的研究，同理，第一不是排他的，第二它本身在重构性实践中也应是多种多样的。

二

在新的文学史视野里，新文学发展史的起点要比半个世纪以来的一贯说法大为提前，而中国文学实现现代转型的途径和方式也并非一种，起点自然亦有所不同。

中国文学现代转型创辟性的，也是最基本、最主导的形式，乃是由现代文化启蒙运动所引发的文学革命运动。中国现代文化启蒙运动的特征，是以文化激进主义的态度对本土传统价值观念和民族文化心理进行根本性的否定，并意欲以西方文化价值观念取而代之。现代文化启蒙运动一向是既把文学视为文化变革的一个重要方面，又把它看作实现其目的的重要的甚或是根本的手段。文学革命不仅由其推拥而出，而且由它而获得价值支持和观念内涵。如果这一共识性的立论没错，那么我则要指出，梁启超在戊戌变法失败后所发动的以"新民"为提倡的文化启蒙运动，即已具有这种"现代"特征。而与此前变革观念区别开来的标志，就是他已走出今文经学的笼罩，实现了对这一作为近代社会变革思潮基本价值观与方法规约的突围与超越。而这，也正是他有可能高张文学"三界革命"（"诗界革命""文界革命""小说界革命"）的旗帜并为其提供必要的观念支持的原因。

有清一代，学术形势几经变易。以今文治经学对抗并取代为乾隆以来主流治学方式的朴学，始盛于龚自珍和魏源，成大势于康有为时期。今文经学不像古文经学那样矻矻自守，为名物训诂所拘束，而是着重在"微言大义"的发现，而且思想相对解放，能够容纳异派，所以西方的民权主义，东方的佛学观念，均能为其吸纳。但即使在康有为时期，其今文经学的治学原则与方法也不过是以"六经注我"的方式，为其观念重构找到了一个合理的依据，且撑开一个富有弹性的自我发挥的空间，说到底也还不能从根本上走出经学阐释的范畴，也就是说基本性质也还是属于中国传统以经学为本的价值观念。

梁启超在戊戌变法时追随康有为，少有他独自的思想。但变法失败后，他的观念发生了根本变化，冲决了今文经学的藩篱。他开始反对拿近世新学新理而缘附孔子之教："今之言保教者，取近世新学新理而缘附之，曰：某某孔子所已知也，某某孔子所曾言也，……然则非以此新学新理厘然有当于吾心而从之也，不过以其暗合于我孔子，而从之耳。是所爱者仍在孔子，非在真理也；万一偏索诸四书六经而终无可比附者，则将明知为真理而亦不敢从矣；万一吾所比附者，有人剟之曰孔子不如是，斯亦不敢不弃之矣。若是乎真理之终不能饷遗我国民也。故吾所恶乎舞文贱儒，动以西学缘附中学者，以其名为开新，实则保守，煽思想界之奴性而滋益之也。"①嗣后他对今文经学的流弊又进行过不止一次的批判。梁启超所针砭的，就是变法时期及其后一些人所沿袭的今文经学的痼疾，他正是从对"好依傍"与"名实相混淆"的否弃中走上价值重构的新路的。

这一切都发生在亡命日本之后。他自陈："既旅日数月，肆业日本之文，读日本之书，畴昔所未见之籍，纷触于目，畴昔所未穷之理，腾跃于脑，如幽室见日，枯腹得酒。"②而且说自居东以来，"脑质为之改易，思想言论，与前者若出两人"③。这时的他，对"新法"以及此前种种变革努力进行了深刻的反思，并从两方面力陈其弊：第一，没有抓住根本。他认为文明有"形质"的，有"精神"的，"求形质之文明易，求精神文明难。精神既具，则形质自生；精神不存，则形质无附"④。不解决精神文明问题，"则虽今日变一法，明日易一人，东涂西抹，学步效颦，吾未见其能也"。梁启超在对历史的反思中，根本改变了"中学为体"的价值认知模式，且率先获得了现代文化启蒙的历史觉悟。他之"新民为今日中国第一急务"⑤的宣告，无疑是对中国现代文化启蒙的对象（国民）、基本任务（"新"民，即解决"国民性"问题）及其在历史变革中根本性作用（第一急务）的最先昭示。第二，缺乏破坏力。他说："吾故有知今日所谓新法者必无效也。何也？不破坏之建设，未有能建设者也。"⑥他著专文鼓吹"破

---

① 转引自杨东莼：《中国学术史讲话》，东方出版社 1996 年版，第 326 页。
② 梁启超：《论学日本文之益》，载《饮冰室合集》第 1 卷，文集卷 4，中华书局 1994 年版，第 80 页。
③ 梁启超：《夏威夷游记》，载《饮冰室合集》第 7 卷，专集卷 22，中华书局 1994 年版，第 186 页。
④ 梁启超：《国民十大元气论》，载《饮冰室合集》第 1 卷，文集卷 3，中华书局 1994 年版，第 61 页。
⑤ 梁启超：《新民说》，载《饮冰室合集》第 6 卷，专集卷 4，中华书局 1994 年版，第 1 页。
⑥ 梁启超：《新民说》，载《饮冰室合集》第 6 卷，专集卷 4，中华书局 1994 年版，第 64 页。

坏主义"，以为这是在特定历史阶段无可逃避的选择，"历视近世各国之兴，未有不先以破坏时代者"，若"有所顾恋，有所爱惜，终不能成"。① 正是在这一前所未有的历史反思基础上，梁启超开启了一个影响了一个世纪的启蒙性文化价值模式，即"中西/古今"的价值确认和文化比较方式。他明确声称："以今日论之，中国与欧洲之文明，相去不啻霄壤"②，他认为解决问题之途，就在于以西方的价值观念更新中国传统的价值观和精神状态，即其所谓："苟欲救亡，非从此处拔其本，塞其源，变数千年之学说，改四百兆之脑质。"③ 由此不难看出，梁氏的启蒙与其后的新文化运动之间在诸多根本问题上的一致性和发展之中的承传关系。其实要讲创辟性，梁启超当为第一人。

梁启超之"三界革命"，是在其启蒙的思想观念和价值范畴内被认识和提出的，它们是把文学作为实现其启蒙目的的最有效途径和最佳工具而被选择和倍加推重的。但正因如此，其启蒙思想文化内涵的"现代性"（梁启超的思想观念并非全是"现代"的，但作为中国文化现代转型的实质性启动者，其价值支点和基本倾向的"现代性"则是毋庸置疑的）也就必然地决定了"三界革命"基本思想质素的"现代性"。应该看到，梁氏酿成"三界革命"之思，是发生于新的历史觉悟和价值观基础之上，他是在古今对立的架构内倡导"三界革命"并阐发其主张的。他对中国诗歌、散文、小说的传统恶习和现状均有颇为尖锐的批评，将"诗界革命"喻为哥伦布、玛赛郎的出世，而对文界、小说界革命的热情鼓吹，也无不是在新旧对立的意义上大行其道的。为突出其"新"，梁启超将"三界革命"设置于开放性的世界视野之中，特别强调向西方与日本学习。照他的理解，中国传统文学即如诗歌，纵然历史上有过很见成效的变革，然时至今日，也"已成旧

① 梁启超：《破坏主义》，《清议报》第 30 册，1899 年 10 月 15 日出版。

② 梁启超：《论中国与欧洲国体异同》，载《饮冰室合集》第 1 卷，文集卷 4，中华书局 1994 年版，第 61 页。

③ 梁启超：《破坏主义》，《清议报》第 30 册，1899 年 10 月 15 日出版。

世界。今欲易之，不可不求之于欧洲"①。为强化其为启蒙服务的有效性，他一方面时时不忘强调文学作品的教化功能，一方面还特别关注文体的特性及其效用的差异。较之于五四文学革命，梁启超似乎有着更为自觉的文体意识，在其"三界革命"初倡时，即同时对三种文体作了各自不同的阐发。他打破传统文体格局，将小说抬举到"文学之最上乘"，并纳入新文体格局的中心，这本身就是极富现代精神的叛逆之举。对于小说这种为其特别推重的文体，他从"体"（本体论）、"用"（功能论）两方面作了别开生面的阐释，依据的又是现代心理学的原理，深刻而有说服力。② 正如他本人所言："小说之为体其易入人也概如彼，其为用也又如此，故人类之普通性，嗜他文终不如其嗜小说，此殆心理学自然之作用，非人力之所得而易也。"③ 梁启超在"三界革命"上，最重视的是内容，同时也兼顾到形式，这与五四文学革命也稍见差异。如他在谈到"诗界革命"时就认为"然革命者，当革其精神，非革其形式。吾党近好言诗界革命，虽然，若以堆积满纸新名词为革命，是又满洲政府维新之类也"④。应该说这种以史为鉴，又有现实针对性的主张还是很有见地的。而且事实上，梁启超对作品语言和艺术形式的革新也是非常重视的。比如，他认为："文学之进化有一大关键，即由古语之文学为俗语之文学是也。各国文学史之开端，靡不循此轨道。"⑤ 这就足见其对文学语言向俗白化变革的高度重视了。在"新派诗"、"新文体"（报章体）和"新小说"的提倡与创作实践中，他始终重视语言的通俗畅达和表现形式上的创

---

① 梁启超：《夏威夷游记》，载《饮冰室合集》第 7 卷，专集卷 22，中华书局1994 年版，第 189 页。

② 对梁启超小说理论的具论，可参见拙著《二十世纪中国文学史·导论》，山东文艺出版社 1997 年版。

③ 梁启超：《论小说与群治之关系》，《新小说》第 1 号，1902 年。

④ 梁启超：《饮冰室诗话·六三》，载《饮冰室合集》第 5 卷，文集卷 45（上），中华书局 1994 年版，第 41 页。

⑤ 梁启超：《小说丛话》，《新小说》第 7 号，1903 年。

新探索。其影响之深巨，为后来新文化人和新文学家所屡屡首肯。

或有论者会发一问：无论是对西方观念的认同与引进，还是文学革新主张的提出，都有人早于梁启超，何以要将中国文学进入现代转型的起点，确定在梁启超之"三界革命"提出之时？其实个中缘由并不难索解。在戊戌变法失败之前，社会历史变革的主导形式由经济而政治，尚未转入思想文化变革的层面，因此在那时，先觉者也还没有将其所服膺的西方观念与文学革命联系起来，更未将二者的关联置入新历史变革的关键所在理解其意义，并进行必要的历史综合。譬如严复，谁人不知他是将"进化论"介绍给国人的第一人？可也正是他，却并不认为文学上需要什么革命，在译作中则坚持用古文写作，信守桐城家法，被胡适喻为"前清官员戴着红顶子演说"①，且遭到了梁启超的批评。又如黄遵宪，他在思想观念上较早认同西方，在诗歌领域也曾率先提出过"我手写吾口"的主张，而且还对严复"文界无革命"说表示过不同意见，可是他毕竟没有达于梁氏启蒙的认识高度，文学观念也仍未超出传统文学的基本规约。就其与夏穗卿、谭复生对"新派诗"的先行尝试而言，从观念内涵到形式，虽令人耳目一新，但未达于可期待之境也是事实。所以在倡导"诗界革命"时的梁启超看来，有资格成为"诗界革命"的代表者，"今尚未有其人也"②。

更有论者会从另一角度提出问题：梁氏"三界革命"的观念固然如是，但当时实践其主张和因势而起的创作却要么直露无文，要么新旧参半，以它们来做"现代"文学的起点，这是否合适？笔者以为，以中国文学的"现代转型"为视点，关注的是历史过程的完整性，而非仅限于对成熟阶段中一或两三种文学范式的考察辨析。是否起点，应看其制导性的价值观念与审美趋向是否已基本具备"现代"的属

---

① 胡适：《五十年来中国之文学》，载《胡适文存二集》第1卷，黄山书社1996年版，第115页。

② 梁启超：《夏威夷游记》，载《饮冰室合集》第7卷，专集卷4，中华书局1994年版，第189页。

性。不妨以梁启超的创作为例。其观念新异、雄辩惊人的"报章体"写作的"现代性"创辟，已为时人和今人高度评价，大约没有什么异议。为人们诟病较多的是他的诗歌与小说创作。其实这两类创作虽然表现出极为严重的概念化倾向，甚至没有多少文学性可言，但其强烈的对现代观念的阐释欲望和情感倾诉，以及在表现方式上弃旧图新的刻意所为，则不能不说是已立足于"现代"的表征，即使其为人所诟病者，也是新辟起点时必然会出现的特点，五四文学革命时胡适的《尝试集》又何尝不是如此。试读一下他的《二十世纪太平洋歌》《志未酬》《爱国歌四章》等诗作，那种在世界范围内以新世纪精神纵论古今的恢宏气象，和以现代价值观念激励同胞为民族振兴自立自强的爱国情怀，就是今天，也还为其所动，并无隔世之感。他的小说《新中国未来记》有更为凸显的现代说教倾向，以至难以卒篇，然而其政治、文化等一系列观念的现代性以及对倒叙等新表现方式的大胆尝试，却也是颇为显明的。至于其以观念矸伤艺术的缺点，则属于启蒙运动文学革命初期的常见现象，即"问题小说"本身难于避免的历史局限①，只不过梁氏的小说比五四文学革命时表现得更为严重罢了。更为重要的是，正是在梁氏的倡导期，以文学事业为职志的新创作主体的群体性出现，而以小说翻译和创作热潮为两翼的文坛新格局也初步形成。成一时之盛的所谓"谴责小说"，尤其是其中几部传世名篇，不仅内容、观念以及举发社会现实问题的强烈批判精神已与传统小说有异，而且在艺术表现上也可见出其更新之处。夏志清在分析《老残游记》时曾指出："这游记对于布局或多或少是漫不经心的，又钟意貌属枝节或有始无终的事情，使它大类于现代的抒情小说，而不似任何形态的传统中国小说。"② 这当为确论。

---

① 对于《新中国未来记》的"问题小说"性质，有学者已有明见。见王学钧《"问题小说"发端——论〈新中国未来记〉及其群类》，《明清小说研究》1989年第4期。

② 夏志清：《〈老残游记〉新论》，《刘鹗及老残游记资料》，四川人民出版社1985年版，第480页。

在中国文学的现代转型中，还有一种情况我以为应该引起我们的注意了，那就是所谓"鸳鸯蝴蝶派"文学（主要是小说）的发生与发展。因为在我看来，它的出现与屡遭挞伐而不止的发展，恰恰反映了中国文学现代转型非只一种的历史需求和以不同方式实现的可能性。而新文学阵营与其长期难解的抵牾，又适足以说明新文学自身的所有努力，终不能洞彻与包容历史的现代转型在文学乃至文化上的所有需要。人们都知道，社会现代化的重要标志之一就是现代都市的形成与发展，可是人们也该知道，随着现代都市的形成发展，人们对消费型大众文化的需要必然是其题中应有之义。而这一点，我们所一向理解的"新文学"，是无论如何也做不到而且也取代不了的。鸳鸯蝴蝶派小说其实就正是这样一种性质和这样一种类型的文学，它紧贴在上海这一现代大都市的形成与发展上似乎是自然而生自然而长，表现的是上海广义市民社会的观念状况与新奇的生活内容，而其本身又是上海都市现代化内容的一个部分。就其创作主体率先成为现代职业写作者，及其与现代媒体更为亲和与互动互生的关系而言，它确实为无法讳言其"现代性"的一种饶有意味的存在。贾植芳尝言："他们笔下出现的生活场景和人物形象的多样性、丰富性和复杂性往往为新文学作家所望尘莫及。即便是他们的文学观点，我认为也反映了某种文学价值观念：它看重文艺的欣赏价值和娱乐性质这种艺术功能，从市民文化的角度对传统文学中占统治地位的儒家'文以载道''诗以言志'的正统文艺观加以否定，这正是中国社会由长期的封闭状态走向开放这个历史特征的反映，也是商品经济社会开始出现后的一种标志。""这一文学流派的出现和流行本身也是中国社会……由传统走向现代的反映。"[1] 域外学者在研究为"上海小说"所专注的"妓女"题材时，也发现了其中非同寻常的意义："十九世纪末在上海出现了一批小说，它们在文学手法上实际上是延续了传统文学的妓女在文学中

---

[1] 《〈中国近现代通俗文学史〉序》，载范伯群主编《中国近现代通俗文学史》，江苏教育出版社 1999 年版。

的许多功能，但是在形象上，她们基本上颠覆了这个从唐代以来的奇女子的形象。""上海妓女小说的诞生，可以说是城市小说的开始，围绕着城市娱乐生活或经济人文生活，出现了一批专门与城市有关系的小说，这些小说中第一次出现了现代大都市的城市人物，即上海妓女形象，这是中国近代文学中的第一批现代都市的人物形象。"① 中外这两位学者的阐发，有着一个共同的指向：这类小说的"现代性"呈现及其独到的意义。

如果我们不再执守成见，承认以上海为中心出现的鸳鸯蝴蝶派小说即现代都市通俗小说也是文化、文学现代转型的一种独特需要和方式，那么，它的起点问题，也应为治新文学史者所关注。只是惜乎各种相关的文学史著述，无论对此类文学抱何种态度，但在其起点的界定上不是认识有误，以至以讹传讹，比如将吴沃尧的《恨悔》定为标志，就是模糊不清，在对"狭邪小说"之更久远的追溯中有意无意地掩过了这一问题，所以，这实际上仍然是个迄未解决的问题。而我认为，以十九世纪九十年代前期刊行的韩邦庆的《海上花列传》为其起点标志是比较符合实际的。首先，韩邦庆在上海现代都市化进程中率先实现了创作主体的"现代"转变，而且由其开启了文学传播的现代方式。据悉，他"常年旅居沪渎，与《申报》主笔钱忻伯、何桂笙诸人暨沪上诸名士互以诗唱酬，亦尝担任《申报》撰著；顾性格落拓不耐拘束，除倡作论说外，若琐碎繁冗之编辑，掉头不屑也"②。且兼有阿芙蓉癖，"所得笔墨之资悉挥霍于花丛"③。显然，他既先行实现了由传统知识分子向以现代型报刊编辑和文学写作为业的自由文化人的蜕变，同时又具备了鸳鸯蝴蝶派作家上海洋场诗酒名士的基本类型特征。而为其所创办、依附于《申报》代售的半月刊《海上奇书》，事实上也开了"现今各小说志之先河"④。其次，《海上花列传》最先

① 叶凯蒂：《妓女与城市文学》，载《中国现代文学研究丛刊》2001 年第 2 期。
② 颠公：《〈海上花列传〉之著作者》，转引自胡适《〈海上花列传〉序》。
③ 《谭瀛室笔记》，转引自蒋瑞藻《小说考证》，上海古籍出版社 1984 年版。
④ 颠公：《〈海上花列传〉之著作者》，转引自胡适《〈海上花列传〉序》。

开辟了为鸳鸯蝴蝶派早期作家所特别中意的独特题材领域——上海妓女及其与社会各阶层人物的复杂纠葛。再次，在艺术表现上的重大突破和开拓。人物塑造上形神兼备的个性化表现，结构上对"穿插藏闪之法"的成功创辟，对人物对白使用吴语方言的大胆尝试，都是为现代学者和作家们颇为称赞甚至推崇的。比如对吴语的使用，胡适就认为："韩君认为《石头记》用京话是一大成功，故他也决计用苏州话作小说。这是有意的主张，是有计划的文学革命。""韩子云与他的《海上花列传》真可以说是给中国文学开一个新局面了。"[1] 其实，早于胡适，鲁迅就已表述过类似的意思，认为这部作品"开宗明义，已异前人，而《红楼梦》在狭邪小说之泽，亦自此而斩也"[2]。鲁迅此语可谓言之凿凿，但是我们的诸多学者却仍将它归之为《青楼梦》《品花宝鉴》《花月痕》一类，至今不敢把它纳入新一类的范畴。因为那样一来，现代都市通俗小说的发生期将大大提前，这是叫人不敢贸然认定的事情。可殊不知中国社会现代转型的进程就是不平衡的，上海现代都市形成的先期性和特殊性，恰恰为《海上花列传》的出现提供了合理的依据，这是不足为怪的。事实上，被公认为鸳鸯蝴蝶派作家的孙玉声，据他的记忆，其被公认为鸳鸯蝴蝶派作品的《海上繁华梦》，就几乎是与《海上花列传》同时开笔写作的[3]，不然的话，这又当作何解释？

三

着眼于"现代转型"研究的文学史建构，会非常看重这一过程多

---

[1] 《〈海上花列传〉序》，载《胡适文存三集》第 5 卷，黄山书社 1996 年版，第364 页。

[2] 《中国小说史略》，载《鲁迅全集》第 9 卷，人民文学出版社 1981 年版，第263—264 页。

[3] 参见孙玉声：《退醒庐笔记》，山西古籍出版社 1995 年版。

维度因素介入的结构性意义，并无可规避地要对治史者主体自身的价值观进行必要的调整。

按照过去一贯的理解，中国新文学发生发展的基本价值支持，无疑来自于对西方文化的认同和对传统文化的反叛。这种被长期奉为不争之论的认识固然反映了历史生成发展的某种真实，但如果我们不再囿于以西方为中心的偏执态度，不再固守一元论线性历史观念，那么，就有可能发现，这原来只是历史事实的一个侧面，而不是全部。

为梁启超、陈独秀等历史先觉者在不同时期所发动的文化启蒙运动和文学革命，其历史的必然性、合理性以及实际的重大历史业绩，当然是毋庸置疑的。其激进主义的文化态度，在当时毋宁说是一种难得的历史觉悟。对于这种历史行为的作用，就连并非其同道者的梁漱溟在事后也作过肯定性的评价："胡先生的白话文运动是当时新文化运动的主干。然未若新人生思想之更属新文化运动的灵魂。此则唯借陈先生对于旧道德的勇猛进攻，乃得引发开展。自清末以来数十年中西文化的较量斗争，至此乃追究到最后，乃彻见根底。尽管现在人们看他两位已经过时，不复能领导后进。然而今日的局面、今日的风气（不问是好是坏）都是那时他们打出来的，虽甚不喜之者亦埋没不得。"[1] 直到二十年后，梁启超进行反思时，依然认为："平心论之，以二十年前思想界之闭塞萎靡，非用此种鲁莽疏阔手段，不能烈山泽以辟新局；就此点论，梁启超可谓新思想界之陈涉。"[2] 这个比喻还是相当贴切的。

但问题在于，以满足于历史特定需要的某种真理性或曰片面的合理性，并不能改变其缘自民族文化虚无主义的新文化建构理想的虚妄性，以及由其坚持的统合主义、普遍主义的一元论史观和认识原则，

---

[1] 《纪念蔡元培先生——为蔡先生逝世二周年作》，载《梁漱溟全集》第 6 卷，山东人民出版社 1993 年版，第 330 页。

[2] 《清代学术概论》，载《饮冰室合集》第 8 卷，专集卷 34，中华书局 1994 年版，第 65 页。

与为其所力倡的平等、自由、个性之间的深刻悖论。

历史的非线性发展，在今天应为不争之论。据此考察中外历史的发展，无论什么时候都无不表现为一种多维介入的复式结构，甚至是逆向式构成的结构状态，这在历史的剧变和转型期将表现得尤为突出。中国历史的现代转型，较之于西方的这一变化又有不同，它是将西方相对展开的数百年时间内发生的事紧缩在共时性场域内进行，这就使这一特点变得更为醒目且饶有意味。在这里我们发现，几乎与文化激进主义同时发生且相伴而行的反派角色——文化复古主义或曰文化保守主义，事实上，也是作为文化、文学现代转型的一种特殊责任的担荷者而登上历史舞台的。作为历史行为，文化启蒙和文学革命无疑是历史破障前行的制导性力量，而作为毕竟是中华民族文化的更新与建设，后者却是不可或缺的必要方面。这正如车之两轮，只有制动的一方而无另一方的支撑，那是不可能实现其前行的。日本学者木山英雄在论及"文学复古"问题时说："与排满种族革命运动相结合的晚清'文学复古'潮流，可以说是'文学革命'前史的一个侧面，然而其内容却不可能以'文学革命'的逻辑全部加以穷尽。特别是章炳麟的'反古复始'之'文学复古'论，凝聚了他全部心血，成为直面本世纪初世界史现实、致力于将中国文明从其自律性基础开始重建的不懈努力的重要部分。在其中，极端的反时代性与超越了同时代乃至其后的'文学革命'时代观念之局限的远见卓识不可分割地糅合在一起，难以用进步——反动的尺度来衡量。"[1]这种见解，应该说还是别具慧眼的。

当然，这需要做较具体的说明。首先应该厘清一个事实。活跃于上个世纪中国文坛上的文化复古主义人物，并不尽然是泥古不化的观念隔世之人，真正能与文化激进主义潮流对立申辩的，其实都是一些既通国学又懂西学甚至对西方自然科学也有一定了解的又一类"新

---

[1] 《〈"文学复古"与"文学革命"〉内容提要》，载《学人》第10辑，江苏文艺出版社1996年版。

人物"。就像梁漱溟所说，激进派中固数不到他，因他"不是属于这新派的一伙，同时旧派学者中亦数不到我。那是自有辜汤生（鸿铭）、刘申叔（师培）、黄季刚（侃）、陈伯弢（汉章）、马夷初（叙伦）等等诸位先生的"[1]。这些自认与"新派"不同而又自别于"旧派"的人物，与"旧派"的区别是变与不变，与"新派"的分歧则为如何去变，属于求变之中两种不同理解的抗衡。说是对抗，又实为历史文化转型两大需要之间的互相补充和在整体意义上的互动发展。最显见者，激进派将新文化建构设置在民族文化虚无的基础上，而复古派对"国粹""国魂"的标榜却正有效地在其缺失处作了强调："国粹者，一国精神之所寄也。"[2] 倘要建构新文化"必洞察本族之特性，因其势而利导之，不然勿济也"[3]。与之同时，在一系列根本性问题上，复古派都另有思路开启，相对于激进派而言，也无不具有为其缺失的真理性价值。比如，当激进派奉为"公理"的由生物而社会的进化论大行天下时，章太炎就表述了其名为"俱分进化"的不同见解："进化之所以为进化者，非由一方直进，而必由双方并进。专举一方，唯言智识进化可尔。若以道德者，则善亦进化，恶亦进化；若以生计者，则乐亦进化，苦亦进化。双方并进，如影之随形，如罔之逐景。……然则以善与乐为目的者，果以进化为最幸耶？其抑以进化为最不幸耶？进化之实不可非，而进化之用无所取。"[4] 回看历史，环顾世界，这话今天读起来，未始没有醍醐灌顶之感。在对文化的价值认识和在对不同文化系统如何进行比较上，他们也发表了许多很可取的意见。王国维认为："学无新旧，无中西，无有用无用。""中西二字，盛则俱盛，衰则俱衰，风气既开，互相推动。"[5] 这实则是对功利主义文化

---

① 《纪念蔡元培先生——为先生逝世二周年作》，载《梁漱溟全集》第 6 卷，山东人民出版社 1993 年版，第 330 页。

② 许守微：《论国粹无阻于欧化》，载《国粹学报》第 1 期。

③ 飞生：《国魂篇》，载《浙江潮》1903 年第 1 期。

④ 章太炎：《俱分进化论》，载 1906 年 9 月 5 日《民报》第 7 号。

⑤ 《国学丛刊序》，转引自王运熙、顾易生主编《中国文学批评通史》第 7 卷，上海古籍出版社 1996 年版，第 809 页。

观和守成与西化两种极端倾向的批评。他对于文化价值的超时空性、超功利性的大胆肯定，开启了嗣后包括新文化、新文学阵营中某些人在内的或一种观念之流。章太炎有一种弥足珍贵的思想，那就是在其《齐物论释》中所表现出来的为天下个体存在的差异之物争平等的见解："体非用器，故自在而无对；理绝名言，故平等而咸适。"[①] 与这一认识相一致，他与"国粹派"的人一般都认为中西文化是各具特性的文化传统，应做平等的个性研究，不能盲目地以西化为是。这对于抗衡以西方为中心的价值立场，自然是一种最具学理性的立场选择和认识依据。而其尊重个性价值的比较研究思路，也在"古今 / 中外"的认识模式之外，为其后另一研究方式的存在与发展奠定了基础。

较之于以"文化"为视点的文化而言，作为审美文化之重要构成部分的文学，其情形就更复杂了。当关涉历史变革场域中种种文化、政治方面的纠葛一旦演绎为文学场域中的分歧与冲突时，任何一种倡导和与之分立的追求之间有形无形的冲突，都是在更具有张力的理念对峙和更具感性特征的触摸领悟中发生。其合理性价值的根据则尤应认真地分辨。在文学场域所发生的形形色色的冲突，始于上个世纪的二十年代。到二十年代初，启蒙阵营的分解和统合主义的弱化，不仅使同盟者向马克思主义政治和自由主义文化两个方向分化，而且也使文学因此得到了一个相对自主的发展空间。自此，各种有"宣言"的无"宣言"的社团、派别渐次登场，代表各自创作倾向和业绩的文学刊物也渐次面世。尤其是在历史变革的中心性行为由文化启蒙转换为政治革命后，由政治立场规约所必然形成的政治性文学主张及其新统合主义倾向，与启蒙主义和自由主义的不同文学诉求三线交织，相互抗衡，又互动互补，构成了文坛有声有色的热闹局面。自二十年代中期以后，文学的对立与冲突已主要发生于新文学领域，至此时，文学的新旧与有用无用问题虽仍为人提及，但主要话题或分歧的焦点则已

---

① 《〈齐物论释〉序》，载《章太炎全集》第 6 卷，上海人民出版社 1986 年版，第 3 页。

变为文学为何写、写什么和如何写的问题了。

这些对立与冲突通常是发生在不同的基本立场之间，因此通常又表现为各说各话、针锋不接的错位性对话。虽然各方在彼此不同的角度或层面上都讲了些不无道理的话，但出于强烈的"立场意识"则很难做到"兼听则明"。这在占据主导性位置的一方来说，表现得尤为突出。不妨以"左翼文学"时期为例。其间，除了与"民族主义文学运动"的斗争属于政治性对抗之外，其他一系列的"笔墨官司"都是在对文学的不同理解与要求中发生的。从文学是表现"阶级性"还是"普遍人性"的笔战，到在文学与政治关系问题上对"自由人"与"第三种人"的批判，无不是如此。对方讲的分明是政治化"文学观"所忽视和所缺失的东西，但被左翼文学方面一律视为政治立场问题而予以批驳，即使你以"自由人""第三种人"的身份一再申明，也全然无济于事。相对于左翼文学早期那些未免有些简单化的论辩而言，在三十年代中期由沈从文批判文坛"差不多"现象引发的争论，倒是更为展开，也有更多的声音发出，可惜未为历来的文学史著给予应有的重视。1936年10月，沈从文著文指出，文坛上存在着一种"差不多"现象，"大多数青年作家的文章，都'差不多'。文章内容差不多，表现的观念也差不多，有时看完一册厚厚的刊物，好像毫无所得；有时看过五本书，竟似乎只看过一本书。凡事都缺少系统的中国，到这时非有独创性不能存在的作品上，恰恰见出个一元现象，实在不可理解。这个现象说得蕴藉一点，是作者都不大长进，因为缺少独立识见，只知追逐时髦，所以在作品上把自己完全失去了"①。因为沈从文牵扯到了时代、政治、商业、习惯心理等诸多方面与文学的关系问题，试图从其综合效应上实施针砭，且锋芒直指观念一元论及其统合主义倾向，故而引起文坛多方面在不同认识层面上的可谓强烈的反应，即如唐弢所说，自"差不多"的口号提出后，"文坛上又热闹起来了，北平和上海的有些报纸上，还曾经出过专页，'京''海'

---

① 沈从文：《作家间需要一种新运动》，载1936年10月25日《大公报·文艺》。

两派角色，一齐登了台，生丑互见，悲喜杂陈，一时也真看不出结论来"①。这本来是一个切中时弊、具有一定的认识深度的警示，但结果仍然遭到了来自"左联"中坚人物的反击。茅盾在文章中虽然承认"所谓'差不多'未尝不是文坛现象之一"，可是却依然在立场问题上上纲批判，指斥沈从文"只抓住了'差不多'来做敌意的挑战"②。因此，这场争论只在反"公式主义"的层面上产生了互动的效果，更深层的问题则难得以解决。

面对中国文学现代转型中这类特殊但却常见的现象，我认为在文学史重构中应对不同的价值范畴和文学主张进行审慎的辨析。在历史的转型期，历史之于文学的特定功利性要求与文学必然对应生成的自主性坚持，二者之间的紧张既保证了文学与历史的调适发展，又可使其自主性不至于随之丧失。认真考察这种特定历史规定性中文学与历史胶着与疏离的种种表现，会发现其间事实上存在着不同的价值范畴，不可一概而论。而且，由于中国文学现代转型中的种种对立与冲突，其具体的展开又常常是多方面的复杂交织，并非只是简单的两元构成，所谓价值范畴的辨析，其实也应该是一种对多方面价值合理性的尊重与细审的过程。反折中主义即否定中间状态的存在，是服膺于历史功利要求的主流文化与文学的一贯传统，而事实上多维度的构成则始终是中国文化与文学现代转型的基本结构状态。比如众所周知的"京派""海派"冲突，看起来是京、海两方面的不能相能，但实际上却是主流文学、京派文学与海派文学三者的交相对峙，这只要看看沈从文与苏汶的对辩和鲁迅先生的另有说辞便知。被沈从文引为同道的朱光潜，在其理论建构中则把文艺分作三类，一类是"为艺术而艺术"，一类是"文以载道"，这两者均为他所反对，因为在他看来，"'为文艺而文艺'的倡导者把艺术和人生的关系斩断，专在形式上做功夫，结果总不免流于空虚纤巧"，而"文以载道"则"钳制想

① 唐弢：《"提起时代"》，载《中流》第 2 卷第 1 期，1937 年 3 月。
② 茅盾：《新文学前途有危机么？》，载《文学》第 9 卷第 1 期，1937 年 7 月。

象，阻碍纯文学的尽量发展"①。他所标榜的则是一种"为我自己而艺术"的文艺观，因为这种"最上乘"的文艺类型，"永远是真诚朴素的"②。其实，仔细看看，在文学转型历史发展的细微纹路里，即使在同一价值范畴甚至同一思想、艺术思潮流脉中，不同流派和个体在文学主张和创作上的分歧与差异是在在都有的。比如同为自由主义作家的一脉，但朱光潜、沈从文与《论语》派在幽默小品上就见解抵牾。朱光潜公开指出那些"滥调的小品文和低级的幽默合在一起"，让人"实在看腻了"③。沈从文也认为"它目的在给人幽默，相去一间就是恶趣"④。若对两者的得失与价值作出合理的评价，仅凭单方面的价值认同那是不可能做到的。

说来有趣，文学界上百年的纷争可谓热热闹闹，可是往里一看，却无不与文学的基本问题有关。文学是什么，它能做什么，又该怎样做，这些属于元问题范畴的问题，就其基本的规定性而言，都是具有相当的包容性的，可以说每一个问题都是一个极富张力的约定。但如果把其合理约定中的内容拆解开甚至对立起来，那就要使你所选定的合理性不能不同时产生片面性了。当然，在文学历史的具体展开中，不同的派别对其不同的方面加以强调，以至在紧张的对峙中强化对某一方面的发展，这是正常的，属于历史合理性的范畴，也符合文学发展的正常规律。但是，假若文学史家也站在极具排他性的立场上来做价值评判，那就不是科学的态度了。比如在文学的功能问题上，长期以来对鸳鸯蝴蝶派的批判就很有代表性。但只要冷静地想一想，就不难发现，在中国文学现代转型中，难道不正是由于有了以"娱乐""消

---

① 《文艺心理学》，载《朱光潜全集》第1卷，安徽教育出版社1987年版，第306页。

② 《论小品文（一封公开信）——给〈天地人〉编辑徐先生》，《天地人》创刊号，1936年3月出版。

③ 《论小品文（一封公开信）——给〈天地人〉编辑徐先生》，《天地人》创刊号，1936年3月出版。

④ 《谈上海的刊物》，载《沈从文文集》第12卷，花城出版社、三联书店香港分店1981年版，第175页。

闲"为标榜的现代都市通俗文学，以及它与看重历史功利和崇尚艺术审美两种倾向的三边对峙，才相对完整地支撑起了这段文学历史的功能性空间吗？对不同功能的侧重，决定了彼此之间在文学的价值、追求、表现内容与角度和审美趣味等一系列问题上互不相同。这也就决定了，在对它们进行评价时不能使用依据于某一功能倾向的一元价值观论断其他，否则必定会导致错位性理解。近几年，在对金庸作品评价上发生的激烈争论，或褒或贬，其实都是在所谓"纯文学"的价值范畴进行的，所以说到底，都无非是与对象错位对话的结果。当然，这一切自有一个共同的底线，那就是它必须是有益于生命健康发展并依各自不同的规定性而有所创新的艺术品。

四

与上一节的问题相关，在中国文学现代转型的复杂结构中，还有一种更有意味和当下思考价值的结构内容与方式，需要提出来单独立论，那就是"京派"文学及与其有相类之处的文学与历史进步即历史"现代性"之间所呈现的疏离与质疑的关系。

从"文学革命"到"革命文学"，主流文学对自身"现代性"的实现，始终是与历史"现代性"的实现作一体化思考的，也就是说，文学与历史现代性的实现是在历史进化律的必然性中共谋达至的结果。正因如此，审美现代性与历史现代性内在价值同构的追求和发展趋势，也就成了主流文学的一个基本特征。文学这种与历史进步寻求意义同构的对话关系，必定在历史与文学的双重转型中遭遇到并非一般的磨砺和挑战；而担承着历史主体和创作主体双重职责的一代代作家，也必定在历史与文学看似契合而实为紧张的关系中经受着近乎严酷的考验。因此，其中所蕴涵的丰富历史内容将是文学史研究难得的矿藏，而为其所创造的新的审美范型和卓有成效的创作实践，也应该成为治史者认真揣摩和细加考辨的对象。然而审美现代性与历史现代性之间是一种极为复杂的关系，这段文学史所提供给我们的材料也并非主流文学一种。以沈从文为代表的京派作家，在二者关系的理解和处理上就表现出与之完全不同的立场和态度。而这，恰恰是我们在过去长时间内未加深思的问题。

"京派"与"海派"的对峙，从历史现代性与审美现代性的复杂关系上来看，是中国新文学史上另有深意的一种表征。沈从文对"海派"文学以及都市文明的厌恶与批判，是文学史界共知的本事，但过去也仅仅是在维护文学的"纯正性"和艺术理想的特殊表达上予以肯定，而对其与"历史"的疏离又一向都是表示遗憾的。对于沈从文作品内涵的独异性，夏志清有着敏锐的感受，他在其对中国大陆学界影响至巨的《中国现代小说史》专论沈从文的一章中，征引了人们所熟知的沈从文小说《凤子》中人物"城里客人"对总爷说的一段话。这段议论乡村、神性、牧歌与艺术关系的文字，直可视为沈从文的艺术宣言，夏志清很具眼光地把它摘出来，而且指出："在这里，沈从文并没有提出任何超自然的新秩序；他只肯定了神话的想象力之重要性，认为这是使我们在现代的社会中，唯一能够保全生命完整的力量。在这方面，他创作的目标是与叶慈相仿的：他们都强调，在唯物主义文化的笼罩下，人类得跟神和自然，保持着一种协调和谐的关系。只有这样才可以使我们保全做人的原始血性和骄傲，不流于贪婪与奸诈。……他的作品显露着一种坚强的信念，那就是，除非我们保持着对人生的虔诚态度和信念，否则中国人——或推而广之，全人类——都会逐渐地变得野蛮起来。"[1] 在夏志清这里，沈从文作品意义的奥秘才露出端倪，可惜的是他并未在两种"现代性"的关系上展开论证。

沈从文借小说人物之口说的那段话，传达出来的信息，很明显是对历史"现代性"和现代都市文明的质疑。证之于他关于这一方面的其他言论，可以明断，使沈从文对历史的"现代性"最具切肤之感

---

① 夏志清：《中国现代小说史》，刘绍明等译，香港中文大学出版社2001年版，第162页。

的，是其体现在文化上的变与异。在他看来，历史的"现代性"在文化上引进一个"'神'之解体的时代"，变得已离了自然，也离了生命。"在过去时代能激你发狂引你入梦的生物，都在时间漂洗中消失了匀称与丰腴，典雅与清芬。能教育你的正是从过去时代培植成功的典型。时间在成毁一切，从这种新陈代谢中，凡属于你同一时代中的生物，因为脆弱，都行将消灭了。代替而来的将是无计划无选择随同海上时髦和政治需要繁殖的一种简单范本。"①而且，这种"现代性"已呈由城市向乡村的辐射、蔓延之势，现代都市既已使人生厌，而向乡村的渗透则更令人无奈。他在《〈长河〉题记》里谈到辰河流域的变化时，是这样说的："表面上看来，事事物物自然都有了极大进步，试仔细注意，便见出在变化中那点堕落趋势。最明显的事，即农村社会所保有那点正直素朴人性美，几乎快要消失无余，代替而来的却是近二十年实际社会培养成功的一种唯实唯利庸俗人生观。敬鬼神畏天命的迷信固然已经被常识所摧毁，然而做人时的义利取舍是非辨别也随同泯灭了。'现代'二字已到了湘西，可是具体的东西，不过是点缀都市文明的奢侈品大量输入，上等纸烟和各样罐头，在各阶层间作广泛的消费。抽象的东西，竟只有流行政治中的公文八股和交际世故。"有鉴于此，沈从文痛心疾首，决心"用一支笔来好好地保留最后一个浪漫派在二十世纪生命予取的形式，也结束了这个时代这种情感发炎的症候"②。他所要做的，就是"还得在'神'之解体的时代，重新给神作一种赞颂。在充满古典庄严与雅致的诗歌失去光辉和意义时，来谨谨慎慎写最后一首抒情诗"③。他当然知道这会遭到误解、嘲笑甚至失败，但也深知："你只要想到你要处理的也是一种历史，属于受

---

① 沈从文：《水云——我怎么创造故事，故事怎么创造我》，载《沈从文文集》第 10 卷，花城出版社、三联书店香港分店 1981 年版，第 295 页。

② 沈从文：《水云——我怎么创造故事，故事怎么创造我》，载《沈从文文集》第 10 卷，花城出版社、三联书店香港分店 1981 年版，第 294 页。

③ 沈从文：《水云——我怎么创造故事，故事怎么创造我》，载《沈从文文集》第 10 卷，花城出版社、三联书店香港分店 1981 年版，第 294 页。

时代带走行将消灭的一种人我关系的历史，你就不至于迟疑了。"①

沈从文在这里无疑是触及或者说是揭示了历史、文化现代发展进程中的两个重要问题。第一，人文文化与科学文化、健康的人文文化与唯实唯利庸俗人生观的差异与对立。沈从文并不反对科学文化，但却坚持认为人文文化与科学文化是根本不同的东西，不能以"科学"的价值观和认识论否定体现为生命需要并作为艺术源泉的人文文化传统的不可或缺的价值。在人们梦寐以求实现文化、文学的"现代性"的历史潮流中，这似乎是一种逆向性的标榜，但却正是这种对抗性的强调，难能可贵地为人们揭示出了文化、文学现代发展的复杂性和独特性。在新文学发展过程中，对科学文化与精神的提倡和高扬，曾为文学注进了新的精神，为作家在把握与现实的关系上提供了新的认识依据，也为新文学主体增强了随历史潮流而更新变易的热情和信心。可是，就在强调文学与科学的亲和关系时，却在长时间内忽略了至少是轻视了二者之间深刻的区别。五四文学时期，傅斯年就曾断言："今后文学既非古典主义则不但不与科学作反比例，且可与科学作同一方向之消长焉。写实表象论者，每利用科学之理，以造其文学。"甚至认为，"方今科学输入中国，违反科学之文，势不相容，利用科学之文，理必孳育。此则天演公理，非人力所能逆从者矣"②。茅盾更是做了这样的结论："文学到现在也成了一种科学，有它的研究对象，便是人生——现代的人生；有它的研究的工具，便是诗（Poetry）、剧本（Diction）。"③这种观念在当时及其后影响很大，对文学理论建构和文学创作的发展都起了支配的作用。沈从文以其泛神倾向的生命悟解另张一帜，至少保证了另有一类虽在当时不合时宜但却

---

① 沈从文：《水云——我怎么创造故事，故事怎么创造我》，载《沈从文文集》第 10 卷，花城出版社、三联书店香港分店 1981 年版，第 294 页。

② 《中国新文学大系·建设理论集》（影印本），上海文艺出版社 1984 年版，第 119 页。

③ 《文学和人的关系及中国古来对于文学者身份的误认》，载《小说月报》1922 年 12 卷第 1 号。

又更贴近艺术之生命特质的文学的生成与发展，而且对于流行于世的科学主义、本质主义等倾向，也构成为一种虽然抵触无力但却与之相异的艺术想象的人生空间。这实在是难能可贵的。至于对唯实唯利庸俗人生观的批判与否定，则是护卫了生命的庄严和文学精神的纯正，对于他所坚守的这一类文学的立场来说，当然也是必要之举。第二，历史进步与人文文化关系的特异性。在通常理解中，人文文化与历史进步也必定是同步发展的。这如果是从人文文化通过与历史所进行的特定方式的对话及所做的特殊努力所达至的总体效应来看，应该说是不错的。但须指出的是，这种对话不是同一意义指向的相互阐释，而是更多地表现为质疑与被质疑的关系。历史不是一元的线性发展，历史进步行为与人文文化尤其是具有丰富生命内涵的人文精神传统常常表现为一种逆向的复调结构。历史的进步常以人文精神传统不同程度的沦落为代价，而要保持人们生存或曰历史行进的健全发展，就须找回失落的东西作当代的强调。而文学，就常常承担着这一特殊的使命。沈从文和"京派"作家常常说到"回忆"对其创作的关系，究其因盖缘于此。而为其所写的，也多是与现实不同的"梦想"，原因也在于文学的另有担承。沈从文说："有人用文字写人类行为的历史。我要写我自己的心和梦的历史。"[1] 他所表述的就是这个意思。

在这方面，沈从文是有强烈的自觉意识的。为了表示与现代都市文明的两极性差异，他总是强调自己是个"乡下人"，说："我是个乡下人，走到任何一处照例都带了一把尺，一把秤，和普遍社会总是不合。"[2] 在其创作里，所着意表现的也是一种氤氲着生命之气与现代都市之风迥然有异的湘西乡野世界。美丽而忧伤的《边城》固然是其经典之作，就连小说的短制《三三》，也分明就是对两种文化作生命力比照的艺术象征。不只沈从文，"京派"作家中大多都有与他类似

① 沈从文：《水云——我怎么创造故事，故事怎么创造我》，载《沈从文文集》第10卷，花城出版社、三联书店香港分店1981年版，第273页。
② 沈从文：《水云——我怎么创造故事，故事怎么创造我》，载《沈从文文集》第10卷，花城出版社、三联书店香港分店1981年版，第296页。

的倾向。比如废名，就是很特异的一个作家。他曾对初涉文坛时的自己作过反思："我曾经为了'呐喊'写了一篇小文，现在我几乎害怕想到这篇小文，因为它是那样的不确实。我曾经以为它是怎样的确实呵，以自己的梦去说人家的梦。"① 他所写的自己的"梦"，在心境中是真正地与"历史"疏离了。废名创造的是一种静到几近于佛禅的境界，而沈从文终不能忘情于对"历史"的关注。如果说《边城》所写的还是一个与现代都市阻隔的湘西"传奇"，只是在客观上与现代都市形成对照，但面对"现代性"的蔓延，沈从文就必然地有了变化："我不再写什么传奇故事了，因为生活本身即为一种动人的传奇。"② 于是就有了《长河》。

其实不光是"京派"，在现代都市文学中以此为思考和艺术表现基点的作家也有人在，只不过感受与追求有所不同而已。张爱玲是个悲观主义者，她对"历史"的感觉是："时代是仓促的，已经在破坏中，还有更大的破坏要来。有一天我们的文明，不论是升华还是浮华，都要成为过去。如果我最常用的字是'荒凉'，那是因为思想背景里有这惘惘的威胁。"③ 她以对人性畸变近乎残酷的艺术表现，事实上构成了对历史进步及其乐观主义态度的逼视与拷问。徐讦、无名氏的创作，所表现的是在文化哲学层面上对人的生命意义的追问，这也有别于历史价值认识的对生命的关注。不仅如此，即使在主流文学中，作为构成其创作主体内在矛盾的诸多因素中，事实上也有这一维的存在。比如写作《彷徨》《野草》时期的鲁迅，即是如此。而这一切，都应该是文学史重构中应给予关注和研究的问题。

（原载《文学评论》2003 年第 4 期）

---

① 废名：《说梦》，《语丝》第 133 期，1927 年 5 月。

② 沈从文：《水云——我怎么创造故事，故事怎么创造我》，载《沈从文文集》第 10 卷，花城出版社、三联书店香港分店 1981 年版，第 295 页。

③ 张爱玲：《〈传奇〉再版的话》，载柯灵主编《中国现代文学序跋丛书 1919—1949》（小说卷），海南人民出版社 1988 年版，第 1316 页。

五四启蒙运动与文学变革关系新论

在通常理解中，中国现代新文学既由现代启蒙运动所力倡的"文学革命"开其端，而其发展又是紧随着现代启蒙历史命运的沉浮而变化的。应该说，这种看法在由启蒙立场所张开的特定视域中是揭示了历史的某种真相和发展规律的，有一定的合理性。但是，与某种历史对象作共时性理解的同一立场选择，在带给你激情和敏锐观察力的同时，也必定会在你眼前构筑起一道难以洞穿的障蔽。以某种历史当事者的立场观察、认识和整合历史时，会夸大所认同历史行为的"普遍性"作用，也会简化、缩紧某些事物之间的历史关联。在这个问题上亦是如此。如果我们能够以超越的态度，走出长期相沿的认识规约，重新面对这一段历史，细究其复杂独异之处，并将其被缩紧了的关系舒展开来重新审视，就会发现，原来问题并非如此简单。而对这一问题的重新思考和更为准确的把握，所触及的，无疑是关系到更新、推进二十世纪中国文学研究和新文学史建构的一个症结性问题。

有必要说明，中国现代启蒙运动既非自五四启蒙运动始，亦非至其而终，但鉴于其在中国现代启蒙运动史上无与伦比的地位和作用，本文仅是就这一特定对象与文学变革的关系重作考察与辨析，并以冀由此进而获得超越个案认识的意义。

包括"文学革命"在内并以之作为其重要内容的五四启蒙运动，对中国文学现代变革的开辟之功及其对嗣后整个发展过程的深刻影响，是毋庸置疑的。但在其中，最主要的作用还是表现在对现代知识型"历史主体"的塑造，以及为其所提供的进行自我调适发展的内在可能性和极具张力的精神场域上。而这一切，又只能在对这一对象的独特性和复杂历史内涵的准确把握中才能得到接近于本真的理解。

在中国历史的现代转型中，五四启蒙运动是其十分重要的一个环节，而对于文学变革而言，它又是一个启动其发生的不可或缺的特定历史方式。关于它的基本历史属性即启蒙性，早已由该时期先驱者们对于科学理性的由衷服膺所表明，是不应该有什么怀疑的。但是，问题的复杂性在于，我们现在却很难拿它与欧洲的启蒙运动作对应的比照性阐释，因为它实际上又分明包蕴着欧洲启蒙运动之前和之后不同历史阶段的内容。五四文学革命作为一个历史性的事件过去以后，作为这一运动重要倡导者的胡适，曾在许多场合发表意见，把它称之为"中国的文艺复兴"[①]，并且将它作为对新文化运动、新思潮运动、文学革命运动的统称。胡适这一概括，自有其欠妥之处，但也未必就没有一点道理。布克哈特对意大利文艺复兴曾作过这样的精辟分析："在中世纪，人类意识的两方面——内心自省和外界观察都一样——一直是在一层共同的纱幕之下，处于睡眠或者半醒状态。这层纱幕是由信仰、幻想和幼稚的偏见织成的，透过它向外看，世界和历史都罩上了一层奇怪的色彩。人类只是作为一个种族、党派、家族或社团的一员——只是通过某些一般的范畴，而意识到自己。在意大利，这层

---

① 比如，胡适 1935 年 1 月 4 日在香港大学的演讲，记录稿的题目就叫《中国文艺复兴》；1961 年 1 月 10 日在台北中山路美军军官眷属俱乐部的英文演讲，中文译题为《四十年来的文学革命》，内中云："这一运动——一般称为文学革命，但是我个人愿意将它叫做'中国的文艺复兴'。"

纱幕最先烟消云散；对于国家和这个世界上的一切事物做客观的处理和考虑成为可能了。同时，主观方面也相应地强调表现了它自己；人成了精神的个体，并且也这样来认识自己。"①（重点号为原文所有）同时他还指出，文艺复兴的一项"尤为伟大的成就"，就在于"它首先认识和揭示了丰满的完整的人性"②，即对于"人"的发现。在文艺复兴时期，对人实现为"精神的个体"的努力与自信，对人的感性生存大胆地予以肯定，使众多诗人、作家、艺术家蓬勃而生，使整个时代都氤氲着浓重的人文气氛。也就是罗素所说的："文艺复兴通过复活希腊时代的知识，创造出一种精神气氛。在这种气氛里再度有可能媲美希腊人的成就，而且个人天才也能够在自从亚历山大时代以来就绝迹了的自由状况下蓬勃生长。"③假若作些比较，会发现中国的五四启蒙运动与之颇多相似之处。五四启蒙运动的基本特征是"批判的态度"④，即对"固有之伦理，法律，学术，礼俗"等"封建制度之遗"的彻底批判，实际上也是个"去蔽"的过程。而其目的则也是由此建立"以自身为本位"的"个人独立平等之人格"⑤。郁达夫说"五四运动的最大的成功，第一要算'个人'的发现"⑥，当为切中肯綮之论。蔡元培在《中国的新文学运动》一文中所说的"由神相而转为人相，弃鬼话而取人话"，表达的也是同一个意思。比较而言，五四启蒙运动虽然是以欧洲启蒙运动的基本理念为标榜，但它又确实没有像法国乃至欧洲的启蒙运动那样实现对文艺复兴时期的超越，而是将二者混熔于一炉了。一个有意味的现象是，从梁启超到陈独秀乃

---

① 雅各布·布克哈特：《意大利文艺复兴时期的文化》，商务印书馆1983年版，第302页。
② 雅各布·布克哈特：《意大利文艺复兴时期的文化》，商务印书馆1983年版，第268—269页。
③ 《西方哲学史》（下），商务印书馆1982年版，第17页。
④ 胡适：《新思潮的意义》，载《新青年》第7卷第1号。
⑤ 陈独秀：《敬告青年》，载《青年杂志》第1卷第1号。
⑥ 《中国新文学大系散文选集导言》，《郁达夫全集》第6卷，浙江文艺出版社1992年版，第194页。

至以后，中国现代启蒙运动的一大特点，就是每次都与文学革命相并发生，而每次文学革命都成为其极被看重且有声有色的方面。这确实是引人深思的。

问题的复杂性还不止于此。当中国现代启蒙运动尤其是五四启蒙运动发生之时，欧洲的历史早已超越了这一阶段且已又走过了一个十九世纪。在这一个多世纪中，欧洲又发生了巨大而深刻的变化：工业、技术的发展及实利主义倾向的发生；生物进化论等重大科学成果的出现，及其必然相随而至的科学精神的更大张扬以至于"科学主义"倾向的形成；空想社会主义思潮的勃发和马克思主义的诞生；哲学上二水分流，一方面是向传统的理性主义公开挑战，形成了所谓"人本主义"或者说是"非理性主义"思潮，一方面则是着重批判传统形而上学的思辨性，向着实证主义发展；文学艺术方面则是浪漫主义、现实主义、自然主义、新浪漫主义（现代主义）的浪涌与更迭。这一切，也都必然地影响到五四启蒙运动的价值取向和观念建构。这一运动一开始，陈独秀就有这样的表述："近代文明之特征，最足以变古之道而使人心社会划然一新者，厥有三事：一曰人权说，一曰生物进化论，一曰社会主义是也。"[①] 其中的后两事，即均出之于十九世纪。在《敬告青年》一文中，他在对中西文化观念所做的正反对应的评价里，所举欧洲先进之例，也大多取之于十九世纪。如说到欧洲文化是"实利的而非虚文的"一条时，所举之例就尽为十九世纪的内容，尽管里面夹杂着误解："自约翰弥尔（J.S.Mill）'实利主义'唱道于英，孔特（Comte）之'实验哲学'唱道于法，欧洲社会之制度，人心之思想为之一变。最近德意志科学大兴，物质文明，造乎其极，制度人心，为之再变，举凡政治之所营，教育之所期，文学技术之所风尚，万马奔驰，无不齐集于厚生利用之一途。一切虚文空想之无裨于现实生活者，吐弃殆尽。当代大哲，若德意志之倭根（R.Eucken），

---

① 陈独秀：《法兰西人与近世文明》，载《青年杂志》第1卷第1号。

若法兰西之柏格林，虽不以现实物质文明为美备，咸揭櫫生活（英文曰 Life，德文曰 Leben，法文曰 Lavie）问题，为立言之的。"① 在五四启蒙运动乃至沉浮于整个二十世纪的中国现代启蒙运动和启蒙观念中，被作为"公理"认定的历史进化论、历史功利主义的价值观和实利主义的文化态度，以及在倡导科学精神中所流露出来的科学主义倾向等，无不与十九世纪欧洲的新发展有关。这就使得五四启蒙运动明显有别于欧洲的启蒙运动，从而构成了中国现代启蒙的新内涵。

上述复杂状况的形成，其原因还应求索于中国这一段历史发展的独特性。在二十世纪之前，中国的历史发展都是在传统社会的稳态系统中通过自行调节的方式进行的。而作为这一整体性稳态系统价值支撑和心理依托的文化，自然也具有迥异于西方的诸多特点。数千年来，在天人合一和血缘宗亲关系基础上建构起来的文化观念，可以超验地成为整个中华民族的文化心理积淀，有知识者和无知识者、劳心者与劳力者、位尊者和位卑者，无论社会性的差异有多大，在传统文化的承传发展中却可达至默契的共谋状态。这也就是梁启超、鲁迅、陈独秀所说的"国民性"改造的艰难所在。因此，当有识者将中国历史现代变革根本性的制胜的一役聚焦于文化问题时，他们也就无可规避地要面临价值观念的更易、发展模式的解构和民族心理的重塑等相互关联的多重性问题。不管我们今天对五四启蒙运动作何评价，也不论它的种种负面效应如何应该被人们冷静地反思，但在当时，对传统文化采取多重否定的整体颠覆行为，却是历史自然选择的结果。而此时，所幸的是进入先觉者视野的西方世界不仅启迪了他们的历史灵感，而且也为之提供了美意迭出令其激动不已的参照对象。首先触动他们的，不是西方文化在不同时空中发展的差异，而是它们几乎能在同一时空中对中国历史累积物——传统文化构成多重性对应否定的效果。这就决定了，按这种独特历史方式行动的人们，势在必然地对

---

① 陈独秀：《敬告青年》，载《青年杂志》第 1 卷第 1 号。

西方自文艺复兴以来原本存在着超越性否定关系的各历史阶段的精神成果，采取了共时性吸纳的态度。应该说这又是一个很有意味的现象。倡导启蒙的人们对本土文化采取了那么偏执的态度，但对异质的西方文化却什么都往筐里捡，究其原因，除了上述道理和因价值崇拜而伴生的盲目性以外，我以为还有一个迄今为人们所忽略的道理，就是潜在心理中来自于传统的多相整合的思维模式和能力。正是这种种缘故，使其能够在启蒙目的的统合下，以"正解"和"误读"共存的方式，至少在思变的知识界制造了一种全新的综合性文化场域和氛围。

五四启蒙运动，实现了对现代文学主体作为现代型"历史主体"的塑造，这是不争的事实。正是通过它，构成现代启蒙核心观念的对"人"的发现和理解，诸如人性、个性、人权、自由、民主等一系列观念，都以无可争辩的正义性融入了现代文学主体的历史价值观和文化人格，并由此形成了他们作为新型历史主体的基本质素。不论他们在文学观上会发生多大的分歧，但在这一基本点上的共同性都是不会动摇的。而应予注意的是，由五四启蒙运动的复杂性所造成的这一历史主体的复杂性。本来，在欧洲是属于不同阶段而彼此间又有明显差异的观念，在五四启蒙的精神氛围里，它们却能够表现为一种共时性的彼此制衡互补的状态，这就必然地影响到新型历史主体们的观念建构和内在心态。比如，在实际上作为启蒙文学纲领的周作人关于"人的文学"的主张里，就对西方不同时期的标榜作了互补性的综合。对于"人"，他突出强调的是两点："（一）'从动物'进化的；（二）从动物'进化'的。"他认为"人性有灵肉二元"，但更为其强调的却是二者之间的有机关系，即所谓"兽性与神性，合起来便只是人性"。①不仅如此，在对人生命欲望的阐释上，他还借鉴了出现于启蒙运动后的西方性心理学的内容，这都是人们所熟知的事实。当然，这种制衡

---

① 周作人：《人的文学》，载《新青年》第5卷第6号。

性综合并不意味着内中不同观念因素之间差异的消失。鲁迅就对许广平说过："其实，我的意见原也一时不容易了然，因为其中本含有许多矛盾，教我自己说，或者是人道主义与个人主义这两种思想的消长起伏罢。所以我忽而爱人，忽而憎人；做事的时候，有时候确为别人，有时却为自己玩玩，有时竟因为希望生命从速消磨，所以故意拼命的做。"① 这种主体的矛盾性在启蒙文学乃至嗣后新文学的发展中是一种很普遍的现象，但由这种内在矛盾所形成的认识和心理的张力，对于文学的发展来说却未必不是一件好事。应当看到，在五四启蒙运动和先驱者们义无反顾的激进态度里，实际上其本身又内蕴着制衡回转的因素。由此，我们就不难理解，为什么在原初的观念受阻的时候，他们均能作出必要的调适。

再者，这种对于西方照单全收的丰富性、复杂性，在其初起之时，其内部即已包含着发生裂变的隐性现实。虽然在主观态度上，他们的文字时常流露出"真理唯在我手中"的霸气，然而仅就思想文化方面而言，他们就有两个问题无法解决：一是他们对本土传统文化的批判不可谓不全也不可谓不深，是从根底处作了否定，可在实际上，却是既不能在文化破坏上将它所有的价值全部轰毁，也不能在文化建设上实施有效的置换。在这些基本问题尤其是文化建设问题上，本来认识就未必一致，所以用不了多久，就会在新文化阵营内部有另类声音发出，这就是 1919 年年初出现的"国故学"主张。二是对西方的各种思潮虽有粗略的时空性梳理，但毕竟缺乏冷静、系统的学理性研究，这就不能不在客观上表现为一种多少有点无序的散点并陈的状态。而在这种情况下，引进者们既杂取又有不完全相同的亲和倾向，在阐释引进对象和建构、表述主张上，自然也就有了差异。所以，后来陈独秀也承认："本志具体的主张，从来未曾完全发表。社员各人持论，也往往不能尽同。读者诸君或不免怀疑，社会上颇因此发生误

---

① 《两地书·二四》，《鲁迅全集》第 11 卷，人民文学出版社 1981 年版，第 79 页。

会。"① 随着启蒙运动的高涨，文化批判的高蹈，使大家愈觉距离解决实际社会历史问题的茫远，而战后列强"公理"假面的撕破和西方对于文化的反思，这内外的原因则更激化了内在的分歧，导致了1919年《新青年》同人在社会政治等基本观念上的严重分歧并终于分道扬镳。随之，在文化、艺术观念上的不同择取倾向也日渐显豁。成仿吾批评"国学运动"时说过这样一段话："我们的学术界自从所谓新文化运动以来，真不知道经过多少变迁了。变迁本是进步的一个条件，可惜我们所经过的变迁，不幸而是向退步一方向去的。"② 此话自然不能算作确论，我们是很难指责这些"变迁"的，但变个角度看，其所叹惋的这历史"变迁"过程，难道不正是五四启蒙运动潮起潮落的必然走向吗？现在看来，也正是启蒙观念由聚合到裂变的发展，才使得一部中国现代史从政治到文化到文学多元性的发展成为可能，而同时也为其提供了可供多元性借鉴的思想文化资源。在其间，文学的变革自然是受益良多。从社会政治观念方面的民主主义、自由主义、无政府主义、社会主义，到文化哲学方面的人道主义、个性主义、生命哲学、实证哲学、心理学及性心理学，再到文学艺术观方面的自然主义、写实主义、浪漫主义、唯美主义、现代主义，等等，在嗣后新文学的多元发展中，我们都可以找到受这些思想文化资源影响的印迹。

二

五四启蒙运动势在必然地推出了"文学革命"，换言之，没有五四启蒙运动也就不会有这场文学革命运动的发生；但是，文学相对独立意义上的"文学革命"或者说文学现代变革的实现，却只能是出现在这一启蒙运动落潮之后。

新文学史研究者一向把从二十世纪第一个十年末至第二个十年后

① 陈独秀：《本志宣言》，载《新青年》第7卷第1号。
② 成仿吾：《国学运动的我见》，载1923年11月18日《创造周报》第28号。

期的文学通称之为"启蒙文学"，以至于成了一种社会集体认同的观念。殊不知在这十年左右的时间里，事实上含纳着历史内涵前后有别的两个阶段，而发生、发展于这两个不同时段中的新文学，因此也就有了诸多深刻的差异。

从"文学革命"口号的提出到二十年代初五四启蒙运动落潮时，为其前期。在这一阶段的前四五年里，以思想文化批判为职志的五四启蒙运动正值高涨时期，由启蒙这一历史中心性行为所呈现的空前的历史觉悟和精神魅力，对急随历史主潮、意在文化价值重建的一切文化行为，也正表现出巨大而深在的统合力。在这种情况下，文学只是作为一种独特的精神呈现形式和文化性行为被人们认识，其作为启蒙工具和启蒙运动全面展开与深化表征的历史宿命便是无可回避的了。事隔十几年后，茅盾曾对五四文学运动初期的主要特性作过这样的阐释："那时的《新青年》杂志自然是鼓吹'新文学'的大本营，然而从全体上看来，《新青年》到底是一个文化批判的刊物，而新青年社的主要人物也大多数是文化批判者，或以文化批判者的立场发表他们对于文学的议论。他们的文学理论的出发点是'新旧思想的冲突'，他们是站在反封建的自觉上去攻击封建制度的形象的作物——旧文艺。"[1] 因此，在这四五年里，新文学创作寥若晨星，虽然"尝试者"也出了一些，但成功的作品极少。其实真正能够代表五四启蒙文学特征和实际成绩的，倒是二十年代之交那三两年内的创作，比如，到现在还能为我们记住的一批"问题小说"。这时候，新文化阵营已出现分化，参与者们在社会政治观念和对知识者历史责任承当的理解上也滋生出诸多分歧，但恰恰是这种新的形势，反而有可能使学术文化、文学艺术等部门增强了对社会人生各有其不同职责的历史合理性的认识。1921 年年初，第一个纯文艺社团——文学研究会堂而皇之地宣告成立，紧接着革新《小说月报》，又堂而皇之地推出新文学方面的第

[1] 《〈中国新文学大系·小说一集〉导言》，载《茅盾文艺杂论集》（上），上海文艺出版社 1981 年版，第 520 页。

一份纯文学杂志，就是一个明证。但同时又应看到，新文化阵营虽然出现了分化，但主要是表现在对社会政治观念领域中各种"主义"的不同态度上，而对文化问题上的启蒙立场一时还不会那么快就出现大的改变。那些仍以文化重建为目标的人，依然坚持着启蒙的初衷，因此在这时的新文坛上，启蒙性文化批判的统合力仍然对文学发生着支配作用。这就不难理解，"问题小说"何以成了该时期文学生长的基本状态，就连清雅温婉的冰心、属感伤型气质的庐隐也都无一例外地以"问题小说"登上文坛。

在此期间，只有鲁迅是一个特例。在他 1918 年发表中国新文学史上的第一篇白话小说《狂人日记》时，就是一鸣惊人，起点很高。而随后创作于这一时期的小说作品（它们都收在《呐喊》集中）尽管对鲁迅而言水平未必尽同，但它们却高标一帜地彰显出其在文坛上的非同凡响。他的小说，不是像当时的"问题小说"那样，只是用文学提出社会人生的问题，而是用文学来表现有问题的社会人生。而且在对所谓"问题"的把握上，也具有为人所不及的深刻和体悟。鲁迅何以能够在当时同样的启蒙规约之中作出如此出众的创造？我认为个中原因主要是他的人生阅历和作为"过来人"的感喟与冷静。此时的鲁迅，已有了太多的经历，特别是在东京时启蒙梦想的破灭，使他先于"五四"就早已经历了启蒙失败的痛苦并感悟到它的悲哀所在了。在与《狂人日记》同年发表的杂文《我之节烈观》里，与人们只是对着纲常名教文化猛施炮火的做法不同，鲁迅则是发出了惊世骇俗的另一种议论："社会上多数古人模模糊糊传下来的道理，实在无理可讲；能用历史和数目的力量，挤死不合意的人。"他把这种势力称之为"无主名无意识的杀人团"，这正与《狂人日记》里人人都是食人者和被食者的艺术呈现一脉相通。在《呐喊》的大部分小说中，鲁迅都采取了一种极具创造力和思想、艺术张力的故事结构和精神观照的方式，即对在现实生存情景中作不同表演而命运也似乎有别的人们，作复线交映的同源性精神批判。比如《孔乙己》，一方面固然是表现一个饱受封建士大夫文化之害、已走进生活末路的不幸者，但同时甚至可以说主要"是在描写一般社会对于苦人的凉薄"①。这种结构方式和交映性复合批判指向，在《药》《祝福》《明天》《阿Q正传》等作品中都能得到解释。应该说，在这个时期的作品中，鲁迅就已注入对历史变革和思想启蒙的质疑性因素。《明天》中单四嫂子的希望在于儿子，儿子死了，"明天"在哪里？《药》中的革命者夏瑜和贫病愚昧的华小栓也既相干又不相干地都走向了同样的归宿——坟。当然，这时的鲁迅不仅认同启蒙而且是以"呐喊"的姿态积极参与的，所以作品所表现出来的还是明显的启蒙倾向。

1920年陈独秀对"新文化"的内容重作解释时，对知识和本能的重要性同时作了强调，认为人类对外界的刺激反应不反应，用什么方法反应，"知识固然可以居间指导，真正反应进行的司令，最大部分还是本能上的感情冲动。利导本能上的情感冲动，叫他浓厚、挚真、高尚，知识上的理性、德义都不及美术、音乐、宗教的力量大。知识本能倘不相并发达，不能算人间性完全发达"。他还因此作了自责："现在主张新文化运动的人，既不注意美术、音乐，又要反对宗教，不知道要把人类生活弄成一种什么机械的状况，这是完全不曾了解我们生活活动的本源，这是一桩大错，我就是首先认错的一个人。"②这种已经突破了原启蒙文化价值框架的新认识，只能出现在启蒙运动落潮之际。可是也正是这种更具包容性的多元性文化观，才给文学对自身相对独立的理解提供了契机。有意味的是，也就在这一年，新文学界对文学的解释出现了新的内容。周作人说，"人生派这派的流弊，是容易讲到功利里边去，以文艺为伦理的工具，变成一种坛上的说教。正当的解说，是仍以文艺为究极的目的；但文艺应当通过了著者的情思，与人生的接触"③。茅盾则说："文学是思想一面的东西，这

①　孙伏园：《鲁迅先生二三事》，载孙郁、黄乔生主编《鲁迅先生二三事——前期弟子忆鲁迅》，河北教育出版社2000年版，第59页。
②　陈独秀：《新文化运动是什么》，载《新青年》第7卷第5号。
③　周作人：《新文学的要求》，载1920年1月8日北京《晨报》。

话是不错的。然而文学的构成，却全靠艺术。……由此可知欲创造新文学，思想固然要紧，艺术更不容忽视。思想能一日千里的猛进，艺术怕不是'探本穷源'便办不到。因为艺术都是根据旧张本而美化的。不探到了旧张本按次做去，冒冒失失'唯新是摹'，是立不住脚的。"又说："最新的不就是最美的最好的。凡是一个新，都是带着时代的色彩，适应于某时代的，在某时代便是新，唯独'美''好'不然。'美''好'是真实（Reality）。真实的价值不因时代而改变。"①这些论述透露出来的新信息，分明是对文学的功利与非功利、思想与艺术的关系、文学的时代性与超时空性价值等问题的重新阐释，这无疑是对文学之相对独立性的强调，从中可以感受到对原来文学与启蒙捆绑关系的松解。还有一个令人不免感到惊异的现象，是一年后茅盾对文学"国民性"问题所作出的新解释："所谓国民性并非指一国的风土人情，乃是指这一国国民共有的美的特性。……我相信，一个民族既有了几千年的历史，他的民族性里一定藏着善美的特点；把他发扬光大起来，是该民族不容辞的神圣的责任。中华这么一个民族，其国民性岂遂无一些美点？从前的文学家因为把文学的目的弄错了，所以不曾发挥这些美点，反把劣点发挥了。"②"国民性"批判本为五四启蒙运动的一个基本关注点，也是启蒙文学的基本主题，其意义所指和批判的指向是众所周知的，茅盾能对这一核心性概念作出异向性的全新阐发，而且并非只他一人持有这种观点③，足见文学观念的变化之巨了。但须指出，一个文学相对独立发展局面的出现，和一个思想运动趋于成熟的标志是不同的，后者是价值指向相对集中的统合性，前者则是多元性发展格局的形成。由于人生派深在的启蒙情结，文学研究会作家虽然在观念上已有一系列的重要突破，各成员间的意见也

① 茅盾：《小说新潮栏宣言》，载《小说月报》第12卷第1号。
② 茅盾：《新文学研究者的责任与努力》，载《小说月报》第12卷第2号。
③ 胡愈之在《新文学与创作》中也明确提出这一观点，该文载《小说月报》第12卷第2号，与茅盾的文章同期刊出。

并非一致，但为其所表现出的主导性倾向，则仍然是与启蒙观念血脉相连的，其统合主义倾向也仍然有迹可循。直到创造社等各种文学社团和流派主张出现，文学研究会事实上也发生了分化时，中国新文学发展的相对独立性才算是在一个大的格局中实现了。综观这一段历史，我们会得到一个令人悲怆然而有益的启示：思想启蒙运动必然是在分化中落潮，而文学相对独立的发展则只能是在分化中实现。

文学相对独立性的实现，与"文学主体"的形成密不可分。五四启蒙运动着力塑造的是新的"历史主体"，但历史的自觉并不能等同于文学的自觉，它在为新文学主体提供必要的历史质素时，同时也规限了这一独特角色主体的最终形成。所以，倒是在它的解构和落潮中，一代新的文学主体才真正得以形成。新文化阵营的分化和启蒙运动对于解决中国现实问题的无能为力，使人们陷入苦闷和迷惘之中，陷入对启蒙的痛苦反思与重新审视和对于社会人生再行逼问的焦虑与无奈。这在文化哲学领域引发了人生观问题的讨论，而在文学界，则是导致了文学表现"向内转"的倾向。由对被启蒙者悲剧性文化生存的批判性揭示，到对启蒙者自身内心痛苦的剖露；由全知型的启蒙叙事转变为知识者对自身精神生存的悲剧性感受的自剖式言说，这就改变了原来那种社会人生批评者的观照姿态和作为"局外人"角色的叙事态度，而将对"人"的表现真正落实到了创作主体自己身上。

最具典范意义的还是鲁迅。他对新文化阵营的分化和启蒙运动的落潮，有极敏锐的感受，曾不止一次地谈起过由它们所带来的后果。新的现实，使他更加感受到中国问题尤其是国民性问题的难以解决，同时也看清了"一切理论家，不是怀念'过去'，就是希望'将来'，而对于'现在'这一题目，都交了白卷"的现实状况，从而更深地陷入了"觉得惟'黑暗与虚无'乃是'实有'"，又"终于不能证实：惟黑暗与虚无乃是实有"的矛盾之中。① 而同时，他也更发现自己灵魂

---

① 《两地书·四》，《鲁迅全集》第 11 卷，人民文学出版社 1981 年版，第 20—21 页。

中深埋的一些东西的根深蒂固：“我自己总觉得我的灵魂里有毒气和鬼气，我极端憎恶他，想除去他，而不能。”[①] 因此，“彷徨”期间的鲁迅将创作内容的重点，转向了对启蒙者精神变异的考索并自入精神炼狱，不啻心灵剖露和升华。应该说，在“呐喊”期，他在《一件小事》《端午节》等小说中，就没有“忘记自己也分有这本性上的脆弱和潜伏的矛盾”[②]，但在此时，他却是依据启蒙落潮后启蒙者们的历史宿命进行了重点表现。《在酒楼上》中的吕纬甫，一个早先敢于“到城隍庙里去拔掉神像的胡子”的角色，现在却变成了完全向命运屈服的“敷敷衍衍，模模糊糊”的人。他所取譬的蜂子或蝇子飞了一个小圈子又回来停在原地点，实际上就是众多吕纬甫式人物历史宿命的真实写照。《孤独者》中的魏连殳有所不同。从“自以为是失败者”到知道“现在才真是失败者了”，他没有走入吕纬甫式的一途，而是躬行“先前所憎恶，所反对的一切”，拒斥“先前所崇仰，所主张的一切”了。他以精神自戕的方式既报复这个无望的现实，又惩罚自己重创的心灵。“像一匹受伤的狼，当深夜在旷野中嗥叫，惨伤里夹杂着愤怒和悲哀。”在这些小说中，鲁迅采用了审他与自审互动的创作手法，一方面将自己的深在感受对象化在所描写的人物身上，使之既能在“他者”的形式中展现出此类状态的普遍性，又能达到借以自剖的目的；一方面则又作有距离的谛视，于深重的忧愤与感慨中保持了一种冷静的否定性态度，因为终不愿也不信被历史点燃的精神之火会就此一下子被黑暗吞没。与《彷徨》写作于同一时期的散文诗集《野草》，是作者主体性发挥和艺术创造几臻于极致的作品，它是作者在精神炼狱中淬出的诗与思的结晶，也是在中国新文学中不可多得的瑰宝。

在那个时期，作家们向生命感受的深处开发，并照着自己理解

---

① 《致李秉中》，载《鲁迅全集》第 11 卷，人民文学出版社 1981 年版，第 431 页。
② 茅盾：《鲁迅论》，载查国华、杨美兰编《茅盾论鲁迅》，山东人民出版社 1982 年版，第 12 页。

的方向进行创作，实际上是一个较为普遍的现象。文学研究会中的冰心、庐隐，此时也告别了先前那种故事简单、观念显露的"问题小说"的写作，冰心开始了宁馨清雅的小诗与美文的创作，而庐隐也自《或人的悲哀》《海滨故人》，转向了对置身于理想与现实悖反状态中的青年知识者，尤其是女性的苦恼与无奈的描写。郁达夫不属于人生派作家，而且他所归属的创造社正以新的文化建设者自命，但他在自《沉沦》起的一系列小说中所创造的"零余者"形象，所描写和抒发的却是青年知识者在人生中既找不到价值凭借，又找不到自我价值归宿的"多余的人"的境遇和迷茫，同时也是他个人的生存自况。在那时，"个人化"写作成了多数作家的呼吁和自觉追求。冰心说："能表现自己的文学，是创造的，个性的，自然的，是未经人道的，是充满了特别的感情和趣味的，是心灵里的笑语和泪珠。""这样的作品，才可以称为文学，这样的作者，才可以称为文学家。"① 庐隐也说："足称创作的作品，惟一不可缺的就是个性，——艺术的结晶，便是主观——个性的情感。"② 不用说，郁达夫自然是更为标榜"个人性"了，直到后来为《中国新文学大系·散文集》写导言时，还特别要为这个问题辩白。现在道理已经明白，其实这种"个人化"写作意识的自觉和创作实践，正是新文学开始走上成熟之路的一个重要标志。

五四启蒙运动落潮后，新文学表现的主题也在发生着明显的变化。最足以说明这一变化的，还是启蒙情结最重的人生派文学。自二十年代初以后，人生派文学的重镇即转向了乡土文学方面，在其初起之时，基本的主题意向显然还是在于对五四文化批判和国民性剖示传统的自觉承续。农村中诸如野蛮、愚昧的陈规陋习，如械斗、沉河、典妻、冥婚等一时间成了乡土作家们竞相表现的内容。但是，一方面是因为贴近现实人生后所得的感受日渐丰富，这与他们这些离乡者的怀乡情绪一拍即合；一方面是对文学民族性问题的思考已提上新文学

---

① 冰心：《文艺丛谈（二）》，载《小说月报》第 12 卷第 4 号。
② 《创作的我见》，载《小说月报》第 12 卷第 7 号。

发展的议程，这对自己所承袭的传统本身就构成了一种否定性的叩问，所以，到二十年代中期，乡土文学的主题便发生了背反性的变易和分化。譬如台静农的《新坟》，写一个因女儿、儿子被大兵残害致疯的四太太，其令人心颤的疯状和周遭人们的反应，这本是一个可以充分发挥国民性批判力量的题材，然而作者却只是把它描写成了一出原汁原味的人间悲剧。而黎锦明的《出阁》写一个农村姑娘的出嫁，则不仅见不着批判的笔墨，也见不着一点生活的沉重，所展示给读者的只是一种饱胀着青春活力、欢快而富有机趣的生命的舞蹈。写过《水葬》的蹇先艾，写于二十年代末的《在贵州道上》，也一改前者那种侧重文化批判的追求，不惜重墨挥洒，淋淋漓漓地描绘了一幅充满"奇"与"趣"的人生苦乐图。这些作品，偏重于对人生原生态的撷取和表现，主题也成为一种多义性的蕴涵，很难用某一单一的意义指向来概括了。深受周作人影响的废名，此时也很快就确定了自己艺术追求的方位，以充满佛禅意味的安静的人性生存境界的营造，来区别于历史现代化所带来的人性生存之扰。他这种与历史现代性构成对峙效果的审美追求，与新月派中的一些作家一起，很快就成了崛起于文坛的所谓"京派"的一脉。

三

五四启蒙运动张扬科学理性的目的在于"祛魅"，而一味祛魅的结果却不能不伤害到文学的感性特征和作为审美文化生成的特质性；相反，倒是在其落潮时必然出现的"返魅"过程中，文学才又找回到了这一切原本属于它的东西。

在五四启蒙运动一开始，陈独秀即将"想象"设置于"科学"的对立面，明确宣告："科学者何？吾人对于事物之概念，综合客观之现象，诉之主观之理性而不矛盾之谓也。想象者何？既超脱客观之现象，复抛弃主观之理性，凭空构造，有假定而无实证，不可以人间已有之智灵，明其理由，道其法则者也。在昔蒙昧之世，当今浅化之民，有想象而无科学。……今且日新月异，举凡一事之兴，物之细，罔不诉之科学法则，以定其得失从违；其效将使人间之思想云为，一遵理性，而迷信斩焉，而无知妄作之风息焉。"① 经由十九世纪后期开始宣传后，又经五四启蒙运动的大力鼓吹，"科学"一词已成为社会最为崇尚的一个概念。1923 年胡适为《科学与人生观》作序时，就充分肯定了这一社会效果："这三十年来，有一个名词在国内几乎做到了无上尊严的地位；无论懂与不懂的人，无论守旧和维新的人，都不敢公然对它表示轻视或戏侮的态度。那名词就是科学。"② 在此种情况下，用科学来统驭文学，换言之，文学也必然服从科学的原则，也势在必然地成了新文学界不少人的共识，只不过有的人表述得更为尖锐些罢了。如茅盾说："文学到现在也成了一种科学，有它的研究对象，便是人生——现代的人生；有它研究的工具，便是诗（Poetry）剧本（Diction）。"③ 而傅斯年说得更见极端："方今科学输入中国，违反科学之文，势不相容，利用科学之文，理必孳育。此则天演公理，非人力所能逆从者矣。"④ 因此，周作人在对"人的文学"进行阐释时，把所谓的"迷信的鬼神书类（《封神传》《西游记》等）""神仙书类《绿野仙踪》等）""妖怪书类（《聊斋志异》《子不语》等）""强盗书类（《水浒》《七侠五义》《施公案》等）"，统统归入"非人的文学"而予以否定。理由是"这几类全是妨碍人性的生长，破坏人类的平和的东西，统应该排斥"。他大约也觉得这话说得未免有些绝对，所以紧接着又作了一个释疑性的解释："这宗著作，在民族心理研究上，原都极有价值。在文艺批评上，也有几种可以容许。但在主义上，一

---

① 陈独秀：《敬告青年》，载《青年杂志》第 1 卷第 1 号。

② 胡适：《〈科学与人生观〉序》，载《中国新文学大系·史料索引》（影印本），上海文艺出版社 1981 年版，第 241 页。

③ 茅盾：《文学和人的关系及中国古来对于文学者身份的误认》，载《小说月报》第 12 卷第 1 号。

④ 傅斯年：《文学革新申议》，载《新青年》第 4 卷第 1 号。

切都该排斥。"①启蒙主义在文学观上求真求实，必然强调写实主义，因为写实主义作为一种创作原则，更容易与科学和经验哲学达成一致。人生派文学一度特别鼓吹左拉的自然主义，就是因为他的"自然主义是经过近代科学洗礼的；他的描写法，题材，以及思想，都和近代科学有关系"，所以号召"我们应该学自然派作家，把科学上发现的原理应用到小说里，并该研究社会问题，男女问题，进化论种种学说"。②

这种启蒙文学观的偏颇是显而易见的。它以对科学和理性的普遍主义态度和一元性价值论定，严重忽略了人类文化在基本属性和意义指向上的深刻差异，忽略了与科学文化既相关又相左的人文文化不可被取代的价值。"启蒙运动认为，把科学的方法从大自然的领域扩大到人的领域，可以把男男女女都解放出来。"③但是却没有看到，"科学的了不起的成功所依靠的方法，只能应用于那种可以毫不含糊地观察和精确地测量的现象。而艺术和人文学的传统对象——信仰、价值观、感情对艺术的各种反应、人类经验的暧昧模糊性以及社会相互作用的复杂性——却不是容易地可以用这种方法来研究的"④。人作为一种高级的秉有异常灵性的生命存在，具有把握世界的几种不同的能力和方式，除了被启蒙运动所极力推崇的科学——理性的方式之外，还有宗教的、艺术的即想象的方式。这种方式，是生命与自然、社会、生命之间的一种非理性即非分析与非逻辑的独特对话方式，它以超现实的想象和对想象中的关系与功能的形象模拟，来达至表述欲望、补偿缺憾即生命抚慰的目的，同时也表示出面对超越自我之力必须自我约制的敬畏之心。不同的文化系统都有自己的神话、传说、巫

---

① 周作人：《人的文学》，载《新青年》第5卷第6号。
② 茅盾：《自然主义与中国现代小说》，载《小说月报》第13卷第7期。
③ 阿伦·布洛克：《西方人文主义传统》，董乐山译，三联书店1998年版，第249页。
④ 阿伦·布洛克：《西方人文主义传统》，董乐山译，三联书店1998年版，第250页。

术和民间礼俗，而这些东西都又无一例外地对形成本民族的原型文化意识和各具异彩的审美文化特征起着决定性的作用。早在1912年，周作人曾提出一个"种业"的概念，并对其形成及作用作过这样的表述："盖闻之，一国文明之消长，以种业的因依，其由来者远。欲探厥极，当上涉于幽冥之界。种业者，本于国人彝德，附以习惯所安，宗信所仰，重之以岁月，积渐乃成。其期常以千年，近者亦数百岁。逮其宁一，则思感咸通，之为公意，虽有圣者，莫赞一辞。故造成种业，不在上智，而在中人；不在生人，而在死者。二者以其为数之多，与为时之永，立其权威；后世子孙，承其血胤者，亦并袭其感情，发念致能，莫克自外。……遗传之可畏，有如此也。"[①] 当然他在此处的倾向还是说"种性"即"国民性"的形成和可畏，但也道出了原型文化意识和民族心理积淀形成的规律和文化"因依"在文化发展中的作用。五四启蒙运动崛起后，随着"祛魅"过程的偏至性展开，就连周作人，对类似问题的论说也绝对地偏于负性的一面，其对新文学的影响也就可想而知了。夏志清认为："现代中国人'摒弃了传统的宗教信仰'，推崇理性，所以写出来的小说也显得浅显而不能抓住人类道德问题的微妙之处了。"[②] 这一看法还是不无道理的。

在启蒙运动落潮时，人们相对冷静下来，开始意识到科学对于文学的不可替代性。瞿世英就指出："科学顾得到知识却顾不到感情，顾到物质却顾不到精神，对于人生的一面固然很清楚，但对于人生的全部却遗漏了不少，便是人的心理活动，也用机械的心理学去看他，这是很容易减少人的同情的。这也是文学吃了科学的亏。"[③] 周作人也一改原来的看法，认为："古今的传奇文学里，多有异物——怪异精灵出现，在唯物的人们看来，都是些荒唐无稽的话，即使不必立刻排

① 《望越篇》，载1912年1月18日《越铎日报》，署名为"独立"。一说作者为鲁迅；一说为周作人，他自云手稿尚保存在手中。此处从后一说。
② 夏志清：《中国现代小说史》，传记文学出版社1979年版，第12页。
③ 瞿世英：《小说的研究》，载《小说月报》第13卷第7号。

除，也总是了无价值的东西了。但是唯物的论断不能为文艺批评的标准，而且赏识文艺不用心神体会，却'胶柱鼓瑟'的把一切叙说的都认作真理与事实，当作历史与科学去研究他，原是自己走错了路，无怪不能得到正当的理解。"① 他指出："拿了科学常识来反驳文艺上的鬼神等字样，或者用数学方程来表示文章的结构；这些办法或者都是不错的，但用在文艺批评上总是太科学的了。"② 因为，"文艺不是历史或科学的记载……如见了化石的故事，便相信人真能变石头，固然是个愚人，或者又背着科学来破除迷信，断断地争论化石故事之不合物理，也未免成为笨伯了"③。在那时，一方面是启蒙运动落潮所与之俱来的反思，一方面则是西方的人类学观念和其他一些人文文化见解的引入，也无形中成了帮助他们矫正思维的依据。周作人就不无兴奋地大谈西方人类学的价值，而且由此以后写了大量关于神话、鬼故事和民间礼俗方面的介绍和研究心得方面的文字。而且还应指出，这时人们已开始注意中国审美文化的特点，茅盾就曾指出："大凡一个人种，总有他的特质，东方民族多含神秘性，因此，他们的文学也是超现实的。民族的性质，和文学也有关系。"④ 这些与前有别的认识，无疑代表着文学思潮的新质，并会对文学创作实践发生影响。

在创作实践方面，自然也有与之相符的倾向发生。最具特征性的，仍然得数鲁迅的作品，即回忆性散文《朝花夕拾》。在这部散文集里，虽然也时时可见对残害人性的愚妄文化观念的批判和在议论里对现实中"正人君子"之徒针砭的机趣，然而更让我们受到感染的，

---

① 《文艺上的异物》，载《周作人文类编》第6卷，湖南文艺出版社1998年版，第351页。
② 《文艺批评杂话》，载《周作人文类编》第3卷，湖南文艺出版社1998年版，第576页。
③ 《神话的辩护》，载《周作人文类编》第5卷，湖南文艺出版社1998年版，第716页。
④ 茅盾：《文学与人生》，载《文学研究会资料》（上），河南人民出版社1985年版，第89页。

却是化得如水的乡情、遥远而永难忘怀的童趣和生命得以活跃的质朴而怪异的民间想象和礼俗——让我们感受到了鲁迅难得的"轻松"。长妈妈与《山海经》诱人的图画和神怪故事,百草园中的种种乐趣和美丽而可怖的传说,迎神赛会打破所谓"阴阳界"的可参与性表演的独特魅力,读后都令我们如置身其中,余味无穷。在《无常》一文中,鲁迅说:"我至今还确凿记得,在故乡时候,和'下等人'一同,常常这样高兴地正视过这鬼而人,理而情,可怖而可爱的无常;而且欣赏脸上的哭或笑,口头的硬语与谐谈……"一句"鬼而人,理而情",正是对民间鬼文化精髓和特征的准确把握,所以无怪乎迎神赛会中"无常"表演得有趣,也无怪乎鲁迅何以会写得如此出神入化。除《朝花夕拾》集外,鲁迅在 1936 年写的《女吊》中,也仍然有对类似表演的记述。其中的一段描写,着实叫人神往:

> 在薄暮中,十几匹马,站在台下了;戏子扮好一个鬼王,蓝面鳞纹,手执钢叉,还得有十几名鬼卒,则普通的孩子都可以应募。我在十余岁的时候,就曾经充过这样的义勇鬼,爬上台去,说明志愿,他们就给在脸上涂上几笔彩色,交付一柄钢叉。待到有十多人了,即一拥上马,疾驰到野外的许多无主孤坟之处,环绕三匝,下马大叫,将钢叉用力的连连刺在坟墓上,然后拔叉驰回,上了前台,一同大叫一声,将钢叉一掷,钉在台板上。

这哪里是什么封建迷信,其实就是一种淋漓尽致的令人悚然而又快活的生命表演!这种倾向在乡土文学中多有呈现。比如台静农的小说《拜堂》,写贫穷而娶不起妻的汪二,同守寡了一年而又和他有了身孕的嫂子成亲,将当掉蓝布小袄所得的四百大钱统统买了香烛,在邻居田大娘和赵二嫂的热心参与中认真行了拜堂之礼。所表现的就未必是什么愚昧,更多的倒是民间草民对仪式的敬畏之心和对生命的认真态度。

　　闻一多曾经指出："理性铸成的成见是艺术的致命伤，诗人应该能超脱这一点。"① 经过新文化观念洗礼后的"返魅"，最根本和普遍的意义，就是文学在其现代变革中对想象、情感和魅力等审美文化特质的关注与创造，从而既保证了以与历史现代性意义同构为追求的主流性文学的审美创造力，同时也为与历史现代性保持疏离甚至对峙态度的其他多元生成的各派文学的生成发展，提供了可以堂皇言之的合理依据，所以所谓"返魅"的意义自然也就不可小觑。

（原载《中国社会科学》2004 年第 3 期）

---

① 《文艺与爱国——纪念三月十八》，载《闻一多全集》第 2 卷，湖北人民出版社 1993 年版，第 134 页。

《中国现代新人文文学书系》总序

一

十五六年前，我曾主编出版过一套《中国现代文学补遗书系》，意在展示为历史和成见的流播所长期遮蔽的现代文学的丰富性，不想此举还果真起了些作用。现在，我又主持编选了这套《中国现代新人文文学书系》，目的则在于仍然以作品集束出版的方式，向人们揭示中国新文学发展中所实际存在，而迄未为人们所明确认识到并作为特定价值视域给予认定的现代新人文主义内涵及其意义。

此之所谓"现代新人文主义"，其实就是现代人文主义，特指在中国历史、文化现代转型即现代化过程中与理性主义、科学主义以及现代科技工商对生命与人性产生的异化力量抗衡的人文性文化倾向。书题于"现代"和"人文"之间这一"新"字，并非是对美国白璧德"新人文主义"主张的格外青睐，而在此书系中专事对受其影响作品的收集。在西方，与历史现代化对峙的人文主义主张非自白氏始，更远不止他一种；在中国，作为一种制衡性的力量，它也是以其丰富的多维性构成与中国历史的现代化进程互动互生、颉颃而行的，非只服膺于白氏主张的"学衡派"这一个方面。因此，加这个"新"字，无非是和称"五四文化"为"五四新文化"、称"五四文学"为"五四新文学"一样，更加凸显其时间阈限和性质归属而已。

关于"人文主义"这个概念，目前国内外学界还没有也很难有一个规范性的定义。《西方人文主义传统》一书的作者阿伦·布洛克，在该书的开头就讲述了他面对这一问题的无能为力和无奈选择："我发现对人文主义、人文主义者、人文主义的以及人文学这些名词，没有人能够成功地作出别人也满意的定义。"[①] "作为暂行的假设，我姑且不把人文主义当做一种思想派别或者哲学学说，而是当做一种宽泛的倾向，一个思想和信仰的维度，一场持续不断的辩论。"[②] 严格地说，他这种假设未免太过宽泛，以致使其在对西方人文主义传统的梳理中失去了更为确定性的选择。其实这也难怪，因为正如他所说，这些名词意义多变，不同的人有不同的理解，使得辞典和百科全书的编辑者也伤透脑筋。事实也正是如此。就以我们一般读者所能读到的中文版的《简明不列颠百科全书》来说，它也只能是倚重于西方所习惯使用的学科分类的方法，在"人文学科"的条目中对其特征作了较为凸显和贴近的介绍。它指出："人文学科是那些既非自然科学也非社会科学的学科的总和。一般认为人文学科构成一种独特的知识，即关于人类价值和精神表现的人文主义的学科。"在二十世纪，"坚持人文学科与科学之间存在根本区别的理论认为，科学和人文学科可以互相补充，因为它们在探究和解释的方式上存在根本区别，它们属于不同的思维能力，使用不同的概念，并用不同的语言形式进行表达。科学是理性的产物，使用事实、规律、原因诸概念，并通过客观语言沟通信息；人文学科是想象的产物，使用现象与实在、命运与自由意志等概念并用感情性和目的性的语言表达。所以彼此是无法比较的。人文学科和科学还存在研究对象和论据来源方面的区别"[③]。而在"人文主义"这一条目中，大约是因为直接面对这一概念定义的困难，解释

① 阿伦·布洛克：《西方人文主义传统》，董乐山译，三联书店1997年版，第2页。
② 阿伦·布洛克：《西方人文主义传统》，董乐山译，三联书店1997年版，第3页。
③ 《简明不列颠百科全书》第6卷，中国大百科全书出版社1986年版，第760—761页。

得反而更简略更模糊一些，认为"凡重视人与上帝的关系、人的自由意志和人对于自然的优越性的态度，都是人文主义。从哲学上讲，人文主义以人为衡量一切事物的标准。……人文主义从复古活动中获得启发，注重人对于真与善的追求。人文主义扬弃褊狭的哲学系统、宗教教条和抽象推理，重视人的价值"[①]。综合上两条概述来看，其对"人文主义"的感情性内涵和信念伦理方面的特征，对其与科学的系统性歧异及其把握世界的独特方式等方面的特别重视，还是勾勒出了"人文主义"的基本特征的。不过倘若加以细审，就会发现在对其内涵与外延的界定上，这种解说还依然存在着既"越界"（泛化）又"窄化"（片面化）的问题。

对"人文主义"进行定义在阐释学意义上所遭遇的困难，是原因有自的。"人文主义"和其他"主义"一样，只是一种思想态度、一种价值指向，其所内含的核心概念是"人文文化"，而在"人文文化"和科学文化等非人文性文化之间，本来就并不存在一个判然两分的边界线。它对抗理性主义、科学主义，但并不摒弃理性和科学；它持守的是信念伦理，但并不排除其与责任伦理之间的互通性关系；它重想象、重悟性，可并不否定逻辑思维存在的必然性与重要性。惟其如此，也才造成了人文文化内涵的丰富性、复杂性及其在具体历史文化结构的调适中所表现出来的不同侧重性，同时也必然会导致其与其他文化边缘交合的模糊性。但是有一点是毋庸置疑的，那就是在人文文化的内核即基本规定性方面，是不能与非人文性文化错置或者混淆的。所谓"人文文化"，要而言之，可以作这样的表述：它是以生命人性为基点所构成的生命意识、信念伦理及其以想象和通悟与世界（自然、社会）进行沟通与对话的独特能力和方式，在我看来，至少在这几个方面是不能有所动摇的。人文文化也非常看重"人"的价值和人之可贵之处，但它是由尊重生命和企望人性健全发展的角度来理

---

① 《简明不列颠百科全书》第6卷，中国大百科全书出版社1986年版，第761页。

解这一切的。它尊重人之生命，也视宇宙万物为秉有灵性的存在而给予充分的尊重，祈求在彼此会通、契合的和谐中生息发展。这样，它就与"人类中心主义"的观念划清了界限。在人与人的关系上也是一样，人文文化重视的是彼此平等、友爱、互助及对所有不幸都会产生悲悯之心的人性化氛围和生存原则，与"个人中心主义"的标榜是严格有别的。西方学者已经有人认识到："现代世界的弊病都是来自把人与人之间的个人'我-你'关系，把人与上帝之间的个人'我-你'关系降为一种非个人的主体与客体的'我-它'经验，而不是把这种对待自然的'我-它'态度提高到'我-你'关系。"[1] 应该说这是一个重要的发现。是把人与自然、社会视为互为主体的"我与你"关系，还是以"我"为中心的"我与它"关系，的确是问题的关键所在。我们说上面词条中存在着"越界"现象，指的就是它们对人文文化的理解中还依然包蕴"人类中心主义"和"个人中心主义"的观念遗存或者说是文化基因。

再者，人文文化重视的是对人生终极目的的关怀，是生命对于具体历史功利目的和欲望性世俗人生追求的形上超越，属于信念伦理的范畴。它不相信理性（科学）万能，也不相信人的力量可以主宰一切；相反，对于未可知的世界和人类命运倒是永怀着一种虔诚的敬畏之心，且把人文关怀和对人文信念的自觉持守与践行，看作个体生命乃至人类全体对随时都可能发生的异化危机的自我救赎。人文文化的价值认同几乎无不指向一种伦理性信念或者毋宁说是一种超越时空的永恒性信仰，但这种信念（信仰）却会因地域文化特征的差异和人文文化传统的不同而有所不同，西方的宗教文化可以信仰上帝，而中国的儒学传统却更强调君子由"仁"入"圣"的人格至境，并不会轻易地拿"上帝"说事。所以只简单化地把与"上帝"相关联的文化叫作人文文化，就难免既"窄化"又西方化了。还有，从思维方式即把握

---

① 阿伦·布洛克：《西方人文主义传统》，董乐山译，三联书店 1997 年版，第248 页。

世界的方式来看，人文文化也具有有别于它的明显特征。与偏重理性的逻辑思维不同，它则偏重于情感、悟性和想象，通常人们把它称之为"形象思维"，实则是情感、通悟力和形象共同作用的一种诗性的把握世界的能力和方式。由于人文文化具有感性的心理性的特征，这就决定了它以"教化"为基本特点和基本途径的生成与传播方式。伽达默尔把人文主义称为"精神科学"，曾就其传统性特征和作用作出过这样的表述："精神科学之所以成为科学，与其说从现代科学的方法论概念中，不如说从教化概念的传统中更容易得到理解。这个传统就是我们要回顾的人文主义传统。这个传统在与现代科学要求的对抗中赢得了某种新的意义。"[①] 虽然我并不认同他视人文主义为"精神科学"的观点（人文文化是不能以精神科学来作概括的，但倘若论及"人文学"或"人文学科"，这样指称倒也未尝不可），但他对人文"教化"传统的重视和对其"新的意义"的点豁，却不能不说是极为清醒而深刻的。

　　人类生存历史的发展，从来都离不开理智的开拓和人文精神这两种人之特殊能力的协调与补偿。历史的进步，尤其是价值观念的系统更新和生存方式与社会秩序的大调整时期，人对客观世界的认识与改造力量固然会成为首选的推动力，但相对缺失的人文精神则愈显出其对历史进步之负性作用的抑制与对历史健全发展之所必需的制衡作用的必要。历史在其现代发展期，尤其如此。西方现代人文主义思潮源于十八世纪中后期对启蒙现代性的质疑，早出于中国一个多世纪，而其启蒙运动的发生则更早于中国二百余年，中国的现代启蒙运动，一般认为始之于上两个世纪之交梁启超"新民"主张的鼓动，而激越且深化于五四新文化运动时期，虽然晚于西方，但由于中国历史发展的特殊性，却使之产生了不同于西方的种种特异性与复杂性，并使现代人文主义思潮的发生和发展，也就不得不面对更为复杂而艰难的

---

① 《真理与方法》（上），上海译文出版社 1999 年版，第 21 页。着重号系原著所有。

局面。

众所周知，西方的启蒙运动是其历史、文化自身发展的结果，而且是在哲学和文化、思想领域中展开的，并没有直接历史变革目标的具体设置。而中国的现代启蒙运动却是因救亡图强的功利性历史目的所由起，所以虽然也是在文化、思想领域中展开，但从一开始便被规定为工具理性的行为，表现为实用的历史态度，这就势在必然地将中西文化纳入"中西古今"的价值判断的框架之内，对以人文性为特征的中国传统文化进行了整体性的否定。陈独秀对此曾作过这样的解释："吾宁忍过去国粹之消亡，而不忍现在及将来之民族，不适世界之生存而归消灭也。"[①] 这确为五四启蒙主义者的由衷之言。在陈独秀看来，西方与中国文化的差异，主要表现在"以战争为本位"与"以安息为本位"、"以个人为本位"与"以家族为本位"、"以法治为本位"与"以情感为本位"、"以实利为本位"与"以虚文为本位"的不同上。[②] 不难看出，其条条之针砭所指，皆为中国传统文化的人文性特征。陈独秀判断的依据，来自于为其所由衷服膺的孔德主义文化进化论，认为当今世界已进入科学实证时代，传统的人文性文化早已成为历史进步的障碍，他指出，对于作为人文传统之基本内容的"吾人所不满意者，以其为不适于现代社会之伦理学说，然犹支配今日之人心，以为文明改进之大阻力耳。且其说已成完全之系统，未可枝枝节节以图改良，故不得不起而根本排斥之，盖以其伦理学说，与现代思想及生活，绝无牵就调和之余地也"[③]。其决绝的态度在他及其他启蒙主义者当时的文字中是处处可见的。五四时期启蒙主义者引以自得并为之信心大增的历史觉悟，便是锁定了传统文化的伦理性内核为革命目标，并在世界一体化的文化价值格局中对其进行异质性置换。这场实质为伦理革命的文化批判运动，所期待的效果则是以西方式的法

---

① 陈独秀：《敬告青年》，载《青年杂志》第 1 卷第 1 号。
② 参见陈独秀《东西民族根本思想之差异》，载《青年杂志》第 1 卷第 4 号。
③ 《独秀文存》，上海亚东图书馆 1922 年版，第 679 页。

理社会取代传统礼俗社会的价值体系与生活秩序。为其所极力推崇的"科学"与"民主"，是为新历史立基的新价值观念得以建构所觅到的两块基石，也明显地统属于政治、法理的范畴，即使是"民主"一词，也决无与"科学"及社会现代化对峙、抗衡的人文性意义。所以，当周作人在说到"人道主义"这一概念时，也要加以特别的说明："我所说的人道主义，并非世间所谓'悲天悯人'或'博施济众'的慈善主义，乃是一种个人主义的人间本位主义。"① 由这一特定的启蒙观念所决定，现代启蒙主义者对宗教和表现为传统人文性内容的民俗文化一概给予了否定，陈独秀相信："人类将来真实之信解行证，必以科学为正轨，一切宗教，皆在废弃之列"，故"主张以科学代宗教"。② 钱玄同则明确提出了"反孔"与"非道"应该并行的主张。他认为，"欲祛除三纲五伦之奴隶道德，当然以废孔学为惟一之办法"，而"欲祛除妖精鬼怪，炼丹画符的野蛮思想"，当然是以"剿灭道教"为唯一之法。因此，"欲使中国不亡，欲使中国民族为二十世纪文明之民族，必以废孔学，灭道教为根本之解决"③。由此，则从另一方面证明了现代启蒙之主导观念中现代人文自觉的缺失。

　　这一切，当然都不应成为否定现代启蒙运动之成为历史必然选择和伟大历史功绩的理由。但作为今天所应具有的历史、文化觉悟而言，同时还应该包括对曾被视之为"逆流"的现代人文主义思潮应运而生的历史必然性及其不可或缺的重要作用的正确认识。事实上，主导性启蒙观念的极端性一经标举，立即便引发了它的历史对应物——人文主义思潮的出现。颇有意味的是，欧洲的人文主义思潮是到了启蒙的第二阶段才开始发生，而在中国则几乎是同步发生的。其原因无他，全在于中国历史、文化现代转型的独特方式和价值体系异质性置换中所无法规避的文化认同危机。早在二十世纪初欧化倾向出现时，

---

① 《人的文学》，载《新青年》第 5 卷第 6 号。

② 《独秀文存》，上海亚东图书馆 1922 年版，第 91 页。

③ 钱玄同：《中国今后之文字问题》，载《新青年》第 4 卷第 4 号。

"国粹派"就迅即作出了反应。章太炎说得明白:"为什么提倡国粹?不是要人尊信孔教,只是要人爱惜我们汉种的历史。……近来有一种欧化主义的人,总说中国人比西洋人所差甚远,所以自甘暴弃,说中国必定灭亡,黄种必然剿绝。因为他不晓得中国的长处,见得别无可爱,就把爱国爱种的心,一日衰薄一日。若他晓得,我想就是全无心肝的人,那爱国爱种的心,必定风发泉涌,不可遏抑的。"[1] 足见得"国粹派"起而倡言"国粹",其目的就是以之消解已经发生的民族文化认同的危机。"新儒家"则是在文化认同危机中出现的一种更有意味的文化现象,其代表人物梁漱溟等企图在中西人文文化的会通处重新阐释儒学的要义与现代价值,所做的其实也是同一文化维度上的努力。这一派流传长远,播及海内外,就其努力"大致而言,新儒家为他们信仰之皈依的人文精神赋予社会意义所作的尝试努力,较之他们证成这个人文主义的形而上学意涵——换言之,证成道德行动有本体论意义——所作的努力,其成果是逊色的"[2]。如果说"新儒家"从一战后欧洲出现的文化危机和文化反思中获得了信心上的支持,那么"学衡派"则是直接引进了美国白璧德新人文主义的观念来认同中国传统儒学的人文精神,这派主张虽因与启蒙主导观念的直接交锋而处境难免尴尬,但其影响却也是在学界的发展中颇能见其脉络的。而发生于1923年的"科玄论战",则是人文主义与科学主义在人生观层面上的直接冲突。张君劢直陈人生观之人文属性非科学所能为力,并借欧洲之势申言:"抑知一国偏重工商,是否为正当之人生观,是否为正当之文化,在欧洲人观之,已成大疑问矣。欧战终后,有结算二三百年之总账者,对于物质文明,不胜务外逐物之感。厌恶之论,已屡见不一见矣。"[3] 丁文江则奋起反击,坚信"科学方法是万能"的,且

---

① 《东京留学生欢迎会演说词》,载《章太炎政论选集》上册,中华书局 1977 年版,第 276 页。

② 傅乐诗(Charlotte Furth):《现代中国保守主义的文化和政治》,载《港台及海外学者论近代中国文化》,重庆出版社 1987 年版,第 218—219 页。

③ 张君劢:《人生观》,载《清华周刊》1923 年第 272 期。

对欧洲出现的文化转势进行了批评："在德法两国都有新派的玄学家出来宣传他们的非科学主义，间接给神学做辩护人。德国浪漫派的海格尔的嫡派，变成忠君卫道的守旧党，法国的柏格森拿直觉来抵制知识，都是间接直接反对科学的人。"①这次论辩，论辩双方持论的不周延甚至失之于偏激虽明显可见，但却是首次在人生观层面上将人文主义与科学主义对阵列出，而其中所显现出来的文化、思想史价值，以及中国所谓正反两种文化价值观念的选择与欧洲现实文化走势适成逆向构成的复杂状态，都很值得人们认真地品味。纵览百余年来，不论历史的主潮如何跌宕流转，历史的选择如何转换更替，现代人文主义思潮或急或缓或明或暗，始终都在发挥着自己独到的作用。这应该是不争的事实。

如果说上述对抗还只是发生在人们一向习惯指称的"新"与"旧"之间，或者说是新文化阵营的内与外之间，彼此之间的界限还是大致清晰的，那么，启蒙阵营新文化观念自身所呈现出来的庞杂与矛盾，则使问题表现出了更多的特异性与复杂性。在中国历史、文化现代转型的特殊历史情势中，启蒙主义者对欧洲文化思想观念的接受既博又杂，可以说是从文艺复兴时期的人本主义到启蒙时期的理性主义到十九世纪的科学主义乃至到二十世纪的各色现代主义，统统被兼收并蓄过来。从表面上来看，这些本身其实并不兼容的各种观念因其都能与中国传统文化各各找到性质相异的对应点，而均能被历史功利主义的原则加以统合，作为可以用以"攻玉"的"他山之石"，并不碍于启蒙文化观念组合的有机性。但是撕开来看，其内蕴的矛盾却是交错而深刻的。从借鉴来的思想资源来看，文艺复兴时期的感性生命肯定、托尔斯泰的人道主义，还有被视为颓废的世纪末情绪等等，怎么能和理性主义、科学主义、个性主义等观念熔为一炉呢？从中国现代启蒙主义者对这些观念的理解来看，也彼此有所不同甚至是易变

① 《玄学与科学》，载《努力周报》1923 年第 48、49 期。

的。陈独秀认为，一切都应在科学之光的彻照之中，主张"以科学代宗教"；而蔡元培则强调"美"的超越性，认为"纯粹之美育，所以陶冶吾人感情，使有高尚纯洁之习惯，而使人我之见、利己损人之思想，以渐消沮者也"，故主张"以美育代宗教"。① 有意思的是，陈独秀后来也一改前态，倡导起信仰基督教来："基督教的'创世说''三位一体说'和各种灵异，大半是古代的传说、附会，已经被历史学和科学破坏了，我们应该抛弃旧信仰另寻新信仰。新信仰是什么？就是耶稣崇高的、伟大的人格和热烈的、深厚的感情。""这种根本教义，科学家不曾破坏，将来也不会破坏。"② 这显然是一种进步，说明他已认识到人之信仰伦理的不可或缺。即使在批孔这一最为核心也最为尖锐的问题上，情况也不是像他们在批判言辞中所表现的那么彻底。他们对儒家伦理中更为意识形态化的社会伦理层面的"礼教"和"仁学"中表现为普遍主义的道德价值态度是有所不同的。③ 正如陈独秀在答读者信中所说："论者之非孔，非谓其温良恭俭让信义廉耻诸德及忠恕之道不足取：不过谓此等道德名词，乃世界普遍实践道德，不认为孔教自矜特有者耳。……唯期期以为孔道，为害中国者，乃在以周代礼教齐家治国平天下，且以为天经地义，强人人之同然。否则为名教罪人。"④ 中国的启蒙主义者，虽经欧风美雨的主体性改塑，但其在本土人文教化传统中积淀而成的内在文化人格，是不可能被连根拔除的，所以即使在面对最直接的批判对象时，也很难将其深在的人文精神之根一齐斩断。

在中国现代启蒙主义观念中，人道主义是一个重要的组成内容。但人道主义是一个内涵比较宽泛的概念，它既可以从启蒙的主导观念中获得解释，如对"人""人权""个性主义"等概念所作的阐释，就

---

① 蔡元培：《以美育代宗教说》，载《新青年》第3卷第6号。

② 《独秀文存》，上海亚东图书馆1922年版，第283、286页。

③ 参见高瑞泉主编《中国近代启蒙思潮》，华东师范大学出版社1996年版，第276页。

④ 《独秀文存》，上海亚东图书馆1922年版，第741页。

主要是在法理性的层面上或者说在更为意识形态化的社会伦理层面上进行的。现代启蒙中对所谓"人"的发现，主要也是表现在对人之作为"个性主体"与"历史主体"的主体性自觉和对这一自觉的期待。另一方面，它又可以成为传统性人文内涵的载体，侧重于表现的却正是"悲天悯人""博施济众"方面的观念与情怀，五四启蒙时期对托尔斯泰人道主义的推崇与传播便是很好的说明。鲁迅坦言自己内心处有这种人道主义，李大钊也曾由衷地肯定托尔斯泰"倡导博爱主义，传播博爱之福音于天下"[①]，对于俄国社会主义道德基础形成的重要作用。特别应予提出的是，在五四启蒙运动发展的过程中，也就是当人们已从传统文化的批判渐次转向侧重于对理想的"人的生活"及其实现途径的思考和寻索时，无政府主义、空想社会主义和新村主义等思潮大量涌入，尤其是以其交叉鼓吹的"互助文化"对"竞争论"的取代，客观上将人道主义问题更为凸显出来，且在无形中呈现出向托尔斯泰式人道主义倾斜的倾向。其中，尤以新村主义的影响为巨。自1919 年 3 月周作人在《新青年》上发表《日本的新村》一文后，在新文化阵营中反响极为热烈，迅即形成了一种颇具声势的社会思潮。源自日本武者小路实笃的"新村主义"，标榜"互助主义"与"泛劳动主义"，试图以自给自足的劳动方式来实现理想的"人的生活"。周作人说："这种理想，从前已经有人想到，如托尔斯泰所说的原始基督教徒的生活，同他实行的泛劳动主义就是。"[②] 当然，他认为目下的新村实验，在对待工具与文化的态度上实在又比托氏前进一截，新村的精神在他心目中几乎臻于完美。当时思想界、文化界的人们受到很大的鼓舞，许多人都以为找到了精神立足点和如何前行的路径。李大钊就曾紧跟着发表了自己的意见，主张"精神改造运动"，认为所谓"精神改造运动，就是本着人道主义的精神，宣传'互助''博爱'的道理，改造现代堕落的人心，使人人把'人'的面目拿出来对他的同胞"[③]。

① 《阶级竞争与互助》，载《李大钊文集》，人民出版社 1984 年版，第 98 页。
② 《新村的精神》，载 1919 年 11 月《民国日报》。
③ 《"少年中国"的"少年运动"》，载《少年中国》1919 年 9 月第 1 卷第 3 号。

即使在新村运动作为一种社会改造的实践形式（在中国更多的是以"互助工读团"的形式出现的）必然落败之时，不少人对新村精神依然极力予以肯定，认为"本着人道主义神髓，宣传互助、博爱的道理，改造现代人心的堕落"[①]，还是行之有效的精神改造之途。周作人也强调说："即使照现状看去，一时没有建立新村的希望，但能正当理解新村的精神，改去旧来谬误的人生观，建立新道德的基本，也就利益很大了。"[②] 其实，周作人及其众多现代知识者、求索者对这种精神价值的虔诚认同，即使在现在，我们也不能因相对于"历史主潮"的选择所显现出来的"迂阔"而予以否定。虽然看起来这不过是由外来刺激所引发的思想波澜和实践性尝试，而且事实也证明了它与生俱来的乌托邦性质，但是，如果不是因其搔到了中国现代知识者、求索者的"痒处"，那是无论如何也不会在中国演绎得如此有声有色的。究其实质，这正是在五四启蒙运动落潮时由其基本观念在人文精神方面的严重缺失所必然引发的人文主义的思潮，一种历史结构性调节中的补偿性寻找和追求。

可是我们必须要说的是，在中国历史、文化现代转型过程中，其价值取向和行为方式的决定性力量，毕竟来自于"救亡图强"这形成独特历史机制深在动力源的历史要求。尽管如上所述，现代启蒙观念从一开始便引发了人文主义方面的质疑与抗衡，尽管在其内部也存在着多义性的文化内涵并形成了内在的歧异、变易甚至衍生出分化倾向，但一方面由于其主导观念的理性主义、科学主义倾向本身即有的统合主义的内质，一方面则是因其占有历史先机和对历史担责的正义性所必然秉有的自信与霸气，势必使人文主义不仅不可能成为历史范畴中基本变革途径的选项，而且，即使在文化价值层面上也很难占到上风。当然造成这一结果的更重要的原因，还是人文文化自身的基本特质与规约性，已然先在地决定了它在历史变革中人文性持守的角色

---

① 邰光典：《文化运动中的新村谭》，载《新人》1920 年 8 月第 1 卷第 4 期。

② 《新村的精神》，载 1919 年 11 月《民国日报》。

地位和发挥制衡互动作用的独特方式。正因如此，一旦被人们察觉启蒙主义的冲击在历史规定的向度内已难以为继，其对历史整体变革目标的期许已成为虚幻时，历史变革的新选项便迅即出台，那便是曾延续了半个世纪之久的轰轰烈烈的政治革命的开始。历史在这里选择了以武器的批判替代批判的武器，但其批判性和理念指向上的统合主义倾向却有着内在的一致性，而且比较而言，政治革命以其所拥有的政治手段，具有比启蒙运动远为有效的排异力与整合力。因此，在政治革命时期，人文文化只能是被抑制和被改造的对象，其被认可的部分如忠孝诚信友爱等也必须被纳入社会伦理层面而被作出阶级意识形态方面的解释。可就是在这一时期，人文主义作为一种潜在的潮流，也并没有终止它的涌动。其常态的表现方式是在意识形态的基本规约内，作为一种张力性结构必不可少的制衡性因素而存在。虽然有时由内在的历史蓄势所致，破栏而出，一抒胸臆，但这种反弹式的越轨行为所带来的后果却只能是更见严厉的批判与否弃。逝去并不太远的历史表明，一旦以政治的整合力挤去所有的人文性成分，这种政治必然走向极端而失去所有的活力。"文革"的开始与终结，便是明证。及至到了历史的新时期，随着以经济建设为中心的社会发展新格局的出现，上述情况相应发生了深刻的变化。在历史主导观念建构的支点由政治变革转变为经济变革的过程中，其对人文主义的态度和作用已与前大不相同。原先那种政治革命的观念内涵和统合主义的价值指向，已为"以经济建设为中心"这一新的历史要求和历史格局所改变，人文主义所主要面对的，也由政治的统合力变换成了商品经济大潮中流行观念对人文文化无所不在的巨大消解力。当然，我并不是说思想启蒙的、革命政治的观念和发挥其统合性作用的社会性欲求已不复存在（事实上，部分知识者对启蒙立场的持守和执政者对政治性基本规范的一再重申，都正说明历史的复杂性及其复杂构成的合理性），而只是要说明，由商品经济大潮所滋生的唯实唯利的价值观、人生观，业已成为人文精神最为严重的异化力量，而近些年来人文主义思潮的复涌与高涨，则正是对这一严峻趋势的对应性抗衡。相对宽松的政治环境（经济的开放发展所必须具备的前提）和对于建设和谐社会的决策性自觉，也为人文精神的高扬提供了相应的发展空间和合理性认同的保障。这不能不说是历史发展的一个新的契机的出现。

　　中国历史、文化现代转型中人文主义与代表历史推进力量的主导性观念的种种复杂纠葛与对峙，不能不反映在以人文属性为根本归属的文学领域中。特别是自现代启蒙运动始，为历史变换着选择的所有主导性变革行为，无不把文学视为其实施变革的工具，且因其独特的艺术感化力而对其尤为属意。而这，则愈加凸显和激化了这种抗衡在文学领域中的表现。现代启蒙强调以科学律定文学，甚至鼓吹"方今科学输入中国，违反科学之文，势不相容，利用科学之文，理必孳育。此则天演公例，非人力所能逆从者矣"[①]；强调新文学对新思想的承载与宣传的意义。政治革命则将文学事业视为革命事业的齿轮与螺丝钉，以阶级论否定人性表现的普遍性，要求文学成为政治和阶级斗争的工具。这两种偏至性的倾向虽然先后已被历史消解，但作为两种基本范型的思维模式和由其所形成的心理印迹，却是迄今依然不绝如缕的。在经济建设成为历史发展的中心环节后，从解读历史意义的角度来营造文学的世界，仍是文学界对承担历史使命的基本理解，虽然它又同时受到了如潮水一般袭来的大众消费文化的挤压。始终围绕着历史变革的主导线索构建而成的文学景观，可以说百年来一直占据着文坛的中心。这种文学以对主导性历史变革意义的阐释为己任，力求从与世界相一致的对历史的现代性追求中，或者说在与历史进步意义的同构中实现自身的价值，自有其独特的历史价值乃至文学价值所在。而对历史现代性持质疑态度，表现为人文主义倾向的文学观念和创作，则构成了另一种别具风采的文学景观。长期以来，这类文学中有的作者因持有与主流文学异质性的文学立场一直处于被排斥、被贬

---

① 傅斯年：《文学革新申议》，载《新青年》第 4 卷第 1 号。

抑的地位。有的作者虽然在某类或某时期创作中表现出了深刻而丰富的人文主义内涵，但也终因其为文学主流中人而被误读遮蔽了其真正的价值。它们没有主流文学那种搏击于历史潮流中的弄潮者的感受与荣光，也没有对历史开拓前行的力量作出些什么实用性承诺，然而，它们却自甘边缘或自甘孤独地信守着原属于文学的根本信念，关注着时变与永恒。海明威曾经说过一段很深刻的话，他说："写作，在最成功的时候，是一种孤寂的生涯。作家的组织，固然可以排遣他们的孤独，但是我怀疑它们未必能够促进作家的创作。一个在人稠广众之中成长起来的作家自然可以免除孤苦寂寥之虑，但他的作品往往流于平庸。而一个在岑寂中独立工作的作家，假若他确实不同凡响，就必须天天面对永恒的东西，或者面对缺乏永恒的状况。"[1] 其实早于他，为我们主流现实主义文学所看重的巴尔扎克，也明确强调过文学必须坚持对"人类事务"的"某种抉择"的原则的绝对忠诚，尽力写出为"许多历史家忘记了写的那部历史"，"看看各个社会在什么地方离开了永恒的法则，离开了真，离开了美"。[2] 这两位西方作家的夫子自道，恰恰印证了中国现代人文主义文学选择的合理性，只不过中国的这种文学又与之不同，它们是在中国复杂历史情势中孕生的一种文学追求与实践，有其自身的特点。但惟其复杂，我们更应该明辨它们的价值，对由其所呈现的有别于主流文学的另一意义领域的价值给予充分的认同。

二

中国现代人文主义在文学领域的表现，丰富而多样，但就其比较显明的倾向而言，则可以概括为以下几种类型：

一种类型是以传统乡土生活的想象抗衡现代都市文化。

---

[1] 董衡巽选编：《海明威谈创作》，三联书店 1986 年版，第 25 页。
[2] 《〈人间喜剧〉前言》，载《文艺理论译丛》1957 年第 2 辑。

在中国现代文学中，沈从文是一个敢于公开对主导性观念叫板的特色作家。在《〈凤子〉题记》中，一起笔他就"异帜"高张："近年来一般新的文学理论，自从把文学作品的目的，解释成为'向社会即日兑现'的工具后，一个忠诚于自己信仰的作者，若还不缺少勇气，想把他的文字，来替他所见到的这个民族较高的智慧，完美的品德，以及其特殊社会组织，试作一种善意的记录，作品便常常不免成为一种罪恶的标志。""本书的写作与付印，可以说明作者本人缺少攀援这个时代的能力，而俨然还向罪恶进取，所走的路又是一条怎样孤僻的小路，故这本书在新的或旧的观点下来批判，皆不会得到如何好感。……惟本人意思，却以为目前明白了把自己一点力量搁放在为大众苦闷而有所写作的作者，已有很多人，——我尊敬这些人，也应当还有些敢担当罪恶，为这个民族理智与德性而来有所写作的作者——我爱这些人！不吓怕与罪恶为缘的读者，方是这一卷书最好的读者。"到了写作《边城》时，他再次表述了自己的立场："照目前风气说来，文学理论家，批评家，及大多数读者，对于这种作品是极容易引起不愉快的感情的。前者表示'不落伍'，告给人中国不需要这类作品，后者'太担心落伍'，目前也不愿读这类作品，这自然是真事。'落伍'是什么？一个有点理性的人，也许就永远无法明白，但多数人谁不害怕'落伍'？我有句话想说：'我这本书不是为这种多数人而写的。'"他甚至还表示："这个作品即或与当前某种文学理论相符合，批评家便加以各种赞美，这种批评其实仍然不免成为作者的侮辱。他们既不想明白这个民族真正的爱憎与哀乐，便无法说明这个作品的得失，——这本书不是为他们而写的。"这种态度乍一看来似乎叫人无法理解其倔强，对其一开始便另有异志的做法也难免心生疑虑，但只要看看他在下文中所倾吐的衷曲，便不难理解其深在的企望了。他说，他这本书是准备给一些并无深在成见的人看的，是给那些"极关心全个民族在空间与时间下所有的好处与坏处"的人去看的。接着便自抒怀抱：

我所写到的世界，即或在他们全然是一个陌生的世界，然而他们的宽容，他们向一本书去求取安慰与知识的热忱，却一定使他们能够把这本书很从容读下去的。我并不即此而止，还准备给他们一种对照的机会，将在另外一个作品里，来提到二十年来的内战，使一些首当其冲的农民，性格灵魂被大力所压，失去了原来的朴质，勤俭，和平，正直的型范以后，成了一个什么样子的新东西。他们受横征暴敛以及鸦片烟的毒害，变成了如何穷困与懒惰！我将把这个民族为历史所带走向一个不可知的命运中前进时，一些小人物在变动中的忧患，与由于营养不足所产生的"活下去"以及"怎样活下去"的观念和欲望，来作朴素的叙述。我的读者应是有理性，而这点理性便基于对中国现在社会变动有所关心，认识这个民族的过去伟大处与目前堕落处，各在那里很寂寞的从事于民族复兴大业的人。这作品或者只能给他们一点怀古的幽情，或者只能给他们一次苦笑，或者又将给他们一个噩梦，但同时说不定，也许尚能给他们一种勇气和同情心！[1]

　　要想了解沈从文相关的或者说系统性的诸种观念与建构，不可不读一下小说《凤子》。严格说来，从多年流行的小说观念来看，这不是一部规范的甚至不能说是一部成功的小说，因为里面的人物大多具有符号化的倾向，连一个偏僻之地的堡主都能比哲学家还哲学家地高谈阔论，但对神性自然与生命本真的元气淋漓的气氛营造与诗意抒写，对类似然而却胜似哲学思辨录的城乡文化对话在这一特定氛围中的率性表达，读来自会有一种动情动意的别样效果。《凤子》中先是在××省××岛海滨一老一少男女二人的对话，后又转入湘西边地

---

① 《〈边城〉题记》，载《沈从文全集》第 8 卷，北岳文艺出版社 2002 年版，第 59 页。

堡主与城里客人的一系列触景生情的交谈，内容涉及自然与人、神性与科学、传统人文与艺术等多方面相关的问题，听来确为别发"异声"，十分新鲜。比如，在××岛海滨那个隐者对凤子关于我们自己能否支配自己这一问题的回答：

> 谁能够支配自己？凤子。……是的，哲学就正在那里告给我们思索一切，让我们明白：谁应当归神支配，谁应当由人支配。科学则正在那里支配人所有的一部分。但我说的是另外一件东西，你若多知道一点，便可以明白，我们并无能力支配自己。一切还都是有一只看不见的手在捉弄，一切都近于凑巧。

又如笔触转入湘西后堡主就"神即自然"与科学关系的话题对城市客人的解答：

> 老师，你问得对。但我应当告诉你，这不会有什么矛盾的。我们这地方的神不像基督教那个上帝那么顽固的。神的意义想我们这里只是"自然"，一切生成的现象，不是人为的，由他来处置。他常常是合理的，宽容的，美的。人做不到算是他所做，人做得的归人去做。人类更聪明一点，也永远不妨碍到他的权力。科学只能同迷信相冲突，或被迷信所阻碍，或消灭迷信。我这里的神无迷信，他不拒绝知识，他同科学无关。科学即或能在空中创造一条虹霓，但不过是人类因历史进步聪明了一点，明白如何可以成一条虹，但原来那一条非人力的虹的价值还依然存在。

在作者所倾力描绘的"神性自然"和与之相生相契的人性社会的情景中，这种对话与情景互证，其精神贯穿全篇。城市客人则正是在这样的情境中，即他所说的"正生活在一个想象的桃源里"，大受触动，观念亦为之大变。他在给友人的信中有了一种全新的表达：

> ……老友，我们应当承认我们一同在那个政府里办公厅的角上时，我们每个日子的生活，都被事务和责任所支配；我们所见的只是无数标本，无量表格，一些数目，一堆历史：在我们那一群同事方面的脸上，间或也许还可以发现一个微笑，但那算什么呢？那种微笑实在说来是悲惨的，无味的，那种微笑不过说明每一个活人在事务上过分疲倦以后，无聊和空虚的自觉罢了。在那种情形下，我们自然而然也变成一个表格和一个很小的数目了。可是这地方到处都是活的，到处都是生命，这生命洋溢于每一个最僻静的角隅，泛滥到各个人的心上。一切永远是安静的，但只需要一个人一点点歌声，这歌声就生了无形的翅膀各处飞去，凡属歌声所及处，就有光辉与快乐。我到了这里我才明白这是一个活人，且明白许多书上永远说得糊涂的种种。

"城里的客人"在看完苗人敬神仪式的表演后，对王杉堡总爷发表了一通关于"神"与艺术的新认识，读来也觉新奇且多有启发：

> ……我自以为是个新人，一个尊重理性反抗迷信的人，平时厌恶和尚，轻视庙宇，把这两件东西外加上一群到庙宇对偶像许愿的角色，总拢来以为简直是一出恶劣不堪的戏文。在哲学观念上，我以为神之一字在人生方面虽有它的意义，但它已成历史的，已给都市文明弄下流，不必须存在，不能够存在了。在都市里它竟可说是虚伪的象征，保护人类的愚昧，遮饰人类的残忍，更从而增加人类的丑恶。但看看刚才的仪式，我才明白神之存在，依然如故。不过它的

庄严和美丽，是需要某种条件的，这条件就是人生情感的素朴，观念的单纯，以及环境的牧歌性。神仰赖这种条件方能产生，方能增加人生的美丽。缺少了这些条件，神就灭亡。我刚才看到的并不是什么敬神谢神，完全是一出好戏，一出不可形容不可描绘的好戏。是诗和戏剧音乐的源泉，也是它的本身。声音颜色光影的交错，织就一片云锦，神就存在于全体。在那光景中我全然见到了你们那个神。我心想，这是一种如何奇迹！我现在才明白你口中不离神的理由。你有理由。我现在才明白为什么二千年前中国会产生一个屈原，写出那么一些美丽神奇的诗歌，原来他不过是来到这地方的风景记录人罢了。屈原虽死了两千年，九歌的本事还依然如故。若有人好事，我相信还可以从这口古井中，汲取新鲜透明的泉水！

沈从文的意思在以上引文中表达得够清楚了，用不着我再来饶舌做什么阐释。《凤子》可以看作是沈从文创作倾向的纲领性表达，而《边城》则是其着意打造的一个生命与人性自然生存的亦真亦幻的艺术化的"理想国"。先于《边城》，在《凤子》中作者就说过湘西这个故事的发生地，是"以另外一个意义无所依附而独立存在"，到了《边城》，又强调说这是"中国另外一个地方另外一种事情"[1]，即汪曾祺所说的"《边城》是大城市的对立面"[2]。

在这部小说中已没有《凤子》中那样醒目直白的哲学对话，全凭更为确定也更为小说化的叙述与铺写，为人们创造了一个从未受过都市文化浸染的山水清丽、人性真淳、民风古朴的边城故事。故事中

---

[1] 《〈边城〉题记》，载《沈从文全集》第8卷，北岳文艺出版社2002年版，第59页。

[2] 《又读〈边城〉》，载《汪曾祺文集·文论卷》，江苏文艺出版社1993年版，第99页。

没有人性的缺憾，美丽的哀愁也只是人性的善意所演绎出的悲剧。难怪刘西渭在评价《边城》时先要谈论能与之对话的批评标准问题，他指出："在文学上，在性灵的开花结实上，谁给我们一种绝对的权威，掌握无上的生死？因为，一个批评家，第一先得承认一切人性的存在，接受一切灵性活动的可能，所有人类最可贵的自由，然后才有完成一个批评家的使命的机会。"据此，他对《边城》说："这不是一个大东西，然而这是一颗千古不磨的珠玉。在现在大都市病了的男女，我保险这是一服可口的良药。"① 这确为切中肯綮之谈。

如果说《边城》追求的是"纯"与"安静"，那么《长河》所表现的就是"杂"与"扰动"了。沈从文在《长河》这部小说的《题记》中谈到了家乡的变化，指出："表现上看来，事事物物自然都有了极大进步，试仔细注意注意，便见出在变化中那点堕落趋势。最明显的事，即农村社会所保有那点正直素朴人情美，几乎快要消失无余，代替而来的却是近二十年实际社会培养成功的一种唯实唯利庸俗人生观。敬鬼神畏天命的迷信固然已经被常识所摧毁，然而做人时的义利取舍是非辨别也随同泯没了。'现代'二字已到了湘西，可是具体的东西，不过是点缀都市文明的奢侈品，大量输入，上等纸烟和各样罐头，在各阶层间作广泛的消费。抽象的东西，竟只有流行政治中的公文八股和交际世故。"因此，他要在《长河》这部小说中，"用长河流域一个小小水码头作背景"，就他"所熟习的人事作题材，来写写这个地方一些平凡人物生活上的'常'与'变'，以及在两相乘除中所有的哀乐"。若拿《长河》与《边城》作对比，变化是相当大的。《边城》写的是茶峒一地的人和事，而《长河》则以吕家坪码头为中心，辐射、统摄萝十溪、枫树坳等各地，结构撒开了，新的行政贸易与人际关系也被凸现出来。"世界在变"已成为使用频率较多的词语，这里的老水手已不是《边城》中那个用不着思考的老船工，这里

---

① 《〈边城〉——沈从文先生作》，载《李健吾创作评论选集》，人民文学出版社1984年版，第447页。

的码头也失去了彼时互相谦让的淳朴民风，而驻守的治安队则失去了那种融为民众中一员的旧时风貌。而这些新的因素、新的关系和新的角色面貌，在社会进步的同时，又无一不是破坏传统、趋向于堕落的因子。作者自述："作品设计注重在将常与变错综，写出'过去''当前'与那个发展中的'未来'，因此前一部分所能见到的，除了自然景物的明朗，和生长于这个环境中几个小儿女性情上的天真纯粹还可见出一点希望，其余笔下所涉及的人和事，自然便不免黯淡无光。尤其是叙述到地方特权者时，一支笔即再残忍也不能写下去，有意作成的乡村幽默，终无从中和那点沉痛感慨。"① 由此我们真切感受到了沈从文在"关注民族品德的消失与重造"方面的内在焦虑与持守。

其实不仅沈从文，有着这种感受的作家还大有人在，应该说是一个比较普遍的现象。刘西渭就说过："我先得承认我是个乡下孩子，然而七错八错，不知怎么，却总呼吸着都市的烟氛。身子落在柏油马路上，眼睛触着光怪陆离的现代，我这沾满了黑星星的心，每当夜阑人静，不由想望绿的草，绿的河，绿的树和绿的茅舍。"② 萧乾在解释到《篱下集》时，也明确表示："《篱下》企图以乡下人衬托出都会生活。虽然你是地道的都市产物，我明白你的梦，你的想望却都寄托在乡村。"③ 师陀则是将在上海的生活感受表达为"流落洋场，如釜底游魂，如梦如魇"④，所以在《果园城记》这篇小说中，"我"一到果园城首先想做的，便是"我要用脚踩一踩这里的土地，我怀想着的，先前曾经走过无数次的土地"。在"我"的感受里，"这里的一切全对我怀着情意"：

① 《〈长河〉题记》，载《沈从文全集》第 10 卷，北岳文艺出版社 2002 年版，第 7 页。
② 《〈画廊集〉——李广田先生作》，载《李健吾创作评论选集》，人民文学出版社 1984 年版，第 474 页。
③ 《给自己的信》，载《水星》第 1 卷第 4 期。
④ 《〈果园城记〉序》，载《师陀全集》第 1 卷（下），河南大学出版社 2004 年版，第 452 页。

这里的每一粒沙都留着我的童年，我的青春，我的生命。就在这岸上，我曾无数次背了晚风坐着，面向将坠的红红的落日。你曾看见夕阳照着寂静的河上的景象吗？你曾看见夕阳照着古城树林的景象吗？你曾看见被照得嫣红的帆在慢慢移动着的景象吗？那些以船为家的人，他们沿河顺流而下，一天，一月……他们直航入大海。春天过去了，夏天过去了，秋天也过去了，他们从海上带来像龙女一样动人的消息。

在被这些文字所感动的共鸣中，我们可以了解，作者在这里，为自己的乡土生活情景的想象所产生的该是一种什么样的生命慰藉与向往。诗人穆旦更是将现代都市文明对生命的异化力视为"蛇"的第二次诱惑。在《蛇的诱惑——小资产阶级的手势之一》一诗中，他在诗行的前面写下了这样一段令人惊悚的文字：

创世以后，人住在伊甸乐园里，而撒旦变成了一条蛇来对人说，上帝岂是真说，不许你们吃园当中那棵树上的果子么？

人受了蛇的诱惑，吃了那棵树上的果子，就被放逐到地上来。

无数年来，我们还是住在这块地上。可是在我们生人群中，为什么有些人不见了呢？在惊异中，我就觉出了第二次蛇的出现。

这条蛇诱惑我们。有些人就要放逐到这贫苦的土地以外去了。

在穆旦看来，抵制和消弭这场劫难的途径，就是他在《阻滞的路》中所说的："我要回去，回到我已失迷的故乡／趁这次绝望给我引路，在泥淖里／摸索那为时间遗落的一块精美的宝藏。"在中国现代作家中，沈从文多次强调自己是"乡下人"，许多人也都以"乡下人""地之子"之类的身份自居，以致成了现代文学中的一个特征，其中的深意是应该为我们所认真思考的。

在中国现代文学中，有许多对于旧时乡土情景和人性化氛围的倾情描绘和情感的依恋，这种对乡土性精神家园的文学想象，构成了中国现代文学中一道别有意味的文学景观。这些作家虽然各有其互不相同的创作个性和艺术追求，但他们的这种种表现都有着深在的精神走向的契合和一致性。被沈从文认为"同样去努力为仿佛我们世界以外那一个被人疏忽遗忘的世界，加以详细的注解，使人有对于那另一世界憧憬以外的认识"①的废名，就在《竹林的故事》《桃园》《菱荡》等一系列作品中，以极简约的文字又颇见纤细地为人们勾绘出一幅幅农村的生活图景。在他的笔下没有沈从文"湘西世界"的阔大和人际间漫溢着的真淳与自然的神韵，他的作品多是在一角自然中展现人物的苦乐和无迹可见而又处处透显着的以"平静"为底蕴的人生精神，内蕴的禅意与古典诗歌的意境相得益彰。对沈从文执弟子礼的汪曾祺，也是写作人性化乡野生活的能手。他既承续了沈从文笔下的性情与自然，但又少了一点沈氏作品中生命的灵动与飞扬，多了些内地边缘人生中的古朴与意趣。两者相比，沈从文对其描绘的世界是融入，汪曾祺则有着小有距离的主体性品位的保留，在他笔下呈现的是主体与对象互证认同的满足，可见出一点名士气。此外，在师陀、萧红、李健吾、萧乾、施蛰存等许多作家的作品中，都有着对与自己生命相关的乡土生活情景的出色描写，它们无不给读者留下深刻的印象和异常的感动。

周作人在讲到废名的小说时说："文学不是实录，乃是一个

---

① 《论冯文炳》，载《沈从文全集》第16卷，北岳文艺出版社2002年版，第150页。

梦。"① 废名也曾以"说梦"来谈论自己的创作，说"《竹林的故事》
《河上柳》《去乡》，是我过去的生命的结晶，现在我还时常回顾他一
下，简直是一个梦"②。以"回忆"的材料来做像"梦"一样的想象
和虚构，本是文学创作的普遍性特点，但上述人文主义作家在描绘乡
村故土生活时对"回忆"和"梦"的特别强调，则另有一种意味，实
际上是对自身特征的特别揭示。他们有意地要来表现"被疏忽遗忘的
世界"，这是一个遗落的"梦"，也是一个面对都市文明时的心灵渴
求。废名说："我有一个时候非常之爱黄昏，黄昏时分常是一个人出
去走路，尤其喜欢在深巷子里走。《竹林的故事》最初想以'黄昏'
为名，以一位希腊诗人的话做卷头语——'黄昏呵，你招回一切，光
明的早晨所驱散的一切，你招回绵羊，招回山羊，招回小孩到母亲的
旁边。'"③ 他所说的虽然只是一件旧事，但其中的寓意岂不正可喻示
上述的一切？因此，他们所描写的乡村故土的生活情景，既有令人心
驰神往的美丽与安宁，又大多有几分叫人情动的凄清与忧伤。而这
些，却又正是它们别具魅力的所在。

　　这种倾向的作品所写的人物、故事多是发生在具有浓重传统色彩
的小城镇中，以致在中国现代文学丰富多彩的文学想象中，形成了一
个醒目的"小城镇"的意象群落。沈从文的《边城》、师陀的《果园
城》、萧红的《呼兰河》、施蛰存《上元灯》中的故事发生地，它们或
南或北，虽景致各别，民风有异，但都属于小城镇，且总有某些共通
之处。废名写的似乎多在城郊，但他总是让他们的人物活动在城墙内
外的一个角隅，不会失去其与城相关的联系。《浣衣母》中李妈家的
茅草房"建筑在沙滩的一个土坡上，背后是城墙，左是沙滩，右是通
到城门的一条大路"；《竹林的故事》中三姑娘不上街看灯，但能听到
"敲在城里响在城外的锣鼓"；《菱荡》里的"陶家村在菱荡圩的坝上，

---

① 《〈竹林的故事〉序》，载 1925 年 10 月《语丝》第 48 期。
② 《说梦》，载 1927 年 5 月《语丝》第 133 期。
③ 《说梦》，载 1927 年 5 月《语丝》第 133 期。

离城不过半里，下坝过桥，走一个沙洲，到西城门"；《桃园》就更明白了，它的故事干脆就发生在城墙内的一角。这些小城镇都是作家幼时成长的故土，与其生命有着血脉相连的联系，它们事实上都已经先在地规定并模塑了作家们终生都难以彻改的心理文化基因和生命基质，成为世事沧桑中远行者的"乡魂"和精神家园。而这些小城镇，既无都市的浮华与喧嚣，也无未开化之地的粗野无文，它们处于都市与乡野之间，是近乎原生态的自然、丰饶的民俗传统与城镇型知识文化、价值观念建构互参共生的理想场域，也是亲和人文传统的知识者适宜的宁静安身之地，更是其构筑人文之梦的最佳选择。作为人文主义倾向的凭借，"小城镇"意象群落在文学想象中的浮出，实在是一种意味深长的现象。

值得一提的是，这类倾向的作品大都表现出对民间礼俗文化的极大亲和力，它们对民间的敬神仪式、节庆、庙会、集市、放河灯、野台子戏乃至婚丧嫁娶都有着特别的关注和出色的描绘。而一旦作家们游笔至此，便立即使人感受到一种充盈于字里行间的生命的内在张力、会通幽冥古今的心灵的悸动和人际间现世的温情及欢悦。汪曾祺说："我认为，民俗，不论是自然形成的，还是包含一定的人为的成分（如自上而下的推行），都反映了一个民族对生活的挚爱，对'活着'所感到的欢悦。它们把生活中的诗情用一定的外部的形式固定下来，并且相互交流，融为一体。风俗中保留一个民族的常绿的童心，并对这种童心加以圣化。风俗使一个民族永不衰老。风俗是民族感情的重要的组成部分。"[1] 这个话应该是他们共识性的表达。对于民俗，尤其是作为其基本内容的各种仪式，在"唯新"派看来可能是陈旧的，在"唯实利"派看来可能是虚饰，在"唯科学"派看来可能是愚妄，但其作为人文之维、审美之维的价值，是绝对不能忽视的。我想，一位美国学者讲的这段话可以供我们思考："我们可能忘了，仪

---

[1] 《谈谈风俗画》，载《汪曾祺文集·文论卷》，江苏文艺出版社 1993 年版，第 66 页。

式庆典中固有的程式化为人类在其整个历史中体验艺术提供了重要的契机，而这些艺术本身是重要的集体信仰和真理不可或缺的饱含情绪的强化刺激。在把这些当作太烦琐或太过时的东西抛弃之时，我们也就失去了艺术对生活的中心地位。于是，我们也就取消了古老的、自然形成的和经过时间检验的那些理解人类生存的方式。在整个人类历史中，艺术就是作为塑造和美化我们生活中重要而严肃的事件标示出来的过度的和超常的手段，我们放弃的与其说是我们的虚伪，还不如说是我们的人性。"①

就这类作家或这类作品所表现的理想情景而言，本来就是已经被历史遗落的东西，要想在现实中实现，几乎近于虚妄，但其作为一种人文主义的张扬，对于现实社会与历史整体性发展却又是具有实际裨益的。这一点又不当怀疑。只要人类历史没有到尽头，它的存在也就有其不可或缺的价值。到了当代，尤其是二十世纪八十年代末期以后，这一倾向再度成为非常引人注目的现象，就很说明了这个道理。

再一种类型是，对历史进化过程中弱势群体的同情与对人性异化趋势的关注。

在历史转型变化的时期，新的生产力的发展和生产关系的形成，是以对传统生产能力的超越性否定和对旧有生产关系与生存秩序的颠覆为伴生条件和必然结果的。而且，作为其正义性表述和信心支撑的新价值观念的确立与建构，又必定首先是以对传统人文伦理观念的否定为前提。这一切，道理自然简单明了，历史要前行总要有所破坏，有所丢弃，一句话，总要付出代价。可是就其对现实人生的影响而言，这一代价中却容含着新含义中的弱势群体的出现和人性异变趋势的发生。

首先受到影响的便是广大的农民。在现代生产与经营方式波及农村之后，一种新的灾难便接踵而至。刘西渭曾感叹：中国以农立

① 埃伦·迪萨纳亚克：《审美的人》，户晓辉译，商务印书馆 2004 年版，第 371 页。

国，传说中的第一首民歌（《击壤歌》）便是关于农耕的，"这表示快乐，也象征反抗，充满了独立自得的情绪。我们在这里听到一个黄金时代农人骄傲的自白"。可是，"经历了三四千年封建制度的统治，物质文明（工商的造诣）与享受的发扬开始把农人投入地狱。正常成了反常，基本成了附着，丰收成了饥荒"①。这当然会在文学中有所反映，那便是二十世纪三十年代前期一批反映农民生存危机的作品的出现，即如刘西渭所言："自从《春蚕》问世，或者不如说，自从农业崩溃，如火如荼，我们的文学开了一阵绚烂的野花，结了一阵奇异的山果。在这些花果之中，不算戏剧在内，鲜妍有萧红女士的《生死场》，功力有吴组缃先生的《一千八百担》，稍早便有《丰收》的作者叶紫。"②但应指出，鉴于当时特殊的历史情况和语境，这些作品大多是被纳入主导性认识范围内作社会分析表现的，如《春蚕》《丰收》等均属此类，即便是《一千八百担》也大略属于这种类型。这类作品的题旨当另有归属，虽然它们的反映中也客观地显现出了我们所关注的历史性倾向，而且艺术上也有其独到的创造。还有的是被长期误读，如《生死场》，就一向被作着社会政治方面的解读，直到近几年，对其更具根本意义的对人性与生命生存状况的关注，才有了新的认识。

这种影响在城市中的反应应该说是更为敏感而深刻的，尤其是在对弱势群体生存状态方面所产生的影响就更见显著。在中国现代文学中，能称得上现代"城市文学"的作品实在数量有限，但在大家所给定的这一概念视域之外，却存在着大量的以表现城市中这一人生倾向为内容的作品，其中所涉及的人生内容的丰富与复杂和所包蕴的人文意义的新警与深广，皆已达至空前的高度，正是为新文学增加了特别辉煌的一笔。

---

① 《叶紫的小说》，载《李健吾创作评论选集》，人民文学出版社 1984 年版，第 513 页。

② 《叶紫的小说》，载《李健吾创作评论选集》，人民文学出版社 1984 年版，第 517 页。

谁都知道老舍擅长描写北京的市民社会，但若准确一点说，为其所特别关注的则是历史转型中北京市民人生的艰难与变异，他写过一个短篇小说《老字号》，篇幅虽短而意味深长。在新兴的市场竞争中，老字号"三合祥"颇具君子之风的传统经营方式已难以为继，新聘的周掌柜来了还没有两天，就"要把三合祥改成蹦蹦戏的棚子：门前扎起血丝糊拉的一座彩牌，'大减价'每个字有五尺见方，两盏煤气灯，把人们照得脸上发绿，这还不够，门口一档子鼓洋号，从天亮吹到三更；四个徒弟，都戴上红帽子，在门口，在马路上，见人就给传单……"你看不顺眼吗？那好，到年终一算，生意还就是没赔！周掌柜为利益驱使"跳槽"后，钱掌柜重新入主"三合祥"，和伙计辛德治企图力挽"颓风"，结果是过了一年，"三合祥"就倒给为周掌柜领东的"天成"了。就像辛德治所感觉到的"年头是变了"，"老规矩"已成了"永难恢复的东西"。这篇小说无异于是对人性化经营传统的一曲为之无奈而又为之扼腕的挽歌，而为其所指涉的意义又远远超出于商业经营范围之外。社会变动和老北京的种种"改良"固然对社会的方方面面都会有所影响，但其负面作用乃至灾难性后果的主要承受者却是生活于社会底层的那些普通人和劳动者，而这才是老舍创作真正予以关注的基本内容。如果说《月牙儿》以低回凄婉的倾诉，表现了母女两代人无论如何努力，都只能在承受灵肉双重苦难的悲剧中越陷越深的命运遭际；那么，《我这一辈子》则是以质朴的口语，自诉了"我这一辈子"挣扎挪移而仍是脱不了每况愈下、贫苦终老的命运和难解的不平。《我这一辈子》中的"我"，本来靠装裱手艺为生，但"年头真是变了"啊，有钱人"房子改为洋式的，棚顶抹灰，一劳永逸；窗子改成玻璃的，也用不着再糊上纸或纱。什么都是洋式好，要手艺的可就没了饭吃"。他说："我们自己也不是不努力呀，洋车时行，我们就照样糊洋车；汽车时行，我们就糊汽车，我们知道改良。可是有几家死了人来糊一辆洋车或汽车呢？年头一旦大改良起来，我们的小改良全算白饶，水大漫不过鸭子去，有什么法儿呢？""我"这一辈子由做装裱匠到改做巡警再到去河南做警察，越过身子越往下出溜，因为"年头儿的改变不是个人所能抵抗的，胳臂扭不过大腿去"。

　　老舍在这方面最有代表性也最具深刻意义的还当数《骆驼祥子》。它告诉人们，在社会的变动和"改良"中，祥子无论如何努力，也无法从贫穷中自救，而更严重的是人性的异化和精神的无可挽回的堕落。无论过去人们对它进行过怎样的阐释，但只有这才是它真正的题旨。祥子的故事依然是发生在北京，但这时的北京"已渐渐失去原有的排场，点心铺中过了九月九还可以买到花糕，卖元宵的也许在秋天就下了市，那二三百年的老铺户也忽然想起作周年纪念，借此好散出大减价的传单……经济的压迫使排场去另找出路，体面当不了饭吃"。在这变动期的无序中，由历史的必然变革而催生的各种正常和不正常的改良和变异都在实际上滋生着祥子之类底层劳动者的不幸。祥子本是乡下人，因失去父母和田地，"带着乡间小伙子的足壮与诚实"流入北平，他像一棵树那样坚壮而有生气，即使是拉洋车也能证明出他的能力和聪明，"仿佛就是在地狱里也能作个好鬼似的"。然而，这儿并没有为他提供一个良性生存的环境。环绕于他周围的，无论是"改了良"的刘四爷父女，还是由"孙排长"摇身一变而成的"孙侦探"，抑或是思想更为激进却又告发了曹先生的阮明，无一不是制造新的人间悲剧的参与者。正是他们以及由他们这种人一手制造的种种人间惨剧，不期然"共谋"地演绎出了祥子生存的不幸和人性的悲剧，不仅使其买车的人生之梦彻底破灭，而且彻底摧垮了他的人生信念，蚀坏了他的灵魂。"人把自己从野兽中提拔出。可是到现在人还把自己的同类驱逐到野兽里去。祥子还在那文化之城，可是变成了走兽。……他不再有希望，就那么迷迷糊糊的往下坠，坠入那无底的深坑。"终于，"体面的，要强的，好梦想的，利己的，个人的，健壮的，伟大的"祥子，变成了一个"堕落的，自私的，不幸的，社会病态里的产儿，个人主义的末路鬼！"可以说，这部作品丰富的文化、思想含量和深在的历史启示，至今还没有被人们完全解读出来。

二十世纪四十年代的巴金发生了深刻的变化，启蒙的、社会革命的观念已经淡出，或者说已被转换为一种新的历史觉悟，历史的立场也已由人文的立场所取代。在《憩园》中，他给读者讲述了一个与主流文学意味迥异的故事：在历史业已达成的"新"与"旧"的转换中，"转换"在某种意义上成了"替代"。旧式封建家庭的不肖子杨梦痴搬出憩园并最终流落街头凄惨而死，而新贵姚国栋则入主憩园正生活于踌躇满志之中。然而，杨梦痴的儿子寒儿却在社会下层的环境和父亲的悲剧性境遇中懂事明理，好学上进，充满了成长的朝气；而姚国栋的儿子小虎这一新的富家子却娇惯成了一个骄横无礼、贪赌废学的败家坏子。他被水流冲走，似在宣布姚家发展希望的破灭。这一世事沧桑中的天道循环，难道不是对线性进化史观的否定与警示吗？在这非人意所能左右的轮回循环中，新的强者出现的时候，新的弱者将与之伴生。杨梦痴就既是一个被过去的历史造成的一个废物，又是一个在新的历史中无所附着的落魄者。他没有谋取生存的能力，也没有损世害人的居心，但他极为凄惨的景况却在实际上成为对人们良知的一个验证。作者在小说中对他也给予了特别的关注与同情。当然更为作者所感伤的，还是众多普通百姓终不见希望的悲苦命运。小说中的"我"——那个姓黎的作家，在他正写作中的作品里描写了人间的悲剧，姚太太读后善意地要求他"给人间多一点温暖，揩干每只流泪的眼睛"。不让那个瞎眼女人跳水死，不让那个老车夫发疯。"我"被感动了，决计改变自己的思路。可是在现实中他与两位瞎眼艺人的不期而遇，却又终于否定了自己一厢情愿的想法："我忽然想起了我们的小说里的老车夫和瞎眼女人。眼前这对贫穷的夫妇不就是那两个人的影子么？我能够给他们安排一个什么样的结局呢？难道我还能够给他们带来幸福么？"这些，就正是巴金内心痛苦的表达，在《第四病室》中，巴金则直接为读者展开了一幅社会底层的众生病苦图。在这个空气污浊的三等病室里，各种病员杂处，有人不断地死去，有人又不断地进来，他们缺钱少助，在这里受着百般难忍的煎熬。他们的饮食便溺，都需要人照料，但工人老郑却因有人没钱打点他便变得极为冷漠。他的表现，与其说是国民性的顽疾，倒不如说是金钱锈蚀了心灵更为准确。这篇小说用金钱正在支配人间关系的酷烈现实，张扬着对于人间情怀和人道主义的呼唤。小说中的杨大夫实为人道主义的化身，她用女性特有的温柔和对病人一视同仁的关爱，慰藉着所有的病员的心灵。小说开头巴金给日记作者陆怀民的复信中对杨大夫下落的种种猜想，正喻示着他对人道主义情怀依然活着或"再生"的渴望。

《寒夜》则是在向社会的不公进行着控诉。这篇小说里的主要人物汪文宣和曾树生，虽然也都是社会底层的人物，但他们却又不同于一般的那种穷苦的体力劳动者，都是受过新式教育的新型的知识者。然而他们所受的教育并没有给他们预备下好的命运，他们同样也只能在没有自由没有尊严的辛劳中艰难度日，受着争吵、贫病、苦恼日甚一日的折磨。曾树生的出走，也与五四启蒙感召下出走的"娜拉"不能同日而语。虽然她的出走自有其可以理解的原因——婆婆的责难与唠叨，对懦弱丈夫的失望和对"自由与幸福"的追求，都可以算作一种理由；但她所要逃离的毕竟不是一个完全旧式的封建家庭，而为其所舍弃的又是贫病交加中的丈夫和尚在求学中的幼子，无论怎么说都不能成为让人完全信服的说辞。究其实质，不过是一种经不住另一世界的诱惑所作出的不无自私的择枝另就的行为而已，虽然这也是小人物生存选择的另一种悲剧。小说《寒夜》没有安置一个光明的尾巴，汪文宣在抗战胜利纪念日死去，汪母不知去了何地，回来探视他们的曾树生所感受到的也只能是寒夜中的孤清与阴冷。《寒夜》会使读者的心灵震颤，会引发读者的共鸣与思索，而这却正是巴金寄寓深思与所希望的。

曹禺的思绪似乎是在更具超越性的层面中盘旋。对于《雷雨》的意义，他自己就已说得再清楚不过了。他拒绝了批评家所加于作品的重大现实意义的阐释，坦言自己动笔之时，"并没有明显地意识着我是要匡正讽刺或攻击些什么"。他说：《雷雨》对我是个诱惑。与

《雷雨》俱来的情绪蕴成我对宇宙间许多神秘的事物一种不可言喻的憧憬。《雷雨》可以说是我的'蛮性的遗留'，我如原始的祖先们对那些不可理解的现象睁大了惊奇的眼。我不能断定《雷雨》的推动是由于神鬼，起于命运或源于哪种显明的力量。情感上《雷雨》所象征的对我是一种神秘的吸引，一种抓牢我心灵的魔手，《雷雨》所显示的，并不是因果，并不是报应，而是我所觉得的天地间的'残忍'（这种自然的'冷酷'，四凤与周冲的遭际最足以代表，他们的死亡，自己并无过咎）。如若读者肯细心体会这番心意，这篇戏虽然有时为几段较紧张的场面或一两个性格吸引了注意，但连绵不断地若有若无地闪示这一点隐秘——这种种宇宙斗争的'残忍'与'冷酷'。"曹禺是在企图以超越历史与现实的形上之感和形上之思来回观"残忍"与"冷酷"的历史与现实。他声称："写《雷雨》是一种情感的迫切需要。我念起人类是怎样可怜的动物，带着踌躇满志的心情，仿佛是自己来主宰自己的命运，而时常不是自己来主宰着。受着自己——情感的或者理解的——捉弄，一种不可知的力量的——机遇的，或者环境的——捉弄；生活在狭窄的笼里而洋洋地骄傲着，以为是徜徉在自由的天地里，称为万物之灵的人物不是做着最愚蠢的事么？我用一种悲悯的心情来写剧中人物的争执。我诚恳地祈望着看戏的人们也以一种悲悯的眼来俯视这群地上的人们。"[1] 显然，曹禺是从人类普遍人性的角度思量人世间的一切的，他悲悯于人们的不能自知，祈望人们能够在悲悯的彻悟中归于和解，以求得众生生存的和谐。

与上述作家相比，张爱玲又自有其独特的感受和主张。她说："我发现弄文学的人向来是注重人生飞扬的一面，而忽视人生安稳的一面。其实，后者正是前者的底子。又如，他们多是注重人生的斗争，而忽略和谐一面。其实，人是为了要求和谐的一面才斗争的。""强调人生飞扬的一面，多少有点超人的气质。超人是生在一个时代

---

[1] 《〈雷雨〉序》，载《中国现代戏剧序跋集》，北京广播学院出版社2003年版，第239—240页。

里的。而人生安稳的一面则有着永恒的意味，虽然这种安稳常是不完全的，而且每隔多少时候就要破坏一次，但仍然是永恒的。它存在于一切时代。它是人的神性，也可以说是妇人性。"① 这些话的意思，与其他人文主义作家的标榜原也没有什么大的不同，与沈从文一类作家的主张在客观上倒成呼应之势。在创作上也很有意思，沈从文是竭力展现边远乡野之美，而张爱玲则是在极力地表现城市中人性异化畸变的种种现实。读张爱玲的这类作品，使人心里发冷，虽然她声称所写的都是些"不彻底的"人物，是这个时代的"广大的"负荷者，但源于她对历史发展趋势的一种特别急迫而悲凉的感受，实际上大都写得人性灰暗，感受不到丝毫人间的温暖。她对时代的发展是悲观的，认为"时代是仓促的，已经在破坏中，还有更大的破坏要来。有一天我们的文明，不论是升华还是浮华，都要成为过去"。所以她提示读者，"如果我最常用的字是'荒凉'，那是因为思想背景里有这惘惘的威胁"②。其实，其中所透露出来的正是对人文缺乏的焦虑，也正是她的过人之处。

在中国现代文学中，从人文主义的角度感受和表现多样的现实，已成为许多作家对创作主体的一种基本要求。正如林徽因所说的："一个生活丰富者不在客观的见过若干事物，而在主观的能激发很复杂，很不同的情感，和能够同情于人性的许多方面的人。"③ 事实上许多作家都在尽着自己的努力，创造着多样的人性化的文学世界。这已经成了一个传统。这个传统在当代新时期文学中得到了继承和发展，比如由"三驾马车"掀起的新现实主义文学的冲击波，近些年间出现的文学中对历史与成长问题的焦虑和人文性书写等等，都取得了很可观的成绩，只可惜其人文性意义至今还未被批评界完全领悟。

---

① 《自己的文章》，载《张爱玲全集·流言》，大连出版社 1996 年版，第 11 页。
② 《〈传奇〉再版的话》，载《中国现代文学序跋丛书·小说卷》，海南人民出版社 1988 年版，第 1316 页。
③ 《〈文艺丛刊小说选〉题记》，载《中国现代文学序跋丛书·小说卷》，海南人民出版社 1988 年版，第 872 页。

又一种类型是，对主导性历史变革的反思与质疑。

从历史发展的实际状况来看，任何一种历史变革从其应运而生的那一刻起，就已经包蕴着自身难以逾越的历史局限和导致异化的解构性因素。这大约就是历史发展的一种悖论。而作为这一变革活动的参与者或将其目标的实现视为安身立命之希望的人，如果他同时又是一个作家或诗人，那他对历史局限或异变的反思和感受，就必然具有极为独特而深刻的人文性内涵。

鲁迅在小说《在酒楼上》中设置过一个很经典的譬喻，就是吕纬甫自述身世时所用的那个比方："我在少年时，看见蜂子或蝇子停在一个地方，给什么来一吓，即刻飞去了，但在飞了一个小圈子，便又回来停在原地点，便以为这实在很可笑，也可怜。可不料现在我自己也飞回来了，不过绕了一点小圈子。"五四启蒙运动落潮后，许多知识者醒来后又无路可走，陷入无边的苦闷之中，有的也就如吕纬甫那样回到了原来的老路，虽然心里不无苦恼。其实，启蒙运动本身又何尝不是经历了如此的回旋，鲁迅因此而在彷徨中苦苦求索和作心灵内的搏斗。此时，他在小说创作中一改《呐喊》时期那种主客逆向对话的叙述姿态，而变为笔下写人、内心写己、实为作同向考察的即同构性的复线结构方式。在《祝福》中，作者已经显露了"我"即新知识者面对酷烈的精神悲剧的现实时的窘迫与无能为力，而到《在酒楼上》"我"与吕纬甫的对话性结构设置，则已开始了对启蒙主义者自身悲剧的表现与探寻。如果说对于吕纬甫人生态度的变异"我"还保有一定的心理距离，虽有触动但仍还本能最终予以认同，那么到了《孤独者》，情势就有所不同了。魏连殳最终虽也"顺应"了为自己所反对的现实，其玩世不恭、易善为"恶"的行径似乎比吕纬甫的敷衍走得更远，但其实质却迥然不同。魏连殳是在彻底绝望后以自戕的方式所作的最后抗争，他用自己的毁灭表示了对这个无望世界的战胜。就像他对"我"所说的："我已经躬行我先前所憎恶，所反对的一切，拒斥我先前所崇仰，所主张的一切了。我已经真的失败，——

然而我胜利了。"试想，在这几近残忍的精神自戕和生命自我毁灭的过程中，魏连殳经历过何等惨烈的内心伤痛！痛苦而挣扎中的他，实在就"像一匹受伤的狼，当深夜在旷野中嗥叫，惨伤里夹杂着愤怒和悲哀"。鲁迅这种转向主体性反思的作品，内中分明贯穿着一种"我与镜"式的结构主线。被叙述者的命运遭际和心灵悸动事实上就是"我"的一面镜子，从这面镜子里，"我"看着"他"，也审视着我，这是一种双向的完成。在这些作品里，我们深刻感受到了一个忍受着锥心之痛"抉心自食"的鲁迅。

也就是在这个时期，鲁迅的思想发展呈现出一种由历史的工具理性向价值目的领域倾斜、挪移的明显倾向。历史变革希望的幻灭，使他转向了对生命的意义和信念伦理方面的思索。鲁迅在《〈野草〉题辞》中说："过去的生命已经死亡。我对于这死亡有大欢喜，因为我借此知道它曾经存活。死亡的生命已经腐朽。我对于这腐朽有大欢喜，因为我借此知道它还非空虚。"他这期间对生命意义的理解已超越生死，超越事功的成败、希望的有无，正其所谓虽"常觉得唯'黑暗与虚无'乃是'实有'，却偏要向这些作绝望的抗战"[1]；此时的鲁迅虽未放弃对历史的承诺，但它已经是被设置在信念伦理的思考之中了。一部散文诗集《野草》，可明其此时的心迹。

也还是在这个时期，鲁迅有了思忆儿时故乡旧事的写作，那便是散文集《朝花夕拾》。他在这个集子的《小引》中自陈："我有一时，曾经屡次忆起儿时在故乡所吃的蔬果：菱角，罗汉豆，茭白，香瓜。凡这些，都是极其鲜美可口的；都曾是使我思乡的蛊惑。后来，我在久别之后尝到了，也不过如此；唯独在记忆上，还有旧来的意味留存。他们也许要哄骗我一生，使我时时反顾。"鲁迅这种情感意向的发生和《朝花夕拾》中那些有趣味有生气的忆旧文章的成文，都说明鲁迅已有了一个更富包容性的人文视野和对人文价值的新理解。

---

[1] 《两地书·四》，载《鲁迅全集》第 11 卷，人民文学出版社 1981 年版，第 20—21 页。

在二十世纪二十年代的中前期，内心苦闷和对生命意义的思索，是追求社会进步的知识青年共有的现象，这在文学中自然有所反映。苏雪林在《关于庐隐的回忆》中说："在庐隐的作品中尤其是《象牙戒指》，我们可以看出她矛盾的性格……庐隐的苦闷，现代有几个人不曾感受到？"由对社会变革寄托希望并由此孕生出高远超俗的理想，然而人生的现实走向却与之背道而驰，追求、困惑、感伤，不能不成为庐隐在《海滨故人》《象牙戒指》等作品中的主调。而在她的好友石评梅的创作里，除大量感伤色彩更浓的近于"私语式"自述的作品外，还出现了一些对历史变革和历史进步行为作反思性表现的作品。如小说《弃妇》，写的就是一个弃妇被弃后自杀的故事。走出了家门的"表哥"追求自由爱情另有所爱，坚决地与妻子离了婚，自以为这同时也是"解放了她"。可是结果呢，客观上却将她推向了绝境。另一篇小说《林楠的日记》，表现的也是遭到另有所爱的丈夫冷遇的妻子所承受的种种痛苦。两篇作品揭橥的都是婚姻解放亦即人的解放所必然带来的悖论性难题：一部分人解放了，而另一部分人呢？而在《流浪的歌者》等作品中对革命事业中的腐败、丑恶也进行了大胆揭示，并深刻表现了这种"缺陷"给生命造成的悲剧。

郁达夫是另一种类型的作家，在极率直地表现"性的苦闷"和"生的苦闷"方面独树一帜。据他自述，辛亥革命期间他也原本想去"冲锋陷阵，参加战斗"的，但"际遇着了这样的机会，却也终于没有一点作为，只呆立在大风圈外，捏紧了空拳头，滴了几滴悲壮的旁观者的哑泪而已"[1]。从以《沉沦》初登文坛到创作的大盛时期，他始终是置身于社会变革漩流之外，以"零余者"的角色自感自叹。在其自传体的小说系列和散文创作中，他对"零余者"（有时又自称"逐客离人"或"行路病者"）屈辱、孤冷、贫穷、颓伤的生存状态和生命感受刻画和发挥得淋漓尽致。在这些作品中，主人公（其实就可

---

① 《大风圈外》，载《郁达夫全集》第4卷，文艺出版社1992年版，第362页。

以看作是郁达夫）作为一个漂泊于异国他乡的游子，对于由国家的贫穷落后所带来的屈辱和身心双重的窘迫，可以说比任何人都感同身受，刻骨铭心；对于祖国富足强大的渴望和将自己的命运与之系于一起的理解，是其终日萦绕于心的念想。然而，故国如旧，自己也每况愈下，始终漂泊于无定之所。此时的他，一面对社会几乎无处不在的贫陋恶浊和所谓现代发展产生出来的恶果，表示着愤世忧生的强烈情绪，一面又为自己也是一个受过现代文明之毒的人而自忏自责。在《还乡记》中，他对故乡作了这样的叙述："浙江虽是我的父母之邦，但是浙江的知识阶级的腐败，一班教育家政治家对军人的谄媚，对平民的压制，以及小政客的婢妾的行为，无厌的贪婪，平时想起就要使我作呕。所以我每次回浙江去，总抱了一腔羞嫌的恶怀，障扇而过杭州，不愿在西子湖头作半日的勾留。"而这次还乡，发现"桑田沧海的杭州，旗营改变了，湖滨添了些邪恶的富家翁的别墅"；而"由现代的物质文明产生出来的贫苦之景"，即"北站附近的贫民窟，同坟墓似的江北人的船室，污泥的水潴，晒在坍败的晒台上的女人的小衣，秽布，劳动者的破烂的衣衫等"，也一幅一幅地呈现到眼前来。当然，在郊区的乡野，也还有着令人陶醉的自然，但他又不禁自忖："良辰美景奈何天，我在这样的大自然里怕已没有生存的资格了吧，因为我的腕力，我的精神，都被现代的文明撒下了毒药，恶化为零，我哪里还有执了锄粗，去和农夫耕作的能力呢！"惟其如此，他不像其他怀乡的作家那样在家园的记忆抒写中，一定要写出心灵的快意与轻松。如果说这是郁达夫坚持人文态度的独到之处，那么他所作的另一种努力亦应引起读者的注意，在《春风沉醉的晚上》《薄奠》这类作品中，他试图以人道主义的情愫和同情心沟通痛苦生存中的知识者与下层劳动者之间的隔膜，让下层劳动者淳朴的情感与心灵之光照亮并祛除这些知识者心中的黑暗。这种人文态度，即使在今天也是难能可贵的。对于郁达夫来说，作为传达人生理想信息的最为惬意的一笔，应该要数《迟桂花》中在翁家山度过的那段时光了。那么鲜活灵动的生命朝气，人与人、人与自然之间的相契相悦，纯真的爱意与友情，实在令人流连忘返。虽然郁达夫在文末特别强调，这一切都是虚构，但是，它的艺术魅力和读者阅读中所引发的人文性共鸣，却是真实而悠远的。

从现代到当代，这种类型的文学观念与实践也是不绝如缕的，比如延安时期丁玲等招致批判的"另类"之作，还有二十世纪五十年代中期出现的那批也遭致厄运的作品，就大略都属于这个范围。

还有一种类型是在离乡与思乡，即历史追求与家园之恋的矛盾纠结中所表现出来的人文主义倾向。

离家者的思乡原是人之有规律的一种特殊心理活动，也是文学表现的一种永恒性的主题。人在幼年和成长期所形成的对于故乡的种种意象和与之契合的原型文化心理，都必然地成为潜意识中最丰厚也最具酵发力的一种积淀，终生都挥之不去。俗语说"叶落归根"，所谓"根"，就是故土和家园，也就是故乡。当一个人远离故乡日久，特别是遭遇过人生坎坷和历经沧桑之后，思乡之情便会酵发升腾起来，会把故乡的一草一木、一砖一瓦都想象得像有了生命似的美好而可人，哪怕实际中的家乡已变得破败不堪甚至是不复存在。师陀在他的小说《阿嚏》里，让小渔夫给"我"讲了一个美丽而神秘的民间传说，说像一个可爱的男孩一样的水鬼阿嚏在这儿住久了也要出去走走，而出去久了又必定会回来。作者在这儿写下了一段神形兼备的文字，就很能说明我们的这个意思：

> ……阿嚏在一个地方住得太久无疑的也有权利旅行，有时候，当他高兴或有所怀念的时候，他自然跟我们一样，反过来，或是说我们跟阿嚏一样，我们也同样想看看我们的故土。一种极自然的情感，这就是我们所以不能安静的原因，这就是当我们重临一个我们熟识的跟我们特别有关系的地方，何以我们没有事情往往比有事情更加忙迫。我是说——

难道我们为生活驱使的神圣的人类岂不正是这样的吗？我们只有在闲着的时候才会想到往昔的种种，才会天真地想到我们曾经在一个树林里散步，在一个荒僻地方栽过一株小树，在另一个荒僻地方曾经睡觉，在一个不知姓名者的坟上曾经读书。我们正是这样不住地找着这种旧梦，破碎的冷落的同时又是甜蜜的旧梦，在我们心里，每一个回想都是一朵花，一支（种）香味，云和阳光织成的短款。我们自然早已猜到昔日的楼阁业已成一片残砖碎瓦，坟墓业已平掉，树林业已伐去，我们栽的小树业已饱山羊的饿肠，到处都是惆怅、悲哀和各种空虚，但是我们仍旧忍不住要到处寻找……

当然，这还是就一般的情况而论。说到近百年来，中国历史现代转型中前所未有的种种新情况、新问题，使得离乡与思乡的矛盾纠结更为突出，且被赋予了一些历史与人文方面的新内涵。中国历史的现代转型，基本目标是要把一个自给自足相对封闭的乡土中国改变成在世界一体化范围内发展的现代化强国，但中国历史的发展并没有为这一转型提供出一个先在的充足条件，而其实际的发展则只能是在作为历史基本因素的文化、政治、经济等方面不断变换选择，把某一项选择作为某一历史阶段的主要变革对象。但任何一个单向度的历史变革又都有其必不可免的局限性，所以它又必将为另一对象的变革所替代，从文化启蒙到政治革命再到以经济建设为中心，其间所经历的就是这样一个线路。

而这种极具中国特色的历史发展走势，一方面自有其历史的必然性，但另一方面却又也是由"自然法则"同时设定下了一个悖论性的结构。由这种结构特性所决定的历史理解和价值观念的置换性调适，不仅达到了空前的历史深度，而且也势在必然地触及人们，特别是知识分子阶层的内在心态和情绪。本来，由于历史的召唤和震荡，青年知识分子们纷纷离家出走，漂泊、迁移、寻找，已成为中国现代化进程中特别醒目的一大景观，但他们在历史变革的低潮和变革选择的转换期，又会出现相当深在的困惑、失落和苦恼，这也是一个相当普遍和醒目的现象。这就不难理解，为什么会有那么多的作家，会在创作的某一时期，写出一些颇见性情和艺术魅力的思乡之作。然而，这一状况的特殊性在于，这些作家都在新的历史主体的模塑中确立了已难以改变的历史追求，这种追求和觉悟不会因了一时的或者是在较长时期内都难以祛除的困惑和苦恼，以及因个人生存方面的困窘、不幸而生的凄怆与伤感，而完全放弃。这样，二者之间的冲突就必然地同时反映在思乡的作品之中。这些历史新潮中觉悟起来的知识者，本来就无可规避地存在着为其理性所认同的西方文化观念与传统文化心理的内在冲突，这一相对阔大的思想文化背景，这时也必然具体化地渗透于"离乡与思乡"这一特定心理情绪之中，使之产生了更为阔大旷远的历史沧桑感和忧患之情。

萧红就是一个很具说服力的例子。她为追求人生自由和融身于新的历史潮流之中，决然离家出走，开始了一生漂泊无定的生活。但现实并没有给这个情感丰富纤细而又才情过人的女子准备下一条安稳踏实的坦途，相反，相继不幸的婚姻、接连的挫折和日渐严重的贫病交加的境况，以及为其向往但又近乎本能地不能真正融进历史大潮的边缘性的人生悲苦与伤感，使她实际上只能是生活在既不安定又无保障甚至几近黑暗与恐惧的感受之中。她曾对萧军倾诉心中的苦与求："我的心就像被浸在毒汁里那么黑暗，浸得久了，或者我们的心会被淹死的""痛苦的人生啊！服毒的人生啊！""什么能救了我呀！上帝！什么能救了我！"[1] 在此种人生况味中，对故乡的思念便是自然而然的事情了，因为在那里保留着她对"温暖"和"爱"的记忆。她说过：

---

① 《致萧军·第三十九封信》，载《萧红全集》（下），哈尔滨出版社 1991 年版，第 1292—1293 页。

祖父时时把多纹的两手放在我的肩上，而后又放在我的头上，我的身边便响着这样的声音：

"快快长吧！长大了就好了。"

二十岁那年，我就逃出了父亲的家庭。直到现在还是过着流浪的生活。

"长大"是"长大"了，而没有"好"。

可是从祖父那里，知道了人生除掉了冰冷和憎恶之外，还有温暖和爱。

所以我就向这"温暖"和"爱"的方面，怀着永久的憧憬和追求。①

由此我们可以知道，她为什么在写作《生死场》后又为"呼兰河"城作传。在这部传世名篇里，她认真地搜索记忆，对"呼兰河"城的地理、民俗作了极为详尽而传神的描述。而更令她对这个小城动情的，还是因为在"呼兰河这小城里住着我的祖父"。正是他的善良、慈祥和对"我"无所不在的呵护与关爱，才使"我"的童年快乐而自由；也正是在这样的儿童眼里，一切才都是美好和有趣的。当作者动情地描绘着这一切时，那种缘之于生命深处的陶醉浸透在字里行间，使自己那颗伤痛的心在一时间忘却一切，得到最温暖的抚慰。然而，敏感的读者定然能够发现，在《呼兰河传》中存在着两种犯"冲"的色彩，即极为不同的两种人生内容和情感反应。从第四章开始，"我的家是荒凉的"成了小说的基调，而团圆媳妇、有二伯、冯歪嘴子和王大姑娘的生存悲剧便一幕幕展开。不论是小团圆媳妇被活活虐待、折磨致死的人间惨剧，还是有二伯、老厨子和左邻右舍人们的庸常、冷漠和愚昧，抑或是冯歪嘴子一家人令人心痛的生存惨状，在萧红看来，无一不是由鲁迅所指称的"无主名杀人团"造成的恶果，无

---

① 《永远的憧憬与追求》，载《萧红全集》（下），哈尔滨出版社1991年版，第1043页。

一不是国民性问题的现实表现。很显然，作者在对故乡的回忆里同时也勾起了历史的警觉，因为这也是记忆中的现实，或者说不能忘却的记忆，正如她在小说末尾所说："只因为他们充满我幼年的记忆，忘却不了，难以忘却，就记在这里了。"可是我们也看到，小说写团圆媳妇等人的悲剧无不一悲到底，独到最后写磨官冯歪嘴子父子却异乎寻常地活了下来，这大约是萧红出自悲悯之心，不愿对读者伤人至深吧。

在这方面，师陀的创作也是很有代表性的。在师陀前期的创作中，其基本倾向也是暴露乡村中的各种横暴和不公的生存现实，外趋型的即离家的内在倾向明显可感。但随着人生遭际的坎坷，尤其是在上海居留日久，生存条件又极其低下，则使其内心倾向和创作趋势出现明显变化。他在谈到《果园城记》的创作时说："我不知道这些日子是怎么混过去活过来的。民国二十七年九月间，我在两间像棺材的小屋里写下本书第一篇《果园城》。这并非什么灵机一动，忽然想起践约；也绝无'藏之名山'之意，像香港某批评家所说；只是心怀亡国奴之牢愁，而又身无长技足以别谋生路，无聊之极，偶然拈弄笔墨消遣罢了。第二年——民国二十八年更不得了下去：我搬进另一间更小、更像棺材，我称之为'饿夫墓'，也就是现在的'舍下'的小屋。就在这'墓'里，我重又拾起《果园城记》。"[1]《果园城记》也是一部思乡之作，但与萧红不同，师陀采取的是成年人的视角，是以一个故地重游者的经历来描述的"现在"与"过去"叠印在一起的"果园城"，以及其中诸多让重游者触动情怀而又绵思邈远的人和事。师陀说："这小书的主人公是一个我想象中的小城……我有意把这小城写成中国一切小城的代表，它在我心目中有生命、有性格、有思想、有见解、有情感、有寿命，像一个活的人。"[2] 师陀正是以其极具磁性

---

[1] 《〈果园城记〉序》，载《师陀全集》第 1 卷（下），河南大学出版社 2004 年版，第 452 页。

[2] 《〈果园城记〉序》，载《师陀全集》第 1 卷（下），河南大学出版社 2004 年版，第 453 页。

的文字，为读者奉献出一个同样具有磁性和活力的小城形象。这个小城的活力，不是它具有现代性的激越和变异，而是其似乎置身世外的人文氛围和处处透显着的亲和而安稳中的生命脉动。它给人们的不是感官的刺激，而是心灵的会通与共鸣。小说虽然设定了一个形象——塔，让它来作为小城历史的见证者："它看见在城外进行着的无数次只有使人民更加困苦的战争，许多年青人就在它的脚下死去；它看见过一代又一代的故人的灵柩从大路上走过，他们带着关于它的种种神奇传说，平安的到土里去了；它看见多少晨夕的城内和城外的风光，多少人间的盛衰，没有人数得出的白云从它头上飞过。"但是，时间在这里又似乎是一个永远缺席的角色，一切都在传统中维持着平静与安详。在《果园城记》中的一些篇什中，存在着一组共用的意象，那就是在街岸上正卧着打盹的狗，悠然横过大路的猪，在家门口一年接着一年、永没有谈完过的谈闲话的女人。为其所喻示的，就正是这种古朴的平静与安详。虽然小说也写到油三妹的生命为旧习扼杀，也写到一些与传统不协调的人物事件，但又不觉着有《呼兰河传》中的那般惨烈、普遍，只不过是水中冒起的几朵水花，过去了便又一切如旧。当然，我们感觉到了师陀因小城"时间"的缺席而起的伤感和忧思，可不又正是这种古朴传统的温馨，才让他心醉神驰吗？面对历史的悖论，师陀的感与悟似乎一度超越了流行的历史观念，在《无望村的馆主》中让"司命老人"指挥着演了一出人间盛衰轮回的悲剧，弥漫于全篇的则是浓重的悲怆之气和对无德者的道德警示。

在中国现代文学中，有一个现象很突出，那就是"作家南迁"和"北京想象"的相关发生。从二十世纪二十年代中期开始，一直到抗战时期，作家们不断地往南迁移，但在随后的创作里，却又经常出现对北京的美好记忆和想象，表现出情感的深在依恋。师陀就说过："凡在那里住过的人，不管他怎样厌倦了北京人同他们灰土很深的街道，不管他日后离开它多远，他总觉得他们中间有根细绳维系着，隔的时间愈久，它愈明显。甚至有一天，他会感到有这种必要，在临死之前，必须找机会再去一趟，否则他要不能安心合上眼了。"① 郁达夫还作过这样的比较："中国的大都会，我前半生住过的地方，原也不在少数；可是当一个人静下来回想起从前，上海的闹热，南京的辽阔，广州的乌烟瘴气，汉口武昌的杂乱无章，甚至于青岛的清幽，福州的秀丽，以及杭州的沉着，总归都还比不上北京——我住在那里的时候，当然还是北京的——富丽堂皇，幽闲清妙。"② 在当时和以后很长一段时间里，像老舍、郁达夫、林语堂、梁实秋、萧乾、林海音等，许多作家都描写过回忆中的北京，而且几乎一致地都是对北京端庄、大气、清雅，以及传统性的人性化生存氛围的忆念和想象，这也正是新文学作家对传统人文观念和情怀不能忘怀的一种表征。

三

最后，还要对本书系编选中的一些情况作个说明。这套书系的编选，从 2003 年暑季开始到最终完成，历时两年有余。从事编选的都是在中国现当代文学研究中颇有建树的中青年学者，他们反复斟酌、严肃认真的态度令人感动。

我们进行编选的基本原则是：（1）偏重于编选人文主义倾向突出，而又不是轻易就可以找来阅读的作品。把这些作品集中起来编印，一方面可以省了到各种个人文集中翻找的麻烦，一方面又可以在集中阅读中容易获得对人文主义倾向的感知。有的作家像沈从文，虽是这方面的重镇，但他的作品近年来出版的版本很多，对其人文倾向也已开始重新认识，因此就没有选入。好在他的作品不难找到，读者可以拿来和本书系作互文性阅读。（2）有些作家如鲁迅、老舍、巴

① 《〈马兰〉小引》，载《师陀全集》第 2 卷（上），河南大学出版社 2004 年版，第 279 页。
② 《北京的四季》，载《郁达夫全集》卷 4，浙江文艺出版社 1992 年版，第 159 页。

金、曹禺等人，他们的作品早已有多种版本存世，何以仍要选入？这是因为对选入的这些作品，人们的理解仍为过去的认识所囿，对其真正的意义和价值尚未真正了然，所以仍要选入。（3）选用初版文本。现代文学中的不少作品，初版后特别是新中国成立后都曾作过某种修改，比如师陀的小说《无望村的馆主》，1983年出版的修改本就和原作有了很大的差别，必须采用其原初文本介绍给读者。

一套书系的容量毕竟是有限的，具有人文主义倾向的作品很多，不可能全部编入。我们只希望通过对本书系的阅读，能使读者对现当代文学中人文主义这一特定的意义指向和价值视域有所认识，如此，则于愿足矣。

（原载《中国现代新人文文学书系》，

山东文艺出版社 2005 年出版）

我看新时期以来现当代文学研究的发展与现状

　　在我看来，在历史进入新时期以后的三十来年中，中国现当代文学研究上下求索、左冲右突，走过的实则为一条正、反、合的路径。而在其中的前两个阶段，所走的皆为"回归"之路，其间学者们秉持的多为归"元"的立场，企望重续已被阻断的历史线索，将回归历史本已设定的认知原点视为学术得以发展的正途，只不过前后所取的原点一为"革命"一为"启蒙"罢了。在二十世纪八十年代的中前期，与"拨乱反正"的整个社会思潮相一致，现当代文学研究所做的努力，也是集中在对极"左"思潮的反拨上。那时为人们所认同、怀念和所要恢复的，是"文化大革命"及其酝酿期之前的那种研究套路和局面，由《新民主主义论》和《在延安文艺座谈会上的讲话》奠定，并经由二十世纪五十年代的延展和进一步典律化的一整套关于文学与文学史建构的观念和准则，复又成为重新出发的起点。可是，这种政治化的文学与文学史观念在"文化大革命"中被推演到极端时给人们心灵所造成的灼伤，为时不久，就不仅引发了人们痛定思痛的深长历史反思，而且必然地激发出人们对在基本观念架构上进行解构和重新定位的渴望。

　　从二十世纪八十年代中期开始，现当代文学研究的基本格局出现了显著而深刻的变化，或者说作为主导性的方面，发生了半个多世纪以来迄未有过的强势历史性反弹。这期间，学者们对价值建构的基点进行了置换，由"革命"而复归于"启蒙"。透过历史的沧桑，他们激动地发现，原来一切的曲折和迷失，都缘之于对五四启蒙立场的背离，于是，"回到五四"一时间成了大家最倾心的向往和责任期许。回想一下那时的情景，一切都还历历在目，"重写文学史""二十世纪中国文学"等命题的提出是何等地令人振奋，而一拨又一拨曾被政治遮蔽的特色作家复被发现，又是如何地叫人兴奋不已，现当代文学研究似乎这才真正归于问题求解的根本了。五四文化作为中国现代知识分子的一个内在情结和理想寄寓，这时能够在现实人生事业中得以重申，因其鼓舞而生的内在信心与活力可想而知。据实而论，在这期间，因政治性意识形态的统驭而长期缺失的在文化启蒙一维上的考量，得到了补偿性的开拓，历史的偏失的确在这时得到了相当有效的矫正。可是，缘之于五四文化启蒙本身的历史局限，即为追求历史合理的片面性而在学理上的偏失，加之半个多世纪以来为革命政治所不断侧重强调和重塑的五四精神的深层影响（在革命政治与五四启蒙的关系上，为人们所着重关注的，是前者如何抑制和置换了后者的，而对这一点，似乎迄未引起学者们更多的注意。谈到五四启蒙或五四精神，事实上存在着"历史对象"本身和"历史文本"中的对象的差异问题。在后者影响的基础上再去理解前者，其效果如何应该是一个很值得注意的问题），人们大多也拘囿于历史的局限中进行思考，从基本观念到思维方式都还难于走出历史成规的拘牵。即以"重写文学史"和"二十世纪中国文学"的倡导而论，在其时也只能是在这种历史语境规约中的一种主张和理解。而对废名、沈从文等一些非主导性作家的重估与肯定，也不能不表现出错位评价中的牵强与掣肘。

就当时的感觉而言，人们确信文学与文学史的研究由革命政治回归到启蒙文化的基点，也就是回到了文学与文学史研究的本位，而因"个性"的伸张研究者主体也获得了"自主"。毋庸讳言，在这一阶段的现当代文学研究中，文学在历史文化层面上对人性表现的悲剧性深度和复杂内涵，不仅得到了几乎是空前的重视，而且在研究成果上也的确多有可以传世的创获。然而我要说的是，与革命政治与文学的关系相类，启蒙文化对文学其实也是一种统驭与被统驭的关系，而以五四启蒙为视点所进行的文学研究，其实也同样不是在学理层面上的自主性研究。这种对历史转型中多维性结构的单向度认同，所强化的只能是不同维度间的对峙，而不可能是与历史的必要疏离和整体性对视的反思。因之，由其自身决定的排他性和意义阐释中所出现的新的偏至和遮蔽，也就在所难免了。但历史的转机常常是出现在一种偏至被推演到连行为者自身也都感觉到意义表述的危机时，所以，正因其如此，新的学术机运便应运而生了。现当代文学研究的历史在经历了正、反两个过程之后，从二十世纪九十年代中后期以至今日，终于走入了"合"的阶段。在这里，现当代文学研究在对对象和研究主体双重反思的相辅相成的过程中获得了超越性提升。其基本特征是，越来越多的研究者开始对文学发展所经历的"革命"与"启蒙"进行综合性的历史反思，在历史与学理两个层面上均走出了以"进化论"为根基的线性观念架构与思维方式，学术研究主体的自主性与文学发展的相对独立性亦渐次得以呈现。在这一新的学术视野中，人们不仅对过去那些不断翻烙饼式的对象评价重新检视，使一度被否定和冷落的对象如左翼文学思潮、十七年文学等又重新浮出文学发展的历史地表，得到了日臻于客观和准确的评价；而且，现代文学发生发展的历史时空也得以延展，晚清与民初的文学已被视为文学现代转型中不容忽视的重要环节，在承当功利性历史职责的文学之外，其他类型的文学如与其对峙或相异的京派海派文学、现代都市通俗文学等，也在对审美创造与历史现代性对立互动的复杂辨识中，各以其本来的面目被纳入了文学史的视野。也正是在这一学术语境中，更臻于科学意义上的文学史建构才成为可能，事实上更具学理性意义和学术个性的各种范型的"二十世纪文学史""现代文学史""当代文学史"和文体史，也正是在这一时期破土而出。可以这样说，到了这个阶段，现当代文学的研究才在整体意义上实现了实质性的突破。

当然，这并不意味着现当代文学研究在当下已经是别无所憾、尽遂人意了。事实上从现实中的负面情况来看，有些令人忧虑的现象不仅未见消减，甚至还有胜于前了。由于市场经济对学术领域愈来愈大的冲击和诱惑，由于有悖于学术发展规律的学术评价机制的强行制导，致使一些学人心性浮躁、学风不正，乃至以学术生产甚至于以制造学术噱头取代了学术创造。在每每看似丰富的学术成果里面，常常有充塞于其间的既重复别人也重复自己的泡沫之作。面对如此的局面，令人未免会生出如太炎先生所言的"俱分进化"之慨。但虽然如此，却掩遮不住现当代文学研究发展的大势。据前所述，我们还是有足够的自信认为，在当下的学术发展中，现当代文学研究仍然是最具活力和发展潜力的学科之一。前之所言的"合"，并不是止于斯的研究终结，而是可期待其无限延续和深化发展的新的学术进境。这只需看看其近期内发展的新态势便可明白。在最近几年，现当代文学研究又有诸多新的开拓，新的学术生长点不断凸现，这都无疑正在昭示着更为理想的学术前景。对于这些新的学术开拓，难以于兹一一尽言，我只能仅就在我看来极具启发意义的数种新见解、新思维略陈于后。

其一，揭示并据实论证了中国文学现代转型的途径、方式并非一种，起点亦有所不同。在以往的文学史建构中，无论是政治革命的立场还是文化启蒙的立场，治史者所集中关注并给予价值认同的无不是与历史变革之主导性行为意义同构的主流性文学。而在其起点上，取政治革命立场者将其设定在1919年的五四运动，以冀与新民主主义革命的起点相符（尽管在实际论述中亦不得不回过头来从1917年的"文学革命"讲起）；取文化启蒙主义立场者则旗帜鲜明地将其定位于1917年由新文化运动所必然引发的"文学革命"，还了"五四文学"发生的本来面目。到了二十世纪九十年代中后期，有人在超越"五四"的视野中发现，五四"文学革命"只是"五四文学"的起点而不是中国现代文学的起点。从中国文学现代转型的实际历史过程来看，在基本性质上已具现代文学特征的起点应该是在上两个世纪之交梁启超力倡文学三界革命的时候。此观点一出，曾引起来自现代文学界和近代文学界两方面的多种质疑，但随着文学史研究的深入发展，虽然在学术观念上还各有保留，但这一观点已经获得学界许多人的认同。而近年来有学者又进一步发现，由历史发展的差异性和文学功能承当的差异性所决定，中国文学现代转型的途径和方式并非只有一种，起点亦有所不同。比如在主流文学之外，现代都市通俗文学的起点就早出于主流文学若干年，应该说从十九世纪九十年代的前期就已开始了，其标志则为韩邦庆《海上花列传》的面世（这一观点迅即引起学界的认同性反响，并衍生成为一个新的学术热点）。而在向现代转型的路径与方式上，主流文学与传统的关系表现为"逆接式"，它是在对传统的颠覆与叛离中借助于外域异质性资源而实现其异质性转型的。梁启超之所以能够标举出文学三界革命的旗帜，就是因为他在对戊戌变法失败的深刻反思中，自觉走出了今文经学的桎梏，跨越了传统文化价值观念给由洋务运动到戊戌变法这一系列近代变革所设置的最后一道防线，使对西方价值观的认同与引进无须再挂上经学传统的旗号。与之不同，现代城市通俗文学在与传统的关系上则表现为"顺接式"，它没有打出什么变革的旗号，而是自觉承接明清以来的小说传统，在上海这种现代都市生成发展的过程中自然生成演变的结果。其实无论"顺接"还是"逆接"，无一不是在中国传统现代演变的多维性大格局中所必然出现的结果。而这种与传统多样对接的历史本相的崭露，进而启发了研究者的觉悟，使人们意识到，我们既有的研究与历史对象的实际状况尚有不小的距离，而对文学流变之内在文脉的把握也难言其深刻与准确。

其二，对长期被遮蔽的人文主义价值视域的揭示。去蔽，是学术研究中的一项重要工作。可以说，新时期以来现当代文学研究的发展，就是在一步步去蔽的过程中得以实现的。早期的"拨乱反正"是去蔽，而嗣后对对象世界的钩沉与修复也是去蔽。应该说在较早开展的对政治倾向所形成的遮蔽，无论是强加于对象的不实批判，还是对异己性对象的弃置与掩遮，去蔽的工作都做得非常好。而且随着这一工作的延伸与发展，一向被文化启蒙立场所排斥的某些对象，如以鸳鸳蝴蝶派为代表的现代都市通俗文学等，也渐次被以肯定的态度拉进了文学史视野，并对其以休闲性为主要追求的功能区间给予了正面认定。但就当下发展而言，最为我所看重的，还是新近对于长期被遮蔽的人文主义价值视域的揭示。因为中国文学从其向现代转型发展的那一天起，人文主义的文化倾向和文学观念就如影随形般地相伴而生，而且贯穿于现当代文学发展的整个过程中。就其与主流文化与文学观念的关系和二者对峙互动的实际制衡作用来说，实不啻于车之双轮、鸟之双翼，其价值和意义之大自不待言。但遗憾的是为主流文化和为其制导的主流文学观念所蔽，学界对这一价值视域的存在与意义一向视而不见，致使在对诸多作家作品的解读中无论褒贬都难免有隔靴搔痒之感。现有研究成果已经在揭示这一价值视域方面取得了初步的成效，在对基本观念的厘清和文学具案的辨析上已有创辟性进展。这种研究给人们的启示在于，对于一向为我们热捧的"历史现代性"之与生俱来的负面效应，即其对于人性与历史健全发展必不可免的异化与伤害，对于启蒙文化科学主义、唯理性主义倾向所内蕴的非人文性特质，都会获取一种清醒的认识。而对屡遭贬抑的人文主义倾向，对为其所坚持的会通于传统与永恒性人文内涵的人文文化，及其在保障历史现代化进程中人性与历史得以健全发展的不可或缺的作用，自然也会给以重新的理解。试想，这对于对现当代文学多重价值视域的合理体认与研究视域的必要开拓，该有多么重要的意义。

其三，与之相关，对历史现代转型中文化空间的生成变异研究。中国幅员广大，在传统文化中素有不同地域文化间的差异，这也早已成为传统文学研究中的一个重要关注点。传统性地域文化差异当然也影响到了中国现当代文学的发展，因此，对这一地域文化制约性影响的研究同样也构成了现当代文学研究的一个热点。近几年来，学界在对京、海派乃至于专对"租界文化"所做的研究中，却明显地突破了地域文化研究的传统模式，对历史现代转型过程中新的文化空间的生成变异进行了更具现代特征的勾画与研究。在传统性的研究中，地域文化与其所由生成的地理区划相契，即使在观察不同区域文化的交汇或流动时，也总是十分重视不同地域的特点而加以辨析。而现在的研究则发现，在由新的历史特征所构成的文化冲突中，新的文化空间的生成在所谓地域文化与地理区划的关系上却出现了有别于传统的特点。比如，在与以现代性文明为表征的海派文化的抗衡中所形成和强化起来的京派文化倾向，实际上就超越了北京以及所有传统性地域文化的空间界限，像沈从文、朱光潜等均非北京人甚至非北方人，但他们却比某些出生于北京和北方的作家更有资格做京派的代表。在现代文化冲突与文化发展的复杂态势中注重新的文化空间的生成变异研究，这对于考察与品评现当代文学生成发展的奇异而复杂的文化认同现象与文学追求，显然会大有裨益的。

其四，这也是我最为看重的一点，就是现当代文学研究者越来越自觉的结构意识。为我们所观察研究的一切对象都发生在近百年来历史、文化、文学变革发展的独特结构之中，而对不同对象的评价，自应将其置放于其所由生成的结构之中，据其在结构中所崭露的意义而给以合理的评估与阐释。意义表现在结构中，正是这一观念的确立，使人们在对近百年来众多取向各有不同的文化与文学现象的重新审视中，作出了与前不同的评价。而对结构性张力与结构性制衡所形成的独特结构性效应的重视，则更是将现当代文学研究引向了向深细发展的新层面。其实，上述几种新拓展，就无一不是在这种新观念、新思维中发生的。

以上介绍的几种新拓展，仅仅是举例说明而已。若是"其五""其六"地说下去，当然还有许多，但我不可能把文字拉得过长。在行文结束时我想说，尽管当下的研究中存在着这样那样的非学术性的甚至是败坏学风的现象，但任何时候学术都不可能在"纯化"的环境中发展，换个角度来说，对于致力于超功利研究的学者而言，种种不良现象又未尝不是激励自己坚守的因素。只要看到现当代文学研究不断增进的希望，心里自然就又有几分释然了。

（原载《燕赵学术》2008年第1期）

关于人文魅性与现当代小说的对话

一、人文文化视域中的魅性因素

施战军（以下简称施）：孔老师，我们从 2002 年就发现您在《文学评论》的长文《中国文学现代转型与历史重构》里面谈到审美现代性与历史现代性的非同构关系，后来您在《中国社会科学》的文章谈到对五四启蒙的新认识时又揭示了新文学史上曾出现的"祛魅"与"返魅"的问题，这之后您又在《文学评论》上发表长文系统深入地阐发了中国现代人文主义与文学的生成与发展。在这一系列长文章里面都提到了人文文化视野中的关于魅性的重要性的问题，以及它在文学史上存在的重大意义。我想现在学界中的很多人都想进一步了解一下人文主义视域中魅性的表现以及魅性本身的价值，希望您能先谈一下。

孔范今（以下简称孔）：谈到人文文化和小说，或者广而言之即人文文化和文学的内在关系，我以为这两者之间就是一种魅性的连接，人文文化应该是一种魅性的文化，文学应该是生命魅性的产物。近一个时期以来，人文文化好像被人们关注谈论得比较多了，过去大家其实对这种类型的文化，尤其是对其近百年来的价值意义，自觉理解把握得不多，或者说，这种自觉性不够。人文文化是相对于非人文文化，比方说科学文化、理性文化这些而言的，人文文化是有别于它们的文化类型。过去大家经常是在理性的、功利的工具理性范畴来理解文化问题，在价值认识范畴当中，就是在对价值观念建构里面，也总是特别强调的是理性和科学，甚至形成了一种科学主义的唯理性主义的倾向。这种文化倾向，且不说其实用主义对信仰伦理是一种贬抑，而其科学主义的认识更是对人文文化的极端排斥。人文文化这种文化之所以被排斥就是因为它本身的这种魅性因素，因为这种文化关注人性、生命和历史的健全发展，为其维护和追求的是人与人、人与自然关系的和谐和互动发展。所以在这种科学主义的、实用主义的倾向里面，人文文化都没有立足之地。人文文化关注人性、生命，关注人与人、人与历史、人与自然之间的这种关系，它和其他文化比如科学文化的区别在于：科学文化对人性、生命的理解像放在解剖案子上，像对人体进行解剖一样，弄得明明白白，但常常失去了对生命、人性完整存在的灵性的东西；人文文化对这些对象的关注却有另外的重点，它更关注这种关系中的更富有生命内在张力的、更富有灵通性和情感意蕴的内容，甚至对于生命、对于自然宇宙、历史等种种未可知对象的敬畏与看重。

施：孔老师刚才谈到人文文化与科学文化的区别，这在今天确实还有相当多的人没有注意到。我觉得您说的这些对认识我们今天的社会、生活、学术与文学都挺重要的。长期的实用主义工具理性思维惯性，如今更得到凸现，人文文化所要对抗的就是对于信仰伦理的贬抑。

孔：这里面需要特别指出的是实用主义的工具理性，这样一种其实也属于理性主义的一种认识，煽动起来的却可能是具体的欲望，很可能使人失去灵性，使人变成一个缺乏想象智慧的侏儒，它缺少能够在通悟中沟通自然、历史、生命之间的关系的那些更形而上意味的东西。它使人与信仰伦理无缘，它顶多导致一种实用性的责任伦理，而且实用主义的人生态度只能使它变成一种与人类生存终极目的相隔膜的东西。

施：到实用性责任伦理为止，对于一个精神个体和民族精神整体来说，肯定是一个非常值得反思的重大问题。

孔：这样一种倾向的存在，在非人文性理解上经常会导致两种结果：从科学文化角度来说，因为科学文化本身就是一个双刃剑，它给人们带来福祉的同时，也可能甚至必然导致生命异化，导致历史异化。实际上，如果对这种异化不作清醒的认识，那任其发展的结果会导致人类对最终目的的偏离，想完善发展是不可能的；另外，实用主义的这种倾向它使人变成缺乏智慧的侏儒，是不可能达至或者说通达自身与自然和谐发展的终极目的的。这两种东西都是与人类发展的终极目的相隔绝的。人文文化在把握世界和自身的方式上与那些文化也不一样，它更能通过人类生命的另外一种能力——想象和通悟——人与自然、人与历史、人与人之间进行一种会通的理解与把握，它包含着丰富的非理性内涵，是理性所无法给予全部阐释的。人类生命的这种能力不是一种异常，马克思曾说过人类把握世界的几种不同方式，归纳起来有两种基本方式：一是理性的、逻辑的把握方式，再一个是想象的通悟的把握方式。它所运用的就是这后一种方式，它是在科学文化里面无容身之地的一种实际存在。客观世界中天、地、人之间所实际存在的魅性关联，就以这种方式体现在人文文化当中，它富有灵性与生命力，而且它维护着支持着人类生命的健全发展并与自然和谐对话，与历史和谐对话。我们所说的魅性，其实就是人文文化的一种特性。这种文化魅性一方面具有感性特征，靠通悟而达至与那种终极目的的和谐对话，那种直接的、自觉的和谐对话。另一方面我觉得魅性所在最核心的问题应该是人内心深处的善性、人文情怀、人道情怀，这种人道情怀不但施之于自己更施之于他者，也包括自然宇宙。所以这种文化带有一种信念伦理的特征，这个信念伦理是超越现实功利的，它追求的是一种无个人利欲目的的完善与可能，最重要的是人文情怀。另外一个重要的方面就是对未可知世界的敬畏，这就是科学无法解释的生命之间、人与自然之间、人与历史之间那种魅性的关联，甚至包括那种被人们看作迷信的荒诞的民间礼俗文化，多种的丰富的民间礼俗文化、风俗文化、心理文化，比方说敬神仪式啊，婚丧嫁娶的讲究啊，等等，汪曾祺把它看作一种民族的常绿的童心，而美国的学者本尼迪克特则把它看作一个民族的精魂，丢掉这个民族的内聚力、生命力，内在的文化传统就会消失。

施：这些大概也是文学得以发生发展的渊薮。

孔：说到文学，文学是一种魅性的产物，是一种生命魅性的产物。人们对文学元问题的理解有些方面需要矫正。过去人们常常从反映论认识论的角度来规范文学的定义，甚至于简单地从经济基础—上层建筑—意识形态这个角度来规范文学，它固然也是一种企图通达文学的一种认知模拟系统，但是真正要了解文学，我觉得最基本的问题要知道何为文学，文学是何物。人的生存需要几个世界，如物质的世界、制度的社会的世界，也包括个人那种智性创造的世界，另外也还需要一个感性想象的世界。人的本质力量的对象化本身就是一种生命的愉悦，是一种自我满足。在这方面，除了知性创造的理性的世界，还有感性的想象的世界，去掉这个感性的想象世界，生命会变得枯竭，因为人类每个个体生命所拥有的具体的短暂的生存，相对于历史和宇宙来讲，不过是转瞬即逝的，而人恰恰是追求无限的，希望自己走得无限远，希望自己经历无限多。不过这种面对有限企望无限，从而使生命得以实现和谐的生命诉求的满足，这是只有想象力才能做到的事情。所以文学的发生，人们能够创造文学，包括人类能够鉴赏文学，都是生命存在的需要，也是生命能力的一种展示，文学是生命能力的一种呈现，也是生命存在的一种方式，从这个意义上说，人人都是歌唱家，人人都是文学家，人人都是小说家。所以我说文学是生命魅性的产物。而缺乏人文素养、缺乏人文特性的作家是一辈子也写不出好作品的。

二、人文魅性与中国现当代文学发展

施：人文文化和文学的关系已经阐明，那么它在文学中尤其是在小说里面的表现，特别是和现代以来的文学史的关系，人文魅性对现当代文学发生发展的关系等，我们需要怎样来认识？

孔：在近百年来，社会、历史、文化、文学的主潮性演进过程中，人文文化经常是被抑制和遮蔽的，特别是那些主导性的观念——历史变革、文化变革的主导观念，比方说启蒙观念、革命观念、政治观念、经济工商观念的强势，都会使魅性的人文文化与文学遭到压制和遮蔽，所以常常在主导观念倡导文学的时候，与人文没有直接关系。启蒙文学是以科学主义理性主义为准则倡导的文学，如尝试期的白话诗和问题小说就是；革命文学常常是政治小说，基于革命观念的建构，来重构小说。经济时期那种工商观念，导致商品社会那种欲望的煽动，必然催生人性的异化，文学随着这种潮流倾向走也是一种异化。所以历史文化变革的一些主导性的观念，容易推动工具性、物欲性文学的发达，而人文魅性常常被抑制被遮蔽。但是应该看到另外一个方面那就是反弹，这是一种激发，科学主义、理性主义作为一种主导观念的存在，它必然要对文学创作形成一种统合作用，一种挟制、制动的作用，但同时也必然要遭到人文性文学的反弹式反应，因为文学其本身便是一种人文性的东西。所以从另一个方面来看，又是不幸中之幸，这种激发出来的反弹式的表现，不仅增加了现当代文学创作的丰富性和现当代文坛的种种复杂纠葛和复杂表现，同时这里边分明可以看出魅性的人文性追求，居然能成为一种文学创作的自觉。所以考察这一百多年来的实际状况，应当发现人文视域中的这种魅性的呈现是相当丰富而且深刻的，它有一个规律，这规律就是当这种统合作用被分解被淡化的时候，人文视野中的魅性就开始滋长。这在几个时期表现最突出：一个是二十世纪二十年代中前期，即启蒙落潮期文学对于启蒙那种理性万能的科学主义倾向的反拨。我直接把它叫作返魅，因为那种理性主义、科学主义、启蒙主义是祛魅的。祛魅对于个人自觉、社会自觉、历史自觉是有好处的，是功不可没的，但是对于文学来讲，祛魅本身就是一种伤害，所以在启蒙落潮期出现了反弹——返魅，这表现在二十世纪中前期开始的乡土文学的悄然转化中。所以我说现代时期那种观念倡导和文学特别是小说创作实践之间是有差异的，文学史演进过程中往往是从很多方面可以看到是存在一种张力或者说对抗的。

施：您谈到现代乡土文学的返魅，这对我们理解这一段文学的特质和理解二十世纪文学史具有重要的启悟意义。我们看到，此前相当多的学者，都把二十年代的现代乡土文学看成启蒙思潮的延续，在您的文章中，曾明确指出，现代乡土文学甚至是在走出了启蒙统合主义的笼罩才获得了它们特有的文学价值。那么，现代乡土文学在人文的返魅方面有哪些表现？

孔：比如说，启蒙者对被启蒙者与知识分子（作家）对弱者的这样一种身份置换。在二十年代现代乡土文学之前，被启蒙者就是指愚昧落后的国民（虽然其生存是不幸的、悲剧性的），他们是应该被批判教育的人；而到了现代乡土文学作者这里，过去的被启蒙者逐渐被置换为生存弱者，变成实际上被大家同情和应该救助的人。角色转换是作家主体情感的转移，审美情感的转换便随之发生，这是必然的。当理智转换成重情重义的伤情，感叹人生不幸，而且对这种人生不幸以人文视角来关注的时候，作品所传达出的意味就不同了。再一个，现代乡土文学对于人性、生命、自然与历史之间的种种魅性，有突出表现，特别表现为对民间礼俗的沉浸，从民间礼俗活动当中发现的是鲜活的、极富生机的生命状态，而不是压抑的、失去自我的、干瘪的、非人性的异化状态，就二十年代中前期而言，那是一种暂时被张扬的充满生命力的人文返魅状态。

再一个阶段，启蒙时代渐渐成为过去，而政治力量呈一种分庭抗礼的状况出现，并形成一种彼此相对疏离的状态的时候，这个时候文学发展进入了多元化。像三十年代的文学多元，是文化的、政治的、审美的和艺术创造的多元，在这种新的多元语境中，文学的表现就可能有人文自觉性的东西蓬勃而生，像"京派"就是从此而生，自觉地对历史现代进程进行痛切的反思，对畸形都市文明的对抗，对乡下人身份的自我认同和标榜，对土地之子的强调与自豪，都是人文性自觉的表现。这个时期张扬的是什么呢？是一种对人性与生命的充满活力的原生状态的渴盼，以及对自然和谐的生命存在环境的渴盼与回忆，在创作上表现为对于重建魅性文化传统的自觉努力。这种自觉性在沈从文等京派作家身上表现得异常鲜明，还有更多作家像老舍等对社会历史变革造成的弱者的不幸有自觉的观照。

再比方说四十年代。经历抗战前期的心灵震撼和文化观念的深刻调整，人们发现，中国现代文学发生之后的一个核心问题一直未得到解决，即如何调整、调和中西文化。尽管在二十年代中期、三十年代初就有些人认为传统不可废，但到哪里去谈传统？这个传统安放在哪里？与西方文化如何对话？新的文化建构从哪儿开始？这些是解决不了的，其核心的问题就是民族文化的基本精神在哪里？它的核心在哪里？这个问题一直没有解决。虽然有人做过一些努力，包括胡适二十年代搞过的国故整理、余上沅等人倡导过的"国剧运动"、闻一多的"新格律诗"探索等都解决不了问题，甚至包括二十年代闻一多等作家在美国建立"大江会"宣传国家主义，实际上也解决不了这个问题。因为那个时候追求的还是一种民主国家的观念，关于"民族"的意识是相对滞后的，而传统文化精神又与"民族"根脉相连，所以那时解决不了这一问题。但是到抗战的发生，激发起了一个东西，中国人价值判断中最神圣的伦理原则——爱国主义、爱国之心。这是一个伦理性的东西，它淡化了原来所无法调解的各种政治、文化、文学立场之间的对抗。伦理的统合，自然导致了对中西文化现代交汇当中的建构基点问题的解决，在共识领域里确认了这一基点所在，就是被我们叫作"国魂"的民族文化精髓。它是中华民族赖以生存发展的精神根基。只有在这一根本点上，中西文化的会通与中国新文化的建构才会富有成效，才会取得理想的效果。到四十年代中前期，就很自然地进入了一个文化综合期，由伦理统合走向文化整合，于是人文性的倾向就相当突出了。这个问题的解决导致了作家们开始思考人类命运、生命悲剧、历史命运等等，在这个时候巴金等一大批作家创作倾向发生了转移，三十年代末四十年代中前期，出现了许多我认为可以传诵久远的作品，像师陀的《果园城记》《无望村的馆主》，巴金的《憩园》，等等，也包括像徐讦的《风萧萧》，他们在作品中要表达的文学思想都是人文主义最侧重的一些东西。

再后来就是新时期，八十年代中后期特别是九十年代以来是人文魅性在整个文坛上表现比较突出的一个时期。八十年代中期开始的"寻根文学"极为突出，它对原生文化之初的精神寻找，实际上是对一种充满魅性特征的民族文化之根的寻找。这样的作品极富魅性的力量。八十年代末开始的"新写实"小说的出现标志着对形成定势的批判性现实主义传统的一种超越和一种走出，开始出现那种不追求理性明晰，但求生命感受的真实的倾向。其实这就是文学魅性所在。包括后来的"新历史主义"，它对明晰的理性建构进行排斥，重构出一个充满感性和偶然的历史，它作为史学著作当然是不够格的，但在文学创作中它却促进了文学对魅性文化因素的自觉追求。包括1996年的现实主义创作，也都是走出了批判性现实主义那种束缚的结果。小说家们的创作展现出对人文魅性的一种自觉回归的努力，这也是小说本应该具有的内涵。

施：寻根文学也很复杂，像韩少功写的《爸爸爸》有启蒙文学的因素，王安忆的《小鲍庄》里呈现的是一种相当驳杂的倾向，但是阿城的《棋王》、李锐的《厚土》、李杭育的《最后一个渔佬儿》、郑万隆的《老棒子酒馆》等多数寻根小说，则具有丰富的人文魅性因素。

孔：是这样，因为寻根文学它是从对西方魔幻现实主义的模仿同步进行的，那时候一个马尔克斯的《百年孤独》，影响了整个中国文坛，那时候还有许多作家并没有真正的人文自觉，它是一种想对西方追随模仿的表现。

三、人文魅性与今日文学

施：现在文学界对今日文学及其生态有很多看法和说法，从人文角度看，当前的文学环境和文学生长确实整体上令人担忧。

孔：谈到今天的文学生态，褒者有，贬者有，骂者也有，确实是一个纷乱的局面。说多元不如说纷乱更为恰当。鱼目混珠，把文学的生命魅性降解为肉体的欲望者也多矣。批评的追捧，创作的标新立异，常常是偏离了文学的基本要求，这些确实是不尽如人意。目前这个局面是大河决堤之后水流到处漫溢的一种表现。但是令人欣慰的是，其中也有值得珍视的地方，关键问题是我们怎么具体来看，你不可能要求哪一个时期的文坛都是清一色的文学，文学当中有杂色，甚至非文学因素的介入都是可能的。而且更应该看到的是，我发现有些年轻一点的作家在人文自觉方面甚至超过了八十年代中前期成名的一些作家，他们的创作正在昭示着一种新的文学反省和文学理解的生成。九十年代以来，小说界基本上实现了对过去启蒙主义时期、政治革命历史时期形成的小说理念框架，特别是冲破那种由批判现实主义到革命现实主义所形成的这种僵化的现实主义的文学束缚。而过去那种理念框架，是经过半个多世纪以来形成的，它要求文学的诉求与历史的理念同构，带有明确的工具主义的取向，而且宣传上赋予它一种本身的正义性，它和正义性一起出台，好像小说成了判断社会、判断历史和是非正误的标尺，成为批判丑恶和"倒退"的一个利器。其实这本身就是对现实主义的一种误解，我刚才说走出现实主义小说理念框架，并不是说现实主义文学已经失去了生命力，真正的现实主义并没有终结，有人认为这种现实主义已经失去了对当今社会的表现力，这是一种误解，其实现实主义的生命是永恒的、常在的，因为它关注人生、人性生命的存在状态，关注生命与历史与自然的关系样态，关注生命悲剧。对历史、对悲剧的感受对现实主义文学来讲，就是以生命悲剧为起点的，即使是史诗性作品也不能偏离对这个原点的要求。

真正动人的让人永远感动的现实主义作品常常并不是首先悬起一把批判的利剑，不是对现实生活进行理念裁剪，而是表现生命存在的悲剧性现实，能够深深地打动人心震撼灵魂，正像我们读《红楼梦》、读托尔斯泰的《复活》，这个效果是一样的。

施：它的内核主要就是人文性的人类关怀。确实如此，无论是前些年张炜的《九月寓言》、阿来的《尘埃落定》、李洱的《花腔》、范稳的《水乳大地》，还是近年的迟子建的《额尔古纳河右岸》、蒋韵的《隐秘盛开》、毕飞宇的《平原》、刘醒龙的《圣天门口》、铁凝的《笨花》、阎连科的《丁庄梦》、裘山山的《春草花开》、李锐的《太平风物》、范稳的《悲悯大地》等长篇佳作，就是在历史和现实层面上深深浸润着人文魅性的特征的。更年轻的作家作品比如魏微的《化妆》《异乡》、乔叶的《取暖》《解决》《锈锄头》等在人文魅性的自觉方面似乎更带有一种天然的文学本能。

孔：这是当前的小说希望所在，希望就在于年轻的作家开始突破既有的那种历史理念和小说的理念，达至一种与生命、与自然、与社会之间的这种魅性关系的展示，甚至于对于这种不可知世界的一种心灵感受和与生命共在的一种气氛，能够启示你思考许多关于与终极目的对话的可能。更了不起的是，魅性中的进化与退化问题、不可知问题、宿命问题等等，在当前也得到了关注和富有艺术魅性的表现。遗憾的是，批评界跟不上创作界的这种体悟，缺乏自觉的认识，自认为自己走出了那种僵化现实主义的束缚，其实自身仍停留在那种批判性的现实主义理念里面，仍然用那种僵化的现实主义理念，比方说批判力、明晰度，来强行解读当前作品，得出另外的评价甚至批评。目前批评与创作之间的脱离，应该给大家一种警醒了。

施：人文魅性具有无尽的可能性，既是内在的，又是浩瀚丰盛的，不仅让我们思考文学发展的得失，更可以给我们对文学的本质和源泉问题的思考，带来新的启示。

（原载《小说评论》2007 年第 1 期）

他开拓出了一个生命存在的新场域

——读侯林新作《倾听风吹过树梢的声音》

在《看不见的风景》问世九年之后，侯林于新近又出版了他的第二部散文集《倾听风吹过树梢的声音》。从前者到后者，已历时九个春秋，后者中的文字则正是于其间写就。在竞相以码字为能事的当下，也许有人会怪讶于他写作的"慢"与"少"；但一路读下来，我却深深感佩于他对于文学写作的虔敬之心和将写作视之为生命价值缔造的精与诚！在我看来，人们一旦将文学写作视为博名逐利的工具时，那他们的"作品"就必将成为生命异化的表征，其更严重的后果则是，不仅会反过来进一步异化自己的生命以至于使其完全走向"人"的反面，而且会蚀坏社会读者的心灵，演生成一个时代为后人所诟病的负性精神现实。侯林的散文创作，好就好在自觉地远离着当下正愈演愈炽的这种浮嚣的非文学写作风潮，表现为一种为文学创作所必需的坚持和不懈的探索，数量虽少，但却精，却好！

纵览这先后两部作品，我们不难看出，从《看不见的风景》到《倾听风吹过树梢的声音》，自有其一以贯之的文脉承续，前者中那种充满蓬勃生力的诗性智慧和沛然其间的人文情怀，作为作者为人为文的一种个性质素，依然充盈于后者的字里行间。但我们又分明可以感觉到，在后者中同时又表现出令人称叹的可贵发展和新的进境，而且正是这种发展和进境，在标示着它深具启示意义的价值和别具阅读效果的文学贡献。相较而言，在《看不见的风景》中，为作者更为侧重表现的是，作为感受和认识的主体，人们在与外部世界的沟通与对话中所能够表现出的主体智慧的特异与诗性所在，以及作者对艰难时世中人生遭际的动情感怀与缅想。在创作主体与外部世界的关系表达中，尽管我们可以完全领略到作者在其中所表现出的为人的自觉和为文的自觉，但是，在物我之间为作者所感知着的主客之别或者说主客之间的界限还是不难被感觉到的，流行多年为现实主义文学所信守的认识论的规约，在作者的艺术骋想和表现中依然是一个不敢尽破藩篱的警示。可是到了《倾听风吹过树梢的声音》，情况就有了明显的不同。就我的感觉而论，我认为，这时期的侯林不仅在内在的人生观念，而且在艺术理解和实际的艺术表现中已突破上述约束，步入了生命的自觉。阅读这些作品时，给人的一个突出感觉，就是仿佛置身于一个别具魅性力量的世界，它具有一个"场"的磁性特征和促人动情动意的整体氛围。细审之，我敢断言，侯林为自己开拓出了一个生命存在的新场域，而且是其自觉而为。

在这个场域里，我们已感觉不到作者作为创作的主体与艺术创造根本要求之间的隔阂，作为作者处置生命存在的一个新的场域与散文作品中所得以表现出的整体生命氛围自然而然地融为一体。在其中，我们不仅可以因其所创构的虚拟性的艺术场域而觉身心陶醉，而且同时又处处都能感觉到作者浸润其中的生命律动，恍如正置身于一个不为功利所累亦不为现实拘牵的自由舒放的生命之境。这个集子中有许多揣摩人生的篇章，其中为其所着重思考和表达的，就是如何将生命存在由现实有限之境引渡到超越种种规限的无限之境，从而获得心灵的自由。在作品中为作者所特别推重的一个概念或者毋宁说一种境域，那就是"可能"。他服膺海德格尔那个著名的论断："可能高于现实。"因为在他看来，"现实"永远都只能是沉重而又充满缺憾的，只有"可能"才是更为丰富且通达永恒的。人应该有能力"时常生活在一个可能的而非现实的世界里"（《浪漫》），让生命得以舒展，心灵得以自由，想象得以高飞，情感也得以永驻。他说，"总是向往着过一个审美的人生。就像福柯所言：我们要像创造艺术品一样创造我们自己"(《私语空间·卷首语》)。可以说，这既是他的自我期许，也是他永不言弃的践行原则，而为其经常体验到的，无疑则是"美丽的梦，审美的醉"(同上)。而正是这种生命存在场域的开拓，才有效地支撑起了他散文中别具韵致的艺术天地，这也就像他在一篇散文的开头所说的："你总是好奇地注视着，你喜欢让自己翱翔于在一个可能而非现实的世界里。于是，故事便在你的注视和想象中渐次展开。"(《你总是好奇地注视着》)

作者在这个集子的《后记》中有一夫子自道。他说，他之所以用"倾听风吹过树梢的声音"做了书名，是因为这是个他十分喜欢的富有诗意的意象，究其源则出自一美国画家——安德鲁·怀斯的日常生活。接下来，他有一段对事情原委的简要叙述以及他由此而兴发的精妙议论："这位举世闻名的画家用心灵拥抱大自然和家乡的景物，从村舍、小丘到一草一木。他的一位朋友说：假如把怀斯的眼睛蒙起来，他只要倾听风吹过树梢的声音，就可以正确地告诉你，他坐在一棵什么样的树下……这个意象还使我联想到秋风动禾黍这个让国人自古而叹的古老意境：过黍离而兴悲，临广武而有叹，旷千载而相感者，其在兹钦！显然，大自然中的许多事物都不是孤立存在的，这些事物和场景与人的思维一样，都有着一种贯通古今、思接千载、超越时空的秉性（或力量）存在着。"毫无疑问，作者在这里认同和兴会表达的，正是他对生命、自然乃至艺术的深在观察与会心的理解，也正是他在散文艺术创作中所企欲达至的境界和效果追求。这一点，在他的作品里可以得到很好的验证。品读这些作品，人们大约都会感觉到，其"故事"的展开所依据的，显然就是为其所悟通的那种诸种事物间深在的永恒性内涵，即其所谓"贯通古今、思接千载、超越时空的秉性（或力量）"。恰恰就是这种出自其几近于精神信仰的生命理念与人文情怀，构筑了他散文独异结构样态的内在文脉，和因此扩展而成的有界无疆的艺术空间。

在其作品中，他所呈现给人们的显然是一个感性而非现实的世界。比如令我最为感动的那篇《浪漫》，全文似乎主要由取自明显为作者亲历的数个人生片段来作为支撑，但使我如此动情动意的，又绝非仅这几个并不存在现实连贯性的"故事"所能为。我不怀疑它们曾为作者亲历的现实真实性，甚至更愿相信它们在作者人生成长中所发生的可喻之为成长基因的支配与酵发的作用，可是我不能不说，真正的原因还是将其含纳于内、氤氲其中而又流溢全篇的深在情思的潮动，以及由这种怀念与渴望人性之美的情思所酿成的魅性氛围或者说场域。在这里，它们因其人性与生命追求的永恒性内涵而被陶冶为非现实场域的有机组成内容，已由现实中的一块块富含生机但却沉重的泥土升华为"可能"性场域中昭显永恒的片片云锦。我想，无论谁阅读后都不能不被其深深打动且感慨系之。在昏暗冷寂的小巷中，那个十多岁的孩子冒着寒风，每天晚上都到红砖房高高的临街小窗下希冀聆听到心中无限憧憬的钢琴声，虽然那琴声始终也没有响起，这种在那艰难岁月中的无望与渴望，难道不正是生命之浪漫追求与生俱来的渴望与坚持吗？其实，在人们现实生存的清贫与困窘中，在貌似平静的事物外表之下，也依然可以感受到永具活力的历史与文化的传承，生命创造之连接永恒的脉动永不会停搏。就如"文家小院"的文娘娘，她"矮矮的个儿，灰白的头发，一身洗得发白的便装，纯粹一位相貌普通、善良本分的家庭妇女，你甚至认定她没有文化"。可是，当她吟诵出一个个诗一般的谜语来时，则"犹如轻轻撩起帷幕的一角"，让人感受到的却是"文化的典雅与妙曼：那是秦砖汉瓦的浓烈气息，宋词元曲的悠悠韵致"。至于人世间的爱情，那更是人类亘古以来不变的追求，是人之生命中最为刻骨铭心的一种情感。作品以颇富诗意的笔触，描画出一幅与挚爱女友擦肩而过的情境画，是情境画，亦是心画。但这短暂的真爱，却已经成为永久不灭的感动和记忆。就如在另一篇作品中作者所写的友人"他"对失恋的心境道白：在经历了这次刻骨铭心的感情之后，"我会心怀感激，永久地回望着市廛楼台间那扇曾经专为我开启的窗口，泪湿青衫，虽说明知一切流逝的再也不会重来"（《回家的路》）。

文学能给人以"丰富"，但却不会承诺以"圆满"。作者在其倚重情感与想象（亦即为作者所特别重视的"幻想"）提升和舒展开来的艺术空间内，并没有将人间事一一予以圆满的结局或理想的补充、改造，相反，他倒是特别属意于对那些记忆中现实片段缺憾性内容的艺术凸现。那个孩子一次次去企望听到的钢琴声却始终没有响起；清雅安详的文娘娘却并非出身高贵，而是生活于几乎极端的清贫之中；"我"初恋中美好而倾心向往的爱情，也是在约会的擦肩而过中成为永远的痛……试想，如果不是这样处理，而是描述为小孩在琴声中得到了满足，文娘娘出身高贵且生活富足，"我"的初恋成功且终成眷属，那这样的散文还有什么意思？你还能为它所深深地感动吗？现实人生中本来就充满了缺憾，而且现实中的满足感事实上常常是只能使人不思进取，情感和想象的翅膀也会于不自觉中慢慢垂下。不错，作者是说过，"艺术要完成那些在现实中所不能实现的东西"（《感觉》），但那指的是能让人们提升境界，在现实的残缺中萌生出能够触摸到永恒性价值的感受。作者在一篇作品中特意引述过当代山水诗人孔孚的《灵岩寺钟鼓楼前小立》这首诗："鼓不知哪里去了／只悬一口哑了的钟／这山谷多么寂寞／空有多情的风"。他说他读过的感受"是瞬间的永恒。是物我两忘。是天人合一"（《倾听》）。我相信他这种感受的真实性，他在这儿所欲表达的其实就正是这样一种道理。在谈到声音时，他说："在世间的一切音调中，忧郁是最富有诗意的。"（《眼睛》）诚哉斯言！在对现实人生缺憾的表现中，为艺术所着重关注的则是它们在人的心灵和情感上造成的伤痛，尤其是爱情上刻骨铭心的离失与怀念。正所谓"人生自古伤离别"，这种最为本真而幽婉的情感状态从来都是艺术表现的钟情之物，和借以传达人性之诚与情感之美的对象。该书作者用心地营造出了这一情感氛围，读来自然多了几分回肠荡气之感。

作为同一位作者笔下的作品，在艺术场域的创辟和气氛营造上自有其共性的特征在，但由于所表现内容的不同，在艺术创造上也会很自然地在动态的统一中表现出多元的个性追求。该书作者是一位特别喜欢对自然、社会与人生进行哲理性玄思的人，其对人生况味的幽眇玄思和对近乎终极意义的自觉触摸，即使在上述以借人生记忆而抒写感怀的篇什中也时有表现，且使之成为支持全篇的系之悠远的深在底蕴。而在《倾听》一类的作品中，作者则是重点写或者说正面写对某一观念的思辨与悟通。照理说，这种理性极强的内容是很难不被写得枯燥而无兴味的，但他却按捺不住要去写它，而且写得竟又是出人意料地别具神采。情、景、意的相因相生，把人类智慧的魅力在极具现场感的生动书写中展现出来，共构成一个与读者会之于心、启之以智的灵动感人的艺术场域，是这类作品的一个基本特点。比如《倾听》，说穿了写的本来是作者从后期海德格尔语言诗学所受的启发与思考，但他却似乎身不由己地在想象中把它幻化为与对方身临其境的对话。"我是在一个飘雪的冬夜里与你相遇的。那时，小巷里阒无一人。黑黢黢的夜色和冷寂寂的落雪正好伴我独行。而你就在这时出现了。你站在黑森林深山里你筑造的托特瑙堡小屋的近旁（这座孤立的木屋，正是你后期远离尘嚣的宁静的思者生活的见证），背后是连绵的山峦。你头戴一顶深色的无檐软帽，身着一件黑长的粗呢大衣，手持一件我实在说不上什么用途的木棍……"这种对二人遭遇情境的描绘，让人几乎不会怀疑它确曾发生的真实性。他甚至还写到海德格尔在一位房主人家里谈论《庄子》的现场性细节："那晚，你诗情洋溢，你对着房主人大声说：拿《庄子》来！""在场的听众全都惊呆了。他们担心你当众索取一本根本无人知晓的书会使房主难堪。但是，房主回到书房，几分钟后便持一本德文版的《庄子》回来了。人们如释重负，惊喜地鼓起掌来。"当然，这是七十年前发生在不来梅的一幕，可作品如此写它，却又不能不使人穿越时空的阻隔，已随作者亲临了当时的现场。在这样的氛围中，"我"与海氏贴近心灵的对话，以及其中闪烁着智慧之光的思维推进，这一切都显得那么亲近可感、新奇而别具魅力。

为了增强艺术表达的效果，作者在艺术空间与心理空间的多维性开拓上也颇下了一番功夫。他突破传统的叙述方式，对同一焦点事物的叙述常常会采用大幅度调换视角和多重审视的方法，从而使所要表现的对象意蕴获得更丰富呈现的效果，比如《浪漫》一文中对那次擦肩而过但却抱憾终生的失恋的描述，叙述的主体本来是"我"，但作者却先行用了第三人称，从远处凉亭上一对情侣对"他"的盯视与疑猜写起，接着再以"我"的口吻述说事情的原委和难受失望的心理活动，然后则又以"你"的称谓来表现自我心灵的对话。其实，包括第一层叙述在内的这三个角度，都是"我"不同心理层面和内心活动展开的重要方面。这种拉开的对视与在情景交融中将心理活动维度荡开的处理方法，的确有效地增加了艺术表现的张力。作者是一个擅长于利用人称的转换使用来收取艺术表达效果的人，同一篇作品中对几个人生片断的回忆，如果一"我"到底，那该会是什么结果？可经作者将第一、第二、第三人称闪跳转换的使用，文章就显得跌宕起伏、摇曳多姿，感觉大不同了。

当然，这些作品也并非已臻至境，无可挑剔了。事实上，有些略嫌生硬从而影响到气韵圆融流畅之处还是不难被感觉到的，而在所有作品之间在所用心力和实际达到的水平上也表现出明显的失衡。但这都不致影响到它之独到之处的成功凸现。特别是作者自觉坚守于生命与艺术的诗意栖居这一点，对于当下而言，实在又具有着超越个案价值之外的意义。这些作品，对于一般读者自然有着积极的审美陶冶作用，而对于从事文学写作的人来说，在文学如何才能成为文学的问题上也许能够从不同的角度受到启发，重悟了一些什么。而这，也正是我不揣浅陋为之写下这篇评介文字的深在用心。

（原载《山东文学》2010 年第 2 期）

《鲁迅与中国士人传统》序

    我感觉，田刚是一个具有诗性气质的人，对学术的热爱与坚执几近于痴迷。他要想做个什么课题，那是一定会究根穷底抓住不放的，即使是难度再大也决不会放手。对他而言，困难似乎非但不会成为挫损其心志的坚障，常常反倒成了激发他热情的酵素。三年多以前他给我谈，他要作"鲁迅与中国士人传统"这个题目，表示一定要做好。他对我说，这个题目很有价值，但难度也很大，既需要贯通古今的文化涵养的支持，也必须有对自身价值观念和思维模式的深刻而全面的调整。他说，他知道，但他放不下这个问题，他会做好的。现在，摆在读者面前的这部专著，就是他历时三载，宵衣旰食，结撰而成的对于这一课题研究的第一个系统性成果。我不敢说它已达到了什么样的高度，但有一点我却是确信无疑的，那就是它在重建学术理路、对鲁迅与士人传统关系研究的创辟性阐释与学术建构，以及对超越这一课题研究之外的启示等方面所取得的成效，都将是读者在读后能够感知到的。

    记得有一位西方文化学者通过实地考察得出过这样一个结论：任何外来的异质性文化，无论它采取多么激烈的方式，都难以改变一个民族的文化根性。五四时期，中国先觉的知识分子出于彻底改变古老中国因循历史的深在目的，阋中肆外，对被认准的中国历史所以陈陈相因之症结的传统文化，以决绝的态度进行了猛烈的抨击。作为一代新的历史主体，他们是以传统文化叛逆者的身份特征亮相于历史舞台的。这是历史的事实，而且应该是一段不容作历史价值否定的悲壮史实，对它在中国历史和中国文化现代转型中所起到的无可替代的作用应给予积极的肯定。但这只是问题的一个方面，且不说中国传统文化的根性并不可能被置换，就是这些历史弄潮者本身也无法斩断与这一民族文化根性的血脉联系。人们应该明白，这些新型历史主体的历史态度或曰文化态度，并不能等同于他们的文化涵养和内在文化精神结构。试想，当时他们的判断，是中国的"士人"，为解决中国的问题，在中国的具体环境中所做的事，哪一点能脱离开"中国"？别看他们和本土传统文化之间表现得那么势不两立，岂不知他们本身即是传统文化精神先期孕育的结果，甚至连他们这种激烈反叛的目的本身，又何尝不是传统知识分子人格精神长期育导和激发的结果。明乎此即可以知道，不能依据历史对象在特定历史情势中所作出的"合理的片面性"选择，而对其作为一个历史对象的文化精神结构的丰富性也作出简单化的理解和处理。不然的话，不仅看不到他们在自觉价值取向与深层心理驱动力之间逆向构成的复杂性，更会影响到研究者学术观念和思维模式形成的科学与否。

田刚在研究鲁迅与中国士人传统的关系时，对这个问题有极高的警觉。我以为这个研究成果的成功，首先就是因为他有了这个觉悟，才使他与传统性研究中近乎绝对的"断裂"论之间画出了一道界线，由此而得以能够从容地对这一复杂对象作出更为冷静且更为接近对象实际的系统考察和合理阐释。作为该专著的认识基础，作者对这一理解作出了颇具说服力的解析与说明，新鲜的理论内涵和对新文学史观的尝试性崭露，都给人以诸多启迪。

当然困难还不单单限于重新把握对象时的观念如何，从研究过程的具体展开来看，更多的还是在于由这一课题的特殊性所规定的大跨度的历史梳理和更为陌生的知识障碍。从先秦至魏晋以至于近代，要从难以预计为限的典籍解读中厘清错综复杂的士文化衍生变化的承传关系，要紧的是还要从中触摸和捕捉其贯通古今的活的精神，找准与鲁迅精神特质的接点，做起来谈何容易！这几年现代文学研究领域终于有将古今打通来做的呼声和尝试，但罕见有十分成功者。不是这一主张不对，而是相应的知识储备不足，甚至可以说是十分匮乏。客观地讲，田刚此前有过一定的知识准备，他对这一课题的兴趣也正由此而来，但真做起来，立即就发现相对于这个题目来说，那点准备简直就单薄得可怜。在长达一年半还多的时间内，他几乎是像个书虫一样埋头读"经"，以致使修习历史和古代文化专业的学友们备感惊讶。但也正是这种异常艰苦而扎实的努力，才确保他终于修成了"正果"。充分、扎实的史料，可信的发现和论证，都能与其宏阔的学术视野和跳跃而畅达的思路较好地结合起来，也真是难为了他呀。就具体问题来说，田刚尽管对古代"士"的分化发展作了清晰的梳理，但并没有对"儒士""隐士"对鲁迅的影响作专门探讨，而是专就"狂士"精神传统与鲁迅的关系层层具论，从鲁迅内在精神特质与其自觉表述的一致性来看，抓住这一点重点考察辨析，还是深得其要领的。而且，他还特别筛选出不同时期的几个代表人物作个案解析，点线结合，相得益彰，则更是增加了一些说理的分量和学术的价值。

我想，田刚还有将这一题目继续做下去的必要。因为，就这一题目所含纳的内容来说，还有"儒士""隐士"传统与鲁迅的关系需要展开来看一看究竟是如何。虽然在鲁迅的自觉态度中反映出来的多是厌恶，但那时期新文化先驱者在为其张扬的与传统文化批判性对话的"显性"方式之外，在其非自觉领域事实上还存在着一种与上述方式逆向的隐性的"潜对话"方式，其深在影响尽管被视为"毒气""鬼气"，但不仅实际存在，而且是挥之不去的。如"儒士"之介入传统之于鲁迅、"隐士"之逃避传统之于周作人，都属显而易见的例子。田刚在这部著作中对此有明确的感悟，这大约是其继续做下去的一个起点。我们不能要求田刚在一部书中对相关的所有问题都作出研究，但却有理由希望他继续做下去，且相信他能做好。

（原载田刚《鲁迅与中国士人传统》，
中国社会科学出版社 2005 年版）

《租界文化与 30 年代文学》序

　　这些年，学术著作的出版可谓盛况空前。但在层出不穷、令人目不暇接的所谓学术著作中，具有真正学术价值的并不多。所以，每当读到一篇好的文章或读过一部好的著作，就会格外觉得神清气爽，精神为之一振。

　　摆在我们面前的这部《租界文化与 30 年代文学》，是李永东博士的博士学位论文，我以为，它就是这样的一部好书，是一部堪称独出机杼、别开生面的创辟之作。一年多以前，还在其成稿的过程中，我就有幸得以先睹为快，当时即为其令人耳目一新的学术构想所感动，大有"雏凤清于老凤声"之慨。眼前的这部书稿，是作者在博士论文的基础上用近一年的时间悉心修订的结果，比起原稿来，新锐之气未见消减，但笔力更集中，论析更深细，自然是更为精到也更为沉稳了些。我相信，这部书稿的面世，定然会因其作为对中国现代文学研究的一份新贡献而被人们关注。

　　《租界文化与 30 年代文学》一书最基本的贡献，就在于它首次提出了"租界文化"这一据以建构全书的核心性概念，或者说对"租界文化"这一特异性文化空间给予了特别的指认与关注。这实在是做了一件很见眼力、于推进现代文学研究大有裨益的事。由此，我不禁联想到两个与之相关的问题。一个是关于地域文化研究方面的问题。相对于往昔更多地关注于思潮、流派研究的倾向而言，近十余年来对地域文化与文学生成关系研究的重视，不能不说是一个进步，因为正是对这一对象领域的开拓，使中国现代文学研究从这一角度（当然此外还有其他不同的角度）上，显现了对长期统驭人们头脑的那种中/外、古/今简单化文化认知模式实现突破的可能性，在文化资源的丰富性和文学生成内在机理的复杂性研究方面取得了一些成效。但若细究起来，却又觉得有些不足。总的看来，这类研究大多是着眼于对某一地域如荆湘、秦晋、齐鲁、浙东等地文化个性的辨析及追根溯源的探究，落实到文学研究上也大多是对其文化内涵和审美创造的差异的辨析，也就是从地域文化根性的差异上作出较前更为切近对象的阐释。这种对原生性文化"知识考古学"式的发掘和现实辨析固然不可或缺，可是却并不能解决历史、文化现代转型变革中新的文化区域或曰文化空间的生成及其意义的阐释问题，譬如如何看待对峙中的京、海派文化，便是其中最突出的一例。

所谓京派、海派文化，既然也以地域为指称的标志，自然仍归属于地域文化的范畴。但是，它们又具有不同于传统地域文化界分的基本特征。在传统的认识中，对文化地域的界分或者对某一人、某一现象的文化地域性特征的指认，其文化特征总是与所由生成的某一地域相一致的。然而在现代对京、海派的指认中，问题却变得复杂起来，这在对京派成员的圈定中尤为突出。其重镇人物大多不是北京人或京城文化圈的人，譬如说沈从文是湘西人，李健吾是山西人，汪曾祺是江苏人，师陀则是河南人，而且他们自三十年代中期以后一直居住在上海（对师陀的京派身份认定有分歧，但我还是坚持将其划在京派范围内的，尤其是他在上海期间创作的《果园城记》和《无望村的馆主》等作品，京派味道则尤为浓重）。而在这些作家作品中所表现出来的，又都颇具乡情乡思的地域性文化特色，像沈从文笔下的湘西世界，就传统的地域文化研究而言，怎么说也和京城文化搭不上界。更有意思的是，像老舍这样土生土长于北京，作品又特别钟情于京味文化表现的名作家，却在所谓"京派"作家的圈定之外，这岂不怪哉！其实说怪也不怪，因为对所谓"京派"的认定，原本就不是在传统地域文化的理解中形成的，它的出现，实则是在全新的文化冲突和文化空间中所必然产生的结果，自有其独到的原则和意义。

至于"海派"表现出的却又是另外一种复杂。从地域属性来讲，它倒是名实相副，所谓"海派"文化，就是现代大都市上海的一种文化特性，其代表人物也大都生活于上海。但若从文化的生成特征上看，有很重要的一点却又常常为人们所忽略，那就是与传统的地域文化的原生性相异，它所表现出来的则是次生性的特点。而且应该看到，正是这种新型的文化及其所由生成的文化空间，恰恰是中国历史、文化现代转型中最具现代性意义的历史、文化空间与文化表征。在现代的地域性文化研究和文化空间研究中，是更应予以关注的对象。上海这个现代国际大都市的形成，是中国历史现代转型独特性的集中表现。与内地城市以自身嬗变的方式向现代化过渡不同，它的形成发展则是另起炉灶的结果。曹聚仁先生在《上海春秋》中对此已有明见："近百年的上海，乃是城外的历史，而不是城内的历史，真是附庸蔚为大国，一部租界史，就把上海变成了世界的城市。"租界，这块西方资本主义的"飞地"，在政治制度、经济生产与管理、观念与文化等方面几乎是全方位的移植，使西方世界的一切立体性地在十里洋场变成了现实。随着"华洋杂居"局面的形成和租界势力范围的不断扩大，由其掣动所致，终使上海变成了史所未有的现代国际大都市，使其能够在中国历史、文化现代转型中发挥着重要的引领和推动作用。有人说"研究近代上海是研究中国的一把钥匙；研究租界，又是解剖近代上海的一把钥匙"①，这话还是很有道理的。

当然，所谓海派文化或者如人们所说的"上海气"并不就是租界文化，但说它是由租界文化滋生的结果，却是不该有什么疑问的。对于海派文化的基本特点，从二十世纪三十年代的京、海派论争到当代学术界的诸多专述，已臻于明论，不想就此多嘴。我想要多说几句

---

① 陈旭麓：《上海租界与中国近代社会新陈代谢》。

的，一是想表明倘不执住租界文化这个牛耳，海派文化之所以生、之所以盛，解释起来总觉难得要领；一是想把京、海派文化对峙的问题再引申开来，因为其中所隐含的奥秘，特别是从现代文化空间一改常态的深刻调整和历史现代转型中文化的应对方面看，还没有完全揭示出来。在我看来，这里面却正有着更富时代新意的历史内容和发人深思的意义存在。以租界文化的滋生源而形成的海派文化，毫无疑问，在中国现代发展中是最具典范意义的现代都市文化，从历史现代性的角度看，它也是与其同向伴生并构成其文化性显现的一个重要方面。这其中固然有其必然性、进步性和文化发展现代性的一面，但这并不意味着它因此就可以成为中国文化现代发展及其对于历史承当的全面表征。文化的现代发展，不同于政治、经济，比较而言，情况是更为复杂的，不可仅据其与历史现代性同向性的简单因果关系而断言其一切均为先进。事实上倒是，现代政治、工商、科技等方面的重大变革与进步，所必然付出的代价首先就是对人文文化的遮蔽与消解，这比历史上任何一次变革所带来的负面效应都更为突出。比如海派文化中表现出来的伦理文化失范，工商拜金主义、享乐主义浮华人生观念的弥漫，华洋杂糅中民族意识的淡漠等，就都是上海这一现代国际大都市形成过程中必然的然而是负面的文化生成物。惟其如此，文化发展应对重大历史变革及其作为代价的人文缺失，常常是以正、逆两个方向互为制衡的结构性努力来承当对历史的期许的。所谓正者，即与历史变革顺向同构者，如现代之价值观念与人生观念、法理文化、科技文化、经营理念与管理文化等等，均属此类。而所谓"逆"者，即从相反的方向对历史变革及与其相符的一系列新的观念、文化进行制衡调控者，也就是人们所说的人文主义文化。这类文化直接与传统相接，其精神内核则直指人类几近于永恒的人道情怀与对天、地、人和谐关系的珍重。它对历史的责任期许表现为一种独特的方面，那就是对新变革、新观念中人文精神遗落的补救，对难以避免所要发生的人性与历史的异化进行规约，保障人性与历史的健全发展。由此，我们就可以知道京派在与海派的对峙中逞一时之盛的内在原因了。京派，即它的主要表现物——京派文学，其价值和意义主要就表现在它们是在面对日渐严重的文化的民族性和人文性危机时，在文坛上所作出的最为自觉也最具规模的对应性反应，它在维护人性健全发展和重塑民族品格的自我期许中，跨越了传统与现代、中国与世界，以及传统中不同地域之间的文化障碍，在文学领域中开拓出一个阔大的人文主义的文化空间！这该是一种多么有意味、有意思的文学现象呀，它的价值既在于文学，在于人文，也在于历史。

我所联想到的第二个问题，是关于西方文化在中国的传播问题。过去大家比较关注于传播者的主体性差异，和不同的接受与传播线路在文化选择上的差异问题。比如留学日本与留学欧美的在文化的接受上有何不同，他们归国后在文化立场和历史、文化变革的主张上又有怎样的区别，以及在国内历史形势的变动中其影响力的沉浮与变化等等。在中西文化的对接与域外异质性文化在中国如何传播的问题上，所做的研究也大多是停留在对归国者的译介文本和鼓动变革主张的评析上。但我想，这里似乎相对地忽略了一个事实上极其重要的前提，或者说一个不可或缺的空间性中介，那就是由"租界文化"所支撑着的独异的文化空间。试想，如果没有租界这种中介性空间，中国整体上仍然是闭关自足的"王土"和大一统的文化禁锢，那些留学归来者的"异端"性宣教又怎么能够实现并逐渐为人们接受？所以说，重视对这一对中国来说是前沿的、对中外两种文化来说是中介的特异文化空间的研究，对于深化研究中外文化的对接与传播，应当是十分必要的。

由阅读的兴奋而浮想联翩，不禁说了以上那么多话。但这适足以说明李永东博士这部学术专著的价值。他于纷披的多种见解中独具慧眼地揭示出上述问题的关节所在——租界文化，并对它既统一又矛盾的基本内涵与特征作了鞭辟入里的剖析，新颖且符合历史实际。这就无异于打开了一道光束，照亮了为其关注的对象世界的角角落落。无论是对三十年代文坛相关倾向的重新审视，还是对茅盾、沈从文、鲁迅等代表性作家创作变化原因的揭秘性阐释，无不给人以耳目一新的感觉。有胆有识，自成一家之言，实在难得。而且就方法论的角度而言，亦有其明显可见的启发意义。至于书中的具体内容，精彩之处自多，读者诸君可以自己去看，于此不赘。

当然，为了维护所选价值视角的优先性和显现其聚焦能力，在对某些对象问题的阐释上略显简单或者偏至，尚有可再斟酌之处，但可贵的是作者在作这种阐释时即有了一种清醒，这又是其难得的可贵之处。

（原载李永东《租界文化与 30 年代文学》，

上海三联书店 2006 年出版）

《五四文化激进主义与中国文学现代转型》序

　　对过去的历史对象进行反思性研究和价值重构，这是学术发展乃至历史发展对当代学者的一个基本要求。因为这些对象在成为不可改变的历史客体时，对当代的社会却依然不是一种不相干的存在。任何一个历史对象的完成，都不会成为历史的终结，正如人们常说的，历史像一条河，它会一直流淌到你的脚下。在历史的流变中，那些看似遥远或事实上确已遥远的思潮、事件、变故等，尤其是其中影响深巨者，都不会随其作为特定历史情境中具体行为的终结而终止其精神在历史河流中的流淌，甚至会成为一种后世的"心结"，长远地活在一代代人们的心中。从这个意义上说，历史也还是活在现实当中的，它不仅时时会成为现实的一种观照，而且会以精神的、心理的方式自觉不自觉地参与着对当代文化、学术和历史的创建。可是，由某一具体的历史对象所传留下来的历史、文化遗存和由其所形成的后世心结，固然仍具有不容忽视的当代价值，但毕竟挟带着这样那样的历史局限及其与现世必不可免的隔膜，而又成为当代文化、学术和历史发展的某种障蔽。所以说，若能够对那些已属于历史范畴的对象，特别是那些产生过积极而重大影响的对象作出反思性的科学研究，实在是一种很必要的工作，由其所反映出的，不仅是一种学术的眼光和觉悟，也是一种当代弥足珍贵的历史觉悟。

　　王桂妹博士在这部学术专著中所做的，我以为就是缘之于这觉悟的一种创构性努力。

她所反思和试图进行价值重构的对象，是曾经建树了一段历史辉煌且并没有真正离我们远去的五四新文化运动和文学革命。而正因如此，也就更增加了这一学术工程的艰难。在近百年来一波三折、风云际会的历史变革中，知识者固然从来都是这一变革过程不可或缺的重要参与者，但文化变革得以入主社会历史变革的中心，知识者能够以最为昂扬的历史主体感专擅胜场者，则莫过于五四新文化运动和文学革命这段历史时光了。五四新文化运动和文学革命作为一种空前的历史活动，事实上也确实为中国社会历史的现代转型发挥了不可或缺也无可替代的作用，但知识者对它却另有一番情感和回味不尽的记忆。在他们心目中，它是"历史"也是"现实"，或者毋宁说它还是一个有待于赓续完成的历史伟业，故而经常拿它来观照现实，并因现实中国民性的缺憾而引发对五四启蒙运动历史性"中断"的感慨和以之重构现实的欲望。这一切自然都没有错，而且我们这个民族应该为当代知识者心中仍然保有五四启蒙精神的火种而深感欣慰！可是我们也应明白，斗转星移，今之时已非彼之时，当年的历史不可能在今天原版复制，它的成败得失事实上也在挑战着当代知识者的智慧。由此说，对这一历史的反思，同时也是对当代知识者自身的反思，其艰难程度自然是可想而知的。其间最容易遭到的，还是来自于当代知识者群体内部的不能认同。

其实反思并不是二元对立思维中的简单化否定。我过去写过一篇短文，题目是《对视，并不是取其反》，反对的就是那种非此即彼的绝对化态度。在我看来，科学的反思不是翻烙饼，不是从一个极端跳到另一个极端，而是在一个新的学术视野中对历史所做的价值重估和意义重构。它不但不会伤及历史对象的内在血脉，相反，倒是这种在多维性思维结构中反思研究的结果，更加逼近其事实上存在的意义结构，使之也能穿越历史的障蔽在今天展现其生命的活力。令我着实感动的是，王桂妹在这种探索中所取得的颇具启发意义的实际成效。

她对五四新文化运动和文学革命所进行的反思研究，主要聚焦在作为其观念、思潮特征的"文化激进主义"及其与中国文学现代转型的关系方面。所谓"文化激进主义",应该说是近百年来历次思想启蒙运动的共有特征,并非自五四始,但五四时表现得更充分、更深刻,也更具典范意义。在五四之前的梁启超时代,文化激进主义的历史态度就已基本成形。在为其所发动的"新民"运动中,为解决"国民性"改造这一历史命题,就已力倡"革命"和"破坏力",并初辟了以西为是、以中为非的价值认知方式。但他对中国传统文化的批判,并不包含原旨性批判的内容,对先秦诸子未曾过多指涉,为其所关注的实则为文化传统的历史累积,更多地表现为对全民性的心理性文化积弊的口诛笔伐。而五四启蒙则是由这一命题深化到"最后的伦理的觉悟",并将批判的矛头指向了传统文化的原生时期和统驭性的精英文化的经典性建构。由于精英文化的创构与传播必然地与偶像的形成结为一体,所以这一批判又必然与对偶像的破坏共生。这种连根拔起或曰"刨祖坟"式的绝对化否定,在当时不同文化立场的人或隔世的学者看来,自然是不敢苟同。但如若从历史的具体情势出发来观察问题,则不难明白在历史现代转型的悖论性结构里,历史的前行只能如同人走路时迈出一条腿再迈另一条腿,根本不可能双足同时跳起。而当历史选定了在文化向度上实施突围之时,难道还有比这种激进主义的凌厉攻势更具冲击力的吗?试想,假若没有它的历史性出现,又岂能有现代性质的文化、文学乃至现代社会历史的发生与发展?没有这种巨大的冲击力,文化、文学乃至历史向现代转型这个负荷沉重的弯子又岂能扭得过来?有人有感于它的负面效应会在其发生的合理性上进行质疑,但我想在这里重申,历史自有其发展的自然法则,是不能回过头来进行假设的。从洋务运动、戊戌变法、梁启超的启蒙到五四的文化激进主义,历史正是蓄势而发,绝不是一帮人心血来潮、任性而为的突兀之举。对此,反思研究的可贵之处就在于,不仅能在学理的层面上看清它的不合理,又能在学理上合理地肯定它在历史价值范畴中所表现出来的巨大意义!

当然，反思研究必然也包括对反思对象的历史局限及其负面效应的冷静认识和合理把握。即如五四文化激进主义，它在历史格局的调整中表现为历史的合理的片面性，是合理的，但也是片面的，这是不可不予明察的。其局限性或片面性至少表现为以下两端：第一，从其与所预期的历史目的的关系来看，带有明显的乌托邦性质。对文化价值观念的批判性再造，只能为历史的现代发展创辟新的历史语境和参与模塑新的历史主体，却不能替代历史现代发展在政治、经济等方面所必须达至的深刻变革。而且，启蒙本身并改变不了被启蒙者的基本生存条件，在文化上也因其深在的隔膜而无法沟通，对底层劳动者尤其是广大农民而言，启蒙基本上是处于失效的状态。其实五四启蒙运动的落潮，很重要的一个原因是来自于自身的困惑，是在历史的悖论中必然的结局。所以当我们今天面对和理解五四启蒙运动的历史性"中止"时，也不能对历史采取理想主义的假设的态度，责难历史的实际进程，应当学习的倒是那些先驱人物在困惑中对启蒙自身反思的自觉与智慧。第二，就其激进的文化主张而言，也有着许多根本性的问题应该引起我们的思考。比如，它对中西文化所作的完全倾向于西方的价值判断和由此形成的价值认知模式，在学理上是经不住推敲的。尤应指出的是，这种民族文化虚无主义的倾向和与之俱来的二元对立思维模式的形成，不仅在当时就已显现其自伤的一面（表现为"历史合理的片面性"的行为，本身就是一柄双刃剑），而且在嗣后的影响中，负面的效应就更见严重。又如，它对科学主义和唯理性主义的极端推崇，必然导致对人文魅性和文学审美特性的忽视甚至否弃。如果完全按照当时的主张进行实际的文化建构和文学创作（虽然在其早期所作的基本上是这种努力，如尝试期的白话诗和问题小说，但很快创作就在与极端化主张的实际背离中获得了日渐丰赡的人文魅性与审美内涵），那结果将是不难想象的。再如，由于其对文化理解的工具理性倾向，势必将文学置于历史变革工具的地位，要求其与历史的现代性价值同构。这固然也因此而催生了与历史现代变革意义同构的新的文学类型，成为近百年来不可漠视的一种独特的艺术创造，但文学的价值毕竟不能靠或者说不能仅靠这种工具之用来作判断，不然"工具论"对于文学的异化也就在所难免了。回头看看，近百年来中国文学发展中的教训历历在目，不作些反思性探析怎么能走出历史？

难得的是，王桂妹在对以上问题的论析中皆有新警之见，而且条分缕析，有理有据，相当有说服力。在阅读这部论著中，我感觉不仅仅是如行山阴道上目不暇接，而且更是如进入了一个牵一缕而动全构的意义网结体，其间各种不同价值范畴的交错、转换与网结，将一个独特而复杂的历史对象及其影响效应解析得可谓清晰明了。读后，不能不生出这样的感叹：作者一方面是继承和发扬了五四精神，一方面则是已经明智地走出了五四文化激进主义的局囿。

我在想，做这个课题的研究，是需要相应的胆识、学养的心理素质的。王桂妹具备这些基本的条件。她在吉林大学受教育多年，而后又在山东大学读了三年的博士，有着系统而良好的学业积累和学术训练，性格中又有着热情、明快和坚忍三种为人所称道的特点，选择这个课题正属必然，而做好这个题目也在情理之中。

最后要说的是，出自一个年轻学者之手的这部论著是鲜活而稚嫩的，倘若细审，笔力不到之处也还不少，于此不再一一具论。但有一点我是坚信不疑的，只要作者坚定不移地做下去，一定会有更上一层楼的研究成果奉献于世。

（原载王桂妹《五四文化激进主义与中国文学现代转型》，

北岳文艺出版社 2007 年版）

《现代人文视野中的乡土体验
与文学想象——师陀创作论》序

  师陀是一位非常有特色的现代作家，从他初登文坛起，就开始引起文坛尤其是京派作家的重视。可是由于其创作倾向与主流文学之间不即不离的复杂关系及其价值视域的特殊性，对其创作倾向如何作出准确而又全面的评析，至今仍然是摆在中国现当代文学研究者面前的一个难题。

  长期以来，由既定的价值立场出发，或褒或贬，对文学思潮、作家创作进行错位评价的现象多有发生，甚至以此构成了文学批评乃至于文学史建构的一个整体特征或者说基本倾向。其实，文学在与历史、文化发展的相关发生中，由于历史、文化本身就是一个多维性的结构状态，加之人类生存对于文学功能的多种需要，文学在其发展尤其是在复杂多变的历史转型期的衍化变异中，自然也会在价值观念、功能选择及审美意趣等方面呈现为多维性的结构状态。比如在价值观念方面，在中国历史、文化的现代转型期，文学的选择就既有以科学主义、理性主义为标榜的文化启蒙价值观，也有以政治革命为目的的政治革命价值观，同时又有与前两者相异的人文主义价值观。它们事实上形成了各自不同的价值立场和价值视域，规范着文学思潮和作家创作各自不同的基本倾向，而且在相关历史、文化和文学的多维性发展中，各有各的不可或缺的合理性价值及其彼此不可替代的意义。倘若对此不能明察，概以一种价值尺度衡量，对于异己的价值取向自然不能给出契合对象本体意义的客观评价。何况，在文学的实际发展中，各种倾向之间又必然地表现为既各有价值归属又互相渗透影响的错综复杂的关系，这无疑又为对其所进行的研究平添了更多的麻烦。我之所以在这里谈论这一话题，是因为在对于师陀的研究上，人们所遭遇到的其实就是这样一个问题。

读陈晨博士的这部"师陀论"我感到由衷的高兴。因为，它不仅让我终于看到了一部关于师陀的全面、系统的专论，而且更难能可贵的是，其作者真正读懂了师陀，能够从师陀自身所固有的人文主义的创作倾向及其与期待进步的社会变革观念的复杂缠绕中走近了师陀！

我不能不指出，时至今日，谈论人文主义仍然面临着重重困难。应该看到，在我国学术领域的主流性观念话语中，所谓的"人文主义"及为其推重的"人文文化"，至今还是一个未经认真辨识的被泛化理解的概念，以为从五四启蒙一路走来所一向主张的"科学""民主"及"个性解放"等等，坚持的就是人文主义的立场，形成的就是人文主义的传统。其实远不是那么回事。所谓"人文主义"，作为一种思潮，为其所推重的"人文文化"，既不是在人与自然的关系中以"人"为中心的文化，也不是在人与人的社会关系中以"个人"或"自我"为中心的文化。作为科学主义、唯理性主义以及市场物欲的对立物，人文主义所倡扬的"人文文化"，关注的是人类生存中生命与自然与社会的健全、和谐的发展，是在与传统的会通中对具有永恒性价值的人性内容和人文情怀的持守与弘扬，实质上属于信仰伦理的范畴。而为五四新文化运动所着力抨击与否定的，恰恰是中国传统中最具有人文性内涵的方面，并将对它的否弃视为为科学主义、唯理性主义开路的必要前提。由此可知，在这一观念层面上所倡导的"民主""个性"等，实则均属于法理的范畴，与真正的"人文主义"并不可等而视之。若是认真检视一下百年来文化与文学的发展，则不难发现，真正的人文主义思潮和实践倾向，却正是发生在与它的对峙与制衡之中。以轰毁"非人文化"的名义而倡导的新文化努力，同时却引发了与其对峙制衡的人文主义的思潮，这大约也是百年来在文化发展问题上所出现的最发人深省的一种极为吊诡的现象。

　　本书作者正是在这一特殊的历史前提和相对困难的认知语境中，以学术探索求真的自信与勇气，揭开了长期以来由主流性价值观念所形成的重重遮蔽，将一个实际存在于文学现代发展中的颇具活力和生命魅性的人文主义的价值视域展示在人们的面前。作为研究者，她知道，解决她所面对的课题，首先必须要从诸种相关又相异的文化价值观的复杂纠缠中对人文主义和人文文化的特征作出明晰的考辨，并将其在文化历史结构的制衡调适中所表现出来的价值意义作出有说服力的阐释。她在本书的总论部分，解决的就是这一问题，而且应该说做得是相当精彩的。在这里，她对人文主义和人文文化与作为主流观念的启蒙文化从价值建构基点、特征性内涵到思维方式的差异，一一进行了比较辨析，并对其不同的价值和意义作出了必要的阐释，从而为其对师陀的认知评价提供了可靠的依据。这不仅为人们认识与理解师陀提供了一个更契合于师陀自身特点的崭新视角，而且更阔远的意义还在于，为理解和把握更多的具有人文主义倾向的作家创作，揭示了一个本属于他们的新的价值视域。

　　当然，既然是一部作家论，那更多的工作还是在对研究对象的具体评说上。在这方面，这部"师陀论"尽管未必处处皆细，但就其整体而言，却也是得其要领，能够把捉住师陀内在心态与创作倾向的基本特征加以重点剖析，颇能收取让人释疑解惑之效。其关节之处有二：一是在人文主义的价值视域中让人们体悟并理解了师陀身居现代都市上海，且始终渴望着社会历史的进步，却何以抛却不掉对那古旧陈陋的乡土的依恋；二是看懂了其对社会历史变革的期待与人文主义情思的深在矛盾纠结，以及由此而达至的心理深度和因此而孕生的艺术魅力。在把握住要点进行层层解剖时，本书作者还能做到捉得住、放得开，时不时地将笔墨荡开，将师陀与有相类倾向的作家进行比较，让读者能够对其创作的个性留下更为鲜明的印象。

　　本书的作者陈晨，是一位初涉学坛不久的年轻学者。或许因其年轻，人生的阅历和知识的积累尚觉不足，所以在对师陀及其创作的体悟上总觉得还有难以到位之处；但也正因其年轻；由此书即可见出，其发展的前途将也是不可限量的。

（原载陈晨《现代人文视野中的乡土体验与文学想象——师陀创作论》，河南文艺出版社 2008 年版）

《中国小说修辞模式的嬗变
——从宋元话本到五四小说》序

  我想，评价一部学术著作的优劣，有个道理应该说是学界的共识，那就是一部优秀的学术著作，应该具有一种一而二、二而一的双重品格，即：它既提供了一种具有自主创新价值的学术建构，同时又在治学态度、治学方式与方法上具有重要的启示意义，或者说足可成为一种范例。

  对此，作为一种衡量尺度和理想性期待，有志的学人一向还是心中有数的。就以近百年来以变易的深刻、迅捷和以异质性介入进行重构为其特征的学术发展而论，具备这种品格的论著即多不胜数。然而这期间足以引以为憾者，尤其是在治学理念和学术姿态方面所表现出的偏枯及其在学术发展中引起的不良影响，也是相当严重的，对其则更应给予清醒的认识。不然的话，其对当今学术发展的贻害将难以得到根治。事实上，这种由历史发展的特殊性而形成的"学术"对于学术根本需求的偏离，至今仍被一些人视为学术实现"现代性"转换的途径和使新文学学科获得独特性价值与独立地位的基本遵循。在我看来，这种偏向主要集中表现于以下两个方面：

  一个方面是在基本理论建构上表现出的对西方思潮和文论的一味追趋与依赖。回首近百年来新文论倡导与建构的实际发展，尽管也呈现为多元并峙与互动的状态，其中也不乏以审慎的学理立场会通中西的文论主张和颇富实绩的文论尤其是文学批评的成果，但从占据历史主导性位置的文论主张和理论建构来看，这种倾向则是极为醒目的存在了。在主导性文论里，传统文论多被否定与搁置，基本上处于"失语"的状态，而为其张扬和使用的理论几乎全部从西方拿来，与我之研究者主体和本土研究对象之间皆非互动发现的生成性关系。究其实质，此等研究者主体，实为使用者主体，他们不是理论的生成体，充其量不过是"他者"理论的一个传播性载体，一个为其操控的工具化的人。我这样说，其意并不在于否定我国文论在实现现代转型中向西方文论借鉴的必要性和为其所实际呈现的重要作用。我只是在于说明，在必须与世界沟通对话中才能实现的历史、文化的现代转型中，为历史特定形势所需要的价值理解的合理的片面性，并不等于学理上片面理解的合理性。须知，人类文化固然有其共通的内涵和形式，但在不同的地理、种性和社会历史发展的情境中形成的不同的文化系统，又都必然地有着与其特定生成基础密切相关的个性特征。如果以所谓"共通性"取代特殊性，尤其是误将只是作为西方文化系统演进发展的成果当作"共通性"的理论建构来否定本土传统存在和自主发展的合理性，其后果将是不言而喻的！更有甚者，西方文论的发展，不同阶段不同主张的理论建构之间，自有其起承转合的特定关系连接，而我们有些学人却不明就里，就随便片言只语地拿来拼凑使用。这样做的结果，且不说于正常的学术建构无益，就是于学风也是一种严重的败坏。

另一个方面的表现是在学科发展上的画地为牢。尤其是在现代文论和现代文学的学科对象界定中，受今古对峙、异质的成见影响过深，除了将古代文论、古代文学排除在这两个学科研究对象之外（一般说来，在维护学科对象的独特性方面，这样做还是有一定道理的，但在这一问题上也不能绝对化。比如，如果将对现代文学的认定仅仅局囿于五四之后的"新"文学，那就在现代文学时空的完整性上与实有悖了），还将研究的视野与探索也局限在被认定的对象范围内，仿佛它是一块"飞来石"，不在其范围内把握就不能保证其真纯似的。殊不知，这种斩断文脉或者说隔断传统的认知方式，却恰恰不能真确地全面地把握这段文论或文学生成发展的内在纹路，为其所得出的结论势必悖谬于对象本身的历史性真实。

令人鼓舞的是，近十余年来学界对此种种历史遗传下来的非学理性倾向已日渐有所警觉和醒悟，着眼于自主创新、拓展视野、打通文脉的探索与努力，已渐渐由边缘性另类存在开始为学界越来越多的人认同。尤其是近几年来，这种新的学术努力不知不觉间已演成当下学术发展的基本趋势，昭示着一个新的学术时代的到来。在此期间，由这种探索所完成的学术论著时有出现，正是由它们不断丰富、涵养和深化着这一新的学术态势，拓展着学术的新进境，有效地证明着这一学术转型的历史合理性与学理上的科学性。在这里，我要特意指出的是，摆在读者诸君面前的这部郭洪雷博士的研究论著《中国小说修辞模式的嬗变——从宋元话本到五四小说》，就正是这样的一种成果，不仅它所提供的学术建构令人耳目一新，而且由其所彰显的也正是上述所言的学术意义！

从其整体性的成就来看，要而言之，我以为该论著最为显著者就是它成功地实现了"中"与"西"、"古"与"今"的两种贯通，并明确坚持了一个由对象特性出发的学术原则。

在"中"与"西"的贯通研究中，该书作者自觉地意识到并基本解决了两个前提性问题。一是"西"为何、"中"为何，必须真正清楚地知己知彼。他深知，在中国小说历史发展中虽然包蕴着丰富而深刻的修辞智慧和传统，但毕竟是零散而且缺少现代意义的阐释与整合，要完成这一研究，对西方小说修辞理论的借鉴就是不可或缺的。而要做到这一点，就要对其基本的内容及其发展变化了然于心，对其有一种动态的准确把握。我很佩服他把这一理论或简或繁解析得那么清晰明白，打通了这一理论历史发展和现实构成的内在筋脉与关节。在此基础上，他又重点对国内热捧的小说叙事研究与修辞研究的相通与相异之处，作了极有见解的分析，这对于厘清二者的关系，并论证出小说修辞研究独立存在的合理性大有裨益。我认为他对小说叙事研究局限性的剖析尤为精辟且具有警示性。他指出：西方叙事理论由于极力追求所谓"科学性"，在结构主义的影响下往往将小说的内容排除在研究视野之外，完全集中于形式。形式被看成符号，其意义取决于惯例、关系和系统，而不取决于任何价值和意义方面的规定性；作为研究对象，经典与平庸之作没有实质性差异，只关心作品的结构分析而不作评价，表面上的客观和所谓的"价值中立"只不过是创作中"虚无主义"在理论上的反映；"去主体化"，创作主体的中心位置被小说文本所取代，作者意图自然亦被削弱。此等切中肯綮之论，对于厘清西方不同文论之间的关系和全面理解与发展我们的小说研究，当会起到必要的启示作用。另一个是在中、西文论对话中的姿态问题。在中国文论的现代转型中，主导性的认知模式是在否定本土传统即民族虚无主义基础上对西方文论价值作绝对性的肯定，对话的目的即在于实现理想期待中的异质性置换。而这部论著虽然也极为重视对西方小说修辞理论的借鉴，甚至也认为完成和完善对中国小说修辞传统的现代阐释与建构，绝不能离开西方这一理论参照，但是，作者又同时清醒地指出：中国文化有着悠久的修辞传统，这一传统在《周易》时代就已开启，"修辞立其诚"所体现的伦理精神，不仅成为中国文化传统的重要组成部分，而且也成为中国人修辞行为的基本规约。这是一种对自身传统价值的自信。正因有了这种自信，研究中才从容保持了与西方对话的自信、开放而又平等的姿态。他坦言：在这一传统的基础上，我们完全可以借鉴西方修辞理论，发掘、清理中国小说自己的修辞传统，寻找在小说传统中湮没已久的修辞智慧，重描中国小说修辞模式嬗变的轮辙，为中国小说现代转型研究标示出一块新的研究空间。试想，这样两种前提既备，贯通"中""西"的问题难道还会成为价值理念上的路障吗？

至于贯通古今，在该论著中则更是一种极为凸显的特点。作者的目的在于建构出一个对象历史嬗变的动态结构，而不是对现代小说修辞理论框架的构建，也不是仅对中国现代小说所做的修辞学研究。在他看来，一个民族在小说修辞实践中所体现出的整体修辞智慧，实际上植根于一个民族的小说历史和小说文化之中，体现在不同历史时期小说文本构成的调整变化之中，就是如"五四"这种在古今之间发生深异变化的时期，其变易也依然是在承继传统的基础上发生的。所以，他在确立这一研究课题时，就坚定不移地锁定了以对象生成发展的相对完整的历史过程为考察研究的对象，在论著中也是在"通"与"变"中做足了文章。

而所谓坚持了由研究对象出发的学术原则，这在该论著作者的观念中也是有着自觉的认识的。他开宗明义地说："对于理论研究，我们需要'原教旨'精神，力求理论的纯正、彻底。而一旦将中国小说修辞模式作为研究的对象，我们必须从对象出发，从中国的修辞传统出发，对理论本身进行必要的调整和补充。因为中国小说修辞模式毕竟孕育、发展于自身的历史、文化语境之中，并形成了自身特殊的文化品格，只有将其植入自身的文化语境，其发展变化的轨迹才能得到有效的澄清和把握。"据此，他对相关的修辞理论作了简化处理，并进行了重新整合，以求更好地把握对象。根据中国小说修辞的自身特点，他重点突出了三个方面的特征性内容：一是作为小说外部构成的文体形态的变迁。之所以将文体形式作为小说修辞文本的外部构成，主要是由中国小说历史发展的特殊性决定的，因为在中国传统小说特别是唐传奇以后出现的各种小说形式，存在着大量其他文体向小说渗透的现象，它们在小说中行使着不同的修辞功能，从而形成了颇具民族特色的修辞形态。二是"讲述"与"展示"关系的调整。之所以把它列为重点，是因为在中国传统小说的文本内部构成中，"讲述"和"展示"是其文本构成的基本因素，不同的历史时期、不同的对象和语境共同决定着作者修辞策略的制定，其直接表现就是对"讲述"和"展示"的不同选择以及两者之间量的关系的变化和调整。三是小说修辞情境的变化。他认为要考察中国小说修辞模式的转变，其中一个重要的内容就是考察"说话人虚拟修辞情境"从宋元话本形成，经由明清拟话本和明清章回小说的继承和发展，到清末民初在外来小说冲击下最终逐渐消解的过程。整部论著就是沿着这三个层面展开的，使其得以实现了为其期待的确具中国文化特色的研究和建构。

说实话，过去虽然并不乏对中国古代小说文类特征的关注与研究，对唐代传奇与变文、宋元话本、明清拟话本及章回小说，也都有不止一代人对它们进行过专门考察与悉心探索，但是，像该论著这样如此从理念和对象上贯通中西古今，而且作出如此流畅而可靠的具有现代学术意义的历史爬梳与意义辨析的，在我则尚未有闻。它从繁复多绪的中国古典小说堆拥丛聚、乱花迷径的文本呈现中，明晰地离析出两个传统与各所侧重的两个主导修辞模式（"言语"与"书志"），对它们的差异与互动，对其在历史发展流程中必然发生的自身调整与嬗变，均作出了颇具新意的动态性的解析。比较而言，因其重点考察的是由宋元话本而后的小说修辞模式的发展，所以对"言语"这一修辞模式的嬗变给予了更多的关注，论析亦更为精到。为我所叹服者，还尤其在于论者对宋元话本以来小说修辞模式历史发展的转折榫接处独具会心的发现与精彩阐释，如对"四大奇书"和《红楼梦》已开始出现的动摇"说话人虚拟修辞"因素的揭示，对小说修辞近代转型时"谴责小说"中"说话人"的个性化、抒情化特征的指陈，对原本作为小说文本外部构成的诗词在五四时期小说中的内化问题的阐释，读来都令人击案！书中精彩之处难以一一具言，好在大家阅读后会自有判断。

读这部书稿时我也在想，要完成这样的一部论著，没有跨学科的知识积累和相应的理论修养是无论如何也做不到的。而据我所知，郭洪雷博士主攻的是中国现当代文学，但多年来一向又特别喜爱研读中外理论著作，而且硕士阶段还专门选择了古代文学专业，所以，有此基础，他写成了这样一部书，也就不难理解，应该说，是一种水到渠成的结果。

当然，也并不能就此说，这部论著在中国小说修辞模式嬗变方面的研究已经做得十全十美。比如说对宋元以来体现为"史传"传统的"书志"模式，就相对而言言之过简，而相应的，在谈论五四时期小说修辞时，对"写实"一脉的解析较之抒情小说也略显逊色。这也许可以说是一点美中不足吧。

（原载郭洪雷《中国小说修辞模式的嬗变——从宋元话本到五四小说》，上海三联书店 2008 年版）

《面对失落的文明——中国文学现代转型中的人文主义倾向》序

　　这部书稿是王昉博士的学位论文，完成于 2009 年春。当时在答辩中，老师们就认为这是一部眼光别具，很有开拓、创新价值的学术专著，应尽早予以出版。现在，时隔几年，它终于要付梓面世了，实为可喜可贺！

　　但凡一部优秀的学术论著，必有一个新的学术论题的提出，并且能够展示出崭新的学术视野。而王昉这部专著之所以能够令人关注之处，也正在于此。乍一接触其书题，大约就会令人诧异："面对失落的文明——中国文学现代转型中的人文主义倾向"，这会是什么意思？近一个世纪以来，人们惯常谈论的似乎都是在历史、文化的进步与变革中，中国文学如何进行现代转型发展，与本书题目的背景指向和文化价值关涉确有显著的差异。其实正是在这一差异中，该论题及其价值视域的与众不同才得以彰显。

　　该论著的核心概念是"人文主义"，理解它应该是认识和把握该论题价值的关键所在。所谓"人文主义"，书中有明确的界定，就是指关于人文文化的观念、主张。而之所以在"人文"后面缀以"主义"，则是为了避免与现代文学研究领域经常标举的"人文精神"相混淆。按照论者的解释，"人文主义"的人文文化，特指与中国人文传统一脉相通的那种文化类型。中国传统文化，自来就有"天文"与"人文"之分，而且强调二者的功能亦有所区别，即所谓"观乎天文，以察时变；观乎人文，以化成天下"（《易·贲》）。这种人文文化与科学文化、技术文化以及商贸文化不同，它所关注的一向都是人性、生命、社会历史的健全发展问题，尊奉的是通达形而上领域的信仰伦理，在文化内涵和思维方法上，都与前者有别。明晓了这些，大概就可以知道，这种文化对于人性、生命以及社会历史健全发展具有何等的必要性。人类在不断进化，但必伴随着难以规避的异化，而人文文化，则是其规避和矫正种种异化倾向的可靠保障。无论人类发展史会实现多少次自我超越，人文文化都将伴随其始终。

如果检视一下人类发展史，无论中外，我们都会发现一个近乎相同的现象，那就是每一次历史的巨大变革和进步，包括科学技术的重大发展，都会伴随出现传统人文观念、伦理秩序被解构的局面。因为，恰恰是这些人文性的既有存在，必然会首当其冲地成为它们的羁绊和束缚。不破则不能立，这应该是一种正常和必然的现象，或者说是历史进步的代价。相较而言，中国历史的现代转型和现代化追求的科技进步，在这方面比西方尤甚。这是因为，一方面中国的人文传统较西方更为自觉，甚至形成了更为厚重的文化心理积淀；另一方面中国的历史进步与西方存在着巨大落差，有识者左冲右突，屡战屡败，最后把原因归结到了人文性的中国传统文化，从而把它设置为实现历史变革的主要突击目标。因此，众所周知，对人文文化传统的彻底否定和猛烈批判，就成了现代历史变革的一个重要特色。西方的东西大量涌入，难免消化不良；而现代性的变动，人们因缺乏心理的准备又难免进退失据，这就形成了一时间的文化失范和人文文化日渐失落的社会现象。当然，作为该时期的主流文化和历史发展趋势，是不断发展且富有生气的，但这并不能掩遮这历史另一方面的实际存在。该书论者选取了被主流学者长期忽略的这一历史文化情境，并着重考察因此而产生的人文文化倾向在中国文学现代转型中的表现和作用，其意义当是不言自明的。

该论著用了大量篇幅对现代文学发展中人文主义诉求的丰富表现和观念表述，进行了系统、深入的考察与辨析，为人们逐次展开了全新的文学世界和价值视域。尤其是书中对郁达夫、老舍、沈从文、冯至、张爱玲、萧红、师陀等人们耳熟能详的代表性作家创作的人文主义特色，一一进行的近乎全新的解读和阐释，更不能不令人顿生耳目一新之感。论者不仅擅长于思辨，而且具有敏锐的文学悟解力，其对价值论析的独到和对作家与创作的透彻解读，大概即缘于此。

当然，我也要说，论者在这方面的研究毕竟还属初步，要把这一论题研究得更为透彻，还须进一步地努力。但我也相信，有了好的起点，离更大的成功应该不会太远。

（原载王昉《面对失落的文明：中国文学现代转型中的人文主义倾向》，南京大学出版社 2018 年出版）

《中国现代文学史》绪论

一

中国现代文学史，很显然，指称的是中国现代文学发生、发展的历史。从历史时间来看，它与中国现代史的起讫时间大体相当，因为它也正是在中国历史现代转型发展的过程中发生、发展的；但两者又有所不同，因为我们通常所说的中国现代史，是以1919年五四运动所标志的新民主主义革命的开始为起点的，它所指涉的主要是政治性质的革命，而现代文学史所面对的则为现代文学的生成与发展，自有其与前者不同之处。就实而论，中国历史的现代转型早在新民主主义革命之前就已发生，而与之相关发生的中国文学的现代转型，其在基本性质上由古代向现代的转变则起始于十九世纪与二十世纪之交的晚清时期。至于终结时间，则采用文学史界习用的分期，即止于1949年新中国成立之时。根据教育部对课程设置的规定，新中国成立后的文学发展当归于"中国当代文学史"，故本教材亦止编于此。但这并不意味着现代时期文学所形成的基本规范及审美意向，确已至此而归于终结。事实上，其基本规约尤其是作为主流的文脉，在当代新的历史语境中仍在继续发展。

就其所涵盖的对象而言，应该说，凡是在我国历史转型发展的现代时期所出现的一切文学媒质与文学体制、文学运动与思潮、文学社团与流派，尤其是作为文学史审视落脚点和主要撰述对象的各色创作成果等，均应纳入"中国现代文学史"所研究的对象范畴。当然，作为一部《中国现代文学史》的建构，不可能将上述各项尽数纳入书中，尽管不同的《中国现代文学史》在对象选择和叙述方式上存在着种种差异，但在史著建构中都会有为著者所体认的必要选择和一定的经典化原则。可是，这和对对象现代与否的属性界定并不是一码事。有一种情况，倒是应该在此加以说明，那就是在中国文学现代转型启动和发展的初期，由于该时期的过渡性特征，文坛上曾呈现出新旧并陈的复杂状态。在这一时期，虽然由梁启超力倡且由其志同道合者推波助澜所形成的新的文学流向，确已显现出属于现代文学的基质性特征，但仍固守古代文学观念和创作范式的人与作品也不在少数，直到五四"文学革命"高倡时，还依然被作为极力反拨的对象。而在其时，新文学潮流中出现的作品也还存在着一些新旧杂陈的迹象。因为文学的现代转型比历史转型更为复杂，不可能一刀断开、泾渭分明。

"时运交移，质文代变。"[①] 文学因历史的兴废更替而变易发展，自古以来就是如此。在中国历史向现代转型这一涉及经济、文化、政治等各方面的空前深巨的大变革中，文学由古代文学向现代文学转型的因势而起，自是题中应有之义。从历史发展的实际情况看，在这一转型应运而生时，变革的历史不仅催生了其新警的历史觉悟和昂扬的激情，而且也为之蓄积了必要的历史条件。

比如，经济方面的先期变革，就既为之提供了必要的物质条件，又为之开拓了市场。现代印刷业和交通运输业的发展，使书业、报刊业的兴起和作品快捷而大量地印刷、转送成为可能；而文化市场的商业化，也使报刊和图书得到持续而广泛的流布。阿英在总结晚清小说繁荣的起因时就指出，第一位的原因"当然由于印刷事业的发达，没有前此那样刻书的困难；由于新闻事业的发达，在应用上需要多量产生"[②]。而由于文化市场的商品化，文学作品一经刊载或出版，作者

---

① 刘勰：《文心雕龙·时序》。

② 阿英：《晚清小说史》，《阿英全集》第8卷，安徽教育出版社2000年版，第3页。

即可获取一定的酬报，这对于作家队伍的职业化和现代生存方式的形成，起到了至关重要的作用。

同时，由于不同于传统经济的新经济因素和新经济形态的出现，势必在社会发展的最根本处形成调适社会运行机制和人际关系的动力。由于经济形态的现代转型，以及由它所率先启动的包括政治、文化在内的综合性历史变动，许多传统性的社会关系都发生了深刻的变化。与此前相比，发生于十九世纪末二十世纪初的文学革新运动，从一开始就在作者与读者的关系上表现出了新的理解和选择，而且愈来愈显豁地贯串于中国文学现代转型的整个过程之中。朱光潜曾作过这样的比较："就文学而言，读者群变了，作者的对象和态度也随之而变了。两千年来中国文学在大体上是宫廷文学……于今作者的写作对象是一般看报章杂志的民众，作者与读者是平等人，彼此对面说话……文学从此可以脱离官场的虚骄谄媚，变成比较家常亲切，不摆空架子；尤其重要的是从此可以在全民族的生活中吸取滋养与生命力。"①

又如，在文化观念和文化认知模式上，在戊戌变法失败后，以梁启超为代表的有识者终于走出了今文经学的笼罩，为由其倡导的启蒙性"新民"运动赢得了"现代"的性质。在为人们所习惯指称的"近代"时期，以今文治经学对抗并取代了自乾隆以来主流治学方式的朴学，始盛于龚自珍和魏源，成大势于康有为时期。今文经学不像古文经学那样硁硁自守，为名物训诂所拘束，而是着重在"微言大义"的发现，而且思想相对解放，能够容纳异派，所以西方的民权主义、东方的佛学观念，均能为其吸纳。但即使在康有为时期，其今文经学的治学原则与方法也不过是以"六经注我"的方式，为其观念重构找到了一个合理的依据，且撑开一个富有弹性的自我发挥的空间。但说到底还不能从根本上走出经学阐释的范畴，也就是说基本性质还是属于中国传统以经学为本的价值观念。在戊戌变法失败后，梁启超的观念

---

① 朱光潜：《现代中国文学》，《朱光潜全集》第 9 卷，安徽教育出版社 1996 年版，第 325 页。

发生了根本变化，开始冲决今文经学的藩篱。他开始反对拿近世新学新理缘附孔子之教："今之言保教者，取近世新学新理而缘附之，曰：某某孔子所已知也，某某孔子所曾言也……然则非以此新学新理厘然有当于吾心而从之也，不过以其暗合于我孔子，而从之耳。是所爱者仍在孔子，非在其理也；万一遍索诸四书六经而终无可比附者，则将明知为真理而亦不敢从矣；万一吾所比附者，有人剔之曰：孔子不如是，斯亦不敢不弃之矣。若是乎真理终不能饷遗我国民也。故吾所恶乎舞文贱儒，动以西学缘附中学者，以其名为开新，实则保守，煽思想界之奴性而滋益之也。"[1] 梁启超所针砭的，就是变法时期及其后一些人所沿袭的今文经学的痼疾，他也正是从对"好依傍"与"名实相混淆"的否弃中走上价值重构的新路的。而也正是在这样的前提下，主流文学现代性质的革命才得以破茧而出。

当然，作为最为根本的一个条件，还应该说是国门既开以后新的历史空间的形成以及先觉者们从不同方面所作出的历史性贡献。自鸦片战争失败以后，中国的国门在民族屈辱中愈开愈大，这固然加深了国族生存的危机感，却也使人们有机会接触到了西方先进的科技乃至于诸多新异的文化和价值观念。在一个愈来愈张大的历史、文化视野和救国图强、人心思变的社会氛围里，先觉者们对"进化论"和异质性价值观的引进、对"崇白话而废文言"的空前倡导、对异域文学作品的大量翻译，都具有非同一般的意义。1898 年，严复的译作《天演论》刻板印行（早此一年曾刊载在《国闻报》上）。大概连他自己也始料未及，他的译介，无异于在历史和文化观念上启动了一个新的世纪。稍后，梁启超等人所发动的文学向现代的革命，为其所自信的就是依据了"天演界中不可逃避之公例"[2]。在十九世纪与二十世纪

---

① 梁启超：《清代学术概论》，《饮冰室合集》第 8 册，专辑卷 34，中华书局 1989 年版，第 64 页。

② 梁启超：《释革》，《饮冰室合集》第 1 册，文集卷 9，中华书局 1989 年版，第 41 页。

之交，自由、民权、平等等观念也成了其时新兴思潮的主要内容。梁启超曾鼓吹说："自由者，亦精神界之生命也"[1]，而"思想自由"则"为凡百自由之母者"[2]。至于文艺，亦正如蒋智由在《维朗氏诗学论》第二章"按语"中所说，"文艺亦然，应用自由之一原理，遂得脱去古人种种之窠臼，文艺于是有新生命"，梁启超等当时的提倡者就是这样来理解和期待新文学之"新"的。

在《天演论》刻板印行的前一年即1897年，裘廷梁发表《论白话为维新之本》一文，响亮提出了"崇白话而废古文"的主张。他从国之兴亡的高度，异常尖锐地直陈了文言的弊端，进而，又从语言与实用、语言与思维、语言与表达等方面对文言与白话一一作了对比与分析，力言其主张之当行。嗣后，陈荣衮也积极予以响应，发表了《论报章宜改用浅说》一文，进一步阐发了裘氏的观点。裘、陈的观点，与梁启超等变法核心人物关于言文合一的主张是一致的，代表了一股不可小觑的思潮。其影响所及，白话报刊竞相而生，而在文学现代革命的主张中亦势在必然地包含了语体变革的内容。

在《天演论》刻板印行的后一年即1899年，同样很重要的一件事是林纾《巴黎茶花女遗事》的出版。因为正是它的出版，展示了西洋文学的魅力，引起了人们的注意。紧接着，"林译小说"大量面世，更是形成了集束式的影响。它为人们开辟了一个新的天地，"几乎都因为林译才知道外国有小说"，引起了"对于外国文学的兴味"[3]。正是由于"林译小说"的影响，从十九世纪末开始到二十世纪初，出现了一个翻译文学的热潮，"每年新译之小说，殆逾千种以外"[4]。这些大量引进的西洋文学作品，无疑为中国文学的现代生成提供了必要的

---

① 梁启超：《十种德行相反相成论》，《饮冰室合集》第1册，文集卷5，中华书局1989年版，第45页。

② 梁启超：《十种德行相反相成论》，《饮冰室合集》第1册，文集卷5，中华书局1989年版，第46页。

③ 开明（周作人）：《林琴南与罗振玉》，《语丝》第3期，1924年12月。

④ 披发生：《红泪影·序》，《红泪影》，广智书局1909年版。

参照。

　　虽然同为因势而起，但由于历史发展的不平衡和文学功能承当的差异性，决定了中国文学现代转型的方式并非一种，起点亦有所不同。就追求与历史变革活动意义同构的主流性文学而言，其向现代实质性转型的起点应在十九世纪末至二十世纪初，即在戊戌变法失败后梁启超等已具新的文化觉悟之际，最显明的标志当为梁氏所揭举的"三界革命"（"诗界革命""文界革命""小说界革命"）。而在主流文学之外，以鸳鸯蝴蝶派为代表的现代都市通俗小说的起点则早于主流文学数年，应该说从十九世纪九十年代的前期就开始了，其标志即为韩邦庆《海上花列传》的面世。在向现代转型的路径与方式上，主流文学与传统的关系表现为"逆接式"，它是在对传统的颠覆与叛离中借助于外域异质性资源而实现其异质性转型的。与之不同，现代都市通俗文学在与传统的关系上则表现为"顺接式"，它没有打出什么变革的旗号，而是自觉承接明清以来的小说传统，在上海这种现代都市生成发展的过程中自然演变生成的。

二

　　纵观中国现代文学的发展历史，给人最突出的一个感觉，就是与历史现代变革行为的中心性选择一体孕生的该时代主流文学思潮的激荡，及与之相应的文学范式的生成与发展。

　　在现代文学发生与发展的这段历史时间里，中国历史、文化的现代转型曾相继发生过两种性质有别的制导性重大变革活动，一为现代文化启蒙，一为现代政治革命。前者是由梁启超倡导的"新民"运动首启其端，复由五四新文化运动高标新帜、再掀波澜的。梁启超发动的新文化启蒙，功在结束了传统经学的观念模式长期制约历史、文化变革行为的历史局面，率先以人是我非的方式将域外的诸种基本观念引入核心价值观念的体认之中。而声势凌厉、势如狂飙突起的五四文化启蒙运动，则在更为深刻的文化历史变革层面上实施了可谓革命性的"爆破"，为中国历史、文化的现代转型开拓了新的历史时空。后者则是由孙中山领导的民族民主革命启其端，继之由中国共产党领导的新民主主义革命而引领前行的。1911年爆发的辛亥革命，推翻了清王朝的统治，结束了在我国延续几千年的君主专制制度，为中国的进步打开了门，由此，中华民族进入了发展进步的历史新纪元。而由中国共产党领导的新民主主义革命，则历经艰难，终于实现了为其预设的政治目标，取得了胜利。

与这两种重要的历史变革活动相伴而生的新的主流文学，自然也有两种基本的文学形态或曰范式：那就是影响深远的启蒙文学和革命文学。它们与归属的历史变革活动均表现为一而二又二而一的关系，也就是说，它们既都是因历史变革活动而起，同时又都被视为该变革活动的一个重要构成部分。在中国现代文学的发生发展中产生过重大影响的两次文学"革命"口号的提出，就无一不与现代启蒙运动的发生密切相关：一次是在现代启蒙运动初萌时，梁启超即把"诗界""文界""小说界"的"革命"视为"新民"的有效手段或者说途径而将之高调推出；再一次是在现代启蒙运动的高潮即五四新文化运动应运而生时，陈独秀、胡适等擎旗人物更是把"文学革命"视作文化批判深化发展的必然结果，而一再予以强调的。革命文学的出现亦是如此，在孙中山发动的民族民主革命中，参与其事的文人本就是负奇气、怀大志的革命队伍中的一员，其诗文歌哭无不与革命声应气求，而与朝廷分庭抗礼的"南社"，其时即有"同盟会宣传部"之称。而到中国共产党所领导的无产阶级崛起之时，对文学之政治革命属性的要求则更为自觉，而且从观念到方法，日渐发展为一套严整的规范与要求。不论是启蒙文学还是革命文学，它们之间虽然性质不同，但在与所因生的历史变革活动的关系上却有着明显的共同之处，那就是都在担负着对于历史变革的责任，谋求着实现与所属历史变革活动价值、意义的同构。

这种主流文学无论在观念还是在创作实践上的成熟，都经历了一个不断进行自我调适和矫正发展的历史过程。文化启蒙、政治革命的历史性变革要求与文学所追求的审美创造毕竟不是一码事，这种服膺于历史变革要求的主流文学要想成为文学上成功的创造，就一定是在服膺于历史变革要求的同时，也有效地化解了它们之间的隔膜。事实上，不管是启蒙文学还是革命文学，就无一不是完成于历史变革要求与文学审美性规范之间存在的复杂的张力性关系之中。一方面，有意致力于此类文学的作者或研究者，与作为历史活动家的倡导者在认识上并非毫无间隙，而文学及其所属的审美文化自身生成的独特规定性，作为难以规避的因素，也必然构成对这一历史变革要求反向审视的制约力，矫正和调整着该类文学观念的发展。比如，在五四新文化运动和"文学革命"的初期，陈独秀即将"想象"和"感情"都排除在进步文化之外，而嗣后对"新文化"的内容再作解释时，就对"知识"和"本能"的重要性同时作了强调："知识固然可以居间制导，真正反应进行的司令，最大部分还是本能上的感情冲动。"[①] 最初，人们竞相用科学来解释文学，意在用科学精神重新律定对文学的认识，对文学进行"祛魅"，就像茅盾所说的，"文学到现在也成了一种科学"[②]。可是人们不久也就冷静下来，开始意识到文学的不可替代性："科学顾得到知识却顾不到感情，顾到物质却顾不到精神，对于人生的一面固然很清楚，但对于人生的全部却遗漏了不少，便是人的心理活动，也用机械的心理学去看他，这是很容易减少人们的同情的。这也是文学吃了科学的亏。"[③] 正是因为有了这根本性的调整，才使二十世纪二十年代蓬勃而生的以乡土小说为代表的启蒙文学作品，构成了现代文学史重要的一页。而在红色的三十年代，左翼文学无疑是文坛

---

① 陈独秀：《新文化运动是什么》，《新青年》第 7 卷第 5 号。
② 茅盾：《文学和人的关系及古来对文学者身份的误认》，《小说月报》第 12 卷第 1 号。
③ 瞿世英：《小说的研究》，《小说月报》第 13 卷第 7 号。

最具话语影响力的文学，但在初起之时却也是理解得相当偏颇，甚至鼓吹"一切的文学，都是宣传""支配阶级的文学，总是为它自己的阶级宣传，组织。对于被支配的阶级，总是欺骗，麻醉"。[①] 也正是在其后对自身偏离文学，即使是革命文学也不能偏离文学的认识不断矫正，才使之对文学史奉献出了以"革命文学"名世的一代新警之作。

　　另一方面，由于参与其中的作家们本就有着并不相同的接受基础和在先天禀赋、人生经历和个性气质等各方面的诸多差异，客观上也令这种主流文学在创作上呈现为多样生成的特点，而这，恰恰也就成了这类文学可以成功的一个重要原因。鲁迅无疑是五四启蒙文学最杰出的代表，可他的成功却在很大程度上缘于与当时启蒙主义者并非相同的经历，和对科学与艺术之于人类关系的先行体认。他的人生经历和在日期间先期进行启蒙活动的挫折，使他对中国文化超社会差异和近乎超验生成的特点，有着锥心的感受和领悟，所以即使在《呐喊》时期，在创作《一件小事》《端午节》等小说中，也"没有忘记自己也分有这本性上的脆弱和潜伏的矛盾"[②]。而且早在日本时期，鲁迅就已认识到"科学"与"人文"于历史发展均不可或缺的道理，加之本已深厚的传统人文学养和少年时所受民俗文化的浸染，以及托尔斯泰式人道主义对其所产生的影响，令其即使在启蒙文学热潮中亦无法将这些文化因子完全摒弃。他曾对许广平说："其实，我的意见原也一时不容易了然，因为其中本含有许多矛盾，教我自己说，或者是人道主义与个人主义这两种思想的消长起伏罢。"[③] 其实也恰恰是因为这种文化的心理纠结，才使其作品如《呐喊》《彷徨》《野草》《朝花夕拾》等成为传世的经典。就左翼文学而言，茅盾等由"文学研究会""为人生"派转入左翼队伍的作家，和革命文学倡导者之间本就

---

① 李初梨：《怎样地建设革命文学？》，《文化批判》1928 年第 2 号。

② 茅盾：《鲁迅论》，查国华、杨美兰编：《茅盾论鲁迅》，山东人民出版社 1982 年版，第 12 页。

③ 鲁迅：《两地书·二四》，《鲁迅全集》第 11 卷，人民文学出版社 2005 年版，第 81 页。

存在着认识上的差异。譬如"左联"时期讨论文艺大众化问题时，因彼此意见不太统一，瞿秋白在《普罗大众文艺的现实问题》一文中就认为："最主要的原因，自然是普罗文学运动还没有跳出智识分子的'研究会'的阶段，还只是智识分子的小团体，而不是群众的运动。"换个角度看，这适足以说明茅盾等人即使已经信仰于革命文学，但并没有也不可能斩断五四文学时期文学是"人的文学"的内在血脉，并因此而创作出了《蚀》《子夜》等在历史内涵和艺术创作方面独具文学史意义的作品。而如萧红、艾芜这样的作家，则更因其个人气质或个人经历的与众不同，创作出了虽属左翼文学但又不太像左翼文学的《呼兰河传》和《南行记》这样令人动容的传世佳篇。

与此前的中国文学发展史相比，除上述历史时期主流文学可以称为一个触目的特征和新的贡献之外，那些与之多有抵触，却也是因历史之势而生的自由主义等各种在历史、文化立场和文学观念上表现出不同倾向的文学，也都是现代文坛上的一道道盛景，不惟由其主张与前者一波未平一波又起的冲突，构成了现代文坛的主要波澜，而其所贡献出的各类数量众多的文学佳构，亦同时成就了令现代文学足以在史上生辉的一个个亮点。自由主义等观念本是较早由域外引进的既是政治的也是文化的进步思潮，在中国它们也一直是在政治、文化场域中别树一帜的立场选择，且在历史现代发展的风云变幻中始终表现为一种不可或缺的力量。但在二十世纪三十年代作为与左翼文学有别的文学表现倾向和文学思潮冲突中的一方出现时，它们则更多的是从文学之特定要求的方面进行选择或申辩的。这突出地表现在该时期自由主义文学理念与左翼文学的一次次冲突之中。其间，从文学是表现"阶级性"还是"普遍人性"的笔战，到在文学与政治关系问题上对"自由人"与"第三种人"的批判，无不如此。这些对立与冲突，固然在结构性的制衡中对彼此都会产生一些提示性的作用，但在当时关系紧张的历史语境中，却又无异于对各自主张的一种强化。秉承自由主义立场的作家，似乎更增强了对所持文学立场的认识，并自觉地表现于创作之中，以至这一时期也成了他们在创作上大放异彩的一个重要阶段。如沈从文的《边城》《湘行散记》《长河》等，即为最杰出的代表。而那些虽非左翼却也不同于自由主义的作家，如巴金、老舍、曹禺等，他们并未直接介入这些冲突，可也恰恰是在这一时期，创作出了如巴金的《家》，老舍的《骆驼祥子》《我这一辈子》，曹禺的《雷雨》等一批足以彪炳文学史册的名作。而在这一时期，与上海等现代大都市的形成发展表现为直接的因果，且早于主流性文学出现的都市通俗文学，同样也取得了大的发展，如张恨水的《金粉世家》《啼笑因缘》等作品，事实上，也同样有足够的资格被视为在中国文学发展史上的新贡献。

还有一点能够被明显感觉到，且也无疑可以被视为中国现代文学的特点和贡献的，那就是二十世纪四十年代文学中出现的一种前所未有的新现象：在对向现代转型发展以来的历史观念及历史实践作对视性审视和对当下现实深切感受的基础上，对于中、西、雅、俗等文化综合性的深层会通中，为数不少的优秀作家实现了对既有历史、文化观念的形而上超越，创作中在对历史的诘问和对生命意义的追索及对人类生存的忧思方面，开拓出了一个有别于前的新的精神视域，取得了可谓难得的文学成就。民族危难的濒临和抗日战争的爆发，激发起全民族无比高涨的爱国热情，终使长期以来在诸种政治立场、文化立场之间的对立得以缓解，而在对民族文化核心精神价值的重新体认中时代也提供了会通性理解中、西文化关系的可能。而且，在二十世纪四十年代初，此时距离抗战的爆发已有数年，人们初期那种激越昂扬的心境已开始相对平静下来，在经历过种种历史曲折和对惨烈现实身心俱痛的感受之后，开始对历史与现实进行锥心而悲怆的凝视，开始对个体生命乃至整个人类生存困境的痛切谛视并由此而引发其悠远的关怀，想来也是极为必然的事。惟其如此，这种意蕴悠远、别具韵味的新范型的文学创作也就应时而出。其间，像巴金的《憩园》《第四病室》《寒夜》，张爱玲的《金锁记》《倾城之恋》，师陀的《无望村的馆主》，徐讦的《风萧萧》，无名氏的《无名书稿》，冯至、穆旦等人别开生面的诗作等，则共同构筑了这一独异的文学风景。

三

鉴于中国现代文学发生发展的历史特殊性，在把握和理解它的时候，需要对历史与文学的"现代性"问题有一明白的体认和辨识。

中国历史、文化与文学现代转型的过程，实际上也就是它们对"现代性"的获取与展开的过程。"文变染乎世情，兴废系乎时序。"[①]中国现代文学既然是这一历史综合转型中一个必不可少的内容，其所以名为"现代文学"，那就不仅仅是因为它产生于现代，而更重要的还在于，它是必然地"兴"于现代，而且"染乎"现代的"世情"，具备了现代的精神品格。也就是说，现代文学自然也有个"现代性"的问题。但是，文学毕竟属于审美文化的范畴，它的生成与发展必须遵循着由其自身特性所决定的种种规约。因此，文学的"现代性"实则表现为一种"审美现代性"，与通常人们所理解的"历史现代性"之间，并不能简单地作等同视之。文学究其实当然也是一种对历史的反应，可引发其反应与关注的却应该是人性与生命的存在状态在其间的遭际与变动，而为其所采用的也只能是想象与情感等为文学表现自身所规定的独特方式，与政治家、历史学家等对历史活动的直接关注与书写实有根本性质上的差异。可以肯定地说，文学的"现代性"固然是因历史的"现代性"而生，二者有深在的因缘关系，没有"历史现代性"的发生与展开，也就不会有文学现代精神品格的生成与发展；但是当人们对其作为文学的成就进行评价时，所看重的却只能是它在审美创造方面作出的贡献。

但是，在中国现代文学具体发展的过程中，"审美现代性"与

---

① 刘勰：《文心雕龙·时序》。

"历史现代性"之间的关系决不是一说即可了然这样简单，因为事实上在二者之间存在着一种极为复杂、微妙，甚至是相对极端的特殊关系，而这恰恰是需要人们认真面对且须给出合理阐释的。以"启蒙文学"和"革命文学"为代表的主流文学，它们对自身"现代性"的实现，始终是与历史"现代性"的实现作一体化思考的，也就是说，文学与历史"现代性"的实现是在历史进化律的必然性中共谋达至的结果。正因如此，"审美现代性"与"历史现代性"内在价值同构的追求和发展趋势，也就成了主流文学的一个基本特征。但文学这种与历史进步寻求意义同构的对话关系，必定会在历史与文学的双重转型中遭遇到非同一般的磨砺和挑战，而承担着历史主体和文学主体双重职责的一代代作家，也必定会在历史与文学看似契合而实为紧张的关系中经受着近乎严酷的考验。可也正是在这种考验与挑战中，作家们终于找到了可以将二者作深度统合的基础，那就是必须将对"历史现代性"的深在认同转换为人性与生命存在的感性体验。而主流文学一旦在此基础上获得了"审美现代性"的品格时，它对"历史现代性"的认同性表现也就拥有了远比政治家、历史学家的阐释丰富得多的内容。

而另一种则是以京派文学为代表的以人文主义为诉求的文学，在对"历史现代性"自觉质疑的另样态度和对文学的本源性主张上，与前者表现为双重的对峙。比如沈从文，在这方面就表现得最为典型。使沈从文对历史的"现代性"最具切肤之感的，是其体现在文化上的变与异。在他看来，历史的"现代性"在文化上引进一个"'神'之解体的时代"，变得已远离了自然，也远离了生命。而且，这种"现代性"已呈由城市向乡村的辐射、蔓延之势，现代都市既已使人生厌，而向乡村的渗透则更令人无奈。有鉴于此，沈从文痛心疾首，决心"用一支笔来好好地保留最后一个浪漫派在二十世纪生命予取的形式，也结束了这个时代这种情感发炎的症候"。

从实际情况来看，为人文主义所触及或者说揭示的，是历史、文化现代发展进程中的一个至关重要的问题，即科学主义的文化偏至和现代工商及都市文明的发展必然会导致的人文文化缺失和传统文明失落的问题。

在通常理解中，人文文化与历史进步也必定是同步发展的。这如果是从人文文化通过与历史所进行的特定方式的对话及所作的特殊努力所达到的总体效应来看，应该说是不错的。但须指出的是，这种对话不是同一意义指向的相互阐释，而是更多地表现为质疑与被质疑的关系。历史不是一元的线性发展，历史进步行为与人文文化尤其是具有丰富生命内涵的人文精神传统常常表现为一种逆向的复调结构。历史的进步常以人文精神传统不同程度的沦落为代价，而要保持人们生存或曰历史行进的健全发展，就须找回失落的东西作当代的强调。而文学，就常常承担着这一特殊的使命。沈从文和京派作家常常说到"回忆"对其创作的关系，究其因盖缘于此。

人文主义作为一种思潮，不仅为京派文学所自觉推拥，在同时期或其他时段中，亦有别种或侧重于文化或侧重于文学的同类性质的主张或体认出现。比方老舍，他在社会文化批判中就有对人文立场的自觉持守。谁都知道老舍擅长描写北京的市民社会，但若准确一点说，为其所特别关注的则是历史现代转型中传统文明的失落和市民人生的艰难与变异。到了二十世纪四十年代，曾作为激情文学代表者的巴金，发生了一个非常深刻的变化，启蒙的、社会革命的观念已经转换为一种新的历史觉悟，原有的历史立场也已由人文的立场所取代，这在可视为"人生三部曲"的《憩园》《第四病室》和《寒夜》中都有异常深警动人的表现。而此时冯至还有以穆旦为代表的九叶诗派的诗作，也多在表现"历史现代性"对人类生存所造成的严重异化倾向和对精神救赎之路的探寻，浸润其中的自然也是为其深刻体认并企图张大的人文主义的精神。

作为一种价值诉求，那它的表现就更为普遍而复杂了。即使是主流文学，在其向文学本体特性皈依时，在文化观念上也是以对人文文化的认同为前提的。从文化观方面来看，梁启超在考察一战后的欧洲后所发生的向传统人文文化的立场转移，自是不争的事实，而五四启蒙思潮落潮时多数人由"竞争论"向"互助论"的选择变化，也是不难辨认的史实。五四启蒙观念由"祛魅"向"返魅"的变迁，其内部驱力当为周作人等人对人文文化的重新认同。事实证明，也正是在文化观念上的这种调整，才使不仅是启蒙文学也包括后起的革命文学在文学的审美创造上获得了不俗的成就。可以说，在中国现代文学史中，凡在文学的"审美现代性"上取得一定成绩的，无不是经由对人文文化的体认才达至的结果。惟其如此，它们也才打开了文学所一向梦寐以求的永恒之门。

1898—1917 文学发展境遇概说

十九世纪末，戊戌变法的失败，宣告了维新派政治改良的破产。对于维新派来说，变法的失败无疑是一大不幸，然而这一结局却为梁启超等历史先觉发动文学革新运动提供了历史的契机，并使之成为这一新的历史行为的成者。在十九世纪与二十世纪之交，梁启超接连提出"诗界革命""文界革命"和"小说界革命"的响亮口号，且力主"戏曲改良"，拉开了文学新世纪的帷幕。

维新变法失败后，梁启超亡命东瀛，却得到一个在他看来全新的社会文化语境中如饥似渴学习和深刻反思的机会。他自陈："既旅日本数月，肆日本之文，读日本之书，畴昔所未见之籍，纷触于目，畴昔所未穷之理，腾跃于脑，如幽室见日，枯腹得酒。"[1] 而且说："又自居东以来，广搜日本书而读之，若行山阴道上，应接不暇，脑质为之改易，思想言论，与前者若出两人。"[2] 在日本的最初几年间，梁启

---

[1] 梁启超：《论学日本文之益》，《饮冰室合集》第 1 册，文集卷 4，中华书局 1989 年版，第 80 页。

[2] 梁启超：《夏威夷游记》，《饮冰室合集》第 7 册，专集卷 22，中华书局 1989 年版，第 186 页。

超在学习和反思中思想大有改变，在政治与文化观念上都与其师康有为发生了分歧，并走出了康有为的笼罩。他在致康有为的信（1902年夏历四月）中说："今日民族主义最发达之时代，非有此精神，决不能立国，弟子誓焦舌秃笔以倡之，决不能弃去者也。而所以唤起民族精神者，势不得不攻满洲。……清廷之无望久矣，今日日望归政，望复辞，夫何可得？既得矣，满朝皆仇敌，百事腐败已久，虽召我党归用之，而亦决不能行其志也。"其态度于此可见大概。

对于"新法"，以及以前的种种变革努力，梁启超皆作了痛心疾首的深刻反思。他认识到："文明者，有形质焉，有精神焉，求形质之文明易，求精神之文明难。精神既具，则形质自生；精神不存，则形质无附。然则真文明者，只有精神而已。"[①] 而既往的变革虽然都是当今文明不可或缺之事，却只是枝枝节节，都没有抓住根本。在这时候的梁启超看来，中国问题的症结所在，乃积久而成的文化痼疾及与此密切相关的国民素质的低劣即"国民性"问题，触及此，"则虽今日变一法，明日易一人，东涂西抹，学步效颦，吾未见其也"。所以他断言："夫吾国言新法数十年而效不睹者何也？则于新民之道未有留意焉者也。"[②] 因此，他率先突破为康有为所代表的变法维新派依然依从的今文经学家法，断然以西方的"自由""平等""民权"等为圭臬，启势了以"新民"为标志的现代文化启蒙运动。也正是在这一启蒙浪涌中，吹响了文学"三界革命"的号角。

由梁启超发动而有许多人参与的这场文学"三界革命"运动，有理论讨论，有创作实践，可谓有声有色，颇具声势。从表面看来，似乎着眼点更多是在文体变革方面，可是实际上却恰恰是由内容的变革而起。其最为新锐之处，就在于它所宣传鼓动的自由主义思潮。作为

---

① 梁启超：《国民十大元气论》，《饮冰室合集》第1册，文集卷3，中华书局1989年版，第61页。

② 梁启超：《新民说》，《饮冰室合集》第6册，专集卷4，中华书局1989年版，第2页。

这场运动重要成员的蒋智由在《维朗氏诗学论》第二章"按语"中就曾经动情地说过:"按近世纪文化之一大进步,要而言之,谓为'自由'之所产出可也。盖古代之人,或拘牵于其一国之政治、一国之宗教、一国之风俗,至不敢创一自得之见,发一独到之论,此守旧积习之所由成,而数千年世界之所以无进步,其蔽盖坐于此也。然穷久变生,此风渐为人心之所厌弃,而自由之说,遂承其统而代之。因自由而于宗教界、于政治界、于学术界,无不破坏其旧习惯,而开一新面目。文艺亦然,应用自由之一原理,遂得脱去古人种种之窠臼,文艺于是有新生命。不然,谓文章之气运,至古人而已尽可也。伟矣哉!开近世纪之新天地者,一自由神之权化力也。"应当说这种认识还是颇得要领而且很有代表性的。当时,自由、民权、革命、平等及其他一切新政、新法、新学,都被同时倡导。虽然受着历史的局限,这一切都还被纳入"国家思想"与"新民"和"群治"的特定预设关系框架之中,不可能像五四新文化运动中那样,在个性主义的价值基点上对"自由"作出更深刻的理解,但突破守旧的文化本位主义和狭隘民族主义的拘牵,宣扬自由,鼓吹向西方学习,建设自由的文学,并由此"开近世纪之新天地",却是其主要的价值所在,功不可没。

当然,梁启超鼓动"三界革命"的目的,还在于为其倡导的启迪民智的"新民"运动服务,且由此推涌出了第一波现代历史功利主义的文学思潮。虽为其所特别推崇的"政治小说"几无成功可言,但是,他在解释文学之具无以替代的特殊教化功效时,对文学各种文体特别是小说的本体性特征却给予了探幽发微的独到阐发,这在客观上倒是实实在在影响深巨,不仅引发了以"谴责小说"为代表的小说创作热潮,而且有效地改变了传统的文坛布局。与之相符,自林译小说开始,一个小说翻译的热潮也渐次形成,为自创小说的发展提供了必要的参照文本。

如果说主流文学的现代转型始于梁启超的"三界革命",那么紧随上海现代都市化形成过程而生的现代都市通俗小说的发生则另有起点，且比前者为更早。早在十九世纪九十年代前期韩邦庆的《海上花列传》刊行起，这类文学的现代发生便已开始了①，而且由其引领了经久不息的现代都市通俗小说潮，并由此开启了中国现代小说发展中"雅""俗"对峙互补的格局。可是也应看到，主流文学与现代都市通俗文学虽有明显不同的功能担当，但在这一期两者之间还没有像五四时期那样冰火不能相容，因为这时期即使是主流文学在基本趋势上也表现为向通俗化发展的倾向。而且，当时的许多从事主流文学创作的文人，同时也在创作现代都市通俗文学方面的作品，穿行于两者之间，正是他们其时的生存特征。

启蒙派文学"三界革命"运动反映了政治变革失败后，他们在对救亡之道和责任担承方面所作出的认识调整，使"文学"的手段一度取直接的政治手段而代之。但在内忧外患深重，亟须进行更为深刻有效的政治制度变革的时期，这种格局和相应的文化认识是难以持久的。果然，1903 年邹容就吹响了《革命军》的号角，继之，1905 年同盟会成立，大批政治家、思想家、文学家迅即集结，一场声势浩大的革命风暴席卷海内外，成了系动天下人心的中心大事。在新的历史情景中，启蒙性的文学运动也便自然地被推到历史活动的中心之外，而变得无足轻重了。

由孙中山所领导的革命，反对封建帝制，主张民主共和，是一场远比戊戌变法更为深刻也更为激烈的政治革命。为其精神所激发，一大批思想家、学问家和文学家都舍身忘家，奔走呼号，成了革命的先驱人物。他们中如章太炎、秋瑾、陈天华、马君武，还有当时第一个革命文学社团南社中的陈去病、高旭、柳亚子、宁调元、周实、苏曼殊、黄节、黄侃、于右任、李叔同等，就都既为革命志士，又在科学、文化和文学方面具有渊博的知识或过人的才情。他们其时大多对人生价值的首选目标是做革命家，而后才是学问，才是文学。因

---

① 参见孔范今：《论中国文学的现代转型与文学史重构》，《文学评论》2003 年第 4 期。

此，神圣的民族民主革命目标，嚣肆昂扬的愤激之气，使诸多文人才士一时忽略了文化追求、艺术趣味的差异乃至对更深层面历史与人生的思考，纷纷竞一时之勇，争做革命的前驱。邹容自称"革命军中马前卒"，秋瑾自号"竞雄"，柳亚子自命"亚洲的卢骚"，刘师培则以"激烈派第一人"自居，就连后来成为汉奸的汪精卫，当时也在清朝监狱中口吐"引刀成一快，不负少年头"的壮语。正是这种"挥斥慷慨，神气无双"的时代精神风貌，使当时的文学尽管直切粗粝，却弥漫着一种真诚而动情的英雄主义的悲壮之气，而且不乏能传之千古的感人之作。但是，这种情形是难以持久的，一旦革命遭遇失败，希望之光变得黯淡时，人生态度和人格的差异便显现出来了，有的甚至转向了反面。而且，文化态度和艺术趣味上的或复古或趋新，或崇雅或近俗，嗣后的分歧也越来越显豁了。

从基本文化选择来说，革命派和启蒙派是有明显区别的。启蒙派的基本取向是以"自由""民权""平等"等为基质的西方价值观念，而革命派则是"民族主义"的本位立场。启蒙派固然也讲民族主义，但他们对于"民族"的意向具有更大的包容性，即梁启超所讲的"大民族主义"的"国家至上"，目的是以对西方价值观的引进赢得民族也即国家的自新。而革命派则有不同，他们是以"驱除鞑虏，恢复中华"也就是"反满倒清"为号召，带有种族革命的特点，对民族主义有了更为具体的指向，所以在文化上自然就要以民族主义文化为基本选择了。当然，革命派对文化选择基点的转移，其本身即带时代赋予的复杂内涵，亦有其合理的和独到的历史贡献价值。比如，其一，利于发动和鼓吹革命时，针对专制主义的封建帝制，他们对传统文化中的专制内容也进行了剥离和批判，章太炎承袭并发展了顾炎武的思想，对"君学"与"国学"作了判分。其二，其民族革命毕竟又同时是民主革命，对于西方文化并未采取全盘否定和排斥的态度，而是侧重于文化个性的比较，主张输入"欧化"，"必洞察本族之特性，因其势而利导之"。也正是在这一前提下，他们提出了发扬"国粹"的主张，这在实际上与启蒙派在文化问题上形成了互补制衡之势。就文学方面来看，客观地说，这一时期的文学，就其属于本体变革的自觉性和实际的创作成就来看，要逊色于上一阶段。当然，苏曼殊是一个例外。

1917—1927 文学发展境遇概说

1917 年初由胡适、陈独秀等人发动的"文学革命"运动，在中国文学史上是一件石破天惊的大事。由此，中国文学告别了向现代转型的过渡时代，而进入一个全新发展的历史阶段。

这次的"文学革命"，史称"五四文学革命"，它是五四启蒙运动即五四新文化运动的浪潮推涌而出的一个必然结果，也是被当事者视为这一运动深化发展的表现。历经辛亥革命后的历史挫折，和袁世凯及北洋军阀政府在政治、文化上严重的复辟倒退行为，有识者也就是五四启蒙运动的先驱人物，又一次从文化的根节中探寻根源，并由此激发出了新的历史觉悟。陈独秀在重新反思历史的基础上，就明白地表述了这样的认识："伦理思想影响于政治，各国皆然，吾华尤甚。儒者三纲之说，为吾伦理政治之大原，共贯同条，莫可偏废。三纲之根本义，阶级制度是也。所谓名教，所谓礼教皆以拥护此别尊卑、明贵贱制度者也。近世西洋之道德政治，乃以自由、平等、独立之说为大原，与阶级制度极端相反，此东西文明之一大分水岭也。"紧接着他指出："最初促吾人之觉悟者为学术，相形见绌，举国所知矣。其次为政治，年来政象所证明，已有不克守缺抱残之势。继今以往，国人所怀疑莫决者当为伦理问题，此而不能觉悟，则前之所谓觉悟者非彻底之觉悟，盖犹在惝恍迷离之境。吾敢断言曰：伦理的觉悟，为吾人最后觉悟之最后觉悟。"[①] 这也就是陈独秀等在更深刻的层面上发动五四启蒙运动的缘由和目的。1915 年 9 月，由陈独秀主编的《青年杂志》(自第 2 卷起改名《新青年》)在上海创刊，影响深巨的新文化运

---

① 陈独秀：《吾人最后之觉悟》，《青年杂志》第 1 卷第 6 号。

动即五四启蒙运动由此发端。这场张扬着蓬勃青春朝气的批判运动，从一开始便以激进主义的文化立场，与纲常名教为代表的传统文化拉开了绝无通融余地的对立阵势。胡适后来总结这一新思潮的意义时，指出："新的根本意义只是一种新态度。这种新态度可叫做'评判的态度'。"而"'重新估定一切价值'八个字便是评判的态度的最好解释"①。这一概括准确地道出了这一文化批判运动的根本特征。

在这场批判运动中，对文学问题的关注自然是题中应有之义。正如陈独秀所说的，"孔教问题，方喧呶于国中，此伦理道德革命之先声也"，而"文学革命之气运"，亦"酝酿已非一日"。因为"盘踞吾人精神界根深蒂固之伦理、道德、文学、艺术诸端，莫不黑幕层张，垢污深积"，不进行彻底的革命是无法最终达到此次文化批判的目的。"②而且，要将文学转为鼓动"科学"与"民主"的利器，也不得不先对旧文学进行攻击。陈独秀在驳难时人的非难时就明确地表示："要拥护那德先生，便不得不反对孔教、礼法、贞洁、旧伦理、旧政治；要拥护那赛先生，便不得不反对旧艺术、旧宗教；要拥护德先生又要拥护赛先生，便不得不反对国粹和旧文学。"③在陈独秀看来，中国文学萎缩陈腐，远不能与欧美比肩，其因则在为妖魔所厄，而"明之前后七子及八家文派之归、方、刘、姚"即为"十八妖魔辈"，以致"今日吾国文学，悉承前代之蔽"。④时文之所谓"桐城派""江西派"，就皆应列为被扫荡之列。

其实，从当时的实际情况看，旧的文学内容、形式和趣味弥漫文坛，派别亦属不少，可是在社会上能够专擅胜场，或者说能够革命家与文学家兼备一身而独享此学盈誉者，更多的却还是南社中的诸公。南社为清末民初鼓吹革命的文学团体，它的"唯一使命是提倡民族气

① 胡适：《新思潮的意义》，《胡适文集》第 2 卷，北京大学出版社 1998 年版，第 52 页。

② 陈独秀：《文学革命论》，《新青年》第 2 卷第 6 号。

③ 陈独秀：《本志罪案之答辩书》，《新青年》第 6 卷第 1 号。

④ 陈独秀：《文学革命论》，《新青年》第 2 卷第 6 号。

节"，其成员确也写出了许多激昂慷慨的文字，但其推重的民族主义思想必然认同传统的文学观念。尤其在辛亥革命后，思想的光辉已消散殆尽，以文胜质的复古趋向则更趋严重，有人甚至如柳亚子在《新南社成立布告》中所痛斥的那样，"'妇人醇酒'消极的态度，做的作品，也多靡靡之音，所以就以'淫滥'两字，见病于当世"。因此，毋庸讳言的事实是，恰恰是南社的这种创作趋向，成了"革命文学"首先面对的对立物，胡适为"革命文学"首揭义旗的《文学改良刍议》，其中所倡言的"文学革命八事"，就大多针对的是南社。①

也是一种历史的机缘，应校长蔡元培的邀请，陈独秀应聘为北京大学文科学长，《新青年》于1917年初也转至北京编辑出版。也就是在这个时候，胡适的《文学改良刍议》和陈独秀的《文学革命论》相继发表，并从语体形式到思想题旨，引发了刘半农、钱玄同、周作人等多人参与的大讨论，酿成了席卷新文坛的革命浪潮。自此，文化批判和文学革命的中心已由上海转至北京，直到二十世纪二十年代的中后期，随着作家们的不断南迁，文学发展的中心才又从北京转到了上海。

五四新文化运动和文学革命是在新旧思想的论争和交锋中逐渐展开并获得广泛认同和支持的。而在《青年杂志》创办之初，尽管新文化运动的倡导者们提出了很多惊世骇俗的革命性主张，但是并没有得到更多的社会反响，直到文学革命被高调推出时，情形也依旧没有大的改观。于是，为了制造声势，新文化阵营中人采取了设计论争、制造冲突的"双簧信"方式，把反对派引入新旧交锋的战阵。《新青年》于1918年第4卷第3号上发表了《文学革命乏反响》，由钱玄同化名为王敬轩代表反对文学革命的文人，对于文学革命主张进行批判，刘半农则以记者回信的方式对其观点逐一批驳，成功挑起了新、旧两派的论争。林纾先是发表了两篇小说《荆生》和《妖梦》，影射和痛骂

---

① 参见沈永宝：《"文学革命八事"的背景：南社》，《天津社会科学》1995年第5期；《〈文学改良刍议〉与南社》，《文艺报》1997年3月25日。

陈独秀、胡适、钱玄同等人的革命主张，后来又发表了《论古文白话之相消长》为古文进行辩护，并致信蔡元培对于新文化运动和文学革命的主张进行批驳，这一反对的声音很快就在新文化阵营的反驳下销声匿迹了。随着新文化运动和文学革命的影响日深，继林纾的反对之后，到了"学衡派"的批判。"学衡派"是以创办于1922年的《学衡》杂志而得名。主编为吴宓（1894—1978），撰稿人有梅光迪、胡先骕等人。《学衡》的宗旨是："论究学术，阐明真理，昌明国粹，融化新知。以中正之眼光，行批评之职事。无偏无党，不激不随。"同样是新文化运动和文学革命的反对派，"学衡派"却和守旧派林纾不同，"学衡派"同人大多留学美国，他们以白璧德的新文主义为理论依据，对新文化运动和文学革命的思想、主张进行了应该说是有理有据的批驳，先后发表了吴宓的《评提倡新文化运动》、胡先骕的《中国文学改良论》、吴芳吉的《再论吾人眼中之新旧文学观》等文章。实际上，《新青年》派和"学衡派"的分歧并不是在于新文化是否应该发生，而是在于文化应如何生成。前者主张西化，对传统主张全数扫除、彻底推翻，而后者则认为"创新之道，乃在复古与欧化之外"。他们认定中国固有文化有可取之处，创造新文化乃是在旧有传统基础上的创新。基于这种观念，他们对新文化运动中的新旧问题、文白之争、模仿与创新等诸多范畴都重新作出了解释，在很多方面，也确实击中了新文学革命的弊端。但他们未予理解的是，在中国文化以及文学的现代转型初期，恰恰需要的是一种文化的突围性力量，这也正是《新青年》派以激进的文化姿态所占得的历史先机。基于对于传统价值的维护，"学衡派"的成员一直坚持古文和古体诗的写作，只是质量并不很高，因此曾被鲁迅抓住着实奚落了一番。从根本上看，"学衡派"对于文化运动和文学革命的批判并不是出于一种纯粹的守旧目的，而是有着相当自觉意识和理性考量。《学衡》杂志创办的目的之一就是要做一种"整理收束之运动"："夫建设新文化之必要，孰不知之？"[1] "吾

---

① 梅光迪：《评提倡新文化者》，《学衡》1922年第1期。

之所以不慊于新文化运动者，非以其新也，实以其所主张之道理，所输入之材料，多属一偏。"① 因此，周作人曾告诫新文化同人，对于《学衡》"不必去太歧视它"，因为它"只是新文学的旁支，决不是敌人"。②

　　稍后，五四新文化运动和文学革命又遭遇了与以章士钊为代表的"甲寅派"的论争。"甲寅派"指斥新文化运动对于道德的整体破坏和对白话文的提倡，转而号召青年"读经救国"，从而激起了新文化界的集体批判。如果说"学衡派"与《新青年》派所作的还基本上是学理上的论争，那么章士钊以教育总长身份掌控的"甲寅派"则是以半官方的姿态对于新文化进行打压式攻击，章士钊利用自己的身份建议政府中学国文教科书禁用白话，更加激起了新文化界的普遍反对，新文化阵营各派共同掀起了一场"打'老虎'运动"。在新文化阵营的联合反击下，"甲寅派"伴随着段祺瑞政府的垮台退出了历史舞台。

　　五四新文化运动和文学革命的历史功绩，即使在今天看来，也是功莫大焉。尽管当它们呼啸而出时同时也就表现出了明显的历史局限性，但正是由于它们锋芒凌厉的冲击力，为现代中国文化的发展开拓出了一个新的历史空间。而对于文学来说，也正是它们，令从事文学事业者获得了作为新历史主义的自觉和进行文学现代创作的冲动，并为一代新文学注入了新的精神气质。

　　其实，新文化阵营本身的情况也不是一成不变的，也正是它的因势而变，经历了较长一段时间对旧文化的批判，开始将目光较多地转向对实现社会理想之路的思考时，欧洲的无政府主义、空想社会主义和日本的新村主义等各种社会思潮纷纷涌入中国，而分别由陈独秀和胡适为代表的社会主义与自由主义的两种选择也必然地发生分化，终致分道扬镳。这时，启蒙主义的观念及其统合力也自然出现弱化之势，加之启蒙者与被启蒙者之间难以消解的隔膜，和对启蒙所寄望的社会变革效果的失望，到二十世纪二十年代初，启蒙运动也就由高潮

① 吴宓：《论新文化运动》，《学衡》1922 年第 4 期。
② 周作人：《恶趣味的毒害》，《晨报副刊》1922 年 10 月 9 日。

而滑落到了低潮。值得注意的是，恰恰是在这个时候，也就是文学革命进行了数年之后，新文学创造者终于获得了作为文学主体的自觉，文学的相对独立性也相应地被凸显出来。茅盾事后曾对文学革命最初的几年作过这样的阐释："那时的《新青年》杂志自然是鼓吹'新文学'的大本营，而从全体上看来，《新青年》到底是一个文化批判的刊物，而新青年社的主要人物也大多数是文化批判者，或以文化批判者的立场发表他们对于文学的议论。他们的文学理论的出发点是新旧思想的冲突，他们是站在反封建的自觉上去攻击封建制度的形象的作物——旧文艺。"① 因此，在这四五年里，新文学创作寥如晨星，虽然也涌现过一些"尝试者"，但成功的作品很少。直到 1921 年初，第一个纯文学社团文学研究会才宣告成立，而第一份新文学刊物即被文学研究会改革后的《小说月报》也才面世。相隔半年，创造社也在日本宣告成立，紧接着，情形更是大为改观，即如郑伯奇在《中国新文学大系·小说三集·导言》中所说的："由一九二二年到一九二六这后半的五年，情形的确'大不同了'。不仅是'一个普遍的全国的文学的活动开始到来'，而且十九世纪到二十世纪这百多年来在西欧活动过了的文学倾向也纷至沓来流入到中国。浪漫主义、现实主义、象征主义、新古典主义，甚至表现派、未来派等尚未成熟的倾向都在这五年间在中国文学史上露过一下面目。"需要提出的是，这一转折中内蕴着一个在文学及其相关的文化观念上由"祛魅"到"返魅"的过程。五四启蒙运动张扬科学理性的目的在于"祛魅"，而为其所表现出来的科学主义和理性主义倾向，却不能不伤害到文学的感性特征和作为审美文化生成的特质性。当时的新文化人物竞相以科学的原则来律定文学，将科学和理性认知所难以尽释的人文文化内容一概排除在外。周作人甚至在其事实上成为新文学建设纲领的《人的文学》一文中，在解释本为文学所应有的"人道主义"观念时，也特别将"悲天

---

① 茅盾：《中国新文学大系·小说一集·导言》,《中国新文学大系》, 上海文艺出版社 2003 年影印本，第 2 页。

悯人""博施济众"的人文主义特质剔除在外，将其"人道主义"圈定在科学和法理层面的体认之中。而文学相对独立性的出现，实际上正表现于在其观念上必要的"返魅"过程之中，因为在这中间，文学才又找回了那些原本属于它的东西。

在这一时期，不仅出现了在启蒙时代始终独树新帜、文学成就卓尔不群的文坛巨擘鲁迅，而且在现代文学史上成为一代大家、各有建树和贡献的众知名人物，如周作人、郁达夫、郭沫若、废名、徐志摩、闻一多、叶圣陶、冰心、朱自清、冯至、田汉等，也都于此时成名于文坛。同时，不论诗歌、散文、小说还是戏剧，各种文体在这一时期均有影响到整个现代文学发展的重要拓展。

在本时期，作为中国现代文学发展重要一页的台湾新文学，也一直呼应着大陆新文学思潮的发生发展，在文学运动和创作实践方面，都取得了既与大陆新文学血脉相连又有着特色建树的丰饶成绩，并涌现出张我军、赖和等一系列重要作家。

1927—1937 文学发展境遇概说

二十世纪二十年代末，政治上"国共合作"的局面已完全被打破，加上受国际上无产阶级革命文学思潮的影响，中国现代文坛的局面发生了根本性的变化。1928 年 1 月，创造社的《文化批判》和太阳社的《太阳月刊》同月创刊，它们互为犄角之势，在大力鼓吹无产阶级文学的同时，对五四新文学进行了彻底的否定。这时，不仅创造社成员发生了转向，文学研究会"为人生"派作家也发生了分化与转向，一部分转向了左翼文学，一部分则转向了民主主义与自由主义，从而揭开了史称"三十年代文学"的序幕。

其实对"革命文学"的宣传和提倡，早在二十年代初就有早期的共产党人邓中夏、瞿秋白、恽代英、萧楚女、李求实、沈泽民、蒋光慈等进行过这一工作，至二十年代中期，"为人生"派和"为艺术"

派中都有人转向对无产阶级革命和革命文学的选择，鲁迅、茅盾固然已有转向，但表现最为激进的当数郭沫若及某些创造社成员。1926 年，郭沫若发表《革命与文学》《文艺家的觉悟》，更进一步提出了无产阶级文学的要求，明确地说："我们现在所需要的文艺是站在第四阶级说话的文艺，这种文艺在形式上是现实主义的，在内容上是社会主义的。除此以外的文艺都已经是过去的了。"[1] "所以我们对于个人主义和自由主义要根本铲除，对于反革命的浪漫主义文艺也要取一种彻底反抗的态度。"[2]

然而，成为有规模的无产阶级文学运动并引发"无产阶级文学论争"（即"革命文学论争"），则是在 1928 年。开始倡导无产阶级文学运动的社团，主要有后期的创造社和新成立的太阳社。前者以文艺性刊物《创造月刊》和新办的理论性刊物《文化批判》为主要阵地，成员为郭沫若、成仿吾、李初梨、冯乃超、彭康等；后者由蒋光慈、钱杏邨、孟超等组成，主要阵地为新创办的《太阳月刊》。此外，还有创造社在 1926 年出版的《流沙》《日出》《思想》等刊物，洪灵菲等出版的《我们》月刊，太阳社在 1929 年出版的《海周报》、《新流月报》（后更名为《拓荒者》）等，也都是他们倡导无产阶级文学的阵地。他们发表的主要文章有：成仿吾的《从文学革命到革命文学》、李初梨的《怎样地建设革命文学？》、冯乃超的《艺术与社会生活》、蒋光慈的《关于革命文学》、钱杏邨的《死去了的阿 Q 时代》等。

由于受到国际无产阶级文学运动和思潮的影响，中国的无产阶级文学运动从一开始便表现出了鲜明的左派倾向。十月革命后，苏联从"无产阶级文化派"到"拉普"（"俄罗斯无产阶级作家联合会"），作为一种左派思潮，影响甚广，也必然地影响到中国。而日本左翼文学运动中的"福本主义"和"那普"（"全日本无产者艺术联盟"）则对中国的左翼文学运动产生了直接的影响，集中在 1928 年发表的这一

---

[1]　郭沫若：《文艺家的觉悟》，《洪水》半月刊第 2 卷第 16 号，1926 年 5 月。

[2]　郭沫若：《革命与文学》，《创造月刊》第 1 卷第 3 期，1926 年 5 月。

批批判文章中，创造社和太阳社中人首先将批判的锋芒指向了五四新文学及其代表人物鲁迅。他们以极端的态度否定五四新文学，认为历史已发展到无产阶级革命阶段，而五四的有产者文学、五四后的小有产者文学均应批判并予以清算。他们提出不仅要反对资产阶级文学，而且也要打倒小资产阶级作家，就像郭沫若所说的，因为"小资产阶级劣根性太浓重了，所以一般的文学家大多数是反革命派"①。最先对鲁迅施行攻击的是冯乃超的文章，他在文中对鲁迅、叶圣陶、郁达夫、张资平甚至也包括郭沫若，进行了尖锐的批评，指斥鲁迅"反映的只是社会变革期中的落伍者的悲哀，无聊赖地跟他弟弟说几句人道主义的美丽的说话！隐遁主义！"②李初梨则攻击鲁迅搞"趣味文学"，并责问鲁迅"是第几阶级的人"，写的是"第几阶级的文学"。③而钱杏邨等人更是简单粗暴地将鲁迅诬为表现过去了的时代的作家，是"封建余孽""法西斯蒂""二重性的反革命的人"④。在文学理念上，他们主张"一切文艺都是宣传"，以阶级的意识形态遮蔽了文学自身应有的独特属性。这一切，自然引起了鲁迅等人的反批判，一场史称"无产阶级文学论争"或"革命文学论争"的大论辩就此进入高潮。这场论争中，创造社和太阳社中人（其中多数非文学界中人）犯有"左"倾路线的错误，表现出严重的认识上的机械主义、教条主义和人事上的宗派主义倾向。这些错误倾向尽管很快就遭到批评，且在此后左翼文学的实际发展中屡被矫正，却在很长的时间内或明或暗地有所表现。

在中国共产党有关领导的批评和干预下，论争双方实行联合，并于1930年3月2日在上海成立了中国左翼作家联盟（简称"左联"）。同年，在第二次国际革命作家代表会议上，革命文学国际局更名为国

---

① 麦克昂（郭沫若）：《桌子的跳舞》，《创造月刊》第1卷第11期，1928年。
② 冯乃超：《艺术与社会生活》，《文化批判》创刊号。
③ 李初梨：《怎样地建设革命文学？》，《文化批判》第2号。
④ 杜荃：《文艺战线上的封建余孽》，《创造月刊》第2卷第1期。

际革命作家联盟，吸"左联"为其成员，并制定《对于中国无产文学的决议案》，提出了"用种种方法加紧无产文学对于大众的影响"的要求。"左联"成立后，加紧了对马克思主义文艺理论的译介和学习，开展了关于文艺大众化问题的讨论，并对创作方法问题进行了探讨，左翼文学的浪潮迅即激荡于三十年代的文坛。

国共两党的政治对峙与意识形态上的尖锐对立，必然也反映在文艺思潮方面。对应左翼文艺思潮的高涨，国民党方面发起了"民族主义文艺运动"。1930 年 6 月，国民党在上海组织"六一社"，出版《前锋周报》，接着于 10 月出版《前锋月刊》，发表了《民族主义文艺运动宣言》。在这个宣言中，矛头直指"那自命左翼的所谓无产阶级的文艺运动"，认为当前的危机是对于"文艺缺乏中心意识"，提出"文艺的最高意义就是民族主义"。傅彦长在《以民族意识为中心的文艺运动》一文中进一步指出："我们中国人现在所需要的思想，只不过是可以利用的民族意识。"如果单从道理上来讲，提倡"民族主义"，强化"民族意识"，原也没有什么不可，但其时"民族主义运动"的标榜者打出来的只是一个旗号，其实质性的目的还是在于对国民党政治与意识形态作为"一个中心"的强调，也就是以"三民主义"为中心。这在林振镛的《什么是三民主义文学》一文中有明白的说明："三民主义与其他政治上的主义不同，文学不能受其他政治主义的支配，却绝对可以受三民主义所支配的。"在创作上，他们推出了黄震遐描写蒋冯阎中原大战的小说《陇海线上》、描写十三世纪蒙古远征俄罗斯的诗剧《黄人之血》，和万国安描写 1929 年中苏之战的《国门之战》等作品。鲁迅、瞿秋白、茅盾等人立即给予了针锋相对的反击。其实，"民族主义运动"所打的旗号是不难被识破的，不但左翼文学阵营立即揭破了它的真面目，就是自由主义倾向的作家也是不能接受的。由于理论的虚妄、形势上的孤立，加之实在没有像样子的作家和作品为其撑门面，这一"运动"很快就销声匿迹了。

也在 1928 年，新月派在上海创办了《新月》月刊。徐志摩在由其撰写的刊辞《新月的态度》中，同样是亮明了新月派的态度。有识者对当时中国思想界的情形曾作过这样的表述："中国目前三种思想鼎足而立，一、共产党；二、新月；三、三民主义。"[①]在三十年代文坛的矛盾冲突中，自由主义文学观与左翼文学观的冲突是其中一条最主要的线索，并贯穿其始终。

自由主义的观念立场其实存在已久。五四启蒙初期，在启蒙观念的统合中尚未显现其独立成派的面目，但不久，随着《新青年》阵营的破裂，它很快成为另树一帜的一种派别。胡适退出《新青年》后，于1922年另办了《努力周报》和附刊《读书杂志》，次年又办了《国学》季刊，倡导"整理国故"，引起了一些早期共产党人和新文学作家的批判。用新的理念和方法对民族文化遗产进行整理，诚如茅盾所言，"'整理旧的'也是新文学运动题内应有之事"[②]，但在双方对立之势中，这种主张自然也会招致误解。1924年12月，综合性杂志《现代评论》创刊，陈西滢为其创办者之一。在编辑方针上，它自由主义的立场，政治上左右开弓，在文化与文学观念上坚持的也是相对立的理念和态度。它对新文学的发展作出过较大的贡献，不仅新月社诗人，文学研究会、创造社等文学社团的成员也都在这里发表作品。到了1928年，新月派成员南迁上海后，也迅即在文坛上亮明自己的态度，在对文坛现实的际遇感触中，他们对自己的观念也有了更为自觉的思考和系统、鲜明的表述，成了该时期自由主义文学观的主要代表者。于是，与左翼文学观念的冲突在所难免。

在《新月的态度》发表后，左翼方面自然就有所反应，而冲突更为集中的则是与梁实秋之间所发生的关于"人性"与"阶级性"问题的论辩。从1928年到"左联"成立前后，梁实秋陆续发表了《文学与革命》《文学是有阶级性的吗？》《论鲁迅先生的硬译》等十余篇文

---

① 《罗隆基致胡适信》，《胡适来往书信选》中册，中华书局1979年版，第64页。

② 沈雁冰：《进一步退两步》，《文学旬刊》第122期。

章，针对左翼文学观念，系统宣示了他以"人性的文学"为核心的自由主义文学观。他认为，"伟大的文学乃是基于固定的普遍的人性"，"人性是测量文学的唯一的标准"。[①] 对此，左翼文学阵营立即予以反击，但主要是从文学必带阶级性和对梁实秋阶级属性的揭露上进行辩驳的。鲁迅是左翼在这场论战中的主角，他在力证文学阶级性的同时，是比冯乃超等人多了一份冷静，仍然认为人都带有阶级性，"但是'都带，而非'只有'"[②]。这场论战，应该说是新文学发生以来第一次真正接触到文学本质意义的大讨论，但由于双方的价值指涉不同而终致针锋不接，很难求得一个"共识"性的结果。梁实秋所论，确实涉及了人性与文学的永恒性价值问题，但他对人性具体生存的复杂性未能给出合理的解释。而左翼文学方面，只是一味强调阶级性甚至将其绝对化，则更是认知上的一种褊狭，即使在现实中也有违于人性的实际表现。可以理解的是，左翼方面所追求的是文学为无产阶级革命即现实阶级斗争的服务，为之立足的是历史价值范畴的立场，他们这样坚持实为一种现实政治斗争的需要，不可能对梁实秋的立论进行认真的学理上的剖辨。这场论辩虽然以事实上的不了局平息了，但文学与人性关系问题的挑起和论争，客观上对文坛各方无疑都是一种启示。

与新月派的论争甫一平静，左翼方面与自由主义之间又掀起了另一次规模更大的波澜，那就是从1931年底持续到1933年的"文艺自由论辩"。自由主义的立场、观念原非新月派一家所独有，这次的论辩就发生在左翼与并非新月派的胡秋原和苏汶（杜衡）之间。这两人都曾翻译过马克思主义的文艺理论著作，而且胡秋原还参加过革命组织、苏汶曾加入"左联"。这场论辩的挑起人是自称"自由人"的胡秋原和自称"第三种人"的苏汶。从1931年12月起，胡秋原在《文

---

① 梁实秋：《文学与革命》，《新月》第1卷第4期。
② 鲁迅：《文学的阶级性》，《鲁迅全集》第4卷，人民文学出版社2005年版，第128页。

化评论》等刊物上，发表了《阿狗文艺论》《勿侵略文艺》《钱杏邨理论之清算与民族文学学术之批评》等文，既批判国民党的"民族主义文艺运动"，也反对左翼文艺，反对文化上的"一尊主义"，要求文艺的自由与民主。冯雪峰、瞿秋白随即在《文化新闻》上予以反击，并称其"以'自由人'的立场，反对民族主义文学的名义，暗暗地实行反普罗革命文学的任务"，"非加紧暴露和斗争不可"。① 这时，自称"第三种人"的苏汶出来策应胡秋原。1932 年 7 月，苏汶在《现代》杂志上相继发表《关于〈文新〉与胡秋原的论辩》《"第三种人"的出路》《论文学上的干涉主义》等，反对左翼文艺的政治功利主义倾向。瞿秋白、周扬、冯雪峰、鲁迅等也立即著文对其进行尖锐的批驳。这场论辩是围绕政治与文学的关系问题而展开的，在三十年代文坛上算是规模最大、参与人物最多、理论色彩也较重的一次。其实，无论是胡秋原还是苏汶，他们的意见尽管有其可商榷之处，或者说在舆论上不太利于左翼文学初期的伸张发展，但为其所坚持的绝非敌对的立场，而且在他们的持论和观念阐发中也确实不乏切中时弊的认知启发。比如，他们指出左翼文坛"因为太热忱于目前的某种政治目的这缘故，而把文学的更永久的任务完全忽略了"，而且"拒绝中立"，"实际上把一切并非中立的作品都认为中立，并且从而拒绝之。这种拒人于千里之外的态度，我觉得是认友为敌，是在文艺的战线上使无产阶级成为孤立"。② 这些意见对于左翼方面事实上存在而在论辩中亦有突出表现的教条主义、关门主义的"左倾"倾向，实为一种善意而冷静的提醒。对于左翼方面来说，这场论辩确实也起到了促使其开始自觉认识和矫正关门主义倾向的作用。

还需要特别说一下的是，在三十年代文坛，人文主义的主张被自觉张扬并获得了实践的有力支持。其中最具代表性的就是京派文学的异军突起。应该说，梁实秋所接受和标榜的文学观也属于人文主义的

---

① 洛扬：《"阿狗文艺"论者的丑脸谱》，《文艺新闻》第 58 号。
② 苏汶：《"第三种人"的出路》，《现代》第 1 卷第 6 号。

广义范畴，但他却是刻意地照搬了美国白璧德新人文主义的理念，一方面缺少对中国现实人生实际感受的基础，一方面又过于强调以理制情后的"人性"和所谓文学的高贵之感，所以在中国文学的实际发展中，他倡导的文学观也仅仅是一种主张的宣示而已。而京派就不同了。他们不管是出自新月派，还是受了周作人自由主义倾向影响的人，从大的方面讲都还是属于自由主义的一脉，但与活跃于文坛的其他自由主义者不同，他们不再过多地关注于对自我性情近乎空灵的抒情和对现实人生居高临下式的同情或感伤；而与梁实秋也不同，为其关注的是"人性"生存的自然状态与生命的健全发展。为其所主张和坚持的，是在文化与人们生存的现实中孕育而生的中国的人文主义，有着现实的根基和蓬勃的生命力。作为一种思潮，他们有着自觉而鲜明的观念与态度。京派文学的代表人物沈从文，在《〈凤子〉题记》中，一开笔便向追求与历史现代性意义同构的主流文学观念公开叫板："近年来一般新的文学理论，自从把文学作品的目的，解释成为'向社会即日兑现'的工具后，一个忠诚于自己信仰的作者，若还不缺少勇气，想把他的文字，来替他所见到的这个民族较高的智慧，完美的品德，以及其特殊社会组织，试作一种善意的记录，作品便常常不免成为一种罪恶的标志。"在《〈边城〉题记》中，则明确说，这部作品是要读者"认识这个民族的过去伟大处与目前堕落处，各在那里很寂寞的从事于民族复兴大业的人。这作品或者只能给他们一点怀古的幽情，或者只能给他们一次苦笑，或者又将给他们一个噩梦，便同时说不定，也许尚能给他们一种勇气和同情心。"坚持在作品中创造充满传统人文氛围，"人性"与自然、社会和谐生存的艺术世界，抗拒现代科技和都市文明对"人性"与"生命"的异化，是京派作家的自觉持守。而且也正是他们，为人们奉献出了多种别样而新鲜的文学名篇。

京派之外，民主主义作家老舍等人，更多的是关注和表现在现代社会变革中传统文明失落的现象，和底层市民与普通劳动者进退失据的悲剧性命运。为这类作家所表现的，尽管与京派文学有所不同，但亦属于三十年代人文主义潮流中的一种表现。他们并不怎么张扬与其他文学追求的不同，只是在作品中表现其自觉的体认，其实是从作为人文主义诉求中同样重要的又一方面，丰富了这一时期人文主义潮流的内容。

在三十年代，由于不同政治、文化乃至文学观念之间既对抗又不能互控这一局面的出现，文学的各种思潮、流派以至每个个体都得以较充分地发展，因此在该时期也就出现了为史家所称道的文学多元发展的可喜景象。同时必然地，该时期也成了最出文学成果的一个时期，不论是五四文学时期登上文坛的老一辈作家，还是于这一时期初登文坛的年轻一代作家，都为社会奉献出了可以传之后世的佳作。

1937—1949文学发展境遇概说

自1937年7月7日卢沟桥事变爆发起，中国进入了全面抗战的历史新时期。抗战胜利后，又经历了三年内战。这一时期的文坛基本上都处于战争背景下，必然发生了新的而且深刻的变化。在此期间，文坛随着不同政治权力区域的出现，也呈现为国统区、解放区和日占区三种不同的文学版图。在这三个不同的区域，由于政治权力、意识形态及其掌控方式与实际效果的不同，彼此之间在文学的发展方面表现出明显的差异，但它们之间也不是完全隔绝的。一方面，此前所形成的新文学传统或显或隐地仍留存于各种区域之内。而另一方面，各种文学力量也仍然在各个区域都有分布，在文学思潮上彼此也有穿越与渗透，特别是在国统区，左翼的和自由主义、民主主义的文学力量仍为其文学主流，源自解放区的文学冲突也时常出现于国统区之内。在这一时期，原来如北京、上海式的文学中心已不复存在，不仅三种区域彼此不能互控，就是在国统区，文学中心也存在着由武汉至重庆的迁变与昆明、桂林等多点分散的状态。从整体上来说，在这一时期，因历史境遇与政治格局的变化，文学阵营也在发生着从分化到聚合又从聚合到分化的变化。

九一八事变之后，日寇的侵略步步紧逼，民族存亡危机已迫在眉睫，全国抗战救亡的呼声日渐高涨，建立抗日的统一战线已势在必行。1936年3月，左翼作家联盟解散，但左翼方面紧接着发生了关于"两个口号"的论争。同年6月，周扬提出"国防文学"的口号。而稍后，也是在同月，鲁迅、冯雪峰、茅盾方面，则经由胡风提出了"民族革命战争的大众文学"的新口号。双方纷纷撰文，互相质疑驳难，两者之间爆发了激烈的论争。参与这次论争的文章很多，不仅论争中心上海，全国各地甚至日本东京均有反响。拥护"国防文学"口号的作家，成立中国文艺家协会，发表了《中国文艺家协会宣言》，赞成"民族革命战争的大众文学"口号的作家发表了《中国文艺工作者宣言》，一时间几乎成了对垒的两个阵营。其实这两个口号在建立文艺统一战线方面并没有不可调和的矛盾，之所以演绎出这场论争，大多还是由原来就有的宗派主义和一时的意气之争所致。9月中旬，艾思奇等提出爱国主义的"新启蒙运动"，要求"两个口号"停止论争。10月，鲁迅、郭沫若、茅盾、巴金、林语堂、王统照、叶圣陶、周瘦鹃、张天翼、丰子恺、包天笑、洪深、陈望道、夏丏尊、谢冰心等二十余位作家联名签署了《文艺界同人为团结御侮与言论自由宣言》，号召"全国文艺界同人应不分新旧派别，为抗日救国而联合……在文学上，我们不强求其相同，但在抗日救国上，我们应团结一致以求行动更有力"。在卢沟桥事变后，全国的抗战热情更是空前高涨。1938年3月，文艺界在武汉成立"中华全国文艺界抗战协会"，实现了不同政治立场、不同文艺派别的文艺工作者之间的大联合。全国的文学艺术工作者，在"爱国"这一神圣伦理信念的升腾中捐弃前嫌，共同对敌，即刻掀起了蓬蓬勃勃的抗战文艺热潮。

文艺界虽然在共同抗战救国这一根本问题上取得了共识，而且也确实有效地鼓动起经久不息的抗战文艺热潮，但这并不意味着人们原有立场、观念的根本消失，而且在抗战文艺的发展中也必然会遭遇到一些无法回避的问题，因此，不同性质和内容的论争时有发生。首先遇到的就是对抗战中的黑暗面能否暴露的问题。1938年4月，《文艺阵地》创刊号发表了张天翼的讽刺小说《华威先生》，对只会抓权却不做实事的"抗战官僚"进行了讽刺和暴露。小说引起了很大反响，可是有人认为作品"显露了一点冷酷，或是漠视"，会影响抗战的"严肃和信心"①。而茅盾则认为："抗战的现实是光明与黑暗的交错——一方面有血淋淋的英勇的斗争，同时另一方面又有荒淫无耻、自私卑劣"，如果只写光明，就"只是反映了半面的'现实'"②。因此，他强调"现在我们仍旧需要'暴露'与'讽刺'"③。当年11月，日本《改造》杂志译载了《华威先生》，并在按语中诬蔑中国人民。争论于是趋于激烈，《救亡日报》《文艺阵地》等报刊发表许多文章，有人更是提高了批评的尺度，认为它在起着资敌宣传的负面作用。但这种观点遭到了许多作家的反对，他们认为一味地歌颂光明，对现实反倒有害，因为令人悲观、丧气的实际上只是那黑暗现实本身，而非作品。

　　遇到的又一个问题是，在抗战时期是否只能表现与抗战有关的题材和对抗战题材应该如何表现的问题。1938年9月，《中央日报》在重庆复刊，梁实秋出任该报副刊《平明》主编。12月1日，他在《编者的话》中说："现在抗战高于一切，所以有人一下笔就忘不了抗战。我的意见稍稍不同，于抗战有关的材料，我们最为欢迎，但是与抗战无关的材料，只要真实流畅，也是好的，不必勉强把抗战栽搭上去。至于空洞的'抗战八股'，那是对谁都没有益处的。"此言一出，立刻招来文学界尤其是左翼作家方面的批判。罗荪、宋之的等人先后撰文，指出："这次战争已然成为中华民族生死存亡的主要枢纽，它波及到的地方……已扩大到达于中国的每一个纤微""在今日的中国，

---

① 李育中：《幽默、严肃和爱》，《救亡日报》1938年5月30日。
② 茅盾：《论加强批评工作》，《抗战文艺》第2卷第1期。
③ 茅盾：《暴露与讽刺》，《文艺阵地》第1卷第12期。

要使作者既忠实于真实，又要找寻'与抗战无关的材料'……也实在还不容易"。[①] "在我们看来，没有一个人，没有一件事，在现在是'与抗战无关的'。不管是在前线流血，还是在后方'乱爱'，都不能说与抗战无关。"[②] 而巴人则认为"他们要消灭的不是'抗战八股'而是抗战"，主张"展开文艺领域中反个人主义斗争"。[③] 从重庆到上海孤岛，这一论争影响较大。1939年4月1日，《中央日报》发表《梁实秋告辞》，梁实秋辞去《平明》主编职务。就实而论，抗战初期的文学直切粗粝，为其突显的是更为直接的宣传鼓动的效果，梁实秋的议论切中时弊但不合时宜，所以招致许多人的批评。但从当时的批评来看，其中也确实表现出抗战前左翼与自由主义论战留存的明显的深在成见。

还有一个重要的问题就是民族形式的利用问题。全民抗战激起了整个中华民族昂扬的民族精神，在文学艺术上如何利用民族形式的问题在抗战文艺中很自然地被凸显出来。1938年，一些刊物开展了关于通俗化和利用民族旧形式讨论。茅盾指出："'文章下乡，文章入伍'，要是仍旧穿了洋服，舞着手杖，不免是自欺欺人而已。"[④] 当时大家就认识到，大众化和如何利用好民族形式是发展抗战文艺的最大任务。1939—1940年，关于民族形式的讨论形成一个热点，许多人都参与了这一讨论。在这一讨论中，出现两种极端的意见。1940年3月，向林冰在《大公报》副刊《战线》上发表《论"民族形式"的中心源泉》一文，强调以民间形式为民族形式的中心源泉。同月，葛一虹在《文学月报》第1卷第3期上发表《民族遗产与人类遗产》，对此表示异议。接着，又有不少人陆续发表文章，表达了自己的看法，逐步地在重庆、桂林、昆明、成都、香港、上海等地，引起了一场

---

① 罗荪：《谈"抗战无关"》，《大公报》1938年12月5日。
② 宋之的：《谈"抗战八股"》，《抗战文艺》第3卷第2期。
③ 巴人：《展开文艺领域中反个人主义斗争》，《文艺阵地》第3卷第1期。
④ 茅盾：《大众化与利用旧形式》，《文艺阵地》第1卷第4期。

广泛的论争。以向林冰为代表的一种意见，主张"应在民间形式中发现民族形式的中心源泉"，而对五四以来的新文艺给予了根本性的否定，认为新文艺是对中国固有文化遗产的一笔抹杀的笼统反对，是以欧化东洋化的"移植性"形式代替中国作风与中国气派的畸形发展形式。而以葛一虹为代表的另一方，则步入另一极端，无视五四以来新文艺本身存在的弱点，对旧形式采取了全盘否定的态度，认为新文艺如果利用旧形式，就是"降低水准"[①]，对民族文化传统采取了虚无主义的态度。关于民族形式的这场讨论，实际上反映了在当时新的历史条件下，文艺界对五四新文艺的历史反思和检讨，为二十世纪四十年代进入对中外文化深层精神层面上的会通性理解，在客观上开启了通达之路。在当时认识转变的关节点上，彼此对立的片面性主张的出现，是一种必然的现象，而且一时也难以取得共识，但在不断的论辩中，趋向于辩证理解的主张逐渐成为认识的主流。二十世纪四十年代初，抗日战争进入相持阶段，人们持续高涨的热情也相应地消退了些。从这时起，国共两党在政治和观念意识方面的对峙也开始日渐显明起来，不仅各自进一步明确规范了文艺方针和政策，而且分属于不同政治立场的文艺观念也重新得到强化。因此，不同文艺观念的冲突又迭连发生，而其主要的冲突则是更多地发生于政治立场的文学与非政治立场的文学之间。首先发生的，就是革命文学阵营对"战国策派"的批判。二十世纪四十年代初，林同济、雷海宗、陈铨等西南联大等校的学者、作家创办《战国策》杂志，接着又在《大公报》开辟《战国》副刊，发表自己的学术观点。其实，"战国策派"只是一个文化学派，为其推崇的则是属于文化形态学方面的理念。这一学说发源于西方，最早由德国人施宾格勒在《西方的没落》一书中提出，后又由英国人汤因比在《历史研究》中作了发展。早在二十世纪二十年代和三十年代，即有人将它介绍到中国，并吸收其观点研究中国文化。

---

① 葛一虹：《民族形式的中心源泉是在所谓"民间形式"吗？》，《新蜀报·蜀道》1940 年 4 月 10 日。

到四十年代初，"战国策派"因抗战而形成一个相对突出的文化派别。他们的基本理论是认为历史是多元的，各有特点，不能替代，但又是可以比较的，因为有着大致相同的发展规律和历史形态。他们把文化的发展划分为封建时代、列国时代和大一统时代，认为列国时代对任何一个文化系统来说都是最活泼、最灿烂、最紧张而又最具有创造性的阶段。而抗战时期，恰恰是可以重振民族精神、激活文化生力、进行文化再建的极好时机。这种主要由大学教授张扬起来的理论，其科学与否姑且不论，但它的确没有更深的政治背景和目的。为这一文化潮流鼓动而出或者说表现为这一潮流的"战国策派"文学主张，持形亦如是。文化认识的偏至，在其文学主张中也是存在的，如主张"恐怖""狂欢"和"虔恪"为创作上的"三道母题"[1]，便是证明。"战国策派"迅即遭到革命文学阵营的批判。与"战国策派"开展学理上的论争，甚至对其宣传的负面效果进行必要的剖辨，都是可以而且是应该的，但当时的批判却是主要集中在对其所谓反动政治立场的揭露上，并将其归结为法西斯主义的反动思潮，实为误读。"战国策派"在《战国策》创办之初就曾声明"抱定非红非白，非左非右，民族至上，国家至上之主旨"[2]，此言虽未必为虚，但在当时的对立性思维中不能为人采信，也是有其必然性的。

与这场论争几乎同时发生而又绵延数年的，是革命文学阵营与自由主义文学观的又一波冲突。这次是由京派作家基于人文主义诉求的大胆倡言引起的。1942 年 10 月，沈从文在《文艺先锋》上发表《文学运动的重造》一文，他认为自"民国十五年后"的文学运动，第一"与上海商业资本结了缘"，第二"又与政治派别发生了关系"，因此而"逐渐堕落"。据此，他大胆倡言："文学运动有待于重造！"但这"需要有个转机，全看有远见的政治家，或有良心的文学理论家，批评家，作家，能不能给'文学'一个较新的态度。这个新的态度是

---

① 独及（林同济）：《寄语中国艺术人》，《战国》第 2 期，1942 年 1 月 21 日。

② 《本刊启事》，《战国策》第 2 期，1940 年 4 月 15 日。

能努力把它从'商场'和官场解放出来，再度成为'学术'一部门"。以为借此"可望除旧更新，使文学作家一枝笔由打杂身份，进而为抱着个崇高理想，浸透人生经验，有计划地来将这个民族哀乐与历史得失加以表现。且在作品中铸就一种博大坚实富于生气的人格，使异世读者还可从作品中取得一点做人的信心和热忱的工作，使文学作品价值，从普通宣传品而变为民族百年立国的经典"。京派的其他人也都表达了类似的观点，如萧乾要作家和批评家"绝不受党派风气的左右"①，朱光潜也反对"拿文艺做宣传工具"②，主张在文艺上绝对的自由和民主。本来这些京派作家在政治上并无对哪一方面的确指，但首先作出反应的是革命文学方面。《大众文艺丛刊》以"本刊同仁"的名义发表了《对于当前文艺运动的意见》，指出："那种打着自由思想的旗帜，强调个人与生命的本位，主张宽容而反对斗争，实际上企图把文艺拉回到为艺术而艺术的境域中去的反动倾向"。杨华也连写《文学底商业性和政治性》《文学与真实》两文，指出在资本主义社会和政治斗争环境里文学不可能与其绝缘而存在。郭沫若等人也都撰写了批评文章，郭沫若的批判尤为尖锐，在其《斥反动文艺》《新文学的使命》等文中，断然将其指斥为"逆流"和"反动文艺"。

在这期间，革命文学阵营内部还开展了对胡风现实主义文学理论长达五六年之久的论争，将其作为于革命文学"有害的倾向"进行批评乃至批判。胡风特别强调创作主体的"主观战斗精神"和被表现对象内心"精神深处的奴役的创伤"，力图将政治化的革命现实主义与五四精神传统结合起来，这本身就蕴涵着几乎无法调和的矛盾，但它对当时流行的理念和创作倾向还是有着重要的启示和补正作用的。可是，当时作为革命文学主导方向的基本规范是不容动摇的，胡风的主张及其执拗的坚持，自然也就无法规避其悲剧性的宿命了。

其实，在二十世纪四十年代，中国现代文学也自有其独到的精

---

① 萧乾：《中国文艺往哪里走？》上海《大公报》1947 年 5 月 5 日。

② 朱光潜：《自由主义的文艺》，《周论》第 2 卷第 4 期。

神、艺术风采，或者可以称之为四十年代现象"。业经开始的历史反思，经伦理统合达至的对民族核心精神的由衷体认，和在颠沛流离中艰难生存的亲历，都为文学走向古与今、中与西、雅与俗之间的文化综合和实现精神层面的超越提供了可能性和必然性。比如在解放区，不仅能将革命的政治理念在心理层面上与民间的审美意趣自然地结合在一起，出现了赵树理式脍炙人口的小说，也出现了孙犁的即使表现战时生活也不失其清雅的颇富诗意的作品。而在国统区和沦陷区，从二十世纪四十年代初一直到四十年代后期，不少人在新的文化综合中对历史和生命存在的形而上究问与表现，包括其艺术上的成功，都是前所未有的现象。这些无疑为中国现代文学史的末页增添了光彩。而此时的台湾与香港文学，也以其不俗的创造发展共同丰富了这一时期的文坛。

（原载孔范今主编《中国现代文学史》，
人民教育出版社 2012 年出版）

赓续人文传统　重构文学史编

——孔范今先生访谈录

马兵（以下简称马）：孔老师，您好。去年五月份，人民教育出版社出版了由您主编的《中国现代文学史》，学界反馈信息是，对比您十几年前主编的国内首部《二十世纪中国文学史》，这部新的现代文学史在观念和思路上都有所刷新。不过，新版文学史在命名上并没有采用"二十世纪中国文学"，而是又回到了比较常规的"现代文学"上，这是否意味着您对文学史的分期有新的思考？您今天又怎么看待"二十世纪中国文学史"这个概念的界定性和学理性？

孔范今（以下简称孔）：人教版的这部文学史是普通高等教育"十一五"国家级规划教材，用了较为传统的"现代文学史"的概念，不过这并不意味着对之前学术观念的否定。在文学史分期上，可以有多元的理解。从哪个角度，以什么分期来整合文学史、来结撰文学史都没关系，问题在于你得有依据。你的理解在文学史的对象面前要呈现出一种合理性：阶段的合理性。1997 年我主编的《二十世纪中国文学史》出版后不久，就有学界同人在报刊上提出了不同的意见，意思大概是说打通近现当代的思路太急躁，认为我们对文学史的历史分期没有道理，还是坚持新文学的起点就是从五四文学革命开始的。另外当时中国近代文学研究会也对二十世纪中国文学分期问题特别警惕，认为是现代文学越界到了近代文学的地盘。

"二十世纪中国文学"的概念，是北京大学的陈平原、黄子平和钱理群等几位先生提出来的。但他们观点表述的重心还是五四以后的事情，事实上当时不光他们，在学界讨论"二十世纪中国文学"的时候，并没有认真地考虑到中国现代文学转型确实应该从上两个世纪之交开始，只是相对笼统地将二十世纪当成一个革新、变革的世纪这样来整体对待。所以，即便持有这种观念的学者可以容忍"二十世纪中国文学"这个概念，但把这一段作为文学史的划段进行结撰，也还是多数人接受不了的。

但我为什么可以自信地这样做了？尽管有的先生说草率或者考虑不周地就做了一部文学史，但其实在《二十世纪中国文学史》出版之前，不止十年八年的工夫，我就在做相关的工作了。从二十世纪八十年代开始，大家开始反思"文革"乃至十七年的文学史观念变更的历史状况，给予一种拨乱反正的理解。其实那时候的拨乱反正，包括在学界很有影响的"重写文学史"栏目的讨论，不少文章还是翻烙饼式的思路，侧重于对个别作家作品的重评，对《创业史》啊、对丁玲啊、对张爱玲啊，等等。我当时的研究生也参与了讨论，但我本人并没急迫地写文章表态。我以为，历史评价问题不能是来回翻烙饼，特别是文学史观念建构，不能建构在左一巴掌、右一巴掌的来回打仗上。当时从学界的整体情况看，是强调研究鲁迅。提倡"回到鲁迅"的真正目的，意义不在于鲁迅本人，实际是回到以鲁迅为代表的五四启蒙立场上。借此把几十年的政治观念、政治意识形态规范下的史学观念来一个反正、反拨，建立一种以启蒙文化为基点的文学史观，这无疑是一个巨大的进步。因为之前那种政治化的倾向已经将文学史研究的道路导向死路了，而且严重地偏离了、可以说完全歪曲了文学史研究对象的真实样貌。我肯定这种进步，但在对于历史和现状思考的过程当中，我发现事情并没有那么简单，对这种倾向也产生出了一种质疑，那就是启蒙文化立场就是中国现代史观建立的唯一正确的观念基础吗？二十世纪中国历史一个巨大的不同点，就是政治经济文化方方面面复杂纠葛，头绪纷乱，但也自有它大体的整体性、突兀性的特点。历史为什么这样转？我们否定哪一种，肯定哪一种，肯定的那种是否有它的合理性，它为什么会出现，你得懂这个，才能阐释清楚，对吧？

所以在十几年的时间里，一方面我想把对象世界搜集得完整，因为无论政治倾向还是文化倾向，都有严重的对于史学对象的非经典化的、非文学性的裁剪、选择，所以我得还原，弄明白全貌是什么，这应该是文学史研究的重要一步吧？这是一个，你得扎实了。另外就琢磨，历史为什么会这样？他来个左勾拳，你来个右勾拳，这样的转换方式，绝非文学本身可以左右。所以说做文学史的人，如果把眼光只盯在文学上，是无法解释文学史的那些现象的。做文学史的人必须超越其与研究对象的趋近立场，否则其实质就只能是"论"，而非"史"。所以那时我用了较长的时间研究政治、文化、经济，这三个变革层面的交互关系，以及所形成的历史的内在机制。从二十世纪八十年代初到九十年代初，基本就是做这两方面的工作：一方面复原被遮蔽的对象，当然也进行选择；一方面考虑历史变革的基本结构形态和历史转型发展复杂的内在机制问题。相对应地，就是我主编出版了多卷本的《中国现代文学补遗书系》，较早地把张爱玲、徐訏等一度被过去的文学史遮蔽的作家呈现出来。这套书系在国内外还是比较有影响的，不少学界的同人都与我谈起过。还有一本论文集《悖论与选择》，在这个论文集中，我第一次清晰地表达了我对历史发展悖论结构的思考。

基于上述两方面的准备工作，我越来越自信地认为：中国现代文学的概念并不等同于五四文学。而且这种现代倾向的形成，这种巨大的价值嬗变，是一个历史过程。这一过程基质的变化，应该是上两个世纪之交。当然在做那部"二十世纪中国文学史"的时候，对于不同途径现代转换的不同方式考虑还不周，尽管我容纳进了都市通俗文学，像鸳鸯蝴蝶派等，但更在意的是主流性文学的现代转型的起点在哪里，我当时认为，标志性的历史事件就是梁启超的"三界革命"。在我的理解里，用"二十世纪中国文学史"这个概念把这段历史时空容纳进来是没有问题的，而且可以拨正人们的一种认识。所以尽管有人提质疑，但是越来越多的人接受这种观念，学界冠名为"二十世纪中国文学"的文学史著作也越来越多。

另外，在那部文学史中，我提出了不同价值范畴的价值辨析问题。因为历史是多角度组合的，所以任何一个结构维度上的因素，都有着不可替代的作用和意义。过去那种绝对的、以文化启蒙或政治革命的立场来支撑的文学史观形成的阐释系统，必然会导致线性价值评价，有比较强烈的排他性。当时有人问，你这样就不要现代文学史了吗？也不是，其实过去做古代文学史，也有按政治时期的，直到现在，学校通用古代文学教材其分期还是按朝代来划分的。所以我搞"二十世纪中国文学史"的时候，并非立意否定中国现代文学史这个概念的有效性。搞现代文学史可以，但你不能改变对象本身。比如用"新民主主义论"这个观念，说中国新民主主义革命开始于1919年，1919年发生了五四爱国运动，文学现代转型也要从这开始。这就是强制地宰割对象了。

所以，我觉得是用"二十世纪中国文学史"还是"现代文学史"的概念固然重要，但更重要的是概念之后的学理辨析。这次主编人教版的文学史，又用了常规的"现代文学史"作为书名，其实原因也很直接，它毕竟是普通高等教育"十一五"国家级的规划教材，要考虑其作为教材的学科分类的依据和教育部课程设置的实际情况。

马：在人教版的这部文学史的第一章中，您明确了在梁启超的"三界革命"之外，韩邦庆的《海上花列传》的刊行对现代都市通俗小说热潮的引领作用，以及由此开启的中国现代小说发展中的雅俗对峙互补的格局。不过，在严家炎先生主编的《二十世纪中国文学史》及他的论文中，他把文学现代转型的起点又往前推到1890年，标志是陈季同发表的小说《黄衫客传奇》。您怎么看待这种观点？

孔：刚才讲了，我认为文学现代转型的发生既不是同一起点，也不是同一种途径。比方说主流文学，一般随着历史变革而提出新的口号、主张，发生新的变化。在人教版的"文学史绪论"当中，我提出来一个问题，就是中国现代文学转型启动必须要积累必要的历史条件，包括经济的现代化，印刷术、传播术、现代媒体、文化市场等物质条件，更需要文化观念和文化认知模式的更新。近代时期，龚自珍他们突破古文经学进入了今文经学这个范畴，这个是一种历史进步。因为他们得以展开一种新的阐释空间，可以借六经注我。但是就像梁启超后来所批评的，什么都要到先人那里去找依据，言必称古人，还是放不开手脚。所以真正构成中国文化的现代之变的标志是戊戌变法失败后，梁启超等突破了今文经学的笼罩，突破这种羁绊和约束，西方的就是西方的，拿过来的就是拿过来的，这一类文学，新变的起点可以确认为梁启超那个时候。而其他类型的文学，比如现代都市通俗文学是如此。《海上花列传》则无论审美基质还是传播形态，抑或为其所表征的作家职业化的生存方式，其现代性都是历历可见的，对后来文学走向的影响也很大，所以我格外看重这部小说在文学现代转型过程中的意义。《黄衫客传奇》是陈季同用法文写作，发表在法国报刊上的，小说是根据中国唐代传奇《霍小玉》改编的，长期以来在中国本土并未产生实际的影响，把它定义为起点，我觉得值得商榷。还是刚才那句话，文学转型的起点不是争执到底在哪一个具体年，不是越早越好，而是历史的发展是否给文学的变化提供了必需的氛围、空间和条件。

马：学界对于这部人教版文学史最大的反响和争议是，它给予了几位作家在之前文学史中从来没有过的大篇幅，比如像冯至、废名、施蛰存等都是专节叙述的。篇幅的此消彼长，往往意味着文学评价标准的再确认。有的学者认为这体现了您近年来致力的人文主义的文学视野的观照，也有学者对此持一种质疑的态度。那您是基于什么考虑来做这样的处理的呢？

孔：从《二十世纪中国文学史》到现在这部文学史，这十几年的时间，我在文学史观念的思考当中是有发展的、有变化的，也希望能把这些年积累的学术思考转换为一种新的解释立场和阐释系统带入这文学史里面，尤其是做《二十世纪中国文学史》时有不够清晰和显明的地方，我很想把它再比较明显地呈现出来。当时参与《二十世纪中国文学史》写作的人员比较多，除保持大体一致的学术思路外，对于代表性作家和作品，在阐释上我没有更多的要求。而对于这部新版的文学史，我希望对每一位写作对象都能做出符合其固有意义的独到阐释，不光要有创新意义，而且要有合理的创新意义。所以在确定写作提纲时，确实对很多作家所应占的比重进行了细致的推敲，鲁、郭、茅、巴、老、曹等几大家不必说，大概每一位作家基本上都有新的理解。而这部文学史在文史观念建构上和阐释系统的确立上根本处的新意，确是与我近年来思考最多的人文性的立场和观念分不开的……

马：说到这儿，孔老师，稍微打断您一下，人文主义坦白说并不是一个新的概念，在过去人们也用得比较多，但是您在使用这个概念时，特别强调的是它那种对历史进步效应的负性效果的反思与制衡，您能再具体解释一下吗？

孔：是的，过去也总有人提，当然不像近几年提得那么多，而且更重要的是过去大家笼统谈人文，在内涵上是缺乏科学界定的。这种认识上的含混，导致文学史观念建构上迟迟难以得到更新和发展。过去说人文主义，更多是说人文精神，其实质指的是五四文学精神、五四文化精神。认为那时候才是人的精神确立，是个性的张扬，是挣脱封建的枷锁，等等，所以也是人的精神确立，过去人们用的人文精神是指这个。而我强调的人文精神与之不同。正像西方在二十世纪，特别是二十世纪的中后期，有明显的标榜人文主义的思潮，也与文艺复兴的那个强调个性解放的人文主义不一样。所以，我所说的人文主义，与二十世纪九十年代人们所说的人文精神等不是一回事，毋宁说恰恰是对后者反思的结果。

如果对照中国历史发展实际情况，五四文化运动和文学革命的提倡，本身就是排斥人文主义文化内涵的。因为五四时期倡导的是科学主义、理性主义，科学就是一切，甚至连想象都在否定之列。你看陈独秀的《敬告青年》里就否定了想象，而且认为科学是万能的，一切问题都可以纳入理性的轨道中获得解决。这种理解否定了真正人文文化那种不可或缺的魅性因素。启蒙和理性都是一种祛魅，这种祛魅的文化标榜人的突出地位、人的尊严、个性的解放等等，影响到文学上就是理性和科学就是一切，文学也成科学的了。典型的就是周作人的《人的文学》，他把有想象力的那些东西都给否定了，比如《西游记》《聊斋志异》《水浒传》等等，全否定了。当然周作人自己是很快就转变过来了。可是在那个时代，作为一种特别强调的排他性的价值标榜，以科学主义和理性主义为实质的人文理解，确实与我们今天所说的人文主义这种内涵是不相容的，甚至就是背反的。西方从二十世纪初期就开始的哲学社会学和文学就是对科学主义和唯理性主义的人本文化发展进行反思的结果。反人本文化的反思，才形成了二十世纪的人文主义的思潮，其实早在十八世纪的卢梭时代，卢梭就以其对现代文化的反拨掀动了现代人文主义思潮的涌动。

其实我不大喜欢谈主义，之所以我文章当中也用人文主义的概念，是因为我们在谈人文文化时，你不用"主义"界定它和以前人文精神的区别是不行的。二十世纪西方讲的这个人文主义是指什么，是指在思维、生命理解和人与自然关系上完全不同的一个开放性观念系统，它强调灵性、强调想象、强调情感，强调在对生命意识尊重的前提下以想象的审美方式与自然与宇宙沟通和对话，这和法理层面上对理性的界定认可是不同的。而且在我看来，这种西方的人文主义，和中国悠久的人文文化传统在内在上是一致的。读读古代典籍，明显能感觉到它的人文主义的倾向。中国文化在发展当中，这种人文主义的传统能流传下来、传播下来、赓续下来，一点不奇怪，因为它牵扯到人类存在甚至生命与人性健全发展的一种永恒生存的一些东西：情感、母爱、同情心、旺盛的想象、创作力，这些都是永恒的。永恒的东西当然是文学最应具备的品格。

五四时期周作人那篇《人的文学》说得很清楚，他说人道主义——当时讲到人道主义，他说新文化运动时期和文学革命初创时期所讲的人道主义不同：以往是那种"博施济众、悲天悯人"的人道主义。你看，他否定的正是人文主义的内涵，悲悯不应是永恒性的人文价值吗？正是因为这种理解，大家笼统地认为"五四"强调启蒙的作用、启蒙的价值，认为那就是人的价值。其实人文主义文化和他们的不同，那种人类的解放，那种人类价值观念的理解第一是以人类为中心，第二是以自我为中心，是吧？人类中心主义和自我中心主义难道没害吗？而人文主义是什么？是天人合一，我和自然是我和你的关系；而那种科学主义的人与自然是我和它的关系，它就是一个对象，不一样。在人际关系上，五四时期强调人的问题，人的中心性，就是个人中心；而在人文主义中，是大家四海之内皆兄弟，互相理解，互相宽恕。在思维方法，第一它不绝对，中国传统中的"中庸"就既是一种可贵的哲学理念，又是人文主义传统的最好的思维方法。所谓叩其两端，不走极端。而且人文主义文化它不光是承认，它本身就自生一种非逻辑状态的东西，比如神话、传说、想象力等等，这些在文学创作中都有它独特的作用，在人类发展中也有独特的作用。在生命的存在发展当中，因为人作为生命的存在需要几个世界，物质的世界、社会性的世界、制度性的世界，人也需要有个想象世界，一个非现实性的世界，一个使自己生命得到安息、得到慰藉的世界。文学就应该有这个方面的价值。

马：所以也正是因为这种考虑，您提了一个很著名的论断：反而是在社会政治上的落潮时期，文学有它更细腻更丰富的收获。

孔：你先听我继续往下说。长期以来大家在这个问题上把人本主义啊、人道主义啊、人文主义等等方面都混同理解了。人本主义说是以人为根本，一般来说是没有问题的，但是不能把以人为本理解成一种人类中心主义或者个人中心主义，中国传统文化当中强调民本主义，那是一种社会政治概念，政治建构依赖以民为本。我以前写过一篇文章《重新解读孔子的智慧》主要就是针对这个问题的，我特别强调过，孔子的"仁学"首先是在否定人的一切社会性属性的基础上找到了一个共同点，就是人；然后才是社会关系上的人，在社会关系理解当中的"民"相对于君主来讲也就是本。所以在我看来，孔子的思想是人文主义的。

这部新版文学史当中，我比较自觉地贯彻了对人文主义的思考，尤其在涉及对一些作家创作意义和价值的具体评判上体现得更显明。我自信对这样一些作家的阐释，是符合作家在那个时期的创作实际的。比如对老舍的理解，他的社会文化批判与时人的不同之处即在于对人文立场的自觉坚守，他对市民底层人生艰辛的展现和变异人性的呈现，其意义都不止于当时的时代。又比如对巴金二十世纪四十年代创作倾向转变的理解，他从线性历史立场转向人文立场之后，像《寒夜》等作品的深警动人也达到了前所未有的高度。对于京派文学的理解也是如此，京派诸位所展现出的那种自觉的人文主义诉求，理应得到文学史的明确肯定。所以这样在篇幅设定上当然不能还像原来鲁、郭、茅、巴、老、曹那一套，既然阐释系统观念变了，那么价值上也会对应一种新的眼光，所以过去不太看重的作家就不再仅仅是短篇幅就可以介绍的东西，因而废名、冯至、施蛰存等都做了较长篇幅的阐释。有些先生可能觉得像郭沫若给的篇幅有点太少了。我的考虑是，郭沫若是大家耳熟能详的作家了，包括大学生对他也相对熟悉；而过去大家一直比较忽略的、不是太看重的作家，你要让大家相信一种阐释，当然就要说得更充分一些，而且事实上从文学的发展中他们所占的位置、起到的作用来讲，或者是文学成就上他们达到的高度来讲，确实也是实至名归，不是对他们有什么偏爱，还是从实际出发。

至于你说的那个论断，放在人文主义的理论框架里理解是比较清晰的，还是以五四来论，五四新文化运动请出"德先生"和"赛先生"，目的是为了祛魅，而一味地祛魅就势必伤害文学的领悟力、想象力等感性的特征和作为审美文化生成的特质性，并无多少文学味道的"问题小说"便是明证嘛，所以反而是在落潮的时期，在作家因困惑、挫败、失落心绪导致的向生命感受的深处开发的返魅过程中，文学方才找回本应属于它的那些属性，鲁迅、庐隐、郁达夫都是如此。所以五四文学落潮时，作家的生命体验和文学表现的主题更值得关注。

马："民国文学史"是近来中国现当代文学学科一个热点性的话题，甚至被认为是新的学术生长点，比如有学者认为已有的各种文学史很少顾及"民国文学"，对历史事实造成了遮蔽，也不便探讨民国文学机制向共和国文学机制转换的诸多问题。有的学者比较强调1912—1919年这段民国历史时空的意义，认为其在文学史上的地位是被忽视的。刚刚我们讨论"二十世纪中国文学"的概念，这个概念其实已经着眼于五四之前那个长久酝酿的文学脉络了，包蕴了民国肇始的几年，那还有必要单独强调"1912—1919"这一段的必要吗？您怎么看待这个问题？

孔："民国文学史"是一种角度独特的研究方式，也有它的合理性，但是也有很多很难处理的问题。以中华民国的成立为起点，那前面一段文学史，即与文学现代性生成过程相关的历史便无法有机地整合和融入。我刚才讲过，以政治分期作为文学史分期的依据是可以的，可"民国文学史"更大的麻烦是后头，怎么处理1949年之后的台湾地区文学？以1949年作为"民国文学史"的结束不太适当，毕竟其文学机制在台湾地区继续发展，此其一；其二，以1949年作结，与现有的现代文学史的论述时段大部分重合，且要协调明显与"民国文学"相异质的文学元素，比如延安文学，这也必须有个成熟的思路才行。如果不以1949年作结，那1949年之后的大陆文学如何与台湾地区文学做整合就更是一个棘手的、不可能在"民国帽子"下解决的问题。所以，我个人觉得"民国文学"这个概念尚无法实现周全性的逻辑呈现。

马：在您的学术论著论文包括这部文学史当中，您对于梁启超的意义是非常强调的，刚才您已经谈到了，您认为梁启超走出今文经学的羁绊，然后率先推动了"三界革命"，开启中国现代文学转型的起点。此外，您还谈到他在《欧游心影录》里率先发现了所谓科学主义的破产，又领先"五四"一辈体现出其人文忧思等。那么您是什么时候开始注意到梁启超对中国现代文学转型的奠基性、创辟性意义的？您致力于对文学现代转型进行描述的文学史观的建立得益于什么？

孔：在写作二十世纪文学史之前，我已经注意到梁启超的意义。在他之前，黄遵宪也罢，裴廷梁也罢，包括谭嗣同，都还没有那种完整的自觉的，我说的是完整的自觉。他们可能在某一点上，比如语言变革方面，有了现代的自觉，但缺乏从文化理解到文学理解的完整的自觉。梁启超不一样，维新变法失败，他流亡日本时对之前的洋务运动和维新运动都有思考，进而明确提出了以"新民"为要义的文化主义，其他包括语言语体的变革、对"国民性"的批判、推动小说文体的发展，还有历史态度的激进等等，都与后来的五四运动的诉求是一致的。所以，像胡适、郭沫若他们也格外看重梁启超作为先行者的意义。而且，值得注意的还有，梁启超在"五四"这个阶段同样起了相当重要的作用，一是你提到的他从欧洲归来后开始反省激进主义的历史观，提倡人文主义；再一个，以梁启超为首的"研究系"对于新文学与新文化的有效转向及向人文主义的发展有直接的推动作用，民国四大副刊中的《晨报副刊》和《时事新报·学灯》都有"研究系"的背景，而文学研究会的成立与蒋百里、与"研究系"和梁启超也有直接的关系。学界对这一问题的研究还不够，很值得做下去。

说起来，我在文学史这个道路上，走的是自己的路。我这个人，我觉得有两个清醒。一是读书一定会有用，人类离不开知识的发展和艺术的发展；第二，我的秉性、脾气和特长，不适合干官场工作，所以多少次可以当较大的官儿，我都没予理睬，一律拒绝。我就当教师，我就做一个学者。所以这样，第一有了基础，第二不受诱惑。对于学界的发展，我有我充分的肯定，但我有保留的一些看法或想法。

在古与今的关系上，在中与外的关系上，对不同文化之间价值肯定上，等等，我有我的想法。这个得益于什么呢？我觉得可能确实作为曲阜人孔子之后，也有些（影响），从小家里教养，耳濡目染的。另外就是大学毕业，赶上了"文化大革命"，"四个面向"，回曲阜待了十几年。特别是前十年，从1969年到1979年在一个中学度过。这个十年是面壁读书的十年，那个时候，治学、学术的价值已经贬到一无是处，而且你有想法，也没地方发表你的作品，只有读书。特别那时候没有任何功利之心，因为是知识分子最颓唐、最绝望茫然的时代，但我有一个确信、信念，如果有一个历史阶段，蔑视和否定知识的话，它将成为人类发展的一个黑暗阶段，不会长久的。这是一种确信，文化它是有用的，人类健全发展不能离开文化知识、艺术、文学等等。

觉得该补的东西很多，光靠大学学习的几本文学史就能了解传统文化、古代文学了？听了几节哲学课就算懂哲学了？所以我那个十年重要的是补古代文学和古代文学发展史的课。主要是读经典，而且读得很认真。一个学者的学术眼光和境界与这些经典的修养是分不开的，搞现当代史的人不懂得传统就很难准确地理解和阐释现代对象。

再者，在下面待的这十几年，接触基层的东西多，更启发了文学人的这种人文自觉性和同情心。文学本来就不是为当权者、既得利益者歌功颂德的，也不作为一种经营成为发财的手段和钱袋子。保持一种作为一个学人应该有的这种自觉和胸襟、情怀，是做好人文学科研究的一个重要的前提条件。因为这个东西和自然科学不一样，自然科学就是很理性的演算、实验；人文学科需要有阅历，体验性的东西积累，这种东西实际上是无形中进入你的文章的，为什么呢？其内蕴及气质，表现的那种胸襟、眼光，自然不同。为什么过去说，年轻人"为赋新词强说愁"到老了反而"欲说还休"了？那才真感慨的。年轻人毕竟缺少阅历，为了表现什么常常是要特别矫情地去表现。

马：孔老师，我们今天讨论的两部文学史，您的身份都是主编，那您有没有打算自己写一部文学史？熟悉您的学者，认为您长于宏观的学术建构，长于思辨，长于高屋建瓴，但实际上您的研究并不乏对于作家的细读，而且写得非常精彩，不管是写老舍、巴金还是茅盾，抑或鲁迅、萧红、石评梅，都很精彩。那您有没有这样的打算，写一部自己的文学史？既能呈现自己那种宏观的逻辑建构能力，同时也能把您这种非常精彩的个人解读融会进去，并且确保全书的风格统一。

孔：这个真没有，因为从《二十世纪中国文学史》到这个《中国现代文学史》，我觉得我把我与众不同的想法、视野的拓展等等新的思路基本上都表现出来了。而且这一次搞这个《中国现代文学史》，就比当时编《二十世纪中国文学史》费的功夫大，主要是看稿子。《二十世纪中国文学史》撰写人比较多，我也都逐一认真读过动笔改过，不过不像这次这么细致地推敲斟酌。这次参与撰写的同志大多是我的学生，学术观念基础本来就比较统一，我又严把死守，每个人的稿子至少让大家改三遍以上，而且告诉他怎么改，告诉他这个地方应该是什么样的观点，所以我觉得这本文学史还是能够比较系统地体现我的思想成果的，尽管我的只有绪论和那些概说。

（原载《新文学评论》2013年第4期）

图书在版编目（CIP）数据

人文言说／孔范今著 . -- 北京：作家出版社，2021.3
ISBN 978 - 7 - 5212 - 1353 - 9

Ⅰ. ①人… Ⅱ. ①孔… Ⅲ. ①中国文学 – 当代文学 –
文学评论 – 文集 Ⅳ. ①I206.7–53

中国版本图书馆 CIP 数据核字（2021）第 028473 号

人文言说

作　　者：孔范今
主　　编：施战军
责任编辑：李亚梓
封面设计：百丰艺术
出版发行：作家出版社有限公司
社　　址：北京农展馆南里 10 号　　邮　　编：100125
电话传真：86 – 10 – 65067186（发行中心及邮购部）
　　　　　86 – 10 – 65004079（总编室）
E – mail: zuojia@zuojia. net. cn
http: // www. zuojiachubanshe. com
印　　刷：北京玺诚印务有限公司
成品尺寸：152 × 230
字　　数：242 千
印　　张：18.25
版　　次：2021 年 3 月第 1 版
印　　次：2021 年 3 月第 1 次印刷
ISBN 978 – 7 – 5212 – 1353 – 9
定　　价：48.00 元